Es gibt kaum einen anderen Schriftsteller, der die Wirklichkeit so sehr in seine Romane fließen lässt wie Javier Marías. Daher glauben auch so viele Menschen sich in seinen Romanfiguren wiederzuerkennen. Nachdem Javier Marías 1991 ›Alle Seelen‹ geschrieben hatte, in dem er seine Zeit in Oxford verarbeitet, bekam er viele Anrufe von Freunden und Kollegen, dass sie falsch oder gar nicht beschrieben worden seien. Also schrieb Marías ›Schwarzer Rücken der Zeit‹, einen Roman über die Macht der Fiktion: Was wir erzählen wird zwangsläufig Wirklichkeit. Und um die Oxforder Freunde und Kollegen nicht zu verprellen (oder gerade doch), erklärt Marías auf sehr amüsante Weise, was bei den Figuren in ›Alle Seelen‹ erfunden ist und was der Wahrheit entspricht. Am Ende vom ›Schwarzen Rücken‹ weiß man zwar immer noch nicht zwischen Realität und Fiktion zu unterscheiden, ist aber glücklich über die Lektüre eines wunderbaren Romans über die Macht der Fiktion – den wahren Grund, warum wir Geschichten lieben.

Javier Marías, 1951 als Sohn eines vom Franco-Regime verfolgten Philosophen geboren, veröffentlichte seinen ersten Roman mit neunzehn Jahren. Seit seinem Bestseller ›Mein Herz so weiß‹ gilt er weltweit als interessantester Erzähler Spaniens. Sein umfangreiches Werk wurde mit zahlreichen Preisen ausgezeichnet, u. a. mit dem Nelly-Sachs-Preis sowie dem Österreichischen Staatspreis für Europäische Literatur. Seine Bücher wurden in über vierzig Sprachen übersetzt.

Javier Marías

Schwarzer Rücken der Zeit

Aus dem Spanischen von
Elke Wehr

FISCHER Taschenbuch

MIX
Papier aus verantwortungsvollen Quellen
FSC® C083411

Erschienen bei FISCHER Taschenbuch
Frankfurt am Main, Januar 2016

Die Originalausgabe erschien 1998 unter dem Titel
›Negra espalda del tiempo‹ bei Alfaguara, Madrid

Satz: Fotosatz Amann, Memmingen
Druck und Bindung: CPI books GmbH, Leck
Printed in Germany
ISBN 978-3-596-19488-9

Für meine Mutter Lolita,
die mich gut gekannt hat,
in memoriam;
und für meinen Bruder Julianín,
der mich nicht kennenlernen konnte
und daher keine Erinnerung besitzt.

Ich glaube, dass ich Fiktion und Wirklichkeit noch nie verwechselt habe, wenn ich sie auch mehr als einmal miteinander vermischt habe, wie es jeder tut, nicht nur die Romanciers, nicht nur die Schriftsteller, sondern alle, die seit Beginn unserer bekannten Zeit irgendetwas erzählt haben, und in dieser bekannten Zeit hat niemand etwas anderes getan, als eben zu erzählen und zu erzählen oder seine Erzählung aufzubereiten und zurechtzulegen oder sie sich auszudenken. Jeder erzählt Anekdoten über das, was ihm widerfahren ist, und durch die bloße Tatsache, dass er es erzählt, entstellt und verdreht er es schon, die Sprache kann die Dinge nicht reproduzieren und sollte es deshalb auch nicht versuchen, und daher kommt es vermutlich, dass man bei Gerichtsprozessen – bei denen im Film, die ich am besten kenne – die Beteiligten zuweilen um eine materielle oder körperliche Rekonstruktion des Geschehens bittet, man bittet sie, die Gesten, die Bewegungen, ihre vergifteten Schritte zu wiederholen oder wie sie das Messer führten, um sich in Angeklagte zu verwandeln und so zu tun, als griffen sie noch einmal zur Waffe und versetzten demjenigen den Hieb, der ihretwegen zu existieren aufhörte und nicht mehr da ist, oder der Luft, denn es genügt nicht, dass sie es mit der größtmöglichen Genauigkeit und Leidenschaftslosigkeit berichten und erzählen, man muss es sehen, und man verlangt von ihnen eine Nachahmung, eine Vorstellung oder Inszenierung, wenn auch jetzt ohne den Dolch in der Hand oder ohne Körper zum Hineinstechen – Mehlsack, Fleischsack –, jetzt mit kühlem Kopf und ohne ein weiteres Verbrechen auf sich zu laden oder ein neues Opfer hinzuzufügen, jetzt nur als Simulation und Erinnerung, denn was sie nicht können, ist, die vergangene oder verlorene Zeit reproduzieren oder den Toten wieder zum Leben erwecken, der in dieser Zeit verging und verlorenging.

Dieser Umstand verweist auf einen letzten Rest von Misstrauen gegenüber dem Wort, unter anderem, weil das Wort – selbst das gesprochene, selbst das ungeschliffenste – in sich selbst metaphorisch und deshalb ungenau ist, mehr noch, gar nicht denkbar ist ohne – oft unwillentliches – Ornament, das noch in der nüchternsten Aussage und fast immer im Ausruf und in der Beschimpfung enthalten ist. Es genügt, dass jemand ein »als ob« in seine Erzählung einfügt; mehr noch, es genügt, dass er eine Gleichsetzung oder einen Vergleich vornimmt oder im übertragenen Sinne spricht (»er wurde wild wie eine Furie« oder »er führte sich wie ein Bauernlümmel auf«, diese umgangssprachliche Ausdrucksweise, die eher der Sprache als dem auswählenden Sprecher gehört, mehr braucht es nicht), damit die Fiktion sich in die Erzählung des Geschehens einschleicht und es entstellt oder verfälscht. In Wirklichkeit ist das alte Bestreben eines jeden Chronisten oder Überlebenden, das Ereignis zu erzählen, das Vorgefallene zu berichten, die Fakten und die Verbrechen und die Heldentaten festzuhalten, eine bloße Illusion oder Chimäre oder, besser gesagt, der Ausdruck selbst, der Begriff selbst ist bereits metaphorisch und Teil der Fiktion. »Das Geschehen erzählen« ist unvorstellbar und vergeblich oder aber nur möglich als Erfindung. Auch die Vorstellung des Zeugnisses ist vergeblich, es hat keinen Zeugen gegeben, der seiner Aufgabe wirklich gerecht geworden wäre. Und außerdem vergisst man immer zu viele Augenblicke, auch Stunden und Tage und Monate und Jahre und die Narbe eines Schenkels, den man während seiner bekannten und verlorenen Zeit lange Zeit tagtäglich gesehen und geküsst hat. Man vergisst ganze Jahre und nicht notwendig die bedeutungslosesten.

Und dennoch werde ich mich hier denen zugesellen, die versucht haben, genau das zu tun, oder getan haben, als sei es ihnen gelungen, ich werde erzählen, was im Zusammenhang mit der Niederschrift und Verbreitung eines Romans, einer literarischen Fiktion, geschehen ist oder in Erfahrung gebracht oder auch nur gewusst wurde – das in meiner Erfahrung oder in meiner Erfindung oder in meinem Wissen Geschehene, oder vielleicht ist alles nur nie endendes Bewusstsein. Es ist gewiss nicht weiter bedeutsam, auch nicht schwerwiegend oder dringlich, vielleicht ist es unterhaltsam für den neugierigen Leser, der grundsätzlich bereit ist, mich zu begleiten, mir bereitet es das Vergnügen des Risikos, ohne Motiv und fast ohne Ordnung und ohne vorherigen Entwurf und ohne Suche nach Kohärenz zu erzählen, als täte ich es mit einer launischen, unvorhersehbaren Stimme, die wir jedoch alle kennen, der Stimme der Zeit, wenn sie noch nicht vergangen und auch nicht verloren ist und vielleicht ebendeshalb nicht einmal Zeit ist, vielleicht ist es nur jene, die verstrichen ist und sich erzählen lässt oder diesen Anschein besitzt und deshalb die einzig ambivalente ist. Ich glaube, dass diese Stimme, die wir hören, immer fiktiv ist, vielleicht wird es hier die meine sein.

Ich bin nicht der erste Schriftsteller und werde auch nicht der letzte sein, dessen Leben durch das bereichert oder verdammt oder nur verändert wird, was er erdacht oder erdichtet und geschrieben und veröffentlicht hat. Im Unterschied zu den eigentlichen literarischen Fiktionen sind die Elemente der Erzählung, die ich jetzt in Angriff nehme, völlig zufällig und willkürlich, rein episodisch und akkumulativ – nichts passt zusammen, so die schülerhafte Formel der Kritik, beziehungsweise kein Element würde des anderen bedürfen –, denn im Grunde lenkt sie kein Autor, obwohl ich es bin, der sie erzählt, sie entsprechen keinem Plan noch folgen sie einer Richtung, die meisten kommen von außerhalb, und es fehlt ihnen an Intentionalität; sie brauchen also keinen Sinn zu stiften noch bilden sie ein Thema oder eine Handlung oder gehorchen einer verborgenen Harmonie, und man soll ihnen nicht nur keine Lehre entnehmen – auch von den richtigen Romanen sollte man so etwas nicht wollen, und vor allem sollten sie selbst es nicht wollen –, sondern nicht einmal eine Geschichte mit ihrem Anfang und ihrer Dauer und ihrem schlussendlichen Verstummen. Ich glaube nicht, dass dies eine Geschichte ist, obwohl ich mich täuschen kann, da ich ihr Ende nicht kenne. Der Anfang dieser Erzählung, das weiß ich, liegt außerhalb von ihr, in dem Roman, den ich vor Zeiten geschrieben habe, oder, verschwommener noch, in den beiden Jahren davor, die ich in der Stadt Oxford verbrachte, wo ich wie ein Hochstapler amüsante, eher nutzlose Dinge an ihrer Universität unterrichtete und dem Ablauf jener vereinbarten Zeit beiwohnte. Ihr Ende wird ebenfalls außerhalb bleiben und sicher mit meinem zusammenfallen, in einigen Jahren, so hoffe ich zumindest.

Es kann aber auch sein, dass dieses Ende mich überlebt, so wie uns fast alles überlebt, was wir äußern oder was uns begleitet oder was wir verursachen, wir dauern weniger als unsere Absichten. Wir hinterlassen zu vieles, das wir in Gang gesetzt haben, und dessen so kraftlose Trägheit überlebt uns: die Worte, die uns ersetzen und die zuweilen jemand aufgreift oder weitergibt und deren Herkunft er nicht immer erwähnt; die glattgestrichenen Briefe und die eingerollten Fotografien und die auf ein vergilbtes Papier notierten Worte für die, die allein schlafen wird nach den wachen Umarmungen, weil wir uns in der Nacht wie Schufte auf der Durchreise davonstehlen; die Gegenstände und die Möbelstücke, die uns zu Diensten waren und die wir bei uns aufgenommen haben – ein roter Stuhl, eine Schreibfeder, eine Szene aus

Indien, ein Bleisoldat, ein Kamm –, die Bücher, die wir geschrieben, aber auch die, die wir nur gekauft und einmal gelesen haben oder die bis zum Schluss ungeöffnet auf ihrem Regalbrett standen und ihr erwartungsvolles Leben in Erwartung anderer, begierigerer oder ruhigerer Augen gefügig an einem anderen Ort fortsetzen werden; die Kleidungsstücke, die zwischen Naphtalin hängen bleiben, weil vielleicht jemand, der sentimental ist, darauf besteht, sie aufzubewahren – obwohl ich nicht weiß, ob es noch Naphtalin gibt, die Stoffe, die ungelüftet ausbleichen und dahinwelken und jeden Tag mehr die Formen vergessen, die ihnen Sinn gaben, und den Geruch dieser Körper –; die Lieder, die weiter gesungen werden, wenn wir sie nicht mehr singen noch trällern noch hören, die Straßen, die uns beherbergen, als wären sie endlose Flure und Zimmer, die nicht auf ihre flüchtigen und austauschbaren Bewohner achten; die Schritte, die man nicht reproduzieren kann und die keine Spur auf dem Asphalt hinterlassen und auf der Erde gelöscht werden oder nicht, diese Schritte bleiben nicht, sondern gehen fort mit uns oder sogar vorher, mit ihrer Harmlosigkeit oder ihrem Gift; und die Medikamente, unsere hastige Schrift, die geliebten Fotos, die wir aufgestellt haben und die uns nicht mehr anschauen, das Kissen und unser über eine Rückenlehne gehängtes Jackett; ein Tropenhelm, der in den dreißiger Jahren an Bord des Schiffes »*Ciudad de Cádiz*« aus Tunis kam und meinem Vater gehört und noch immer den Kinnriemen bewahrt, und dieser Hinduadjutant aus bemaltem Holz, den ich voll Ungewissheit mit nach Hause gebracht habe, auch diese Figur wird länger dauern als ich, möglicherweise. Und die von uns erfundenen Erzählungen: Die anderen werden sich ihrer bemächtigen oder von unserer vergangenen, verlorenen und nie gekannten Existenz sprechen und uns auf diese Weise in Fiktion verwandeln. Selbst unsere Gesten werden auf jemanden übergehen, der sie geerbt oder sie gesehen hat und unwillkürlich zum Nachahmer wurde oder sie absichtlich wiederholt, um uns heraufzubeschwören und eine seltsame Illusion vorübergehender Existenz an unserer statt zu schaffen; und vielleicht erhält sich vereinzelt bei einer anderen Person eines unserer äußeren Merkmale, das wir unabsichtlich weitergegeben haben werden, kokett oder als unbewusster Fluch, denn die Merkmale bringen zuweilen Glück oder Unglück, die leicht orientalischen Augen und die Lippen, wie mit dem Pinsel gezogen – »Schnabelmund, Schnabelmund« –; oder das fast gespaltene Kinn, die breiten Hände und in der Linken eine Zigarette, ich werde niemandem ein Merkmal hinterlassen. Wir verlieren alles, weil alles bleibt, außer uns. Deshalb ist möglicherweise jede Form von Nachwelt ein Affront und vielleicht ist es dann auch jede Erinnerung.

Ich werde hier mehr als einen Affront begehen, weil ich, unter anderem, von einigen wirklichen Toten, die ich nicht gekannt habe, sprechen und so eine unerwartete und ferne Form von Nachwelt für sie sein werde. Oder, anders gesagt, ich werde Erinnerung an sie sein, ohne sie gesehen zu haben und ohne dass sie mich in ihrer bereits verlorenen Zeit hätten voraussehen können, ich werde ihr Phantom sein. Die meisten von ihnen haben weder einen Fuß in mein Land gesetzt noch meine Sprache beherrscht, außer einem von ihnen, über dessen Tod mir hingegen nichts bekannt ist, Hugh Oloff de Wet, der in dem Jahr in Madrid war, als ich in Madrid geboren wurde, und sehr viel früher hier beinahe an die Wand gestellt worden wäre. Hier hatte er auch getötet, wie an anderen Orten, nachher und vorher. Und es gibt noch einen, er wurde bei mir zu Hause geboren, ich nehme an, im selben Bett wie ich, und ich sehr viel später.

Man sagt immer, hinter jedem Roman stehe ein Stück Leben oder Wirklichkeit des Autors, wie blass und schwach und episodisch auch immer, und sei es auch in verwandelter Form. Man sagt das, als würde man der Phantasie und der Erfindungskraft misstrauen, auch, als bedürften der Leser oder die Kritiker eines Halts, um angesichts des vollkommen Erfundenen oder aller Erfahrung und Grundlage Entbehrenden nicht Opfer eines sonderbaren Schwindels zu werden, als wollten sie nicht erschauern vor dem, was zu existieren scheint, während wir es lesen – zuweilen atmet und flüstert und überzeugt es sogar –, und doch nie gewesen ist, oder sich letztlich damit lächerlich machen, das ernst zu nehmen, was nur eine Einbildung ist, man kämpft gegen das heimliche Empfinden, dass Romane lesen etwas Kindliches oder zumindest unpassend ist für das Erwachsenenleben, das immer mehr wird.

Unter meinen Romanen gibt es einen, der seinen Lesern diesen Trost oder Vorwand in größerem Ausmaß erlaubte als die anderen, ja darüber hinaus zu der Vermutung einlud, dass alles, was in ihm erzählt wurde, seine Entsprechung in meinem eigenen Leben besaß, obwohl ich nicht weiß, ob dieses wiederum Teil der Wirklichkeit ist oder nicht, vielleicht wäre es das nicht, wenn ich es erzählen würde, und etwas erzähle ich ja schon. Wie auch immer, dieser Roman mit dem Titel ›Alle Seelen‹ bot sich an für die fast völlige Identifikation seines Erzählers ohne Namen mit seinem Autor mit Namen Javier Marías, demselben dieser Erzählung, bei der Erzähler und Autor in der Tat übereinstimmen, und deshalb weiß ich nicht mehr, ob wir einer sind oder zwei, zumindest nicht, solange ich schreibe.

›Alle Seelen‹ erschien in einem Verlag, an dessen Namen man sich besser nicht erinnert, im März oder April 1989, vor nunmehr acht Jahren (das Erscheinungsdatum ist März, aber der Roman wurde von Eduardo Mendoza mit großzügigen Worten am 7. April, einem aus anderen Gründen sehr bedeutenden Tag, in der Madrider Bar Chicote vorgestellt), und es genügte ein Blick auf den Klappentext der Erstausgabe, in dem ein paar knappe biographische Angaben zum Autor standen, um zu erfahren, dass ich zwei Studienjahre lang, von 1983 bis 1985, an der Universität von Oxford unterrichtet hatte, genau wie der spanische Erzähler des Buches, obwohl in dem Fall keine zeitlichen Angaben gemacht wurden. Und es stimmt, dass dieser Erzähler die gleiche Stelle innehat, die ich in meinem eigenen Leben oder meiner eigenen Geschichte innehatte, an die ich mich erinnere, aber wie bei vielen anderen Elementen dieses Romans und anderer handelte es sich dabei nur um eine von mir so genannte Leihgabe des Autors an die Figur. Wenig von dem, was in dem Buch erzählt wird, stimmt mit dem überein, was ich in Oxford erlebt oder gewusst habe, oder nur das Nebensächlichste, das die Fakten nicht berührt: die gedämpfte Atmosphäre der reservierten oder abweisenden Stadt und ihre zeitlosen Professoren, die sich so sehr über ihre Tätigkeit täuschen und so wenig über ihr Schicksal (ihr immer auf Nützlichkeit gerichtetes Denken); die dunklen, winzig kleinen Antiquariate, die ich mit Handschuhen und lauerndem Blick aufsuchte, Hoffnung der Antiquare, die sich erfüllte; die trübsinnigen oder finsteren Bettler, die am Nachmittag die Straßen bevölkern und sie kreuz und quer ablaufen, in irgendeine ferne oder imaginäre Beleidigung versunken, ohne Zweck noch Ziel oder Genugtuung; das frenetische Gebimmel der benachbarten, stets leeren Kirchen St. Giles und St. Aloysius, die unbeirrt fortfahren, die Gläubigen anderer, gläubigerer Jahrhunderte zu rufen, Seelen, die nicht mehr existieren, aber die vielleicht für sie nicht gestorben sind; und der verlassene Bahnhof von Didcot in der gelblichen Nacht matter Laternen, die sich mit jedem Flackern von ihrer geduldigen, erschöpften Schlaflosigkeit verabschieden zu wollen schienen: Dort gab es eine junge blonde Frau mit Regenmantel und Perlenkette, die rauchte und ihre mit Schnallen und flachen Absätzen versehenen englischen Füße im Rhythmus einer erinnerten Musik bewegte, die niemand sonst auf diesem Bahnsteig für nächtliche Nachzügler hörte; und das Tageslicht, das im Frühjahr stundenlang in der Schwebe blieb und bewirkte, dass der blasse Himmel stillstand oder ausharrte; oder eine Blumenverkäuferin mit dem Aussehen einer Zigeunerin, die sonntagmorgens vor meinem Haus Stellung bezog mit ihrer Lederjacke und ihren hohen Stiefeln und ihrer langen Mähne wie aus schwarzem Wachstuch und die ich in meinem Buch Jane genannt habe und deren Name im Leben Anne war, Anne

Joseph, und die im nahen Reading mit seinem berühmten Gefängnis lebte, verheiratet mit Mr. Hyde, Anne Joseph Hyde mit ihren neunzehn Jahren, auch wenn es regnete oder schneite oder der Wind an ihren bescheidenen, in Silberfolie gewickelten Blumen zerrte und sie den Reißverschluss bis oben zuziehen und das Kinn herunterdrücken musste, und jetzt wird sie einunddreißig sein, wenn sie noch dort ist oder in der Stadt Reading mit Hyde; oder der uralte kleine Pförtner mit dem klaren Blick, der aus seiner Loge der Tayloriana heraus grüßte, wo ich arbeitete und meinen Unterricht erteilte, den ich in dem Buch Will genannt habe und mit dem ich dort oft sprach, aber nie im Leben, in dem er Tom hieß, niemals über den fröhlichen Gruß hinaus, und jetzt habe ich erfahren, dass Tom gestorben ist, und so sind beide gestorben, Tom und Will; und es ist seltsam, den Pförtner Will, der niemals existiert hat oder nicht leibhaftig, besser gekannt zu haben und seinen nur mit Papier und Tinte dargestellten Tod – aber er ist nicht einmal geschrieben, denn am Ende dieses Romans sagte ich: »Will lebt, der alte Pförtner« – mehr zu bedauern als den des wirklichen Tom, dessen wirklicher Name auch nicht Tom war, sondern Walter, wie ich jetzt in einem Brief sehe, den er am 5. Juni 1984 geschrieben hat, als ich dort war und ihn mit seinen erstaunten blauen Augen und der freundlich erhobenen Hand bisweilen auf seinem Ehrenposten der Tayloriana antraf, der nur noch geliehen war: Man erlaubte ihm, sich hin und wieder in die Loge zu setzen, damit er sich nützlich fühlte und nicht den Faden der Kontinuität verlor, damit er spielen konnte, weiterhin Pförtner zu sein, im Alter wie in der Kindheit wird man getäuscht und spielt man, und es werden einem Dinge verborgen oder das geschieht in jedem Alter. Und in diesem Brief unterschreibt er so, »Walter Thomas« und in Klammern »(Tom)«, für den Fall, dass der Professor, an den er sich wandte, ihn nicht an seinem wirklichen Namen und Vornamen erkannte, die Herren kennen gewöhnlich nicht die Namen derer, die sie bedienen oder nur da sind und warten, wie in dem Gedicht von Milton. Tom schreibt ohne Kommas und mit ziemlich kräftiger und sehr lesbarer Schrift für sein Alter und sagt, er sei seit dreiundsechzig Jahren Bediensteter in Oxford und habe aus diesem Grund kürzlich an drei vormittäglichen Gesprächsrunden einer örtlichen Rundfunkstation und ein Jahr zuvor an einer Fernsehsendung mit dem Titel ›Rückkehr nach Oxford‹ teilgenommen (»viele Professoren haben sich sehr gefreut sie haben gesagt ich war sehr gut«). »Jetzt werde ich allmählich ein bißchen alt 93«, fügt er hinzu und erläutert, wie er nach einem dreijährigen Dienst bei den alten Luftstreitkräften, dem Royal Flying Corps des Ersten Weltkrieges, Pförtner des Queen's College und später längere Zeit von All Souls war, ausgerechnet von All Souls oder Alle Seelen (und ich habe das erst jetzt erfahren) in seiner wörtlichen und ungenauen Übersetzung, wo er mit siebzig Jahren in Pension ging. Er erwähnt Sir Arthur Bryant, dessen Diener er im Queen's war und der ihn immer drängte, ein Buch zu schreiben. »Jetzt ist er gestorben«, sagt er über den Historiker, der sich gewiss niemals die Mühe gemacht hat, ihn zu historisieren, »aber er war ein Mann für den zu arbeiten sehr angenehm war«, bemerkt er mit der Beflissenheit dessen, der immer ein Dienender war und sich vielleicht deshalb austauschbar und zweitrangig fühlte, nicht einmal als Zeuge. »Viel Glück, Herr Professor«, so verabschiedet sich Tom, den der Empfänger des öffentlich gemachten Briefes den »hilfsbereitesten Menschen Europas« nennt. »Viel Glück, Herr Professor«, so verabschiedet sich von mir daher auch der friedliche und vergnügte Pförtner Will, den ich erfunden oder erdichtet habe und der mir bei seinen ständigen Reisen durch die Zeit verschiedene Namen zudachte – Dr. Magill und Dr. Myer und Mr Brome und Dr. Ashmore-Jones und Mr Renner und Dr. Nott und Mr Trevor und auch Mr Branshaw –, denn nichts von dem, was ich jetzt über Tom weiß, steht im Widerspruch oder im Gegensatz zu meinem fiktiven Will, der sich jeden Tag in einem anderen Jahr seines verschobenen Lebens glaubte, und deshalb war für ihn jede Zeit Gegenwart oder Wiederkehr, und nichts war vergangene oder verlorene Zeit, die man nicht mehr reproduzieren kann. Doch er reproduzierte sie ohne seinen Willen, und so hatte er das Glück, dass keine für ihn ambivalent war. Wer weiß, in welchem lebendigen Jahr seiner Reisen ihn der Tod ereilte, in welchem jungen oder reifen oder alten Augenblick seiner langen Existenz er sich zu verabschieden glaubte, an welchem unseligen oder heiteren Tag. An dem Tag, der seinen zerbrechlichen Körper stillstehen ließ, lebte für Will vielleicht noch seine Frau, die ihm in der wirklichen Zeit vorausgegangen war, in unserer Zeit, die er verlassen hatte, und er glaubte, jene, deren Witwer er so viele Jahre gewesen war, zur Witwe zu machen. Vom Tod Toms erzählte mir sein Neffe John, ebenfalls Pförtner der Tayloriana, gewiss durch Erbschaft, obwohl diese Erbschaft nicht die äußere Erscheinung einschloss: ein korpulenter, hochgewachsener Mann mit zweigeteiltem Haar und kriegerischem Schnurrbart wie ein primitiver Boxer, scheinbar tolerant gegenüber den Schwächen der anderen, aber mit zu viel dubiosem Humor, wie ich später noch ausführen werde. Vor kurzem hat man ihn entlassen, sein Onkel Tom wird sich den Kummer erspart haben.

Nur der Schauplatz war also real, und das nicht zu sehr, es war ein schiefes Oxford, ein Abbild aus meiner imaginären oder falschen Sicht, der gleichen Erzählperspektive, wie sie jemand hat, der eine einzige Nacht in einem legendären Hotel verbringt, das seine bedeutungslose, prätentiöse Anwesenheit neben den berühmten Persönlichkeiten, die einst dort übernachteten oder logierten oder sich vielleicht umbrachten oder umgebracht wurden, um es zu adeln und ein fortan nur noch Touristen zugängliches Zimmer zu ver-

schließen, gar nicht registrieren wird. Nur das Nebensächliche, habe ich gesagt, wo es doch so schwierig ist, zu wissen, was sich als nebensächlich oder wesentlich erweisen wird, wenn unser Buch oder unsere Geschichte oder unser Leben ein Ende gefunden haben und bekannte oder vergangene Zeit sind, die man nicht mehr reproduzieren kann. Oder womöglich kann es das Buch, jedes Mal, wenn es gelesen wird: Doch nein, jede Lektüre verändert es, aber keine schreibt es neu.

Und real war auch, was vielen Lesern besonders romanesk und fiktiv erschienen war, als reine Erfindung nach Art von Kipling, als reine Dichtung, die tastend erzählte Geschichte des glücklosen und unglücklichen und jovialen Schriftstellers John Gawsworth, des unglaublichen Königs von Redonda, der sein Reich niemals zu Gesicht bekam, aber es mehrmals verkaufte und sich Juan I. nennen ließ und dessen wirklicher Name auch ein anderer war, Terence Ian Fytton Armstrong, von dem ich zwei Fotografien in dem Roman wiedergegeben und beschrieben habe, die ich jetzt erneut hier aufnehme, zur Erinnerung für diejenigen, die ihn gelesen haben, und zur unmittelbaren Kenntnisnahme für jene, die ihn nicht gelesen haben und sich mit seinem Gesicht und seinen verschiedenen Namen werden vertraut machen müssen, wenn sie diesen Seiten verbunden bleiben und sie umblättern werden. Von diesem Mann werde ich nämlich sprechen müssen, und nicht zu wenig, denn jetzt habe ich ihn sozusagen bei mir zu Hause. Anders gesagt, obwohl er tot ist – und das zweite Foto ist genau genommen nicht von ihm, sondern von der Totenmaske, die Hugh Oloff de Wet sogleich von ihm angefertigt hatte, eine unpassende Ehrung für jemanden, der die Welt als Bettler verließ –, lebt er ein wenig in mir, wenn man das von jemandem sagen kann, der vor nunmehr sechsundzwanzig Jahren gestorben ist, ohne etwas von meiner Existenz zu ahnen.

Vor mir liegt eine Kopie seiner Sterbeurkunde aus dem Jahr 1970 und eine weitere der Urkunde seiner dritten und letzten Eheschließung fünfzehn Jahre zuvor, mit einer Witwe, die fünf Jahre älter war als er – er dreiundvierzig und sie achtundvierzig bei der Hochzeit –, und ausgehändigt hat mir beide Kopien die Enkelin dieser verwitweten und verheirateten und verwitweten Frau, eine blonde Engländerin namens Maria, ohne Akzent auf dem i, aber mit dem gleichen Namen wie meine andalusische Großmutter, die ich nicht gekannt habe, María Aguilera, die geschmunzelt haben muss, als sie sich mit einem leicht verrückten, lustigen Witwer mit dem Familiennamen Marías verheiratet sah und so gleichsam zu einer Deklination wurde, María de Marías. Aus der ersten Urkunde geht hervor, dass Armstrong – ohne Leben war er nicht mehr Gawsworth, jedenfalls nicht für die Ärzte, oder vielleicht war er es schon seit geraumer Zeit nicht mehr – im Brompton Hospital im Londoner Stadtteil Chelsea gestorben ist, und es werden die medizinischen Gründe seines Ablebens aufgeführt. In das für den Beruf vorgesehene Kästchen hat ein Beamter namens Vinten oder ein Informant namens Lewis »*A poet*« geschrieben und im nächsten, unter der Überschrift »*Qualification*«, hinzugefügt, dass der Körper »infolgedessen« zu beerdigen sei, und so muss es geschehen sein. Und doch ist es jetzt meine Wohnung in Madrid, in der noch immer der seltsame und unglückliche Geist des Dichterkönigs von Redonda umgeht oder sich weigert, zu verschwinden und auszuruhen oder das Lotterleben aufzugeben, und in der sich seine Schrift befindet, was so viel heißt wie seine Stimme, die spricht. Oder sie wird später sprechen, denn noch ist der Augenblick nicht gekommen, da ich sie höre, obwohl die Stunde kommen wird in dem Maße, wie ich Zeilen schreibe und selbst diese Seiten umblättere.

Aber keine dieser von mir erwähnten realen Personen hatte unmittelbar Kenntnis von meinem Roman, denn niemand sprach spanisch oder wusste meinen Namen oder dass ich schrieb, und vielleicht lasen sie nicht viel, mit Ausnahme des bibliophilen und bibliomanen Gawsworth oder Armstrong, aber der war am 23. September 1970 gestorben, und ich war zu diesem Zeitpunkt gerade neunzehn Jahre alt geworden, drei Tage zuvor, und er konnte mich nicht vorhersehen. Und de Wet sprach zwar spanisch, aber wer weiß, was aus ihm, dessen Zeit uns nicht bekannt ist und dessen Spur sich verloren hat, geworden ist.

Wie ich 1989 in einem Artikel mit dem Titel »Wer schreibt« ausführte, war der namenlose Erzähler von ›Alle Seelen‹, der, wenn ich mich recht entsinne, von anderen Gestalten des Romans nur »unser lieber Spanier« oder »der spanische Herr« genannt wird, zurück in Madrid nach seinen beiden Jahren falschen Exils oder privilegierter Emigration in Oxford, mit einer Frau namens Luisa verheiratet und Vater eines mit ihr gezeugten Kindes, was nachweislich nicht meine Situation oder mein Fall war noch mir widerfahren ist. Es hat nicht einmal eine wichtige oder dauerhafte Luisa in meinem Leben gegeben. Allein diese Tatsache schloss die völlige Gleichsetzung des Erzählers mit dem Autor aus und damit auch die jeder anderen Romangestalt mit irgendeiner realen Person, die ich während meines Aufenthalts gekannt oder frequentiert haben mochte. Alles Übrige, von dem der Erzähler berichtete, konnte mir widerfahren sein oder ich hätte sein Zeuge sein können. Ich konnte erklären und versichern, wie ich es oft getan habe und jetzt abermals tue, dass fast alles erfunden war, außer dem Schauplatz und dem einen oder anderen nebensächlichen und literarisch verwandelten Erlebnis; dass keine Romangestalt ihre Entsprechung in jemandem besaß, der existierte oder existiert hatte, und, konkreter, dass niemand das Porträt oder die Karikatur irgendeines meiner damaligen englischen Kollegen an der Fakultät für moderne und mittelalterliche Sprachen war, zu der die Unterabteilung für Spanisch gehörte, der ich zugeteilt war. Aber tatsächlich muss das, was ich versichern oder erklären mag, nicht geglaubt werden, obwohl es eine vertrauensvolle und nicht zu rechtfertigende Neigung gibt, das zu glauben, was die Autoren in Bezug auf ihre Bücher behaupten. (Und indem ich darauf verweise, wird mir klar, dass ich unfreiwillig die Wahrhaftigkeit dessen in Frage stelle, was ich hier sage und weiter erzählen werde, aber ich muss dieses Risiko eingehen und trotz allem an die Gläubigkeit appellieren: Entweder man beachtet mich, oder man tut es nicht, entweder man hört mir zu, oder man tut es nicht, man braucht es nicht zu tun; so ist das nun einmal, das ist alles.) Was ich weder tun könnte noch tun kann, ist, zu beweisen, dass die Ereignisse des Romans mir *nicht* in meinem Leben widerfahren sind, so wie es immer unmöglich ist, zu beweisen, dass man etwas oder ein Verbrechen *nicht* getan hat, wenn von der gegenteiligen Vermutung ausgegangen wird, und das haben die Diktatoren immer gewusst: In Spanien selbst, um ein naheliegendes Beispiel zu nennen, war dies das Prinzip der franquistischen Justiz gleich nach Kriegsende und für lange Zeit. Ein Nachbar, ein Feind, ein Rivale, ein Neider, ein Freund beschuldigte jemanden aller möglichen Verbrechen, je schrecklicher, desto besser; das genügte für die Festnahme und den Prozess oder besser gesagt den Scheinprozess, bei dem man dem Angeklagten sagte: »Auf, beweisen Sie, dass Sie nicht getötet oder nicht verraten oder nicht geplündert oder nicht vergewaltigt haben«, zum Beispiel, wohl wissend, dass es fast unmöglich ist, etwas negativ zu beweisen. So erging es auch dem jüngsten Sohn von María Aguilera de Marías, meinem Vater, dem man unter anderen imaginären Dingen zur Last legte, während des Bürgerkrieges »Mitarbeiter der Moskauer Tageszeitung ›Prawda‹« und – worum ich ihn untröstlich beneide – »freiwilliger Begleiter des Banditen Dekan von Canterbury« gewesen zu sein. Ich muss zugeben, dass ich eine gute Summe als Bestechung gezahlt oder mich zu einer niedrigen Tat hätte verleiten lassen, um einmal im Leben mit einer so skurrilen und archaischen Anschuldigung konfrontiert zu werden. Es ist mir noch nicht gelungen, Näheres herauszufinden über die kriegerische Betätigung dieses Banditen, der als *the Red Dean*, »der Rote Dekan«, bekannt war und dessen wahrer Name Dr. Hewlett Johnson lautete – als wäre er in Oxford zu Hause, und tatsächlich hatte er seinen Doktor der Theologie in Oxford gemacht, so um das Jahr 1904, am Wadham College, das mir nicht ganz fremd ist; von dem wenigen, das ich weiß, ist am spektakulärsten die Tatsache, dass er 1937 als Erster die Schiffsblokkade von Bilbao durchbrach und bei Ausbruch des Krieges zweiundsechzig und bei dessen Ende fünfundsechzig Jahre alt war, ein verdienstvolles Alter für ein Banditenleben in fremdem Lande und dafür, sein Leben zu riskieren, indem er auf einem französischen Torpedoschiff aus Bermeo auslief, um ohne Zwischenfälle in San Juan de Luz anzukommen, nachdem er Minen und franquistischen Kriegsschiffen ausgewichen war, abgesehen von anderen möglichen Helden- oder Missetaten mit seinem freiwilligen Begleiter, wer immer das auch gewesen sein mag, denn natürlich war es nicht mein Vater und ganz gewiss auch nicht der Erzbischof von Canterbury, dem nichts anderes übrigblieb, als 1947 eine öffentliche Erklärung abzugeben, um darauf hinzuweisen, dass sein Dekan außerhalb der Grenzen der Kathedrale lediglich als Privatperson spreche und handle und der Erzbischof nicht verantwortlich sei für dessen mögliche Worte und Taten, »noch es in seiner Hand liegt, ihn zu kontrollieren«. Der Rote Dekan von Canterbury, ein ungestümer, unverbesserlicher Russlandliebhaber und Verteidiger der spanischen Republik, muss seine Abenteuer auf der Halbinsel wohl gut überstanden haben, da er zweiundneunzig Jahre alt wurde, fast so alt wie mein friedlicher Pförtner Will, der auch in einem anderen Krieg gekämpft hatte. Aber wegen seiner unfreiwilligen Begleitung und Schuld wäre ich beinahe nicht geboren worden, war doch der Tod durch Erschießen im Jahre 1939 das häufigste und gängigste Schicksal derjenigen, die von aufmerksamen patriotischen Freunden denunziert wurden, und wenn mein Vater nicht mehr als das Gefängnis erlebte, lag das daran, dass er Glück hatte, und an der Hartnäckigkeit meiner Mutter – sie wussten noch nicht, dass sie heiraten würden –, nicht an mangelndem Hass bei seinen beiden Denunzianten. Und was, wenn ich nicht geboren wäre. So viele werden geboren, und es ist, als wäre es nicht geschehen und als hätten sie nie existiert; so wenige leben in der Erinnerung fort, und so viele sterben früh, als hätte die Welt keine Geduld, ihrem Leben beizuwohnen, oder hätte es eilig, sich ihrer zu entledigen, die vergebliche Anstrengung und die winzigen Schritte, die keine Spur hinterlassen oder nur in der geschärften Erinnerung desjenigen, der bei ihnen half und den Irrtum beging oder die Anstrengung vollbrachte, wie ein kostspieliger, überflüssiger Luxus, der sogleich von der Erde getilgt wird, als wäre er bloßer Dunst, und nicht einmal auf die Probe gestellt werden darf. Und was, wenn niemand je geboren wäre.

So war das Einzige, was sich im Hinblick auf den geringen autobiographischen Gehalt meines Buches negativ beweisen ließ, die Tatsache, dass ich weder eine Frau namens Luisa hatte oder habe noch überhaupt eine Frau mit welchem

Namen auch immer und schon gar nicht einen damals neugeborenen Sohn, der, wenn er geboren worden und nicht vergeblich wäre, jetzt – wie schrecklich – sieben oder acht Jahre zählen würde, ein kleiner Flegel oder vielleicht, schlimmer noch – wer weiß –, ein kleiner Alleswisser, der es verdient, in die Verbannung geschickt zu werden. (Womöglich wäre ich kein guter Vater gewesen.) Aber selbst das wurde mir unterstellt von denjenigen, die das Notwendige über mich wissen und nichts über mein Privatleben.

Ich unterrichtete damals, nach mehreren Wanderjahren nicht nur in Oxford, sondern auch in der Nähe von Boston und in Venedig, Übersetzungstheorie an der Universidad Complutense in Madrid, zufällig und vier Studienjahre lang – nie hatte ich vorgehabt, mich der leidvollen Lehrtätigkeit mit ihren Fallen und Intrigen zu widmen. So wenig behagte mir das spanische Universitätsambiente mit seinen Schäbigkeiten, dass ich die abendliche Unterrichtszeit nutzte, um das akademische Leben zu meiden und gerade nur so oft wie nötig in der tristen, halbleeren und halbdunklen Fakultät zu erscheinen, in die bereits die Putzfrauen eingezogen waren, die sich zu dieser Stunde als Herrinnen des Schmutzes fühlen und den Professoren und Studenten Befehle geben oder sie verscheuchen, wie es auch den Fahrgästen und Eisenbahnarbeitern auf dem Bahnhof von Didcot widerfuhr oder dem in Mestre, in der Nähe von Venedig, wo ich den Teil irgendeiner Nacht ausgesetzt und in Nebel gehüllt verbrachte. Ich hielt meinen Unterricht, den ich im Taxi auf der Hinfahrt improvisiert hatte, und ging fort, sobald er zu Ende war, um neun oder zehn Uhr abends, je nach dem Tag, so dass es kaum Möglichkeiten zur Verbrüderung mit den Studenten oder zur Kumpanei mit den Kollegen gab und so gut wie niemand etwas über mich wusste, das nicht mehr oder minder öffentlich war. Dort erhielt ich also kurz nach dem Erscheinen von ›Alle Seelen‹ einen ersten – oder vielleicht zweiten –

Hinweis darauf, dass alles, was mein Erzähler erzählte und sagte, mir von Anfang bis Ende unterstellt werden konnte. Eine Gruppe von Studenten – vor allem Studentinnen – wartete eines Abends an der Tür der Aula auf mich, um mir ein paar Fragen zu stellen, auf die ich vermutlich ebenfalls improvisierend geantwortet habe, und als ich danach durch die Flure ging, mit meiner unpassenden Aktentasche aus schwarzem steifen Plastik mit blauem Henkel, von ihnen umringt wie ein idiotischer Politiker zwischen Gefolge und Journalisten – ich hatte bemerkt, dass die Professoren sehr gern mit großem Spektakel einherwandeln, und es machte mir Spaß, sie, die wahren und täglichen, einmal nachzuahmen –, fragte eine junge Frau mich beflissen und völlig übergangslos:

»Wie geht's dem Kind?«

»Welchem Kind?«, sagte ich überrascht.

Die Studentin genierte sich nicht.

»Welchem Kind schon, Ihrem.« Oder vielleicht sagte sie »deinem«, ich siezte die Studenten, aber sie duzten mich bei der geringsten Gelegenheit, außerhalb des Unterrichts sowieso, der Wechsel der Anrede konnte in Sekunden vonstattengehen, als würden sie mir die Maske fortreißen. Obwohl nicht alle jung waren, einige waren älter als ich, und alle hatten sie ihr Staatsexamen, brauchten sie meine Vorlesungen für die Promotion, die ich nicht hatte und nicht habe. Mehr als einmal zog ich die Möglichkeit in Betracht, mich für sie einzuschreiben und Student meiner selbst zu sein, um mir die Scheine zunutze zu machen (ich hätte mich verstellt und mir nur ein »befriedigend« gegeben; und ich hätte mich immer gesiezt).

»Meinem?«, sagte ich jetzt erschrocken. Ich begriff noch immer nicht. »Was für ein Kind? Habe ich ein Kind? Glauben Sie mir, das höre ich zum ersten Mal.«

Daraufhin mischten sich die anderen ein, vielleicht, weil sie sich geprellt fühlten, ich meine, als Opfer eines Betrugs.

»Aber das erzählst du doch in deinem Roman, in dem, der gerade erschienen ist«, protestierten sie, als würden sie eine Garantie vorweisen.

»Ach so.« Und ich schwieg eine Weile, blieb in dem Flur stehen, der von den lustlosen Putzfrauen beherrscht wurde (die Hand in die Seite gestützt während einer meditativen Pause), die mit ihren unordentlich zugeknöpften Kitteln und ihren saumseligen Scheuerlappen ihrer Arbeit nachgingen. Ich überlegte, ob ich mich berichtigen und diesem Kind vor diesen jungen Leuten Wirklichkeitsstatus verleihen sollte und damit auch Luisa, meiner romanesken Frau. Ich konnte ja auch schon von ihr geschieden sein, zum Beispiel wegen ihres eifersüchtigen oder cholerischen Charakters oder ihrer indiskreten Art oder ihrer Geschwätzigkeit oder wegen ihrer nachlässigen, qualvollen Mutterschaft, ein Irrtum, diese Ehe, vielleicht hätte ich das Kind behalten. (Oder sie konnte mich verlassen haben, wegen meiner Selbstbezogenheit und meiner mysteriösen Art.) Schließlich sagte ich die Wahrheit, während ich zugleich meine Schritte wiederaufnahm: »Aber das bin nicht ich, das ist der Erzähler des Romans, ich bin nicht verheiratet und habe auch kein Kind, zumindest, soviel ich weiß. Und ich glaube es zu wissen.«

»Aber du warst in Oxford«, warf eine von ihnen ein.

Eine einzige sichere Übereinstimmung (der Klappentext des Buches beeinflusste das Buch) genügt, um mir den Rest zu unterstellen, dachte ich, und das erschien mir als allzu primitive Leserreaktion für Studenten mit Staatsexamen, in ihrer Mehrheit Philologen verschiedener Sprachen.

»Ja, und was hat das damit zu tun?«, antwortete ich.

»Dann stimmt es nicht?«, beharrte eine Studentin. »Wir waren nämlich alle überzeugt, dass du ein kleines Kind hast.« Ich erinnere mich, dass sie »wir alle« sagte, in der weiblichen Form, vielleicht nicht so sehr wegen der großen Zahl von Frauen in den Vorlesungen, wie immer in den Literaturfächern, als deshalb, weil die Entdeckung nur unter ihren Geschlechtsgenossinnen zur Sprache gekommen war. Und bei einer dieser Studentinnen glaubte ich, einen Ausdruck von Freude zu bemerken, als sie hörte, ich sei nicht verheiratet. Nichts, womit man renommieren oder worauf man sich etwas einbilden sollte, denn alle Professoren und Professorinnen der Welt kommen in den Genuss dessen, was man den »Podesteffekt« nennen kann, und lösen dank seiner falsche, wahnhafte Leidenschaften aus, selbst die Hässlichsten, die Ungepflegtesten, die Widerlichsten, die Despotischsten und die Verkommensten, ich weiß das nur zu gut. Ich habe gesehen, wie strahlend schöne junge Frauen schwach wurden und für widerwärtige, nichtswürdige Männer mit einem Stück Kreide in der Hand dahinschmolzen und naive junge Männer sich (umstandshalber) für ein faltiges, verdorrtes Dekolleté erniedrigten, das sich über ein Pult beugte. Diejenigen, die diesen Podesteffekt ausnutzen, sind gewöhnlich verachtenswert, und es sind viele. Was ich nicht begriff, war die Freude dieser Studentin mit den Farben meiner Aktentasche (blaue Augen und schwarzes Haar), denn sie war es schließlich, die verheiratet war. Vielleicht war es literarische Genugtuung, und sie freute sich nur, festzustellen, dass ein Roman war, was sie als Roman gesehen hatte.

Sie reden also über mich, dachte ich, und sie haben sich die Mühe gemacht, gleich mein Buch zu kaufen und zu lesen. Während wir uns vorwärtsbewegten, gingen immer mehr Lichter aus, als warteten sie ungeduldig darauf, uns von hinten zu sehen, um sich zurückzuziehen, und als zählten die Putzfrauen nicht. Oder vielleicht ist es so, dass diese ihre Arbeit im Dunkeln und mit geschlossenen Augen verrichten können, als träumten sie von ihnen an anderen Orten. Vielleicht in Mestre oder Didcot, es ist schwer, die Bestimmungen zu ändern, haben sie erst einmal begonnen, wenn man nicht weiß, dass es Bestimmungen sind.

Kurz davor oder kurz danach hatte ich erfahren oder erfuhr ich, wie die ersten Reaktionen in der Stadt Oxford ausgefallen waren. Meine ehemaligen Kollegen an der spanischen Abteilung waren mehr oder minder darüber unterrichtet, dass ich an einem Buch arbeitete, dessen Handlung dort stattfand, aber ohne allzu präzise Vorstellungen und ohne zu wissen, ob es sich um eine verhüllte Chronik, einen Roman oder vage Erinnerungen handelte. Gründlich informiert war nur mein guter Freund Eric Southworth vom St. Peter's College, mit dem ich in häufigem Briefwechsel stand und stehe. Der Leiter der Abteilung, Professor Ian Michael vom Exeter College, der häufig nach Madrid kommt, wohin ihn seine Forschungen als Mediävist, seine Schwäche für den Stierkampf, historisch-topographische Recherchen für seine unter einem engelhaften Pseudonym verfassten Kriminalromane und eine verwegene Neugier oder Vorliebe für die Unterwelt und potentielle Ganoven führen, wusste ebenfalls etwas Bescheid, und nur, was sie beide den anderen hätten vermitteln können, wäre dem Lehrkörper zur Kenntnis gelangt.

Oder auch nicht. Bei einem meiner Besuche nach Ablauf meines Vertrages – es muss im Sommer 1987 gewesen sein, nachdem ich neun schläfrige Tage in einem Literaturseminar in Cambridge mit Ishiguro, dem angenehmen Vikram Seth, P. D. James, der verstorbenen Angela Carter, David Lodge, dem vorsintflutlichen Wesker und anderen verbracht hatte, bei dem wir nur in der Schlusssitzung von dem Kritiker George Steiner geweckt wurden – kam ich der Gewohnheit nach, einen alten, pensionierten Professor zu besuchen, bei dem ich während der Jahre meines Aufenthalts einmal im Monat zu Gast gewesen war und dessen Porträt einige in der Toby Rylands genannten Figur aus ›Alle Seelen‹ sehen wollten und den ich daher hier ebenfalls Toby Rylands nennen werde, das heißt, ich werde seinen vorgeblichen, fiktiven Namen benutzen, um mich auf jemanden zu beziehen, der es nicht war und es auch nicht ist, aber es vielleicht am Ende sein wird. Für diesen Professor hatte ich immer große Bewunderung und Achtung empfunden, und außerdem war er amüsant, ein intelligenter und scharfsinniger Mann, maliziös und gelehrt und so anregend, dass er fast rätselhaft wirkte. Mit dem Wort anregend will ich nicht nur sagen, dass er mit seiner auffallenden Erscheinung und mit seiner intensiven Langsamkeit und seinen wohleinstudierten Pausen beim Sprechen die Phantasie beflügelte, sondern auch, dass er ständig auf beklagenswerte Ereignisse seiner Vergangenheit, weit zurückliegende halbheimliche Tätigkeiten und unerwartete oder für einen Lehrstuhlinhaber eher unpassende Kontakte anspielte, ohne eine einzige Erzählung jemals ganz auszuführen. Seinen offiziellen biographischen Angaben zufolge, die jedem zugänglich sind (ich begehe also keine unvorsichtige Enthüllung), trug er vor seinem jetzigen Namen den Familiennamen seiner Mutter, den Namen Wheeler; er wurde 1913 in Christchurch, Neuseeland, geboren, was ihn nicht hinderte, oxfordischer zu wirken als jedes andere mir bekannte Mitglied der Kongregation – wie die Gesamtheit der Professoren oder *dons* genannt wird; diese Abrisse informieren knapp darüber, dass er sich 1940 zur Armee meldete und am Ende dieses Jahres dem Intelligence Corps oder Spionagedienst oder Geheimdienst zugeteilt wurde, und berichten weiter, dass er zwischen 1942 und 1946 »Sonderaufträge in der Karibik, in Westafrika und in Südostasien« durchführte, was mir alles nichts nützte, als es galt, jemanden zu skizzieren, der anders ist, als er war und ist, den fiktiven Toby Rylands, denn als ich am meisten Kontakt mit dem wirklichen hatte, kannte ich diese Fakten nicht (man kommt nicht auf den Gedanken, die biographischen Angaben von jemandem zu konsultieren, den man oft sieht, wenn es sie gibt), und dieser erzählte nie, wie ich bereits sagte, etwas Vollständiges über seine möglichen harten oder abenteuerlichen Tage, er erlaubte nur, sie zu erahnen.

»Einmal musste ich wochenlang einen Erbprinzen bewachen und unterhalten«, murmelte er zum Beispiel bei einer bestimmten Gelegenheit.

Und man erwartete daraufhin eine Erzählung, deutete diesen Satz als Auftakt zu irgendeiner lustigen und merkwürdigen Geschichte, die von Anfang bis Ende zu hören sich lohnen würde. Und angesichts des Schweigens, das ihm folgte – Rylands verharrte stumm, als würde er abwägen, ob er gut daran getan hatte oder nicht, das zu äußern, was er bereits geäußert hatte, ob er erzählen oder die Episode für sich behalten wollte –, versuchte ich, ihm die Zunge zu lösen.

»Ach ja? Wie war das? Bestimmt sind sie nicht besonders interessant, die Prinzen.«

Daraufhin strich er sich mit der riesigen, friedlichen Hand über die holzigen Wangen, als erinnerte er sich plötzlich und als genügte ihm dies – synchron, könnte man sagen – und als hielte er vielleicht nun, da er sich an alles erinnerte, die Erzählung, die er mir beinahe anvertraut hätte, für nicht mehr nötig.

»Hmm«, sagte er, wie so viele Leute in Oxford, wo viel gemurmelt wird. »Hmm.« Und seine Augen funkelten von der wiedergefundenen Jugend.

Ich hakte nach:

»Was war das für ein Prinz? Europäer, Afrikaner, Russe?« Und dann lachte Rylands ein bisschen, ein Lachen wie Knallkörper ohne Echo, und damit gab er zu erkennen, dass er es lieber lassen und zu etwas anderem übergehen wollte. Oder er beendete die kaum angedeutete Angelegenheit mit einem weiteren kurzen Satz oder vielleicht zwei oder drei, die abschließenden Charakter hatten:

»Ein Prinz, ja. Ein sehr lustiger Prinz. Er trank viel, und ich musste ihn bei seinen Sauftouren begleiten. Deshalb vertrage ich so viel. Dieser Sherry überzeugt mich nicht, ich werde Mrs Berry sagen, dass sie ihn mir nicht mehr bringen soll.« Und er hob das Glas an die Lippen, die so fein waren, dass sie von einem Schminkpinsel zu stammen schienen. Damit erklärte er seinen prekären Ausflug in die Vergangenheit, zumindest den verbalen oder den vor Zeugen, für beendet. Das englische Wort, das er für »Sauftouren« benutzte, war *binges*.

Die Romanfigur Rylands machte ich zum ehemaligen Spion des MI5, des berühmtesten der britischen Geheimdienste, und ich erwähnte angebliche Missionen von ihm während des Krieges in Martinique, Haiti, Brasilien und auf den Tristan-da-Cunha-Inseln, all das den unermüdlichen Gerüchten in Oxford zufolge. Es waren Erfindungen von mir, vielleicht angeregt durch seine unerfüllten Ankündigungen bei unseren Unterhaltungen, das war alles, ich wusste nichts von seinen öffentlich bekannten biographischen Daten.

Dennoch war die Gleichsetzung beider Rylands bis zu einem gewissen Grad verständlich, denn bei der Beschreibung der Figur hatte ich einige äußere Merkmale der Person aufgegriffen und ausgeschmückt und umgearbeitet, und dies stiftete zweifellos Verwirrung bei oberflächlichen Lesern. In dem Roman heißt es: »Er war ein sehr großer, wahrhaft riesiger Mann mit völlig erhaltenem, gewelltem weißen Haar – ein Bavarois – auf seinem monumentalen Kopf, stets gut gekleidet, eher dünkelhaft statt elegant (mit Fliege und gelben Pullovern, leicht amerikanisch oder wie ein Student in alten

Zeiten) …« – »Am eindrucksvollsten waren seine Schlitzaugen von unterschiedlicher Farbe, olivenölfarben das rechte und aschfarben das linke, was bewirkte, dass man von der rechten Seite her einen stechenden Ausdruck mit einer Spur von Grausamkeit an ihm gewahrte – das Auge eines Adlers oder vielleicht einer Katze –, während man von der linken Seite einen nachdenklichen, ernsten, redlichen Ausdruck gewahrte, von einer Redlichkeit, wie sie nur die Menschen des Nordens besitzen – das Auge eines Hundes oder vielleicht eines Pferdes, die von allen Tieren die redlichsten zu sein scheinen; betrachtete man ihn hingegen von vorn, dann begegnete man zwei Blicken, oder besser gesagt, beiden Farben, aber einem einzigen Blick, der grausam und redlich, nachdenklich und stechend war.« – »Das Diabolischste an Toby Rylands war indes sein Lachen: Der Mund bewegte sich kaum, aber doch genug – nur waagerecht –, um unter seiner dunkelvioletten, fleischigen Oberlippe einige kleine, spitz zulaufende, aber sehr regelmäßige Zähne zu entblößen, vielleicht die einem teuren Zahnarzt zu verdankende gute Imitation der Zähne, die das Alter ihm genommen hatte. Das Dämonische dieses kurzen, trockenen Lachens lag jedoch nicht darin, es zu sehen, sondern es zu hören, denn es ähnelte nicht den üblichen geschriebenen Onomatopöien, die alle mit ›h‹ beginnen (also *hahaha* oder *hehehe* oder *hihihi* oder in anderen Sprachen *hohoho* oder sogar *ahah*), sondern in seinem Fall war es unzweifelhaft ein Verschlusslaut, ein eindeutiges alveolares ›t‹, wie es das englische ist. *Tatata*, so hörte sich das schaurige Lachen von Professor Rylands an. *Tatata. Tatata.*«

So hörte sich das unverwechselbare Lachen des wirklichen Rylands an, und so war er mehr oder weniger, wenn er auch keine fleischigen Lippen und keine zweifarbigen Augen hatte, sondern beide von einem so nördlichen Blau, dass sie im Licht der Sonne und im elektrischen ins Gelbliche spielten, ein lauernder Blick oder, mehr noch, ein Heckenschützenblick, Augen, die, selbst wenn sie zerstreut oder schläfrig oder abwesend wirken, eine Meinung auszudrücken, allein, ohne Beteiligung des Verstandes, zu denken, zu urteilen scheinen. Er gehörte zu den Personen, die niemals fordern oder tadeln, vor denen man jedoch oft ein Gefühl von Unzulänglichkeit empfindet, wenn man die Reflexe der Jugend noch nicht völlig aufgegeben hat; sie äußern auch keine Vorwürfe oder Unzufriedenheit, und doch hat man das Gefühl, immer am Rand ihrer stummen Missbilligung zu stehen. Diese Wirkung ist nicht leicht zu erzielen, sie hängt nicht von der Haltung oder den Umgangsformen, auch nicht vom Geld oder von der Eitelkeit ab, nicht einmal von den wütenden Repressalien, die ich im Verlauf meines Lebens bei einigen verärgerten unternehmerischen Aufsteigern erlebt habe: gemeine Leute, unsichere Leute, die keinen Respekt einflößen, die sich beweisen müssen, dass sie groß sind, und jeden oder jeden Schwachen erledigen, um ständig ihr stets geringes Selbstbewusstsein zu erneuern (ich hatte einen solchen Verleger in meinen jungen Tagen, ich verließ ihn mit Überdruss und ohne Rücksicht, sein Gesicht lief rot an, seine Augen irrten begriffsstutzig umher, er war unfähig, ein vernünftiges oder vollständiges Wort zu artikulieren, langsam im Denken und Sprechen, verblüfft darüber, dass er seinen ausbeuterischen Willen nicht durchsetzen konnte – seine Anfänge im Schwarzhandel, erzählte man; ich habe auch Schriftsteller dieser Art gekannt, despotisch und komplexbeladen, es erschüttert und zerstört sie jede abweichende Meinung). In Wirklichkeit muss man – kann man – nichts Außergewöhnliches tun, um beim anderen diese Wirkung zu erzielen, die eine Mischung aus Eingeschüchtertsein und Wunsch nach Anerkennung ist oder zumindest danach, toleriert zu werden. Toby Rylands gelang dies ohne jede Anstrengung, obwohl er durchaus darauf bedacht war: mit seiner gelegentlichen Lakonik, mit seiner scharfen Stimme, die sich das Alter zunutze machte, um bisweilen betrübt zu klingen und dramatisch zu werden, mit seinen Augen, die interpretierten, während er zuhörte und auch während er sprach, es war, als gebe es bei den Gesprächen mit ihm kein Wechselspiel und als sei man die ganze Zeit entblößt, wenn man sprach und wenn man schwieg, wenn man erzählte und wenn man zuhörte und er es war, der redete. Außerdem hatte er den Ruf, geringe Skrupel zu haben – erbarmungslos zu sein –, wenn es darum ging, seine Feinde oder auch nur seine Beleidiger zu bestrafen, für ihn war es Strafe, nicht Rache, aufgeklärte Menschen lassen sich nicht dazu hinreißen. Es ging das Gerücht, ihm sei einmal, als er erfuhr, dass eine nordamerikanische Universität einem undankbaren oder wenig liebedienerischen Studenten einige mit saftigen Honoraren verbundene Lehrveranstaltungen anbieten würde, nichts Entscheidenderes eingefallen, um dies zu verhindern, als ihn hinter vorgehaltener Hand der Koprophagie zu bezichtigen, was den reichen Südstaatenpuritanern genügte, um auf die eklige Anstellung zu verzichten, anscheinend ohne sich überhaupt zu fragen, wie Rylands so sichere Information über Praktiken und Tätigkeiten besitzen konnte, die, sollten sie wirklich existieren (ich glaube nicht daran, es sind literarische und filmische Vorstellungen und Manierismen), niemand herumerzählen würde, schon gar nicht in der Stadt Oxford, wo fast nichts nicht gewusst wird und das, was nicht gewusst wird, erschaffen oder aber erfunden wird. Toby Rylands' Tücke wäre gewaltig, ja mephistophelisch gewesen durch die Wahl eines Lasters, über das niemand den Verleumdeten auszufragen gewagt hätte, wodurch ihm jede Möglichkeit der Leugnung und Verteidigung genommen worden wäre. Wie gefährlich sind die glaubwürdigen Stimmen, die berechtigten, die Stimmen, die niemals lügen, als warteten sie auf den Tag, an dem es sich wirklich lohnt oder sie damit an der Reihe sind, und dann überzeugen sie ohne jede Anstrengung, wie phantastisch oder giftig auch immer ihre Behauptung ist. Es kann sein, dass meine Stimme langsam eine solche wird, des Alters und des einen oder anderen Geschriebenen wegen, obwohl das meiste fiktiven Charakter hat. Aber noch lüge ich nicht.

Sorge machten mir also nur die möglichen Reaktionen dreier Personen auf das Buch, das ich schrieb und das noch keinen Titel hatte und auf das ich mich in meinen damaligen Briefen an Eric Southworth oder Daniella Pittarello als »Oxfordroman« bezog. Was der Freund in Oxford meinen könnte, wenn er ihn lesen würde, wagte ich zu vermuten, und es machte mir wenig Angst, abgesehen vom strikt literarischen Urteil; auch in der wahrscheinlichen Reaktion Ian Michaels sah ich keine Bedrohung, seiner humorvollen, ungezwungenen Geisteshaltung wegen und weil er absolut nicht scheinheilig ist, er ist das Gegenteil eines Süßholzrasplers. Was die übrigen Kollegen betraf, strenger in ihrer Erscheinung und eifriger bedacht auf den guten Ruf ihrer Profession, der Universität und Oxfords selbst, so nahm ich an, dass die Tatsache, dass sie ein Gutteil ihres Lebens auf die Lehre der Literatur verwandt hatten (sei es auch der spanischen und lateinamerikanischen), ihnen erlauben würde, ohne Probleme noch Zweifel ein Werk der Fiktion von Memoiren oder von einem Essay zu unterscheiden und keine meiner impertinenten Abschweifungen oder komischen Übertreibungen oder Erfindungen übelzunehmen, die einem literarischen Ort galten, der nur halb mit dem Namen Oxford übereinstimmte, den ich ihm gab, oder einer Reihe von Figuren, die weder ihr Porträt noch ihre Karikatur waren und selbstverständlich nicht ihre Namen trugen, obwohl sie in der Tat ihre Posten einnahmen, so wie der Erzähler den meinen.

Toby Rylands' Reaktion machte mir dagegen größere

Sorgen, wegen des gerade Ausgeführten und weil ich mir auf keinen Fall seine Missbilligung zuziehen wollte, schon gar nicht einer persönlichen Angelegenheit wegen. Als ich ihn in jenem Sommer 87 nach meinem ungeduldigen Aufenthalt in Cambridge besuchte – ich sah ihn dieses Mal nicht allein bei ihm zu Hause, sondern bei Ian, der ihn, Eric und mich zum Mittagessen in seinem Garten eingeladen hatte –, erschien es mir daher angebracht, ihn zu unterrichten, und als keine schlechte Idee, es vor zwei Zeugen zu tun, die zu Verbündeten oder Komplizen werden könnten, wenn sie es nicht schon waren. Ich erinnere mich, dass Toby auf einem Segeltuchstuhl saß, der materiell unter seiner Leibesfülle litt, Seitenblicke auf den Fluss warf und Seitenblicke auf uns warf mit seiner in der stillstehenden Julisonne gelblichen Iris und seine leidvollen, kurzen Anekdoten von sich gab, als teilte er Schläge mit dem Degenknauf aus, oder sein langsames, wie Platzpatronen klingendes Lachen lachte – tatata –, wenn Ian oder Eric ihm eine witzige oder boshafte Geschichte erzählten. In einer Gesprächspause und nachdem Ian Michael ins Haus gegangen war, um nach seiner blinden Mutter zu sehen, mit der er zusammenlebte, und einer Hausangestellten aufzutragen, den Nachtisch zu servieren, brachte ich meine Erklärung an (der Fluss sah schmutzig und lethargisch aus):

»Ich weiß nicht, ob Sie wissen, Toby, dass ich einen Roman schreibe, der hier in Oxford spielt.«

Toby Rylands stellte sich unwissend, ich war sicher, dass er etwas gehört haben musste.

»Ach ja? Und was ist das für ein Roman? Ein Schlüsselroman über uns alle? Hmm. Müssen wir uns Sorgen machen? Hmm. Müssen wir uns erinnern? Nein, ich wusste nicht das Geringste. Nicht ein Wort«, sagte er mit offenkundiger Übertreibung und fügte mit falscher Klage hinzu: »Keiner erzählt mir hier was.«

Das mag heute so sein, da selbst seine Pensionierung weit

zurückliegt und er nicht einmal mehr als emeritierter Professor zu den amerikanischen Universitäten reist, die ihn um Rat baten und voll Ehrerbietung unter Vertrag nahmen, er muss schon dreiundachtzig sein. Aber damals, vor zehn Jahren, war das Gegenteil der Fall: Alle Welt lief zu ihm, um ihm alles zu erzählen, was ihn amüsieren oder interessieren konnte, es gibt Leute, denen man die Dinge nur erzählt, um sich bei ihnen beliebt zu machen und ihre Wertschätzung oder ihr herablassendes Wohlwollen zu erhalten, ihre Telefone läuten ständig.

»Na ja, ich weiß noch nicht, was für eine Art Roman das sein wird, ich kenne meine Bücher erst, wenn ich sie beendet habe, und selbst dann ... Aber natürlich wird es kein Schlüsselroman über Sie alle werden, ich glaube nicht, dass jemand sich Sorgen machen muss. Es ist nur so, dass vielleicht trotzdem einige Kollegen ihn so verstehen wollen oder glauben, sich in der Beschreibung wiederzuerkennen. Sie wissen ja, die Tatsache, dass ich hier gelebt habe, reicht aus für den Verdacht, man traut uns weniger Phantasie oder Willkür zu, als wir haben. Und ich würde es wirklich nicht gern sehen, wenn jemand verärgert wäre, ich denke vor allem an Alec, an Fred, an Pring-Mill, weniger an John und an Sie drei, Sie sind leichtsinniger, und ich meine das als Lob. Auch um Philip hätte ich mir keine Sorgen gemacht, das ist sicher.«

Alec Dewar, oder so nannte ich in ›Alle Seelen‹ eine Figur, in der man die wirkliche Person sehen wollte, die ich jetzt, wie im Fall von Rylands, bei ihrem vorgeblichen, fiktiven Namen und ihren vorgeblichen Spitznamen nenne, der Schlitzer, der Inquisitor, der Schlächter, der Hammer: the Ripper, the Inquisitor, the Butcher, the Hammer. Alec Dewar, ein ernster Mann, der als streng und unerschütterlich gelten wollte, wusste in Wirklichkeit nichts mit sich anzufangen, sobald er, gezwungen durch das Ende des Unterrichts – er betrachtete sehnsüchtig die geschlossenen Portale der Tayloriana, die ihn bis zum nächsten Morgen aussperrten – und das Verschwinden der Studenten, die ihn belebten, da sie ihn in Rage brachten, seine Rolle als Menschenfresser ablegte; er reagierte verwirrt auf jedes Element, das seiner hartnäckigen, jahrelangen Routine fremd war, und wenn man sich für ihn interessierte oder ihm halb persönliche Fragen stellte, als könnte er ein Leben außerhalb des universitären Bereichs haben, reagierte er dankbar und verlegen und verlor auf der Stelle sein ganzes Pathos: Er antwortete schüchtern, aber mit dem kühnen Gebaren von jemandem, der sich verschwendet, oder als habe man ihn bei einem schmeichelhaften Vergehen ertappt. Ihm gefiel es, nach außen hin grausam und sarkastisch zu wirken, und es gelang ihm, überzeugend zu sein vor den Studenten und den Gästen seiner Seminare, die unter seinem Urteil zu leiden hatten, weniger vor den Kollegen, die wir bisweilen seine polternden, halbherzigen Versuche bemerkten, angenehm und sogar geistreich zu erscheinen – eine der Formen der Freundlichkeit in Oxford. Sein mündliches Spanisch war unsicher, er sprach lieber englisch mit mir. Die mangelnde Gewohnheit, über sich selbst und über Dinge zu sprechen, die nichts mit der Arbeit zu tun hatten, veranlasste ihn, beim zweiten oder dritten Austausch halb vorgefertigte, halb rätselhafte Sätze von sich zu geben, die nichts bedeuteten: »So sind die Dinge heutzutage«, sagte er ohne viel Sinn, nachdem er zum Beispiel erklärt hatte, dass er keine eigene Wohnung in der Stadt habe und in seinen Räumen im College schlafe, ich weiß nicht mehr, ob Trinity oder Christ Church oder Corpus Christi. Diese Sätze konnten das Gespräch zu einem toten Punkt führen und sein mürrisches Wesen in eine Art Wehrlosigkeit verwandeln, die eine peinliche Situation entstehen ließ.

Fred Hodcroft, ein charmanter Mann, hochgewachsen und extrem schlank; mit seinem Spechtprofil und seiner Art,

ein Hemmnis, etwas aus der Vergangenheit, dem man noch immer eine gewisse Beachtung schenken muss oder an das man sich ungeniert wendet, wenn man Hilfe braucht, da es immer auf unserer Seite steht – als Reserve, etwa wie die Familie, aus der man stammt. Aber vielleicht fiel mein Kontakt mit ihm in die Zeit, als er schon sehr krank war, und womöglich erscheint den Todkranken allmählich alles als überflüssig und der Vergangenheit angehörig oder schon verloren. Er trug einen gepflegten Schnurrbart, und seine blauen Augen waren wässrig, er legte eine sicher trügerische Sanftheit an den Tag, wie jemand, der so gequält ist, dass er nicht streitet, oder vielleicht war ihm alles gleichgültig. Einige wollten ihn in der Romanfigur sehen, die ich Cromer-Blake genannt hatte, vermutlich wegen des Doppelnamens und weil diese Figur am Ende des Buches stirbt. Natürlich wollte man in ihr auch meinen lebendigen Freund mit einfachem Namen, Eric Southworth, sehen, was in diesem Fall absurderweise dazu führte, dass man zwei mit einem identifizierte.

Eric Southworth, von manischer Redlichkeit; so ehrlich und rechtschaffen, dass er zweifellos den meisten auf die Nerven geht, es gibt in unserer Zeit nicht mehr viele, die so sind, höchstens noch einige wenige Frauen. Und gleichzeitig war er wandlungsfähig und besaß einen außergewöhnlichen Sinn für Komik, einer dieser seltenen Menschen, die imstande waren, Ernst und Scherz gleichsam im selben Satz zu vereinen, und beide aufrichtig. Ich habe erlebt, dass er wie ein böser Junge schallend über irgendeine Schandtat lachte – ein altes Wort, ein Großmutterwort, aber das passende –, und auch, dass er furchteinflößenden Ernst an den Tag legte, wie ein Held der Vorlesungssäle. Sein Spanisch war gut, wenn auch ein wenig renaissancehaft, weil es den Büchern entstammte, er war zu faul, es in Oxford zu sprechen, in seinen Zimmern oder in seinen Speisesälen oder Unterrichtsräumen. Ein paar Jahre älter als ich, hatte er schon ganz graues Haar, was er ausnutzte, um den Studenten Respekt einzuflößen, nicht immer mit Erfolg, sein leicht zu Scherzen aufgelegtes Naturell verriet ihn. Manchmal dagegen versetzte er sie in Panik, wenn er sich das Birett aufsetzte und sie mündlich prüfte, wobei er sich wie eine böswillige Dickens'sche Figur aufführte oder das mahnende Gebaren der alten spanischen Geistlichen imitierte – ein Zeigefinger erhoben, die Augen verengt, die Stimme nach innen –, das ihn sehr amüsierte, der Katholizismus als Folklore betrachtet. Einmal bat er mich, ihm in der Calle de Segovia eine Erzbischofs- oder Bischofsmütze zu erstehen, also schickte ich ihm zwei, eine aus Seide mit grüner Troddel und eine aus Satin mit roter Troddel (oder umgekehrt, ich kenne die Uniformen nicht, vielleicht waren es nur Priestermützen). Er war begeistert über das Geschenk, wenn ich auch nicht fragte oder weiß, wozu er sie wollte, ich nehme an, er wird sie privat verwendet haben. Bei ihm brauchte ich mir wegen des Romans keine Sorgen zu machen, wie in der Tat auch nicht bei Ian Michael, beide voll Scharfsinn und Witz und gute Kenner der Fiktionen. Das galt auch für Toby Rylands, aber er war verehrungswürdiger und unberechenbarer, das heißt, als ich ihm von dem Buch erzählte, vertraute ich ihm in Wirklichkeit meine Befürchtungen in bezug auf seine mögliche Reaktion an.

Er schaute mich einmal mehr von der Seite an, und was er mir ironisch sagte, war geeignet, mich zu beruhigen:

»Ich glaube nicht, dass du dir deshalb Sorgen zu machen brauchst, Javier. Eher wegen des Gegenteils. Die Einzigen, die verärgert oder beleidigt reagieren könnten, sind wahrscheinlich die, die sich nicht in deinem Roman wiedererkennen, die glauben, dass sie nicht darin vorkommen, nicht einmal getarnt oder verbrämt. Oder verunglimpft oder verhöhnt. Schließlich und endlich ist es demütigender, kein Anlass zu Inspiration zu sein, als es zu sein, der Fiktion nicht würdig zu sein, als es zu sein, sei es auch um den Preis einer Indiskretion und negativ, um einer lasterhaften oder lächerlichen Figur Leben zu verleihen. Das Schlimmste ist, dort, wo die Möglichkeit dazu bestand, nicht vorzukommen.« Er schwieg ein paar Sekunden, schaute zum Fluss hin, als überwachte er ihn, und fügte mit freundlichem Spott hinzu, während er mit seinen runzligen Fingern auf die Armlehne seines durchhängenden Segeltuchstuhls trommelte: »Außerdem, wer weiß, vielleicht schreibst du ja einen künftigen Klassiker. Unsere ganze Arbeit, die Arbeit der Gelehrten, ist dazu verurteilt, zu veralten, unnütz zu sein, vergessen zu werden. Das gilt für uns, die wir schreiben; die, die es nicht tun, wie Eric … tja, sein verstreutes Wissen verweht der Wind, sobald er den Saal verlässt, oder vorher, du weißt das, Eric, das weißt du doch, nicht?« Ja, Eric wusste das genau, er weiß es, und er will es so. »Vielleicht können wir der Nachwelt, die ironischerweise das Einzige ist, was uns beschäftigt, nur durch einen jetzt geschriebenen Roman überliefert werden, dem wir nicht die geringste Aufmerksamkeit zu schenken brauchen. Stell dir das nur vor, wie ungerecht, wie grotesk, wie sarkastisch, erinnert zu werden durch das, was wir verachten. So ist es, so ist es. Es ist unwahrscheinlich, dass ein aktueller Roman von Dauer ist, es werden zu viele veröffentlicht, und die Kritiker der Zeitungen erkennen fast nie etwas, aber es ist zumindest möglich. Was mit Sicherheit nicht fortleben wird, sind unsere Forschungen und Interpretationen, die nur ein künftiges archäologisches *Ich* interessieren dürften, wie soll ich sagen, ein wiederholtes *Wir*, zu dem es nicht kommen wird; auch nicht unsere immer unpersönlichere und oberflächlichere Gelehrtheit mit all diesen Computern, die alles stehlen und verschlingen und speichern und es dann dem ersten Analphabeten ausspucken, der eine Taste zu drücken weiß. Hmm. Das gefällt mir nicht.« Rylands legte eine Hand auf sein weißes, meringeartiges Haar, ohne es zu zerzausen, als wollte er sein altertümelndes Hirn vor der erahnten Zukunft schützen, die ihm zu schaffen machte, in der kein Platz wäre für einen wie ihn, und damit war er sicher einverstanden; aber es gäbe auch keinen für Leute wie Ian, der jünger war, oder Eric, der noch jünger war, beide mit vielen tätigen Jahren vor sich, und das erschien ihm wohl zu gewaltsam, als Amputation oder als Opfer. »Das gefällt mir nicht. Hmm. Nicht mal heutzutage gibt es viele, die unsere Texte voller bemühter Anmerkungen und Exegesen lesen, und die meisten dieser Leser sind ressentimentgeladene Kollegen, die sich ihnen in böser Absicht nähern, um sie zu kritisieren oder zu widerlegen oder zu plagiieren, wenn sie Glück haben. Um uns zu Lebzeiten zu diskreditieren, wenn wir tot sind, lohnt es sich nicht. Versuch also besser, keinen von uns aus deinem Roman rauszulassen: Du könntest einen von uns um die Unsterblichkeit bringen, und das wäre unverzeihlich, findest du nicht? Ich glaube, du musst nur die Wut derjenigen fürchten, die du der literarischen Nachwelt beraubst. Tatata. Kannst du dir das vorstellen? Leute wie wir, die in einem Jahrhundert über uns, die Romanfiguren, forschen. Tatata.« Rylands lachte oft über seine eigenen humoristischen Äußerungen.

Eric und Ian lachten auch, ihr Lachen aus gehauchten Konsonanten. Ian Michael schrieb seine Kriminalromane mit einem Inspektor namens Bernal, aber er wollte sich nur amüsieren und in Japan Geld mit ihnen verdienen (anscheinend besteht der Trick darin, fünf oder sechs zu haben, in denen dieselbe Figur erscheint, und dann kommen der Erfolg und die Sucht ganz von allein, vor allem in Japan mit seinem Wiederholungseifer, so erzählt man), er setzte seine Hoffnungen nicht darauf, in die Geschichte der Literatur einzugehen. Auch ich nicht mit meinen, die keine Kriminalromane waren. Oder vielleicht doch, es ist nicht leicht zu sagen. Nein, mir geht es um etwas anderes.

»Von dieser Seite droht keine Gefahr, scheint mir«, antwortete ich Toby. »Wenn es nur von mir abhängt, dann fürchte ich, dass Sie alle weiterhin sterblich sein werden.«

Ich muss hier einen Einschub machen – dies ist ein Buch der Einschübe, nur, dass man auch mit ihnen vorwärtskommt –, um einzugestehen, dass Toby Rylands' Idee mir bei mehr als einer Gelegenheit dazu gedient hat, mit ihr zu überzeugen und zu feilschen. Noch während ich an ›Alle Seelen‹ schrieb, überzeugte ich eines Tages Francisco Rico von dem Gedanken, den die neuseeländische Koryphäe in Ian Michaels Garten, den Blick auf den Fluss gerichtet, mit leichtem Spott geäußert hatte. Paco Rico war für mich damals »Professor Rico, ein hochgelehrter Mann«, bemüht missmutig, unverschämt hochmütig und sympathisch gegen seinen Willen. Ein selbstgefälliger Mensch, der sich gern mit Satelliten umgab (also tat er es). Dennoch gelang es mir einmal – vielleicht war es in Vitoria –, ihn zu deprimieren, indem ich ihm vor Augen führte, dass sein ganzes professorales Prestige und Gebaren, sein möglicher Nimbus als Mitglied der Königlichen Akademie – seine Kandidatur war in Vorbereitung – und seine zahlreichen, mit Beifall bedachten kritischen Schriften dazu bestimmt waren, nur so lange zu dauern wie er selbst. Später würden Leute kommen, die definitionsgemäß kompetenter wären, mit mehr Wissen und perfektionierten Arbeitsmethoden, Personen, denen es vielleicht gelingen würde, zum Beispiel alles über den ›Lazarillo de Tormes‹ oder über den ›Quijote‹ zu erforschen, und die seine Interpretationen und Entdeckungen veraltet oder sogar lächerlich, weil naiv erscheinen lassen würden – alles Vergangene erscheint naiv – oder als nicht auf dem neuesten Forschungsstand. Dagegen lässt sich behaupten, sagte ich zu ihm, dass wir, sämtliche Romanciers der Gegenwart – noch der unfähigste, der aus Manzaneda de Torío oder der aus Quicena unter den spanischen; freilich nicht der aus Las Palmas – in gewissem Sinne Cervantes überlegen sind, sei es auch nur, weil wir Cervantes kennen und über seine Lehre verfügen und auf ihn zurückgreifen können und außerdem wissen, was danach gekommen ist, was uns theoretisch zu einem großen Vorteil verhilft: Und doch ist keiner von uns ihm überlegen, und weder unsere Existenz noch unsere Seiten löschen oder annullieren die seinen, die weiterhin studiert und gelesen werden, ohne dass sie verfallen: Dies ist ein Bereich, in dem die zusätzliche Zeit keine Hilfe bietet oder nicht dazu dient, das, was vorher kam, zu verbessern oder auszurangieren, vielleicht das einzige Gebiet, auf dem die vergangene Zeit keine verlorene Zeit ist, sondern in Wirklichkeit eine gewonnene – nicht für uns Personen, die wir sie immer verlieren, wohl aber für unsere Intentionen und für das Werk, das wir geschaffen haben, wenn es denn in der Zeit dauert. Heute schenkt niemand dem Beachtung, was wir schreiben, aber es gibt eine entfernte Möglichkeit, dass es Personen wie Rico selbst oder wie Rylands oder Michael oder Southworth in vielen Jahren tun werden; und das wird niemals mit dem geschehen, was Professor Rico heute in Druck gibt, mag es auch von großem Wert und größerem Verdienst sein.

»Es ist möglich«, sagte ich zu ihm, »dass du eher deshalb im Gedächtnis bleiben wirst, weil du als Figur in einem Roman erschienen bist, der so dauerhaft ist, dass er bis ins letzte Detail ausgeforscht wird, als wegen all der Dinge, die du mit deinem Eifer und deinem exegetischen Talent und deinem angehäuften Wissen zu erreichen vermagst.«

Am Anfang zeigte der Professor sich missmutig, wie es ihm zukam, und sogar ein bißchen pikiert:

»Bah«, sagte er mit einer hochmütigen Grimasse, »ich komme schon in einem Roman vor und obendrein als absoluter Protagonist, als hauptsächliche, beherrschende Figur, als

Auslöser der Handlung und vor allem der Leidenschaft. Ein ganzer Roman, den eine Frau gegen mich geschrieben hat, um ihren Groll loszuwerden, die Arme.«

»Ach ja, ich habe ihn gelesen«, antwortete ich, was ihn zu überraschen, ja ihm zu schmeicheln schien (»Ach, du hast ihn gelesen?«, entschlüpfte ihm mit unverhohlener Freude, und daraus schloss ich, dass Rylands recht hatte). »Aber du kamst nicht gerade gut weg, was im Übrigen normal ist, wenn es sich um eine Abrechnung handelt. Du warst auch nicht besonders kenntlich, äußerlich verschönt, damit diese absurde Leidenschaft verständlicher war. Ich glaube sogar, du warst größer. Und im Übrigen eine widerwärtige und klischeehafte Figur, wenn ich mich recht erinnere, Professor. Pappmaché.«

Der Professor hatte noch den Schneid, seinen Erfolg zu verteidigen, er ist kein Mensch, der leicht kapituliert, nur, wenn er das Diskutieren leid ist.

»Sei nicht unverschämt, junger Marías. Ich kam furchtbar schlecht weg, aber man sah jedenfalls, dass sie wegen mir sehr gelitten hatte, und das macht mich interessant, oder nicht?«

»Junger Marías«, so haben mich Don Juan Benet und ein paar gute Bekannte lange Zeit genannt, um mich von meinem Herrn Vater zu unterscheiden, der ebenfalls Autor ist, wenn auch nicht von Romanen. Ich stelle mir vor, dass es in vierzig Jahren noch immer jemanden geben wird, der, wenn er mich in einen Raum treten sieht, sagen wird: »Da kommt der junge Marías«, und wenn die anderen sich umdrehen, werden sie einen Greis von fünfundachtzig Jahren erblicken, ich bin an die Vorstellung und sogar an die Szene gewöhnt, was soll man machen, so viel Macht haben die Namen. Jetzt nennt Rico mich »Javier«, und ich nenne ihn »Paco«, aber damals kannten wir uns weniger und waren andere, »der junge Marías« und »Professor Rico, der hochgelehrte Mann«.

»Nicht besonders«, antwortete ich, »verletzen ist das einfachste der Welt, das kann jeder, der größte Idiot, der größte

Flegel, der durchschnittlichste Mann und die vordergründigste Frau. Tatsächlich verletzt jeder jeden, mehr oder weniger, aber immer etwas, selbst die, die uns wohltun und sich um uns kümmern, dazu genügt eine Reibung. Und man muss mit dem Ekel des anderen rechnen, der manchmal zutage tritt und immer verletzt, nicht wahr? Aber das ist nicht die Frage, auch nicht, ob es dich als Figur interessanter macht oder nicht. Worauf es ankommt, ist, in einem unsterblichen Buch vorzukommen, wenn es denn heute so etwas geben kann; auch wenn man als Schurke, als Ratte oder als Tölpel beschrieben wird. Besser, dieses Los wird einem erspart, denn dann wird man bis ans Ende der Literatur in diesem Porträt fortdauern, aber schlimmer ist noch, überhaupt nicht vorzukommen. Das denkt zumindest ein ausländischer Lehrer von mir. Sag mir, meinst du, dass dieses Romänchen mit dir von Dauer sein wird?«

Der Professor dachte ein paar Sekunden nach, nicht, weil er an seiner Antwort zweifelte, sondern eher daran, ob es ratsam war, sie zu äußern. Er schnaufte mit seinen gummiartigen Lippen, die er pausenlos bewegte.

»Ehrlich gesagt«, meinte er schließlich, »ich bin sicher, dass kein Leser sich an ihn erinnern wird, wenn er ihn wieder ins Regal stellt. Wenn er überhaupt bis ans Ende kommt. Es hat mich gewundert, dass du dich an ihn erinnerst.«

»Ich erinnere mich kaum noch, nur, weil ich dich kenne, Professor. Da siehst du«, sagte ich, »du brauchst einen solideren Autor, mit mehr Chancen auf Dauer. Nicht, dass ich mir viele ausrechne, aber na ja, du tätest nicht schlecht daran, auf verheißungsvollere Nummern zu setzen.«

Der Professor ist so bewusst eitel, dass man sich mit ihm nur wohl fühlen kann, wenn man zahm ist wie seine Satelliten oder ihm eine andere Eitelkeit entgegensetzt, mag sie auch forciert oder falsch sein: Er nimmt sie positiv auf und ist in seinem Element, auf bekanntem Terrain, sieht sie als Aufforderung, seiner eigenen freien Lauf zu lassen, in einigen Dingen hat er ein infantiles Gemüt, für das man sehr dankbar ist. »Ich schlage dir einen Handel vor.«

Rico schob sich mit dem Mittelfinger die Brille hoch und schaute mich von oben bis unten an, wobei er wie einer dieser Buchhalter mit Schirmmütze die Nase kräuselte.

»Was soll das denn für ein Handel sein, junger Marías. Lass dir gesagt sein, dass du nach meinem Urteil noch nicht viel zu bieten hast.« Was man über seine Eitelkeit sagen kann, lässt sich auch über seine Impertinenz sagen, er wird die des anderen nicht übelnehmen, wenn dieser ihm seine eigene zugesteht und nicht gleich erstarrt.

»Ich schreibe gerade einen Roman, in dem ich dich ohne weiteres vorkommen lassen könnte, wenn deine Verdienste ausreichend sind.«

»Ach ja, wie das?«, fragte er interessiert und berichtigte sich sofort, um uninteressiert zu tun. »Was hat jemand wie ich in einem Roman von dir zu suchen, kannst du mir das verraten? Schreibst du etwa über Gelehrte? Über Verführer? Über wissenschaftliche Leuchten? Das erscheint mir nicht plausibel.«

Der Professor gefiel mir, er hatte mir immer gefallen mit seiner hohen Gelehrtheit, außer einem Mal, am Telefon.

»Eher über Gelehrte als über Verführer«, antwortete ich. »Also: dieser Roman spielt in Oxford, und nichts wäre leichter für mich, als einen eleganten spanischen Professor auftreten zu lassen, der dort zu Besuch ist, zum Beispiel weil er zu einem Vortrag eingeladen wurde.«

»Du meinst wohl einen meisterhaften, feierlichen Vortrag, möglicherweise zur Eröffnung. Etwas außerordentlich Gelehrtes und Anregendes, zum Beispiel über die Casa del Príncipe im Escorial oder über das ›Buch des Ritters Zifar‹«, trug er voll Überzeugung bei. »Ein sehr distinguierter und sprachlich brillanter Mann, nicht? Die Kollegen in Oxford trinken jedes seiner Worte, als empfingen sie eine Offenbarung, nicht? Und gutaussehend, *ça va sans dire*.«

»Lass mich die Figur und die Szene konstruieren, Professor, jetzt wirst du klischeehaft. Vielleicht war dieser Liebesroman ja das Passende und Richtige für dich, und wir verlieren hier nur unsere Zeit. Die Kollegen in Oxford haben noch nie jemandes Worte getrunken, das ginge gegen ihre Prinzipien. Sie dulden sie nur. Und außerdem, Eröffnung von was?«

»Des Studienjahrs natürlich«, antwortete der Professor, wobei er die Hände in Höhe der Schultern ausstreckte, um zu unterstreichen, was offensichtlich war. »Eröffnung des Vorlesungsjahres für die ganze Universität. Nichts von wegen mich auf die spanische und portugiesische Abteilung beschränken, pass ja auf, keine Brosamen. Maikelmas heißt dort das erste Trimester, nicht? Also zur Eröffnung von eurem Maikelmas.«

Da wir schon beim Schulmeistern waren, korrigierte ich seine Aussprache, in diesem Fall wird das »Michael« nach baskischer Art ausgesprochen, »Míkelmas«.

»Míkelmas«, sagte ich. »Professor, sei nicht ehrgeizig und absurd. Dazu müsstest du deine Vorlesung in Englisch halten, und dann wäre sie nicht mehr so meisterhaft, ich fürchte, deine Kenntnisse reichen nicht so weit, nicht einmal die deiner möglichen fiktiven Figur. Außerdem hast du sie dir noch nicht verdient.«

Professor Rico ließ schlagartig ab von seinen Ambitionen. Die Vorstellung hatte ihn ohne Zweifel gereizt und verlockte ihn, zumindest der Scherz mit der Vorstellung. Er machte ein paar auffallende Bewegungen mit seinem elastischen Mund und fand zu seinem angeborenen Missmut zurück:

»Ach, dein Handel.« Aber sogleich gab er die Verstellung auf, und sein Interesse kehrte zurück, ein Mensch, zu ungeduldig für die Heuchelei und das Feilschen. »Also, wie groß wäre meine Rolle?«, fragte er, als handelte es sich um Schauspielerei.

»Klein, vorläufig, klein, Professor. Wir könnten dieses Mal eine Probe machen, und wenn wir beide zufrieden sind, wer weiß, was dann zukünftige Bücher bringen könnten. Erst einmal eine kleine Rolle, eine sekundäre Figur, anekdotisch, aber glanzvoll.«

»Anekdotisch, ich? Anekdotisch, ich?«

»Nein, du nicht, die Figur im Roman. Du wirst verstehen, dass ich ihn nicht vollständig ändern werde, um dich in den Protagonisten zu verwandeln. Ich hege keinen Groll gegen dich, das musst du verstehen.«

Professor Rico murmelte etwas Unverständliches, als hätte sein plötzlicher Auftritt ihn mit solcher Freude erfüllt, dass es ihm jetzt sehr widerstrebte, auf einen Teil davon verzichten zu müssen.

»Ertsz«, murmelte er in etwa.

»Was?«, fragte ich.

»Nichts, nichts.« Und er fuhr fort zu murmeln, ein wenig, als kalkulierte er im Geiste. Er rückte die Brille zurecht, schob die Jackettärmel ein wenig hoch und sprach endlich wieder klar, mehr noch, entschlossen, wie jemand, der beim Pokern mitbietet und sagt: »Sehen« oder »Ich geh mit«. »Na gut, junger Marías, lassen wir die Prolegomena, und kommen wir zum Kern. Was verlangst du im Gegenzug? Zur Sache.«

Ich dankte ihm für das Vertrauen und fühlte mich wie einer, der mit falscher Unsterblichkeit handelt.

Ich werde nicht erzählen, was ich von ihm verlangt habe, ich werde nur sagen, dass er es als angemessen für eine Probe betrachtete, es akzeptierte und sich nicht daran hielt. Er rechtfertigte sich seinerzeit mit dem oberflächlichen Argument, er sei nicht ganz zufrieden gewesen, weder mit dem Verhalten der Figur noch mit der Ähnlichkeit noch mit dem ihr gewährten Raum, obwohl er zugab, Gefallen an dem einen oder anderen Detail in der Kleidung und zwei oder drei Adjektiven gefunden zu haben. (Ich wusste jedoch aus anderen Quellen,

»Ja, sie ist versunken, Professor.«

»In düstere Gedanken, nicht?«

»Ja, sehr düstere, Professor.«

»Auf, lies mir mehr vor.«

Professor Rico ist nicht gerade sehr melancholisch, vielleicht lag ihm deshalb daran, in der Fiktion so zu wirken.

»Gut. Aber nur noch zwei Sätze: ›Jedenfalls musste dieser Mann Talent haben, um so rasch von der Selbstgefälligkeit zur Niedergeschlagenheit zu wechseln, ohne dabei heuchlerisch oder unaufrichtig zu wirken. Es war, als würde er sagen: Was bedeutet das alles schon.‹« Ich hörte auf. »Na, reizt es dich?«

»Das mit dem Talent ist gut beobachtet«, antwortete er, »aber du könntest es durch ›Genie‹ ersetzen. Wenn wir schon dabei sind, findest du nicht?«

»Genie ist schwerer zu erkennen, Professor Rico, und der Erzähler kennt diesen Typ kaum.«

»Nenn ihn nicht ›Typ‹«, rügte er mich. »Komm, lies noch mehr.«

»Professor, ich werde dir jetzt nicht alles vorlesen. Sag mir, ob du vorkommen willst oder nicht. Nur diese Rolle ist verfügbar, und ich mache dich darauf aufmerksam, dass ich sie jemand anderem geben kann.«

Paco Rico schwieg ein paar Sekunden. Dann wollte er eine Bestätigung.

»›Als würde er sagen: Was bedeutet das alles schon.‹ Das hast du gesagt, nicht wahr?«

»Ja, Professor. ›Was bedeutet das alles schon.‹«

»Das hat mir gefallen, gut. Das denke ich manchmal, wenn ich mutlos bin, gut«, sagte er mit einem Ton, der alles andere als mutlos war. Und er fügte hinzu, als wären das Interesse und die Idee, ihn im Roman erscheinen zu lassen, von mir gekommen: »Also los, ich erteile dir vorläufig die Erlaubnis.«

So führte ich also einige Tage lang meine Szene fort, in die ich Professor del Diestro nunmehr mit Namen und Wesensmerkmalen, gezeichnet wie in ›Alle Seelen‹, aufgenommen hatte. Er war stärker ausgearbeitet und hatte ziemlich viel Dialog – er war nicht mehr anekdotisch, sondern zumindest episodisch – im Verlauf eines von ihm dominierten Abendessens, ich dachte, dieses Mal würde Paco Rico zufrieden sein. Ich näherte mich schon dem Abschluss des Kapitels, als ich jedoch einen weiteren Anruf von ihm aus Barcelona erhielt, wo er lebt.

»Hör mal, junger Marías«, sagte er mir ohne Umstände. Obwohl ein paar Jahre vergangen waren, hatten wir die ironischen Anreden noch nicht aufgegeben. Das taten wir erst nach dem Tod des gemeinsamen Freundes Don Juan, durch dessen Augen wir einander mit Sympathie zu betrachten vermocht hatten. »Ich habe mir überlegt, dass ich in deinem Romänchen nicht als Professor del Diestro oder sonst irgendwas Läppisches vorkommen möchte. Wenn ich vorkomme, dann muss es als ich selbst sein.«

Zuerst verstand ich nicht.

»Du selbst? Was meinst du damit?«

Der Professor wurde ungeduldig.

»Ich selbst, Francisco Rico, mit meinem eigenen Namen. Francisco Rico soll vorkommen, nicht ein fiktives Wesen, das ihm gleicht oder ihn parodiert.«

»Aber del Diestro ist doch gar nicht so ähnlich, er ist dir nicht genau gleich, und ich müsste ihn ändern. Vielleicht würde Rico Dinge, die er sagt oder tut, nicht sagen oder tun, nicht alle, und die Figur und ihre Funktion sind schon skizziert. Ich werde die Geschichte nicht verändern, um diese Person dir anzugleichen, ich nehme an, du verstehst das. Und außerdem, wie kann eine einzige reale Person inmitten all der anderen fiktiven Wesen erscheinen, wie du sie nennst. Das würde sich nicht gut machen.«

Der Professor schnalzte ein paarmal ärgerlich mit der

Zunge. Ich hörte es deutlich, es ruinierte mir fast das Trommelfell.

»Und warum nicht? Das ist Unsinn. In deinem Roman erscheinen doch reale Orte und Institutionen, oder? So was wird es doch geben, oder?«

»Ja, es erscheint die UNO und das Prado-Museum und …«

»Genau«, sagte er.

»Genau, was?«

»Ich will wie das Prado-Museum sein.«

Ich konnte mir ein Lachen und meine Antwort nicht verkneifen:

»Professor, niemand zieht deine großen Verdienste in Zweifel, und du bist wirklich berühmt, aber ich weiß nicht, ob das nicht zu viel verlangt ist, besonders zu Lebzeiten. Vielleicht schaffst du es nach deinem Tod zu einer Büste.«

»Sei nicht albern, junger Marías«, antwortete er mit vorgetäuschtem Zorn, »du weißt genau, was ich sagen will. Den Prado wirst du in deinem Roman beim Namen nennen, du wirst nicht sagen, jemand ging in das Campo-Museum oder in das Salto-Museum, denke ich mir.«

Wieso Salto, fragte ich mich.

»Nein. Wieso Salto?«, fragte ich.

»Was spielt das für eine Rolle, Salto oder Brinco, das ist gehüpft wie gesprungen. Genauso wie der Prado der Prado ist und nicht der Salto oder der Brinco, muss ich Professor Rico sein mit meinen Eigenschaften, Professor der Universität Bellaterra und Mitglied der Akademie für Sprache« – er war mittlerweile aufgenommen worden –, »und nicht del Diestro oder del Fieltro oder irgendeine andere Erfindung oder Phantomgestalt, verstehst du es jetzt? Ich will als ich selbst erscheinen, wenn nicht, dann nicht, streich mich, ich ziehe mich zurück.«

Bei diesem ganzen Hin und Her gab es eine Spur von gegenseitigem Spott, aber tatsächlich war es so, dass der Professor mir im Schutz unserer Freundschaft ein paar vergebliche Bedingungen aufzuzwingen suchte, die niemand jemals durchsetzen könnte. Einem Romanschriftsteller kann man in der Tat nichts aufzwingen, ja er braucht nicht einmal um Erlaubnis zu bitten, um in seine Fiktion irgendeine Person oder irgendein reales Ereignis aufzunehmen, die er kennt, wenn er beschließt, es zu tun, wird nichts und niemand ihn daran hindern können. Wir sind keine vertrauenswürdigen Leute, und es gibt Schufte unter uns, ich glaube, dass ich keiner bin. Mit dem Professor verband mich Freundschaft, und ich wollte seinen ausdrücklichen Wünschen nicht zuwiderhandeln. Ich versuchte, ihn zu überzeugen, mehr als alles andere, weil es vorteilhaft und bequem für mich war. Es ist nicht einfach, eine bereits imaginierte und beschriebene Romanfigur zu verändern, das tut man nicht ungestraft, man fühlt *regret* oder *rimpianto*, es gibt kein genaues spanisches Wort dafür, vielleicht neigen wir in diesem Land wenig dazu, das Geschehene oder nicht Geschehene zu bereuen, was wir taten oder nicht taten, wir kennen uns besser mit dem Ressentiment aus. Es ist nicht einmal einfach, den Namen einer Figur zu ändern. (Man vergißt nie den ersten, den man gestrichen hat und den niemand sonst kannte, wie die Mutter nie den Namen vergisst, den sie dem totgeborenen Kind zugedacht hat und bei dem sie es nie mit lauter Stimme nennen konnte, das Kind, das niemand sonst kannte.) Der Professor in ›Mein Herz so weiß‹ war bereits, wie er war, und außerdem hätte ich mit der Maschine das ganze Kapitel mit seinem neuen Namen noch einmal schreiben müssen, ich liebe das Durchstreichen, aber ich hasse es in der endgültigen Fassung, und ich besitze und benutze keinen Computer. Ein lästiger Aufwand.

»Dann eben nicht, was du verlangst, geht nicht, Professor, und ich bin der Erste, der das bedauert.«

Paco Rico blieb stumm, Schweigen atmend. Vielleicht erwartete er, dass ich nachgeben würde. Er war bestimmt verärgert, obwohl zum Glück bei ihm alles nur kurz dauert – nein, nicht alles, seine Verliebtheiten dauern, wie ich im Lauf der Zeit gesehen habe –, er ist kein beständiger Mensch und deshalb auch nicht verbissen. Er murmelte nicht.

»Dann kann er aber auch nicht del Diestro heißen«, forderte er, und diese zweite, noch vergeblichere Forderung gab mir zu denken. Sie entsprang nicht nur seiner Lust, mich zu ärgern. Del Diestro war nicht er, da er Rico war mit seinen Eigenschaften und als solcher vorkommen wollte, er machte einen Unterschied zwischen beiden. Und doch war er der Meinung, dass dieser Name auf ihn verwies, dass man verstehen könnte, dass er er war, ohne wirklich er zu sein, als hätte sein vormaliges Erscheinen in ›Alle Seelen‹ ihn durchdrungen oder infiziert und als wäre es nicht mehr möglich, der Identifizierung zu entgehen oder sie zu leugnen, wenn die Figur und der Name sich wiederholten, der Beweis war, dass er sich Autorität über Letzteren anmaßte und ihn mir verbieten oder gestatten wollte, ich hatte ihn erfunden, er gehörte ihm nicht, aber er machte ihn zu seinem, er eignete sich ihn an. Er wollte nicht mehr in einem anderen erkannt werden oder ein Abbild haben, er hatte weiter den Wunsch, in einer Fiktion vorzukommen, aber nicht als Fiktion, sondern als ein Stück Wirklichkeit in ihr – ein Fremdkörper. Vielleicht fürchtete er sich jetzt, völlig fiktiv zu sein, sich für alle Zeit in einem Territorium wiederzufinden, in dem alles unveränderlich ist bis ans Ende der Zeiten oder vielmehr des bedruckten Papiers. Man kann im Leben kompensieren oder variieren oder korrigieren, solange die Geschichte nicht beendet ist mit dem Tod, der kommt und abschließt, vor allem mit der Erzählung beider, Leben und Tod. Was einem in einer Fiktion zugeschrieben wird, dem ist dagegen wenig oder gar nicht abzuhelfen, es lässt sich nicht anfechten noch ändern. Es ist geschrieben und wiederholt sich erbarmungs- und hoffnungslos immer gleich – dies ist die Geschichte, und diese sind ihre Worte –, es erzählt oder sagt das Gleiche jedes Mal, wenn man es liest oder durchblättert oder konsultiert, ebenso wie die gewählte und eingefrorene Handlung eines Bildes sich niemals vor- oder zurückbewegt und wir auf ihm niemals das Gesicht dessen sehen, der von hinten gemalt wurde, noch den Nacken dessen, der von vorne erscheint, noch die dunkle Seite dessen, der sein Profil zeigt. Es steht geschrieben, die furchtbare unvordenkliche Drohung. Ich habe gesagt, was wirklich abschließt, ist nicht das Ende, sondern die Erzählung dieses Endes und dessen, was ihm vorausgeht, die Erzählung des Lebens und des Todes, seien diese nun fiktiv oder auch real, oder wenn das Leben fiktiv ist, dann braucht man nicht einmal den Tod, das Schreiben vertritt seine Stelle. Erzählen tötet und begräbt wie nichts anderes, es fixiert und zeichnet und friert unser Gesicht oder das Profil oder den Nacken ein, erzählt zu werden kann gleichbedeutend sein mit unsterblich werden für den, der daran glaubt, und mit tot sein in jedem Fall, ich selbst begrabe mich mit dem, was ich hier schreibe und auf diesen Seiten, auch wenn niemand sie liest, ich weiß nicht, was ich tue, noch, warum ich es tue. (Denn in dieser Hinsicht ist es gleichgültig, ob noch jemand diese Seiten kennt, es genügt, dass ich mich ein bisschen erzähle, es genügt meine Lektüre.) Vielleicht ahnte Professor Rico damals, was ich ihm antun konnte, indem ich ihn in meinem Buch begrub.

Ich musste den Namen ändern und das Kapitel noch einmal schreiben, und der Professor del Diestro aus ›Mein Herz so weiß‹ hieß nun Professor Villalobos, der Name einer mürrischen Lehrerin meiner Schule, dem *Estudio*, in der Calle Miguel Ángel Nummer 8, in Madrid und in den sechziger Jahren, so wie del Diestro ausgewählt worden war, weil er ebenfalls der Name einer Lehrerin, einer heiteren, war, Carmen García del Diestro, Señorita Cuqui, die sich stark schminkte und im Unterricht pausenlos rauchte, beziehungsweise die rougebefleckten Zigaretten brannten zwischen ihren

Fingern ab, während sie uns mit begeistertem Pathos die Klassiker vorlas, sie jonglierte mit einem schweren Armband herum, das sie abnahm und wieder anzog und bisweilen zu Boden warf, wobei sie beide (Armband und Boden) verbeulte, und machte beringte Gleichgewichtskunststücke, um die Asche in die Höhe zu halten, die schließlich auf ihr Jackett oder auf ihre Bluse fiel, wenn das vorgelesene Werk sie zu irgendeiner jähen Gebärde zwang und sie zum Beispiel mit dem Dolch heftig in die Luft oder in die Schulter irgendeines Lieblingsschülers stach – Mehlsack, Fleischsack. Was für eine witzige Frau, sie muss hundert Jahre alt sein und schreibt mir dann und wann mit liebevoller Herzlichkeit und der Zigarette in der Hand, vor allem, um mich zu beglückwünschen, wenn ich einen Artikel veröffentliche, in dem ich das Rauchen verteidige.

Aber die Figur war schon mit charakterlichen Elementen und Wesenszügen Ricos konstruiert oder vielmehr mit denen des Professors del Diestro des vorherigen Romans. Ich fühlte mich nicht in der Lage, sie zu verändern oder weitgehend auf sie zu verzichten, so dass Rico vielleicht trotz allem in ihr ist – oder Rico seinen Schatten über sie wirft –, obwohl ich am Ende des Kapitels, um den Gedanken an eine Ähnlichkeit zu verscheuchen, sagte, dass Professor Villalobos, »wenn er niedergeschlagen und stumm war«, ein wenig an den Schauspieler George Sanders erinnerte, einen meiner Lieblingsdarsteller, den ich an anderer Stelle einmal »der Mann, der nichts zu wünschen schien« nannte. Rico hat nicht die geringste Ähnlichkeit mit Sanders. Ich weiß nicht, ob dies zu seiner Befreiung ausreichte. Jetzt habe ich hier von ihm mit seinem Namen und seinen Eigenschaften gesprochen. Aber das hier ist keine Fiktion, auch wenn es wohl eine Erzählung ist.

Im ersten Satz dieses Buches sagte ich, ich glaubte, noch nie – ja, noch nie, die Unkorrektheit ist beabsichtigt – die Fiktion mit der Wirklichkeit verwechselt zu haben, was nicht bedeutet, dass es mir nicht bisweilen schwerfällt, im Rückblick eine derartige Verwirrung zu vermeiden. Ich möchte glauben, dass ich nur geringe Schuld daran trage, ich bin nicht verantwortlich dafür, dass einige reale Personen nach der Veröffentlichung begannen, sich im Leben zu verhalten, als seien sie Figuren aus ›Alle Seelen‹, oder dafür, dass einige vorzügliche Leser mit vermeintlicher Sachkenntnis etwas als wirklich auffassten, das nur in einem Roman voller scherzhafter und übertriebener Passagen erzählt worden war. Besondere Erwähnung verdient die Äußerung der Vizerektorin oder Vizepräsidentin oder Vizekanzlerin der Universität von Oxford, die wenige Monate später bei einer feierlichen Lehrkörperversammlung oder zeremoniellen Sitzung, an der die ehrgeizigen Professoren und Fremdkörper del Diestro oder del Fieltro oder Rico einmal mehr nicht beteiligt waren, erklärte, sie lese derzeit gerade »einen sehr interessanten Roman, um die Psychologie in der spanischen Abteilung besser und gründlicher kennenzulernen«. Anscheinend gab es Gemurmel, in dem eine gewisse Beunruhigung zum Ausdruck kam, leichter Spott und tiefes und aufrichtiges Erstaunen – niemand wusste etwas über die geheimen, jetzt offenbar werdenden Fertigkeiten der Dame in Bezug auf die spanische Sprache – mein Text war noch in keine Sprache übersetzt worden –, bis mein Freund Eric Southworth sich erlaubte, das Wort zu ergreifen, um der Frau Vizekanzlerin oder Vizepräsidentin oder Vizerektorin, ich weiß nicht, nahezulegen, sie möge, falls es ihr um ein näheres Studium der Psychologie der Angehörigen der Abteilung zu tun sei, zu der er gehöre, sie vielleicht besser selbst aufsuchen oder aber von einer Gruppe diplomierter, qualifizierter, ja amtlich bestallter und beauftragter Psychologen besuchen lassen, bevor sie eine so heikle Erforschung einer Lektüre anvertraue, die mit Sicherheit »zwangsläufig schief« wäre, das sagte er mit der für den Ort charakteristischen Ambivalenz. (»Was wolltest du damit sagen?«, fragte ich ihn, als er es mir erzählte. »Oh, ich weiß nicht, was immer sie darunter verstehen wollte«, antwortete er.) »Darf ich Sie, Frau Vizerektorin, mit dem größten Respekt daran erinnern«, fuhr er in jenem Plenum fort, »dass Sie ein völlig richtiges Wort verwendet haben, das man keinen Augenblick aus dem Blick verlieren darf? Ich meine das Wort ›Roman‹. Und vielleicht ist es ratsam, außerdem nicht zu vergessen, dass dieser Roman von einem Ausländer geschrieben wurde«, fügte er spöttisch hinzu, denn Eric gehört nicht gerade zu denen, die nationalistische Unterscheidungen machen. Wie ich erfuhr, war die Frau Vizekanzlerin einen Moment lang verwirrt und antwortete dann: »O ja, Sie haben recht, ich verstehe, was Sie meinen. Ein Ausländer könnte den Wunsch haben, uns herabzusetzen, nicht wahr? Umso mehr, wenn er vom Kontinent stammt.« – »Nicht nur das, Frau Vizepräsidentin«, fuhr Eric hartnäckig fort, »dieser Ausländer stammt von der Halbinsel.« – »Ich verstehe«, schloss die Vizerektorin rasch und erschrocken, als hätte sie ein obszönes Wort gehört, über das man auf Zehenspitzen hinweggehen musste und von dem man sich besser unverzüglich befreite. Zwei oder drei Professoren des Lehrkörpers oder der Kongregation, die sich in diesem Augenblick heimlich mit meinem Roman vergnügten, beeilten sich anscheinend, ihre Exemplare unter der Toga zu verbergen.

Trotz meiner Herkunft von der Halbinsel oder vom Kontinent oder beidem zugleich aus englischer Sicht gab es zum Glück wenige, die meine schiefe und zuweilen aberwitzige Sicht der Stadt und der Universität Oxford grundsätzlich übelnahmen. Obwohl ich sogleich einzelne gewidmete Exemplare an Ian Michael, Toby Rylands, die Bibliothek der Tayloriana und natürlich an Eric Southworth schickte, gelang es einigen Studenten, die die Osterferien 1989 in Spanien verbrachten (der Roman lag schon einige Wochen in den Buchhandlungen, als Eduardo Mendoza – gut bestochen – ihn am 7. April in der Öffentlichkeit lancierte), der katastrophal funktionierenden Post meines Landes zuvorzukommen, was kein großes Verdienst war, und erschienen in Oxford, nach den Worten Ian Michaels, »mit ganzen Wagenladungen« meiner Bücher, die sie mit unerwarteter und unerklärlicher Heiterkeit verteilten, verliehen oder zum Wucherpreis weiterverkauften, weshalb meine ehemaligen Kollegen einige Tage lang bei ihren Studenten hin und wieder spöttische Blicke bemerkten oder rätselhafte – und zwangsläufig schiefe – Anspielungen vernahmen, die sie nicht einordnen konnten. Das war natürlich nicht meine Absicht.

Wer das Buch am raschesten las – nicht umsonst ist er der Neugierigste und derjenige, der sich am meisten brüstet, über alles auf dem Laufenden zu sein, was in mehreren Städten geschieht – Oxford, Swansea, Southampton, Madrid, Vigo –, war Ian Michael, der Leiter der Abteilung, der mir einen Brief aus dem Exeter College schrieb, bei dem ich vor Erleichterung aufatmete, als ich ihn zu lesen begann, und den ich mit Entsetzen und Scham in seinen Umschlag zurücksteckte, nachdem ich ihn beendet hatte. Darin schrieb er mir freundlich, ›Alle Seelen‹ erscheine ihm als mein »bislang bester Roman«, und versicherte, er behaupte dies nicht, »weil ich ein wenig in ihm vorkomme oder wegen des morbiden Interesses, das alle hier empfinden, da sie ihn irrtümlich für einen *roman à clef* halten (Studenten wie John London und Huw Lewis kehren keuchend mit so vielen Exemplaren aus Madrid zurück, dass möglicherweise sie allein zu seiner Vergriffenheit beigetragen haben)«. (Sein Spanisch ist ausgezeichnet, wie man sieht, wenn auch nicht perfekt.) Er sagte, er habe ihn »in vollem Zuge« bis fünf Uhr morgens gelesen und lese ihn jetzt langsamer noch einmal; er sprach von der »Verknüpfung konträrer Themen«, darunter »der falsche Gawsworth: der wahre Machen«, wobei er Ersteren für fiktiv hielt; er machte weitere Bemerkungen literarischer Natur und wies mich professoral auf »sehr wenige, kaum bedeutsame Solözismen« hin: »Sind die Straßen rötlich«, fragte er, meine Sicht anfechtend, »oder honigfarben?« Er fügte einen Vorbehalt architektonischer oder vielmehr topographischer Art hinzu, der mich seiner Gelehrtheit und Spitzfindigkeit wegen amüsierte: »Es erscheint mir nicht möglich, dass das Büro von Clare Bayes« – der weiblichen Hauptfigur des Buches – »direkt von All Souls, wo die einzigen gegenüberliegenden Fenster zur Codrington Library gehören, auf die Radcliffe Camera hinausgeht (vielleicht die von Hertford?), da Hawksmoor eine falsche Mauer baute, um All Souls an der Westseite abzuschließen, weil er wusste, dass Wren oder ein anderer Architekt als Gegengewicht oder Ergänzung seiner neugotischen Türme auf dem Platz etwas Interessantes bauen würde. Ich habe auch den völligen Mangel an Hinweisen auf Oxfords Flora bemerkt, den ich nicht auf die (für mich vorhandene) Dürre oder Armut fast aller spanischen Schriftsteller zurückführe, sondern auf Deinen Wunsch, eine völlig unwirtliche Stadt darzustellen.« Hier irrte er oder war höflich, denn wenn ich mich auch in manch anderer Hinsicht nicht in die spanische Tradition einreihe (wie oft haben mir die Inspektoren meines Landes die syntaktische Nationalität abgesprochen: ein literarisch sehr gebildetes Land, die Inspektoren schreiben viel, und die Zöllner applaudieren ihnen und umgekehrt), tue ich es, was die erwähnte »Dürre oder Armut« betrifft, mit Lorbeeren: Absolut städtisch und unaufmerksam, wie ich bin, vermag ich noch nicht einmal eine Pinie zu erkennen. (Ich glaube auch nicht, dass ich Oxford als so rau geschildert habe.) Hilfsbereit wies er mich auf ein paar Druckfehler hin und teilte mir dann einige Neuigkeiten mit, als bedeutendste – oder betrüblichste –, dass er unter einem allergischen Ekzem litt, seitdem er umgezogen war und den Fluss Cherwell verlassen hatte und seine blinde Mutter in einer Privatklinik im Dorf Freeland unterbringen musste, »wo die Mutter von Toby Rylands die letzten dreizehn Jahre ihres Lebens verbrachte«, sagte er, als könne er nicht vermeiden, die wachsenden Parallelen zwischen dem Lebenslauf seines Vorgängers und seinem eigenen zu sehen, oder als finge er an, Rylands' Gegenwart als Prophezeiung seiner Zukunft zu sehen. (Und in dem Brief nannte er ihn so, »Toby Rylands«, mit dem Namen des Romans, dieses Mal bin nicht ich es, der es tut.) Er war nicht sicher, ob das Ekzem eine psychosomatische Folge des Verzichts auf die Mutter oder auf den Fluss war oder mit dem Teppichboden der neuen Wohnung zusammenhing, die er »von einer Röntgenologin oder Kobalttherapeutin« übernommen hatte, vielleicht wollte er andeuten, die Dame habe sich während ihrer Zeit als Mieterin auf die teppichbedeckten Böden geworfen und sie böswillig verstrahlt.

Das Beunruhigende kam am Ende. Denn nachdem er versichert hatte, dass mein Buch kein *roman à clef* sei, wofür ich ihm dankbar war und was mich enorm freute (denn er war es nicht, und wenige waren besser in der Lage, das zu erkennen, als er), ging Ian Michael dazu über, mir von den Kollegen der Abteilung zu erzählen, wobei er sie sämtlich bei den Namen der Romanfiguren nannte und damit sogar mich selbst zwang, die eine oder andere Vermutung darüber anzustellen, auf wen er sich jeweils bezog. Und so erzählte er von

Rylands, er habe sich »sehr gefreut über eine dieser falschen Ehren« – hier paraphrasierte er meinen Text, in dem es »unaufrichtig« hieß – »die ihn auf dem Postweg erreichte«: ein Preis, der mit vier Millionen Peseten und der Verantwortung verbunden war, einen Vortrag in Salamanca zu halten. Größere Sorge bereitete mir, was danach kam: »Dein Roman hat ihn verärgert – heißt es –, und er hat ihn auf den Boden geworfen, bevor er bis zur Hälfte gelangt war.« Und er fuhr fort, fröhlich die fiktiven Namen zu verteilen: »Ich selbst habe gesehen, wie Alec Dewar heimlich ein Exemplar durchblätterte, das ihm ein kräftiger Student überbracht hatte, der ein Rugbyspielerhemd trug; später, im Speisesaal seines College, brüstete er sich damit, in einem kontinentalen *roman à clef* vorzukommen.« – »Cromer-Blake (der lebendige, nicht der tote) ist gerade von einer Lese- oder vielleicht Vergnügungsreise durch Italien zurückgekommen.« – »Leigh-Peeles Reaktion ist noch nicht bekannt.« Am gravierendsten und für mich am ärgerlichsten war der Schluss. Wenn es in ›Alle Seelen‹ eine völlig erfundene Figur gab (das heißt eine Figur, die mit keiner realen Person identifiziert werden konnte, nicht einmal bösen Glaubens oder mit böser Absicht), dann war es die weibliche Hauptfigur Clare Bayes, eine verheiratete Frau, ebenfalls Professorin, mit der der spanische Erzähler während seines Aufenthalts an dem Ort, der für ihn immer ein Durchgangsort war, eine heimliche Beziehung unterhielt. Ian Michael sagte jedoch am Ende zu meinem größten Erstaunen: »Mit Clare Bayes habe ich jetzt ziemlich viel Kontakt, da sie ebenfalls in eine Straße in meiner Nähe umgezogen ist, ich begegne ihr häufig, immer ist sie sehr beladen, wie im Roman. Sie sieht noch immer recht gut aus, hat jedoch an Attraktivität verloren. Es ist nicht bekannt, dass sie sich einen neuen Liebhaber zugelegt hat.«

Ich glaube, ich wurde rot (ich weiß es: Ich sah mich auf dem Fernsehschirm widergespiegelt, ich schaute mir gerade ein Video an, das ich nicht unterbrochen hatte, um den Brief zu lesen, ›*The three Caballeros*‹ oder ›*Latin Lovers*‹ mit Ricardo Montalbán, ich weiß nicht mehr, ich erinnere mich an unpassende Sambaklänge, während ich den Brief meines einstigen Chefs in Oxford entzifferte, des einzigen, den ich im Leben gehabt habe und der sich – er sei gepriesen – nicht als solcher aufführte), und natürlich fühlte ich mich vor den Kopf geschlagen. Obwohl ich gedachte, ihm in jedem Fall und wie es sich gehört schriftlich zu antworten, rief ich Ian sofort an, um mir die so unerwartete und für mich beklagenswerte Wut Tobys bestätigen zu lassen und ihn unverzüglich in Bezug auf die abenteuerliche und gefährliche Idee einer wahren Clare Bayes eines Besseren zu belehren. Aber als ich ihn ans Telefon bekam – es war abends –, zog ich es vor, keine Nachforschungen über die Identität der Frau anzustellen, die ihm zufolge an Attraktivität verloren hatte. Heiliger Himmel, dachte ich, während ich nunmehr ohne Ton, ich weiß nicht, ob den Verführer Montalbán oder den grünen Papagei mit flachem Strohhut, José Carioca, sah, mein Roman ist schuld daran, dass es jetzt eine Professorin in Oxford gibt, die als sichere Ehebrecherin gilt, als verwickelt in einen Kontinental- und sogar Halbinselehebruch, arme Frau, die ihn nicht begangen hat oder nicht mit mir, und man erwartet sogar, dass sie sich einen neuen Liebhaber zulegt nach meiner schon lange zurückliegenden Abreise, sie wird es nicht getan haben, weil dies nicht ihrer Gewohnheit entspricht; und wie immer in solchen Fällen wird sie die Einzige sein, die es nicht weiß, oder vielleicht auch ihr Ehemann, den man für gehörnt halten wird unter ausländischer, potentiell diskreditierender Beteiligung, was für eine unselige Situation. Wer mag sie sein? Das fragte ich mich, aber ich fragte es nicht Ian, obwohl ich mir nicht verkneifen konnte, ihm nebenbei zu sagen, dass es während meines Aufenthalts in Oxford nie irgendeine Clare Bayes oder etwas Ähnliches gegeben habe, in einem schwachen Versuch, die Unbekannte vor der Verleumdung und dem Gerede zu retten. »Nein?«, begnügte er sich zu antworten, und es war offensichtlich, dass er mir nicht glaubte. Ich bedauerte sehr, dass diese Frau, wer immer sie war, indirekt durch mich zum Gegenstand des Klatsches in dieser so klatschsüchtigen Stadt wurde und dass infolgedessen nicht nur ihr Ruf, sondern auch ihr guter Geschmack in Frage gestellt wurde. (Und wer weiß, ob nicht der meine. Einen Ruf habe ich auf diesem Gebiet nicht.) Ich kann hier versichern, dass ich in meinen Jahren in Oxford sehr keusch gelebt habe, zumindest, was die einheimischen Frauen betrifft, die mir keinesfalls »sehr nuttig« erschienen, wie Miriam Gómez von einigen behauptete (sie sagte es mit ihrem niemals beleidigenden kubanischen Tonfall und vor ihrem Ehemann Cabrera Infante, der dazu schwieg, beide leben seit dreißig Jahren in London). Außerdem, so fiel mir mit Schrecken ein, zog man bestimmt auch das Niveau und die Klugheit jener Professorin in Zweifel, denn sich von einem Spanier verführen zu lassen – eine Redensart –, stellt einer konventionellen britischen Tradition zufolge den drittschlimmsten und -naivsten Fehlgriff dar, den eine verheiratete Frau der Insel begehen kann: Der zweite ist, sich von einem Italiener verführen zu lassen, und der erste von einem Argentinier. Und das Dumme ist, dass es in Oxford viele Leute mit konventionellen, traditionellen britischen Ideen gibt. Wie viel Schaden für diese Unglückliche, der ich nichts Böses wünsche, dachte ich, man sollte vorsichtiger sein mit dem, was man schreibt, nicht nur deshalb, sondern weil es zuweilen eintritt und sich erfüllt. Aber wenn ich aufrichtig sein soll – und ich habe keinen Grund, es zu sein, darüber wird man später vielleicht noch etwas sagen müssen –, bedauerte ich es auch, sie nicht gekannt zu haben, denn wenn sie an Attraktivität verloren hatte, hieß das, dass sie eine solche besessen hatte, als ich ein vorübergehender Teil der Stadt und der Kongregation war. Oder vielleicht hatte ich sie doch gekannt? Jedenfalls besaßen wir eine gewisse Wahrscheinlichkeit als heimliches Paar, was eine schmähliche Neugier bei mir weckte, der ich zu widerstehen wusste. Ich versuchte, mich abermals im Fernseher zu sehen, was schwierig ist, wenn der Bildschirm voller lebhafter Farben ist: völlig unmöglich, seine Röte zu sehen mit Carioca und Montalbán, Donald Duck und Lana Turner, ich muss sie also nur an der Wärme im Gesicht und am kurzen Zucken eines Augenlids gespürt haben.

Was Toby Rylands betraf, so bestätigte mir mein ehemaliger Chef Michael zu meiner Untröstlichkeit die anfänglichen Gerüchte in der Abteilung. Er hatte allem Anschein nach, ohne dass man den genauen Grund dafür wüsste, heftig und verärgert das Exemplar meines Buches in das Gras seines Gartens geworfen, wo es zu dieser Stunde, durch Einwirkung der endlosen Regenfälle und der phlegmatischen Sonne zerfleddert, vollgesogen, verschrumpelt und von irgendeinem Hund angeknabbert – vielleicht von einem dreibeinigen, seinem Herrchen entlaufenen Hund –, wahrscheinlich noch immer lag. Ian nahm an, so sagte er, dass Toby wütend über die Erwähnung seiner früheren Spionage-Aktivitäten und anderer alter Abenteuer war – *correrías*, so sagte Ian auf Spanisch, die Art Wort, die gebildete Ausländer sofort lernen und gern benutzen; ich, der ich ihnen so viel verdanke, habe es in Bezug auf einen von ihnen angewandt, den Banditen Dekan von Canterbury, der mich beinahe außen vor gelassen hätte; es brachte ihn auf, dass darüber öffentlich und gar in gedruckter Form gesprochen wurde. »Aber die Figur ist nicht er, auch wenn er ihr einige seiner äußeren Merkmale geliehen hat«, protestierte ich; »es gibt in dem Roman kein einziges von Toby Rylands geäußertes Wort, das ich jemals von Toby gehört hätte, und ich weiß und wusste auch nichts von solchen Aktivitäten.« – »Nein?«, begnügte sich Ian Michael abermals zu antworten; er glaubte mir nichts von dem, was ich dementierte, obwohl er klar erkannt hatte, dass es sich nicht um einen *roman à clef* handelte. »Nein«, beharrte ich, »es ist das erste Mal, dass ich davon höre; ich habe es mir nur vorgestellt und erfunden, das ist alles.« Ians Brief war am Tag des heiligen Georg 1989 datiert, und diese Unterhaltung fand vier oder fünf Tage später statt. Ich machte mir Sorgen wegen Toby. Er war es gewesen, der, man kann fast sagen, darum gebeten hatte, als Figur in dem Buch zu erscheinen, auch wenn es halb im Scherz gewesen war, und jetzt ärgerte er sich über gefällige Ähnlichkeiten und einige unfreiwillige Übereinstimmungen. Ich bedauerte nicht nur seinen Zorn, der mich verwirrte, sondern konnte mich außerdem schon einmal auf irgendeine von ihm aus der Ferne vorgenommene Bestrafung gefasst machen, wenn er der Meinung war, dass meine Kühnheit oder Verfehlung sie verdienten, ich wollte lieber nicht spekulieren über die unbekannten Verirrungen, derer er mich gegebenenfalls bezichtigen konnte, Praktiken, die nur in Handbüchern existieren. (Obwohl ich nicht das geringste Interesse daran habe, in Amerika oder sonstwo zu unterrichten, die Tage meiner Lehrtätigkeit sind vorbei, und wenn sie es auch zur damaligen Zeit noch nicht waren, so suchte ich doch nur nach Überzeugung und Vorwänden, um ihnen ein Ende zu machen.)

Eine Woche später schwand meine Irritation jedoch weitgehend, ebenfalls dank des ungläubigen I. D. L. Michael – er wurde dieser Initialen wegen manchmal »Ideell M« genannt –, der sich die Mühe machte, mich aufgeregt aus dem Exeter College anzurufen, nur um mich freundlicherweise über das Gespräch zu informieren, das er soeben endlich mit Toby Rylands im Senior Common Room der Tayloriana oder dem Professorenzimmer mit elektrischer Münzkaffeemaschine über mein Buch geführt hatte. Was ihn empört hatte, war in der Tat das, was Ian Michael vermutet hatte, wobei er sich sicher nicht erinnerte, dass er mir nie etwas Konkretes über seine Rekrutierung durch den Geheimdienst noch über seine Sondermissionen an exotischen Orten noch über seine sonstigen Abenteuer erzählt hatte, nicht einmal über seinen lustigen, bei seinen Sauftouren von ihm begleiteten Prinzen hatte er sich mir gegenüber angemessen ausgelassen. Das Buch war aus seinem bastgeflochtenen Sessel im Kolonialstil geflogen und hatte neun oder zehn Tage und Nächte im schlecht gemähten Rasen gelegen, nach deren Ablauf er es, noch immer leicht verärgert über das, was er vor der cholerischen Unterbrechung gelesen hatte – er belauerte das im Schutz einer Kletterpflanze liegende Exemplar hin- und hergerissen vom Fenster aus –, vor dem Grün gerettet und von Fasern gesäubert hatte, seine Seiten geglättet, es noch einmal von vorne angefangen und in wenigen Stunden verschlungen hatte. Ich hielt den Atem an. »Es hat ihm gefallen«, sagte Ian nach einer unpassenden Pause, die nur den Sinn haben konnte, meine Angst zu verlängern; »er findet, es ist dein bisher bester Roman. Ihm gefällt immer noch nicht, dass du die Sache mit der Spionage und vor allem mit Haiti erwähnt hast, aber er sagt, dass er sich schließlich und endlich nicht beklagen dürfe, denn nach seiner Auffassung hat er das Vorbild zur attraktivsten Figur überhaupt geliefert, zur tiefsten, denkwürdigsten, kraftvollsten mit den intelligentesten Äußerungen. Er hat sie sich also jetzt zu eigen gemacht, es würde mich nicht wundern, wenn er sie bald ein wenig imitieren würde. Er hat mir gegenüber sogar einen Satz aus deinen Dialogen wiederholt, als stammte er von ihm.« Ich atmete froh und erleichtert aus, unter anderen gewichtigen Gründen, weil ich mich von den möglichen Anschuldigungen diverser Sittenlosigkeiten befreit sah, die ich seit einer Woche im Geist vorwegnahm, Balanismus, Stangurie, Satyriasis, Neomelie, Miktionismus, Pyromanie;

oder Emphyteuse, Positivismus, Erothesis, Felonie, Schmalzigkeit vielleicht, obwohl ich nicht weiß, ob einige dieser Wörter, die durch meine Übersetzungen gegangen sind, Lastern entsprechen (ich glaube nicht), und ich werde das jetzt nicht im Wörterbuch nachschlagen; aber ihres obszönen und unheilvollen Klangs wegen würden sie alle ausnahmslos verdienen, gewaltige Perversionen oder irreversible Degenerationen zu sein. Es hätte mich geschmerzt, als Emphyteut bezeichnet zu werden.

Ich kam nicht gegen meine Neugier an, die ich dieses Mal nicht als schmählich betrachtete: »Ach, ja? Was für einen Satz?«, fragte ich meinen ehemaligen Chef. »Wir sprachen von meinem Kobaltekzem und von einigen seiner Zipperlein, als er plötzlich nachdenklich murmelte: ›Wem gehört der Wille eines Kranken? Dem Kranken oder der Krankheit?‹ Na ja, so ähnlich, ich weiß nicht, ob ich verbatim zitiere. Zitiere ich verbatim?« – »Ich weiß nicht, ich erinnere mich nicht, ich kenne mein Buch nicht verbatim«, antwortete ich, sein britisches Latein aufgreifend, und fragte weiter nach: »Und was ist ›die Sache in Haiti‹?« – »Ach, das weiß ich nicht, du musst es wissen, du hast es doch im Roman gebracht.« Ich wusste nichts von Haiti, ich schwöre es, in Toby Rylands vergangenem zersplitterten und verborgenen Leben. Ich hätte ebenso gut Honduras oder Belice, ebenso gut Antigua oder Montserrat oder Barbuda sagen können, ich hatte jedoch Haiti geschrieben, wo, wie sich jetzt herausstellte, er seine Peripetien erlitten oder die Spur seiner Abenteuer hinterlassen hatte, womöglich stammte jener vergnügungssüchtige Prinz von der geteilten Insel. Ich sah davon ab, Ian zu erzählen – damit er es nicht gegenüber Toby erwähnte, in Oxford herrscht eine gewisse verbale Inkontinenz, die man seinen Bewohnern nicht allzu sehr anlasten darf, sie liegt in der Luft, man neigt dazu, unverzüglich alle Information von sich zu geben, die man erhält, alle exponieren sich, aber alle gewinnen auch –, dass einige der Überlegungen des fiktiven Toby Rylands eher dem Geist eines der klügsten und herzlichsten Greise entsprachen, die ich kannte, dem Dichter Vicente Aleixandre, der von seinen Krankheiten oft heiter und spöttisch sprach, um sie zu besänftigen, er nannte sie »meine Gebrechen«; andere Überlegungen waren erfunden. Mir war es lieber, dass Toby sich mit der Zeit alle aneignete, wenn er es wünschte und der Dunst der Erinnerung ihm günstig war; mehr noch, sie gehören ihm schon, wenn er sie will, nicht mehr mir oder dem Dichter, sie gehören sehr viel mehr ihm, oder so sehe ich es, er war auch klug und herzlich auf seine Weise, wenn auch weniger warmherzig und mehr strafend und beißend. »Ihm hat gefallen, wie du sein Lachen beschreibst«, fügte Ian hinzu, »ich glaube also, wir haben ihn entgegen den ersten Anzeichen für die Sache gewonnen.« Ich schwieg und hörte, wie der ehemalige Chef selbstvergessen eine Melodie summte, mir schien, es war eine bekannte Ballade über die Geschichte oder die Taten der Molly Maguires, jene irische Geheimgesellschaft, deren Mitglieder sich als Frauen verkleideten, um ihre Coups zu landen und der Polizei und den Richtern Schrecken einzujagen, so um das Jahr 1843, später entstand sie erneut Tausende von Meilen entfernt unter den ausgewanderten Landsleuten in Pennsylvania, ich weiß das alles, nicht, dass man denkt, vor allem dank eines Films über sie mit dem Schotten Sean Connery. Ian Michael ist Waliser, aber die Romanfigur, die ihm vielleicht am nächsten kam, war Ire, Aidan Kavanagh. Die Sache, dachte ich, und sogleich kam mir das berühmte und geheimnisvolle Zitat in den Sinn, dieses Mal verbatim: »Die Sache will's, die Sache will's, mein Herz. / Lasst mich's nicht nennen euch, ihr keuschen Sterne! / Die Sache will's. Doch nicht ihr Blut vergieß ich, / Noch ritz' ich diese Haut, so weiß wie Schnee.« Das sagt Othello sich, kurz bevor er Desdemona tötet, die ihren unschuldigen Schlaf schläft, aber geweckt werden wird, um ihren Tod zu erleben; und vier Jahrhunderte, nachdem er es zum ersten Mal sagte, weiß man noch immer nicht, was das für eine Sache ist, die man nicht vor den Sternen nennen darf und die auch Othello nicht sagen wollte mit den rätselhaften, wiederholten Worten: »Die Sache will's, die Sache will's«, er sagte nicht einmal »Diese Sache will's.« Ich dachte noch immer an jene unbekannte Frau in Oxford, die man jetzt meiner Sache wegen für eine Ehebrecherin hielt. Ich war zugleich ihr Cassio und ihr Jago, ihr falscher Liebhaber und der, der den Verdacht schürte, nicht mit meinem Flüstern, sondern mit meinem Schreiben, wenn auch ohne es zu wollen oder vorhersehen zu können. Hoffentlich hat sie keinen Othello an ihrer Seite, dachte ich; sie wird keinen haben, in heutigen Zeiten gibt es keine mehr, zumindest nicht in England. Jagos dagegen gibt es überall. Aber ich weiß nicht, ob ich das zweite der drei Dinge nur dachte, um mich zu beruhigen. »... und sanft wie'n Alabasterbild am Grab. / Doch sie muss sterben, sonst betrügt sie mehr. / Lösch aus das Licht, und dann, lösch aus das Licht«, sagt Othello weiter und erinnerte ich mich. »Na, was macht der Atomteppich?«, fragte ich Ian schließlich und unterbrach damit sein selbstvergessenes Gesumme und meine Gedanken und Zitate. »Strahlt er immer noch Radioaktivität aus, oder bewirft er dich nur mit Röntgenstrahlen, um dich zu entlarven?«

Ja, es war Ian David Lewis Michael, der von »der Sache« in der wenig wahrscheinlichen, aber nicht unmöglichen Bedeutung sprach, die Othello in sein Wort hineingelegt haben mochte. Und so lebte mein ehemaliger, humorvoller Chef das Leben von ›Alle Seelen‹ wie eine kleine eigene Sache, was rührend für mich war und wofür ich ihm immer danken werde (er sorgte sich mehr um das Buch als sein eigener argwöhnischer, reservierter Verleger, der seinen Profit mit ihm machte, was für ein Gegensatz). Er wurde nicht nur zu einem radikalen Verteidiger des Romans, sondern verfolgte auch amüsiert und begeistert jeden seiner unerwarteten Schritte und seine noch nicht abgeschlossene Laufbahn und holte Meinungen und Reaktionen ein, wo er nur konnte, genau wie Eric Southworth, nie hatte ich gedacht, dass in einer Stadt wie Oxford, über die es seit Jahrhunderten so viel gute und schlechte Literatur gibt, die meine das geringste Aufsehen erregen könnte, ich erwartete eher Gleichgültigkeit, auch wenn es vorgetäuschte Gleichgültigkeit wäre. Vielleicht hatte ich nicht genügend bedacht, dass es ein sehr geschlossener Ort ist, der sich nur von sich selbst ernährt, vornehm und gelehrt und provinziell zugleich, wie meine andere Stadt jener Jahre, Venedig, wohin ich voll Schrecken eilte, sobald ich konnte, in einem Zustand fieberhafter Erwartung und ständiger Angst, dort sind mir vielleicht die besten und schlimmsten Dinge meines Lebens widerfahren, sieht man einmal, was die schlimmsten betrifft, vom Tod derer ab, die ich liebte und die an anderen Orten starben. Es ist nicht nötig, zu präzisieren, wie ich es gerade getan habe, aber bisweilen muss man den Witzen vorbeugen dort, wo man sie nicht zulässt, und man weiß immer, wo das ist. Bisweilen muss man vorbeugen, um hinterher nicht mit Worten töten zu müssen.

Allerdings täuschte durchaus manch einer Gleichgültigkeit vor, wie ich erfuhr, aber die Vortäuscher, wie Alec Dewar, hätten die Vorsicht bis zum Äußersten treiben und sich stärker vergegenwärtigen müssen, dass in Oxford alles und jeder ausspioniert wird und dass man es außerdem erzählt. Nicht nur Ian sah, wie Dewar das Exemplar durchblätterte, das ihm der kräftige Student mit dem für die Jahreszeit unpassenden Hemd gebracht hatte; auch andere Personen überraschten ihn, wie er es ausgiebig und ein wenig verstohlen las, als er sich allein im Senior Common Room oder unsichtbar in einem Winkel der Bibliothek glaubte. Er beharrte jedoch darauf, den Ahnungslosen gegenüber den Kollegen der Abteilung zu spielen (»Ach, ja? Ein Roman von Javier, in Oxford? Irgendwie erinnere ich mich, dass jemand mir etwas gesagt hat, ja. Nein, ich habe ihn nicht gelesen, ich bin jetzt sehr mit dem Inca Garcilaso de la Vega beschäftigt«), wahrscheinlich, um sich nicht dazu äußern zu müssen oder um zu zeigen, dass etwas Zeitgenössisches, wie immer es auch war, ihn nicht betreffen konnte. Ein Kollege seines College informierte mich – er war allererste Hand –, dass er in der Tat im Speisesaal oder bei den *high tables* oder formellen Abendessen gegenüber jedem, der an seiner Seite saß, damit prahlte, dass er in Europa zu einer romanesken Figur geworden sei – nicht zu einer »Romanfigur«, sondern zu einer »romanesken Figur« hatte er gesagt, wie mein Spion hervorhob. Freiwillig mürrisch und unfreiwillig schüchtern, verfügte der gute Alec Dewar endlich über ein originelles und exklusives Gesprächsthema, bei dem er die Nachricht lieferte und die Antworten auf die obligaten höflichen Fragen gab und den Gesprächspartner aufklärte und die Richtung bestimmte, statt darauf zu warten, dass die benachbarten Tischgäste sich für ihn interessierten und das Wort an ihn richteten, was sie nicht immer taten, aus Furcht vor seinem scheinbar strengen und sogar aufbrausenden Charakter. »Sie müssen wissen, mein Freund«, sagte er unverhohlen pompös zu meinem Informanten von Trinity oder Christ Church oder Corpus Christi, »dass ich Gegenstand und zentrales Motiv eines *roman à clef* bin, Sie wissen schon: französisch für ›Schlüsselroman‹, eines dieser Bücher, bei denen der Leser nicht aufhört, sich erstaunt zu fragen, ob oder bis zu welchem unglaublichen Grad stimmen mag, was der Autor über Figuren erzählt, die nur eine erkennbare oder halb erkennbare Übertragung oder Darstellung realer Personen sind: erkennbar für diejenigen, die sie kennen, das versteht sich von selbst. Es gibt ein gutes spanisches Wort dafür, Sie werden es natürlich nicht kennen, und es ist nicht leicht zu übersetzen oder zu erklären, wie alle besten Vokabeln. Ein sehr interessantes Wort: *tra-sun-tos*«, schloss er, nachdem er Anlauf genommen und Luft geholt und sogar den Gesichtsausdruck geändert hatte, um es auszusprechen, feierlich die Silben in die Länge ziehend und in einem Ton, der so viel höher war – nachgerade schrill –, dass er fast eine Katastrophe am Tisch verursachte und natürlich ein halbes Dutzend Schreckgebärden (in die Luft geworfene Löffel) und ein weiteres halbes Hustenanfälle durch Verschlucken. Mein Spion war Chemiker, und in Oxford ist man geneigt zu glauben – nicht ganz grundlos –, dass jeder Professor oder *don* eine Koryphäe und eine Leuchte in seinem Spezialgebiet oder Bereich ist, dafür jedoch unter der vollkommensten Unwissenheit in allem leidet, was nicht zu ihnen gehört, und der elementarsten Kenntnisse entbehrt, die in Reichweite jedes Kindes liegen. Der Chemiker wusste, was *roman à clef* bedeutet – er war bestens unterrichtet –, und es ärgerte ihn, dass man es ihm erklärte; das galt nicht für *trasunto*, und ich musste eine Erläuterung aus dem Ärmel schütteln, die Dewar sich wohlweislich erspart hatte: Wahrscheinlich hatte er mit seinem flüchtigen und immer schlecht erinnerten Spanisch das interessante Wort gerade bei Inca Garcilaso oder im Wörterbuch entdeckt. »Ach, ja? Und was wird über Sie in diesem ausländischen Roman gesagt, Dr. Dewar? Etwas, das wir nicht wissen dürfen? Etwas Heikles? Etwas Pikantes?«, fragte mein Chemiker ihn. Und Dewar antwortete ihm voll Stolz, oder mehr noch, mit triumphierendem Genuss – die Haut seines Schädels straffer als sonst und die Brille herabgerutscht –: »Die phantastischsten Dinge, das kann ich Ihnen versichern, die phantastischsten Dinge. Und das Lustige ist, dass einige wahr sind, niemand würde das denken. Nun ja, so sind die Dinge heute nun mal.« Er präzisierte nicht, wofür er sich verantwortlich erklärte, und das ist schade, denn ich hätte, wie bei Rylands, gern gewusst, worin ich ungewollt und absichtslos das Richtige getroffen hatte. Aber es ist möglich – oder zumindest wünschenswert, und das würde das Buch schon vor mir rechtfertigen –, dass fortan das reale Abbild des fiktiven Schlächters oder Hammers größeres Interesse oder besser größere Wertschätzung bei seinen Kollegen und Tischnachbarn geweckt hat, zumindest bis zum Erscheinen des Romans auf Französisch, der ersten Sprache, in die es übersetzt wurde und die alle neugierigen *dons* kennen, einschließlich der Chemiker.

Auch Fred Hodcroft oder John Rutherford äußerten sich kaum über ›Alle Seelen‹, und vielleicht war die Gleichgültigkeit in ihrem Fall echt; jedenfalls war niemand versucht, sie in irgendeiner Figur wiederzuerkennen oder Abbilder von ihnen auf irgendeiner Seite zu sehen, was die vorangehende Vermutung bekräftigen könnte. Ich vertraue jedoch darauf, dass Toby Rylands nicht allzu sehr recht behält mit einer seiner Prophezeiungen und dass weder Hodcroft noch Rutherford, für die ich großen Respekt und noch größere Sympathie empfinde, sich jemals ärgern oder beleidigt fühlen, weil in Bezug auf sie nicht einmal der Irrtum möglich ist, der sehr wohl in Bezug auf Ian, Toby, Eric, Philip Lloyd-Bostock, Alec Dewar, Leigh-Peele, den Trinker Lord Rymer, den Pförtner Tom möglich war und sogar in Bezug auf die ehebrecherische *belle inconnue* oder vielleicht *connue* oder vielleicht nicht einmal *belle* und gewiss auch nicht ehebrecherisch, wer weiß. Und das gilt nicht nur für diese Personen, die mit der Universität verbunden waren, sondern auch für einige andere Bewohner von Oxford, die in ihrer frühesten Jugend, vor einem Jahrzehnt und mehr, aufgehört hatten, Klassenzimmer zu betreten, und sie mit Sicherheit nur als ungeduldige Schüler betreten hatten. Aber von ihnen werde ich später sprechen. Ich glaube nicht, dass Fred oder John sich geschädigt fühlen oder einer literarischen Unsterblichkeit beraubt, die sich etwas vergänglich oder vielleicht schon leichenhaft ausnimmt.

So wurde mir also nicht die Strafe der erwarteten Gleichgültigkeit zuteil (viel gab es nicht), und der Roman lieferte, glaube ich, eher Anlass zu Vergnügen und Scherzen als zu Ärger oder Konflikten für diejenigen, die ihn sogleich auf Spanisch lesen konnten, und zu passiver Neugier für diejenigen, die warten mussten, bis er in ihre oder irgendeine andere ihnen bekannte Sprache übersetzt wurde, wie Lord Ralf Dahrendorf, der angesehene Essayist deutscher Herkunft und gegenwärtige *warden* des St. Anthony's College, dem ich später auf Bitten seiner Sekretärin (ihn kenne ich nicht, aber ich tat es gern, hatte ich doch dem St. Anthony's unter einem anderen Regiment angehört) ein Exemplar in seiner Muttersprache senden konnte, die sich ebenfalls noch vor dem Englischen die Mühe machte, meinen Text in sich aufzunehmen, eher für seine häusliche als für seine literarische Befriedigung, glaube ich. Und sowohl Eric als auch Ian – ich weiß nicht, ob sie es taten, um mir in ihrer Güte zu schmeicheln – ließen mir die Nachricht zukommen, dass in anderen Fakultäten und in den übrigen Abteilungen der unseren, der für Moderne und Mittelalterliche Sprachen oder Institutio Tayloriana, es gewisse Ansätze von Neid und sogar Repressalien gab, weil ihre Angehörigen nicht über einen ähnlichen ausländischen Roman verfügten, der sie angeblich porträtierte oder widerspiegelte, wäre es auch in strittiger Weise, und dessen sie sich vor den Tischnachbarn bei den endlosen, konkurrenzneidischen *high tables* oder auf Podest erhöhten Abendessen rühmen könnten (die der slawischen Abteilung waren anscheinend die tödlichsten, die der französischen die lästigsten). Wenn das stimmt, dann denke ich mir, dass der Neid wohl eher auf das heimliche, aber heftig genossene Lachen zurückzuführen ist, bei dem man meine ehemaligen Kollegen immer dann ertappt haben dürfte, wenn das Buch ihnen eine weitere Neuigkeit oder ein vergnügliches Gerücht lieferte, als auf die Existenz des Buches selbst.

Und es gab auch den einen oder anderen größenwahnsinnigen Professor, der seinen Platz auf diesen Seiten einforderte, Personen, die ich nicht kannte oder mit denen ich kein Wort gewechselt hatte, die jedoch versicherten – und schworen –, sie hätten als unzweifelhaftes Modell für diese oder jene Figur gedient, so anekdotisch oder vage sie auch sein mochte. Und als der Wettlauf der Identifikationen erst einmal eröffnet war, waren der Willkür keine Grenzen gesetzt, wie im Fall der fiktiven Geliebten Clare Bayes und geheimnisvollen jetzigen Nachbarin Ian Michaels: Man vermutete zum Beispiel, hinter dem sauflustigen *warden*, der im Roman Lord Rymer hieß, verberge sich der arme, bereits emeritierte berühmte Professor Raymond Carr, weil er zu meiner Zeit *warden* oder Direktor des St. Anthony's gewesen war und sich in seinen preisgekrönten Schriften ausgiebig mit Spanien beschäftigt hatte und wegen der unbeabsichtigten konsonantischen Nähe zwischen dem Nachnamen der Figur und dem Taufnamen des Historikers (»Tauf«name ist eine Redensart): Rymer, Raymond, absurd (es gibt so viele wendige und oberschlaue Zöllner und Inspektoren), vor allem, weil es für diese Gestalt wirklich eine leichte Inspirationsquelle gab, einen echten Lord, rotgesichtig, lüstern und fett und in der Tat mit einer Schwäche für den Wein (nicht, dass Carr ihm nicht zugetan war, aber doch nicht so, dass man ihn hätte verwechseln können: Er ist mager, und den Lord sah ich immer schwanken; jetzt sagt man mir, er sei gestorben). Man meinte auch – na ja, es war Ian selbst, der die anderen darauf aufmerksam machte, als er sich eine Zeitlang mit seinen Nachforschungen und Rekonstruktionen vergnügte –, die Antiquariatsbuchhändler, die in ›Alle Seelen‹ als das Ehepaar Mr und Mrs Alabaster erscheinen, müssten den Eigentümern der Buchhandlung Titles in der Turl Street entsprechen, die Stone hießen und die ich folglich namentlich geadelt hätte, indem ich sie vom gemeinen Stein der Wirklichkeit zum grabsteinernen Alabaster der Fiktion beförderte (»Noch ritz' ich diese Haut, so weiß wie Schnee / und sanft …«).

Der Größenwahn oder Drang, sich literarisch dargestellt zu sehen, ist jedenfalls merkwürdig häufig und ohne dass dabei Verwirrung oder Verwechslung ins Spiel kommt, wie es bei diesem Roman vielleicht aufgrund der bereits erklärten Übereinstimmungen zwischen Erzähler und Autor geschah. Ich erinnere mich, dass mich eines Nachmittags eine Dame aus der Levante anrief, die ich gerade nur zweimal kurz gesehen hatte, nach einem Vortrag oder dem Schein eines solchen, den ich in ihrer Heimat gehalten hatte, und in einem Madrider Café, in dem ich mich eingefunden hatte, um auf ihr hartnäckiges, unbegreifliches Bitten hin ein Buch zu signieren, beides Augenblicke, in denen keine Zeit war, über Persönliches oder überhaupt über irgendetwas zu sprechen, so dass ich nicht das Geringste über sie wusste. Sie rief mich also an, um mir zu sagen, sie habe den ersten Band Erzählungen gelesen, der 1990 erschienen war, und er habe ihr sehr gefallen, einschließlich der letzten Erzählung, die ihr »exquisit« erschien – ein seltsames Adjektiv für diese grausame Geschichte, aber zweifellos eines ihrer Lieblingsworte, ich hatte es mehrmals von ihr gehört –, »obwohl ich begriffen habe, dass sie sich auf mich bezieht und von mir handelt, ich komme darin wirklich sehr schlecht weg«. Ich tanzte gerade Hucklebuck mit einer Freundin, als das Telefon klingelte, und sie war weder bereit aufzuhören noch die Musik leiser zu stellen (es ist eine äußerst tanzfreudige Freundin, einmal in Bewegung, ist sie schwer zu bremsen, es war Anna oder es war Julia), so dass ich glaubte, falsch gehört zu haben, und mir nur einfiel, sie keuchend um die Bestätigung ihrer verblüffenden Worte zu bitten: »Sie handelt von Ihnen? Sie haben gesagt, diese Erzählung handelt von Ihnen? Wie meinen Sie das, sie handelt von Ihnen?« Bis zu diesem Moment hatte sie sich vernünftig und höflich verhalten, obwohl ihr alles immer exquisit erschien. »Ach, du streitest es ab?«, antwortete die levantinische Leserin ungehalten und fügte gebieterisch hinzu: »Kannst du vielleicht diesen Radau leiser stellen, ich höre nichts.« Es passiert oft, dass die Leute mich duzen und mir Befehle erteilen, ich glaube, ich mache zu viele Scherze und flöße keinen Respekt ein. »Du wirst doch nicht abstreiten, dass diese Erzählung auf mich zielt, nicht wahr? Das wirst du nicht abstreiten, Javier Marías.« Ich fürchte, dass ich es trotz allem abgestritten habe, und vielleicht nicht gerade sehr höflich, es wäre logisch gewesen, es abzustreiten. Das glaube ich. Sicher weiß ich dagegen, dass ich der Sache nicht weiter nachgehen wollte. Die betreffende Erzählung gehört zu den Texten, die mich besonders mitgenommen haben, als ich sie schrieb. Sie handelt von einem rachsüchtigen Butler, mit dem ich lange Zeit in einem Fahrstuhl zubrachte, der in einem Wolkenkratzer in New York zwischen zwei Stockwerken stecken geblieben war. Der Butler arbeitete für den dortigen Kosmetikkönig und dessen neue spanische Frau, es gab auch ein neugeborenes krankes Mädchen. Es war das erste Mal, dass ich in einem scheinbar fiktionalen Text Erzähler und Autor zusammenfallen ließ, der Erzähler war ich. Es gab keine weiteren Figuren, ich fragte also lieber nicht nach, mit wem sich meine Gesprächspartnerin aus der Levante identifizierte, ob mit der Frau, dem Butler, dem neugeborenen Mädchen, mit mir selbst oder mit dem Fahrstuhl. Zumindest errettete sie mich aus einem verrückten, anstrengenden häuslichen Hucklebuck. Wenig später schickte sie mir ein Telegramm, das völlig unverständlich war, denn der Text war lang und poetisierend und noch dazu ohne Zeichensetzung, ich nehme an, es erschien ihr prosaisch, so viel metaphorischen Surrealismus durch das eine oder andere »stop« zu unterbrechen. Klar war nur die ungewöhnliche Abschiedsfloskel: Sie unterschrieb nicht »Deine Sklavin« oder »Deine Dienerin«, nicht einmal »Deine Magd« oder »Deine Söldnerin«, alles sehr peinlich, aber doch mit einer gewissen rhetorischen Tradition im Briefgenre, sondern – ungleich moderner – »Deine Putzfrau«. Das brachte mich auf den Gedanken, dass sie sich sicher mit dem Butler identifiziert hatte.

Von allen eher zufälligen und verantwortungslosen Identifizierungen, zu denen es in Oxford kam, war, wenn auch nicht die schwerwiegendste, so doch die ominöseste und geschmackloseste jene, die meinen Freund Eric Southworth zwei Jahre nach dem Erscheinen des Romans und noch dazu in gedruckter Form traf. Am 16. April 1991 schrieb er mir einen Brief als Antwort auf ein Schreiben von mir, dem ich zu seiner hispanistischen Information einen Nachruf auf den bekannten spanischen Kritiker und Wissenschaftler Ricardo Gullón beigefügt hatte, der vor kurzem gestorben war. Eric hatte man, wie ich bereits erwähnte, mit der Romanfigur namens Cromer-Blake identifizieren wollen, der eine enge Freundschaft mit dem Erzähler pflegte, krank war und am Ende starb. Auf Umwegen landeten die Tagebücher Cromer-Blakes in den Händen des Spaniers, der zweimal knapp aus ihnen zitierte, ich habe etwas gegen den Missbrauch dieses Mittels in fiktionalen Texten. Den leidenden, düsteren Teil der Figur schrieb man hingegen, wie ich ebenfalls sagte, Philip Lloyd-Bostock zu, mit dem ich sehr viel weniger Umgang hatte, der jedoch tatsächlich kurz nach meinem Fortgang nach langer, wankelmütiger und verheimlichter Krankheit gestorben war. Es stand daher zu erwarten, dass Eric sich zumindest von bösen Vorzeichen und unangenehmen Spekulationen frei sah, aber nicht einmal das war möglich: Er übersandte mir eine Fotokopie des ›Bulletins der internationalen Galdós-Vereinigung‹ mit Sitz in Kingston, Ontario, Kanada – eine spannende Veröffentlichung ohne Zweifel, unglaublich, dass es so etwas gibt und noch dazu in seinem »XI. Jahr«, wie zu lesen war –, mit Inhaltsverzeichnis und den entsprechenden Abteilungen. Die siebte Abteilung war »Nachrufe« überschrieben, und darunter konnte man Folgendes lesen: ~~»Eric Southworth, St. Peter's College, Oxford University.~~« Und darunter: »Ricardo Gullón, Madrid.« Trotz der schon offiziellen Streichung war Erics Name so deutlich zu sehen, wie man ihn hier sehen kann, etwas Schreckliches, das ich nie ohne diesen Strich wiederfinden möchte und das nicht unheilverkündender sein konnte. Zum Glück ist Eric aus London und nicht aus Sevilla oder Cádiz und auch nicht aus Madrid mit einer kubanischen Großmutter wie ich, so dass er keine drastischen Maßnahmen ergriff und nicht auf Rache sann noch Gegenzauber veranstaltete (vielleicht setzte er sich eine Weile seine beiden Bischofsmützen auf und sagte es mir nicht, grüne Troddel und rote Troddel, Seide und Satin). Er beschloss auch nicht, getreu der angelsächsischen Tradition Kanada oder Ontario oder

"Romanticism, Realism and the Presence of the Word," Media, Consciousness and Culture. Ed. Bruce Gronbeck et al. New York: Sage. (Versión completa "Fortunata y Jacinta, Madame Bovary and Oral Trace," Letras Peninsulares.

"On Monstrous Birth: Leopoldo Alas and the Inchoate," Naturalism in the European Novel. Ed. Brian Nelson. Oxford: Berg, 1991.

Linda M. Willem

"A Dickensian Interlude in Galdós's Rosalía," Bulletin of Hispanic Studies.

"The Narrative Premise of Galdós's Lo prohibido," Romance Quarterly, 38 (1991).

"The Narrative Voice Presentation of Rosalía de Bringas in Two Galdosian Novels," Crítica Hispánica, 12 (1990).

[6] OTRAS NOTICIAS

Stella Moreno (Central Washington University) prepara actualmente su disertación doctoral sobre el tema "Love, Marriage and Desire in the Novelas Contemporáneas of Galdós."

A **Diane Urey** (Illinois State University) le ha sido otorgada una N.E.H. Fellowship para que prepare un libro sobre los primeros Episodios Nacionales.

[7] NECROLOGÍA

~~Eric Southworth, St. Peter's College, Oxford University~~.
Ricardo Gullón, Madrid.

[8] PRÓXIMO NÚMERO DEL BOLETÍN DE LA AIG

Se incluirán en él:

a) **comunicaciones sobre las entidades y publicaciones siguientes:**

La Asociación Cultural Benito Pérez Galdós. (John W. Kronik)

El Centro de Investigación "Pérez Galdós" de la Facultad de Ciencias de la Información, Universidad Complutense, Madrid. (Mª del Pilar Palomo y Julián Avila Arrellano)

El Omnibus Galdosiano. (Pedro Ortiz Armengol)

El Grupo de Amigos de Galdós. (Pedro Ortiz Armengol)

"Galdós en Madrid, Madrid en Galdós." (Julio Rodríguez Puértolas)

b) **resúmenes del contenido de las Actas siguientes:**

Actas del Tercer Congreso Internacional de Estudios Galdosianos. Las Palmas: Cabildo Insular de Gran Canaria, 1989. I, 316; II, 569.

Galdós. Centenario de 'Fortunata y Jacinta' (1887-1987). Actas (Congreso Internacional, 23-28 de noviembre). Madrid: Universidad Complutense, 1989. Pp. 669.

Galdós, en el centenario de 'Fortunata y Jacinta'. Ed. Julio Rodríguez Puértolas. Palma de Mallorca: Prensa Universitaria, 1989. Pp. 110.

„Romanticism, Realism and the Presence of the Word" Media, Consciousness and Culture. Hrsg. Bruce Gronbeck et. al. New York: Sage. (Vollständige Fassung „Fortunata y Jacinta, Madame Bovary and Oral Trace", Letras Peninsulares.

„On monstrous Birth: Leopoldo Alas and the Inchoate", Naturalism in the European Novel. Hrsg. Brian Nelson. Oxford: Berg, 1991.

Linda M. Willen

„A Dickensian Interlude in Galdós' Rosalia", Bulletin of Hispanic Studies.

„The Narrative Premise of Galdós' Lo prohibido", Romance Quarterly, 38 (1991).

„The Narrative Voice Presentation of Rosalía de Bringas in two Galdosian Novels", Critica Hispanica, 12 (1990).

(6) WEITERE NACHRICHTEN

Stella Moreno (Central Washington University) arbeitet gegenwärtig an ihrer Dissertation über das Thema „Love, Marriage and Desire in the Novelas Contemporaneas of Galdós".

Diane Urey (Illinois State University) wurde ein N.E.H. Fellowship zugestanden, für ein Buch über die ersten Episodios Nacionales.

(7) NACHRUFE

~~Eric Southworth, St. Peter's College, Oxford University.~~
Ricardo Gullón, Madrid.

(8) NÄCHSTE NUMMER DES BULLETINS DER IGV

Inhalt:

a) Mitteilungen über folgende Körperschaften und Publikationen:

Kultureller Bund Benito Pérez Galdós. (John W. Kronik)

Forschungszentrum „Pérez Galdós" der Fakultät für Informationswissenschaften, Universidad Complutense, Madrid. (María del Pilar Palomo und Julián Avila Arrellano)

El omnibus Galdosiano. (Pedro Ortiz Armengol)

Vereinigung Freunde von Galdós. (Pedro Ortiz Armengol)

„Galdós en Madrid, Madrid en Galdós". (Julio Rodriguez Puértolas)

b) Inhaltliche Zusammenfassungen der folgenden Protokolle:

Protokolle des Dritten Internationalen Galdós-Kongresses. Las Palmas: Cabildo Insular de Gran Canaria, 1989, I, 316; II, 569.

Galdós, Hundert Jahre „Fortunata y Jacinta" (1887-1987). Protokolle (Internationaler Kongreß, 23.-28. November). Madrid: Universidad Complutense, 1989, P. 669

Galdós und hundert Jahre „Fortunata y Jacinta". Hrsg. Julio Rodríguez Puértolas. Palma de Mallorca: Prensa Universitaria, 1989. P. 110.

Kingston oder das Bulletin, ja nicht einmal die Galdosianer zu verklagen, die es aus mehr als einem Grund verdient hätten, sondern nahm sein flüchtiges Ableben mit unzweifelhaftem Humor, wie aus seinem Brief an mich hervorgeht: »Der Nachruf auf Ricardo Gullón, den Du mir geschickt hast, dient als Einführung in den merkwürdigen Nachruf, den ich Dir meinerseits beilege, in dem ich, wie Du sehen kannst, mit niemand anderem als Gullón die Spalte der ›Todesfälle‹ teile, weshalb man sagen kann, dass ich nicht nur bereits über den seinen informiert war, sondern irgendeiner ungeduldigen oder unbesonnenen Feder zufolge ihm angeblich auf dem Weg ins Jenseits die Hand gereicht habe und wir sogar ein Stück davon gemeinsam gegangen sind, wobei wir todsicher über meinen Lieblingsroman ›*El amigo Manso*‹ gesprochen haben, vielleicht bis zu dem Augenblick, da er die Abzweigung ins Paradies genommen hätte und ich – sagen wir mal – die ins lange Fegefeuer, wo, wie ich fürchte, wohl noch immer Pérez Galdós selbst wegen seiner zahlreichen kleinen Sünden schmoren wird. Der Spanisch-Professor von Strathclyde rief meinen Freund Maurice Hemingway an, um ihm zu sagen, wie schrecklich, dass ich gestorben sei, er habe die Nachricht gerade im Internationalen Bulletin der Galdós-Vereinigung gelesen. Maurice verschlug es die Sprache, und er war so vorsichtig, mich anzurufen, um festzustellen, dass ich *wirklich* lebendig war, und dann setzte er sich in Verbindung mit dem Verantwortlichen des Bulletins, Rye, um ihn auf seinen Irrtum hinzuweisen. So erwarteten mich also bei meiner Rückkehr aus Italien ein Exemplar besagten Bulletins mit meinem angemessen gestrichenen Tod – nach der Veröffentlichung, vielleicht nur aufgeschoben – und ein Brief mit abscheulichen Entschuldigungen des Direktors. *Lo que no se saca en limpio*« – diesen Satz schrieb Eric auf Spanisch –, »was einem jedoch nicht klar wird, ist, wie zum Teufel überhaupt die Vorstellung in ihren Kopf gelangt ist, ich sei gestorben. Meine erste Vermutung war, dass Rye sich für meine Kritik an seinem jüngsten Buch über Galdós rächte, indem er mich in seinem Bulletin und noch dazu international umbrachte, aber jetzt frage ich mich, ob nicht einmal mehr die Natur angeklagt werden muss, sie imitiere die Kunst, und ob der Tod von Cromer-Blake in Deinem Roman nicht als Garantie für meinen aufgefasst worden ist. Heutzutage bewerten sich die nordamerikanischen Universitätsprofessoren unter anderem danach, wie oft ihre Namen in den Publikationen anderer Universitätsprofessoren erscheinen (›Bilanz der Erwähnungen‹, Du kannst Dir die skandalösen gegenseitigen Gefälligkeiten vorstellen und die Inflation der ungerechtfertigten Zitate, die alles noch unlesbarer machen). Mich entzückt also der Gedanke, mich eines Nachrufs zu bedienen, um meinen Wert und mein Gehalt zu steigern. Schließlich und endlich ist es eine weitere Erwähnung meines nicht besonders oft zitierten Namens ...«

Ich vermute, dass Eric trotz seiner Lässigkeit beschwörend die Finger verschränkt haben wird, wie ich es oft bei ihm gesehen habe, sosehr er auch aus London stammen mochte, und natürlich tat ich es für alle Fälle mit meinen, klopfte auf verschiedene Hölzer, umwickelte mich mit einem Zopf aus Knoblauchzehen, denn ich weiß nie, wozu sie genau dienen oder wie man sie sich umhängt oder sie handhabt oder wo man sich mit ihnen berührt, und obwohl es nicht passte und ich auch nicht zu Mittag aß, als ich den Brief las, streute ich Salz auf die Schultern des Nickis, den ich zufällig trug und der bei der nächsten Wäsche scheinbar grundlos gewaltig einlief. Vielleicht war all dies nicht überflüssig, so unwissend und ungeschickt ich mich auch anstellte bei der Ausführung meiner falschen abergläubischen Maßnahmen. Eric Southworth lebt noch immer (nicht so sein Freund Hemingway, der ihn vor nunmehr sechs Jahren anrief, um ebendies festzustellen) und erfreut sich guter Gesundheit, soweit das bei jemandem möglich ist, der viel arbeitet und nicht auf seine lustvollsten kleinen Sünden verzichtet. Wahr ist aber auch, dass er in den folgenden Jahren jedes Mal, wenn er ins Ausland reiste, Opfer irgendeines ärgerlichen Zwischenfalls oder Unfalls wurde. Im Flughafen von Orly fiel er in Ohnmacht, anscheinend infolge der heftigen Vergiftung, die er sich bei einem Mittagessen geholt hatte, das der Direktor des Pariser Cervantes-Institutes gegeben hatte, und musste dann in Oxford zu viele und beunruhigende Tage das Bett hüten; im Madrider Flughafen Barajas verpasste er wegen Barajas ein Flugzeug nach Santiago de Compostela und musste, da er nicht mehr in die überlassene Wohnung zurückkehren konnte, deren Schlüssel er zurückgegeben hatte, den ganzen Tag die mit Büchern vollgestopften Koffer durch Madrid schleppen, für die keine Gepäckaufbewahrung zu finden war – unser Flughafen, hilfsbereit und gastfreundlich wie immer –, zum großen Schaden seines Rückens, der in Galicien so schmerzte, dass er sich gezwungen sah, auf einen Teil der geplanten Rundreise im Auto zu verzichten; bei einer Fahrt ebenfalls im Auto durch den Süden der Vereinigten Staaten fielen er und sein Reisegefährte Nick Clapton zwölf Stunden lang in die Hände einer absurden Sekte, die sich in ein Tal oder auf einen Berg in der Nähe von Tuscaloosa, Alabama, geflüchtet hatte und sich *God's Trappers* oder »Gottes Fallensteller« nannte, weshalb alle ohne Unterschied des Geschlechts anachronistische Fallensteller-Mützen mit imitiertem Biberschwanz trugen, wie Davy Crockett und Daniel Boone: Man braucht kaum zu sagen, dass sie die Engländer mittels einer Falle fingen, zum Glück waren sie nicht gewalttätig und auch nicht sehr hartnäckig und ließen sie frei, als sie sahen, dass es ihnen nicht gelang, sie zu evangelisieren, aber sie hätten sie auch ihrem Fallensteller-Gott opfern können, als wären sie zwei Fischotter; und in der Toskana fiel Eric in einer schlecht bestirnten Nacht einen

Abhang hinunter und brach sich mehrfach die Knochen, was ihn wochenlang in den Gemeinschaftssaal eines italienischen Krankenhauses bannte, wie den anderen Hemingway von ›In einem andern Land‹. Dieser Sturz hätte ihn den Ärzten zufolge mit etwas weniger Glück unverzüglich ins Fegefeuer schicken können und vom richtigen Ort aus (*subito, addirittura*, erschreckten sie ihn auf Italienisch), und sein Gehör blieb durch den heftigen Aufprall für immer einseitig geschädigt.

Kurz, ich glaube, dass alles noch zu wenig ist, ob man nun abergläubisch ist oder nicht, um dem Fluch der Galdosianer entgegenzuwirken, der so international ist wie ihr Bulletin, wie man feststellen kann. Und obwohl ich sehe, dass Eric, nachdem er so viele Prüfungen bestanden hat und mit dem Leben davongekommen ist, nunmehr außer Gefahr, um nicht zu sagen unverwundbar und sogar unsterblich ist, bitte ich ihn immer, wenn ich Gelegenheit dazu habe, er möge sich bemühen, sein Land besser kennenzulernen, und versuchen, sich so wenig wie möglich aus Großbritannien zu entfernen. Aber er ist ein fanatischer Reisender und hört nicht auf mich. Was die »Bilanz der Erwähnungen« betrifft, so ist es jammerschade, dass ich kein Professor mehr für irgendetwas bin, nicht einmal ein hochstapelnder Professor (nie war ich es wirklich, nicht im Geist, ich führte keine Prüfungen durch, wenn die Entscheidung bei mir lag, und lief nie mit großem Spektakel durch die Gänge), denn dann würden die vielen Male, die ich Eric in diesem Buch erwähne und erwähnen werde, ihn zu meiner großen Freude und verdientermaßen ganz sicher an die Spitze der alles andere als gewissenhaften und ziemlich idiotischen universitären Hierarchie setzen.

WEST INDIES
SCALE
Miles 60 to a Degree
T. Jefferys sc.
FLORIDA
CAROLINA
GEORGIA
Bermudas Islands
ATLANTIC
OCEAN
Tropic of Cancer
BAHAMA ISLANDS
Bahama Bank
Providence
Eleuthera
Chan. of Florida
P. St. Augustin
C. Florida
GULF OF MEXICO
NEW LEON
NEW GALICIA
MEXICO
Mexico
TLASCALA
CAMPECHY BAY
YUCATAN
TABASCO
GULF OF HONDURA
HONDURAS
NICARAGUA
GUATIMALA
COSTA RICA
VERAGUA
DARIEN
NEW SPAIN
CUBA
Havana
JAMAICA
HISPANIOLA
St. Domingo
Porto Rico
Great Antilles
CARIBEAN SEA
CARIBBEE ISLANDS
LEEWARD ISLANDS
WINDWARD ISLANDS
Little Antilles
Antego
Guadalupe
Martinico
Barbadoes
Tabago
Trinidad
Margarite
Cartagene
Portobello
CARTHAGENA
St. MARTHA
CARACOS
TERRA FIRMA
NEW GRANADA
VENEZUELA
NEW ANDALUSIA
GUIANA
GREAT
SOUTH SEA

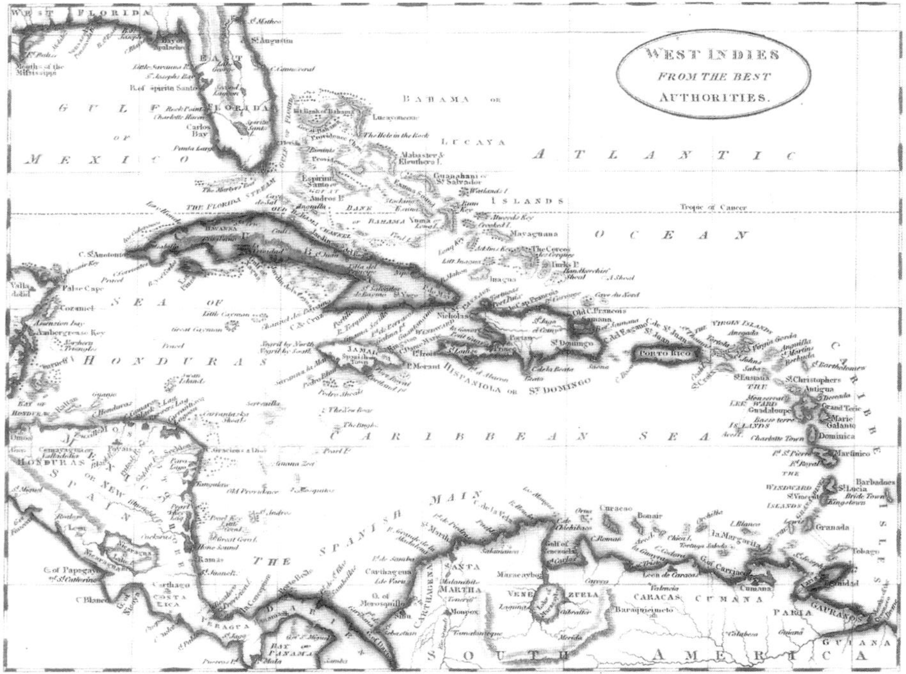

WEST INDIES
FROM THE BEST
AUTHORITIES.
WEST FLORIDA
EAST FLORIDA
GULF OF MEXICO
BAHAMA OR LUCAYA ISLANDS
ATLANTIC OCEAN
Tropic of Cancer
SEA OF HONDURAS
CARIBBEAN SEA
THE SPANISH MAIN
NEW SPAIN
SOUTH AMERICA
GUIANA
St. Augustin
Carlos Bay
Mouths of the Mississippi
Eleuthera I.
Guanahani or St. Salvador
Mayaguana
Inagua
C. St. Antonio
Havanna
Jamaica
Kingston
Nicholas
Hispaniola or St. Domingo
St. Domingo
Porto Rico
St. Christophers
Antigua
Guadaloupe
Marie Galante
Dominica
Martinico
St. Lucia
Barbadoes
St. Vincent
Granada
Tobago
Trinidad
Curacao
Bonair
Cumana
Caracas
Venezuela
Santa Martha
Carthagena
Maracaybo
Paria
Costa Rica
Veragua
Bay of Panama
Honduras
Palse Cape
Cozumel
Ambergrease Key

Buchhandlungen für Bücher aus zweiter Hand oder Antiquariate sind sehr zahlreich in Oxford, es gibt wenige Orte, die geeigneter wären für ihre Verbreitung und ihr Gedeihen, eine reglose Stadt, deren Verstorbene zur Hälfte grandiose Bibliotheken besitzen und oft der Erben entbehren, so viele unverheiratete Männer und Frauen – aber noch immer vor allem Männer –, die ihre geliehenen Tage umgeben von Büchern und ohne Gedanken an das verbringen, was nach ihnen kommen oder geschehen kann – es betrifft sie ja auch nicht –, wenn ihre bereits erwachsenen oder alten, in alle Winde zerstreuten Studenten niemals zurückdenken und sich niemand an sie erinnert und alles wieder so wird, als wären sie nie geboren. Ich habe in diesen Buchhandlungen Exemplare gekauft, die einst Koryphäen der verschiedensten Gebiete gehört hatten, auf ihren Seiten findet sich zuweilen die Tintenspur einer Bewunderung oder eines Kommentars oder einer Diskrepanz mit dem Text, den ihre Augen vor vielen Jahren überflogen, als es so schien, als wären sie wirklich geboren, und sie durch dieselben Straßen gingen, die heute nicht die geringste Spur ihres täglichen eiligen Schritts bewahren, bestimmt mit Birett und Talar und in der Aktentasche diese Bücher, sicher geachtet und freundlich gegrüßt von den Passanten, denen sie in der Zeit begegneten, die sich verlor, sobald sie sich ereignet hatte, oder die verloren war, als sie noch Gegenwart war und sich ereignete.

Alfred Leslie Rowse, der sich ohne großes Prestige mit Shakespeare beschäftigte, machte Anmerkungen an den Rändern eines unbekannten, sehr umfangreichen Buchs von

Henry James, ›*William Wetmore Story and His Friends*‹, das außer ihm nur wenige gelesen haben dürften; der wunderbare Hellenist Gilbert Murray korrigierte eigenhändig die Druckfehler eines seiner besten Titel, ›*Five Stages of Greek Religion*‹, »Regius Professor of Greek in the University of Oxford«, Murray, der königliche Professor; der Romancier Angus Wilson schenkte einen seiner Romane dem Filmregisseur George Cukor, vielleicht, als dieser gerade ›*My Fair Lady*‹ drehte, »*in the copy of my friend George Cukor*«, warf er ihm mit seiner raschen Feder hin; jemand, der in Spanien und vielleicht an der Front gewesen war, brachte den mit Fotos versehenen Gedichtband ›*Viento del Pueblo*‹ von Miguel Hernández in seiner ersten, verurteilten und fast vernichteten Ausgabe mit nach Oxford (»Dieses Buch wurde in Valencia in der Buchdruckerei Durá im September 1937 gedruckt«, Verlag Rote Hilfe): Seine Exemplare wurden von der steinharten Hand guillotiniert, ich habe gehört, es soll in der ganzen Welt nur noch sechs geben, und meines wäre das siebte, und alle beginnen sie mit dem gleichen Vers, »Es zieht der Tod mit rostigen Lanzen …«, und alle enthalten die anderen sieben guten des Gedichts ›*Elegía Primera*‹, die ich auf diesen Seiten paraphrasieren werde; ein weiterer angesehener Shakespeare-Spezialist, John Dover Wilson, muss sein ›*Fortunes of Falstaff*‹, das in meinem Besitz ist, in Edinburgh auf die Post gegeben haben, Empfänger war seinerzeit ein gewisser Arthur Melville Clark of Herriotshall and Oxton, dem Exlibris zufolge, das niemand im Verlauf seiner unbekannten Reisen herausgelöst hat, und ich werde es schon gar nicht tun, sein Motto ist »*Blaw for Blaw*«, die nördliche oder schottische Form, um etwas zu sagen, das alle Sprachen kennen und zuweilen anwenden, »Schlag auf Schlag«, auch ich kenne das, und noch mehr kannte es mein Vater oder vor allem Miguel Hernández (»… und lässt Salz regnen und verstreut Totenschädel«), ihre nicht-metaphorischen Schläge, ihre Gefängnisse, die Schläge, die sie nur verbal austeilen konnten (»Die Sonne verfault das Blut, sättigt es mit Lügen und lässt dunkelstes Dunkel keimen«); und der Dichter John Gawsworth schenkte ein Exemplar seiner ›*Collected Poems*‹ einem anderen Dichter, dem Schotten George Sutherland Fraser, und am 29. Juni 1949, diesem noch immer so trostlosen Datum in dem Zuhause, das nach meiner Geburt meines sein würde, schrieb er ihm Folgendes auf ein Schutzblatt: »Für George, *fast* der treuloseste und *gewiss* der *am meisten* geliebte meiner Herzöge, Neruda«, so lautete der extravagante Titel, den der König von Redonda in jenem Jahr seinem Freund und alten Waffengefährten in Kairo verlieh, dem untauglichen Oberfeldwebel Fraser, womit er ihn zum Mitglied der »geistigen Aristokratie« seines zugleich realen und phantastischen Reiches mit und ohne Territorium machte, eine literarische Insel mehr, aber diese ist wirklich auf einigen Landkarten zu finden und verzeichnet, winzig und stolz und unbewohnt, obwohl sie auf anderen nicht erscheint.

Gäbe es die Bücher nicht, ist es, als hätte keiner dieser Namen wirklich jemals existiert; gäbe es die Buchhändler nicht, die ein ums andere Mal die leisen, geduldigen Stimmen retten und in Umlauf bringen und wiederverkaufen, Stimmen, die sich jedoch weigern, für immer und völlig zu verstummen, unermüdliche Stimmen, denn sie sind frei von der Anstrengung, Klang zu erzeugen und gehört zu werden, geschriebene Stimmen, tonlose und widerstandsfähige Stimmen wie diese, die jetzt diese Seiten Tag um Tag im Lauf der vielen Stunden füllt, in denen niemand von mir weiß noch mich sieht oder belauert, und so scheint es, als sei ich nicht geboren.

Zu diesen Buchhändlern in Oxford gehörten Herr und Frau Stone von der unergründlichen, angenehmen Buchhandlung Titles in der Turl Street, und dank der Schlussfolgerungen Ian Michaels und seiner üblichen, eher fröhlichen als klatschsüchtigen verbalen Inkontinenz erfuhren sie, kurz nachdem ›Alle Seelen‹ in Englisch erschienen war und sie sich folglich die Mühe machen konnten, das Buch als ›*All Souls*‹ zu lesen, dass auch sie in einem Roman vorgekommen waren, zumindest meinem ehemaligen Chef zufolge, dessen Autorität für seine Mitbürger sehr viel größer gewesen sein muss, als ich jemals zu erkennen vermochte: Herr und Frau Alabaster, sie mit einem rosafarbenen Wollschal um die Schultern und an ihrem Tisch vor einem gewaltigen Geschäftsbuch sitzend, er, gut und sportlich gekleidet und auf einer Stufe der Handleiter sitzend, die der Erzähler ihm jedes Mal entriss, um die Höhen in Augenschein zu nehmen, Figuren, die in Wirklichkeit eher Dickens und Conan Doyle geschuldet waren als irgendeinem zeitgenössischen und lebendigen Wesen.

Die Stones erinnerten sich gut an mich, oder das sagte mir Ian, der mit der Geschichte und einem Exemplar der englischen Ausgabe in der Hand zu ihnen gegangen war, um sie zu locken (vielleicht las er ihnen ein paar Abschnitte vor), und obwohl dies 1992 geschah, war es nicht völlig abwegig, dass sie mich nicht vergessen hatten, denn während meiner Jahre in Oxford besuchte ich häufig ihren Laden und durchforschte ihn von oben bis unten – es gab ein Untergeschoss – mit meinen magnetischen, behandschuhten Fingern, um mich nicht übermäßig mit imprägniertem Staub zu beschmutzen, diesem speziellen, klebrigen Staub, der sich bisweilen auf die Einbände legt. Als ich erfuhr, dass die Stones leichtfertigerweise über die Existenz ihrer vermeintlichen Abbilder informiert worden waren, erfasste mich leichte Sorge, denn über Frau Alabaster hieß es unter anderem in dem Roman: »Frau Alabaster gab sich lächelnd und autoritär, mit jenem spezifisch englischen Lächeln, wie es die berühmten Würger dieser Nationalität auf der Leinwand verschwenden, wenn sie ein neues Opfer auswählen.« Und über Herrn Alabaster hieß es, ebenfalls unter anderem: »Herr Alabaster (...) gab sich ebenfalls lächelnd, aber sein Lächeln entsprach eher dem des anonymen Opfers des Würgers, kurz bevor es von seinem Schicksal erfährt.« Und mir kam der Gedanke, dass diese Beobachtungen ihr Missfallen erregen konnten, wenn sie beschlossen, sich tatsächlich im grabsteinernen Alabaster wiederzuerkennen, obwohl beide Figuren im Übrigen mit Humor und Sympathie dargestellt waren, oder so glaube ich zumindest, wenn auch das, was ich über meine eigenen Texte glauben mag, kaum Bedeutung hat oder nur für mich und in bestimmten Augenblicken.

Als ich das nächste Mal in Oxford war – im Sommer 93, dort traf ich mit meiner Freundin Mercedes López-Ballesteros zusammen –, zögerte ich daher eine ganze Weile, bevor ich wagte, den Laden der Stones zu betreten, denn ich fürchtete, sie könnten mir, wenn sie mich wiedererkannten, diese Beschreibung anderer Wesen zum Vorwurf machen, falls sie sie sich zu eigen gemacht hatten, oder aber mir schlicht mit schmerzlichem, anklagendem Gesichtsausdruck den Zutritt verweigern. Ich war sicher, dass sie mich wiedererkennen würden. Ich hatte ein Exemplar von ›*All Souls*‹ bei mir, um es ihnen zu schenken, es wäre eine freundschaftliche Geste, auch wenn sie es schon gekauft und gelesen hätten, wie es nach Ians fröhlicher Anstiftung sehr gut möglich war. Ich erinnere mich, dass ich mich eine Weile in der benachbarten Markthalle herumtrieb, um Zeit zu schinden, was mich veranlasste, mir ein Büschel Weintrauben zu kaufen, plötzlich bekam ich Lust auf Weintrauben. Auf die Theke einer ekelerregenden Fleischerei gestützt, blätterte ich noch einmal in dem Buch auf der Suche nach positiven Elementen: Herr Alabaster wurde beschrieben als jemand, »der etwas von einem alten theoretischen Eroberer besaß (einer von denen, die aufgrund ihrer sozialen Herkunft oder einer frühen, eisernen Ehe keine Gelegenheit fanden, ihren Charme zu erproben), den weder die Koketterie noch der Kölnischwasser-Duft seiner weniger hypothetischen Jahre verlassen hatten«, und es hieß von ihm, er sei »stattlich«. Bei Frau Alabaster wurden der »durchdringende Blick«, aber auch – weh mir – »die eingekapselten Zähne« hervorgehoben, die Frau Stone – weh mir – tatsächlich haben konnte, nie hatte ich sie mir angeschaut, und ich nahm mir vor, es jetzt zu tun. Dass sie Buchhändler waren, stellte in meinen Augen keine Garantie dafür dar, dass sie mit den Verquickungen und Erfindungen und Kombinationen der Literatur vertraut waren und sie verstanden, unter ihnen gibt es neugierige und scharfsinnige wie Bernard Kaye aus York oder Antonio Méndez und seine Albertos in der Calle Mayor in Madrid, aber ich kenne auch den einen oder anderen, der sich sein Lebtag vom Leibe hält, was er verkauft, ganz zu schweigen von diesem oder jenem Auslieferer, der nicht einmal weiß, wie diese Bücher genannten Waren, die er liefert, geöffnet werden, er weiß nicht, dass sie Seiten enthalten, und unter den Verlegern gibt es hochgebildete und sogar gelehrte wie Gilles Barbedette oder Laurens van Krevelen oder MacLehose oder den alten Einaudi, aber ich habe auch einen oder zwei wenn nicht analphabetische, so doch nur mit Anfangsgründen in fünf Sprachen gesegnete gekannt, die sie nur für ihr hochnäsig-plattes internationales Geschwätz benutzen (für mehr reicht ihr Vokabular nicht). Wenige Leute sind fähiger als gerade die Professoren in Oxford, zu begreifen, was ein Roman ist, und keine Verantwortlichkeiten von ihm zu fordern, und doch hatten zwei oder drei von ihnen wie Primitive auf meinen reagiert, nichts ist jemals garantiert. Ich dachte daran, mich auf die Theke einer Eierhandlung zu stützen, um den Stones eine herzliche Widmung zu schreiben und nebenbei zufällig ein paar Eier zu zerbrechen, mit denen ich mich von Kopf bis Fuß mit Eigelb und Eiweiß bekleckern und so ihr Mitleid erregen könnte, wenn ich erbarmungswürdig und von lasziver Flüssigkeit tropfend die Buchhandlung betreten würde, aber ich verwarf die Idee gleich wieder, sie wären besorgt, ich könnte den Boden oder die Bücher beschmutzen, und sie würden mich noch unfreundlicher empfangen; Mercedes L.-B., mit der ich mich ein wenig später bei Titles verabredet hatte, würde laut über mich lachen, und außerdem trug ich meine Weintrauben in einer Papiertüte, die mögliche Mischung der Säfte wäre allzu schmierig. Ich schrieb ihnen die aufrichtige, aber ein wenig schmeichlerische Widmung auf einer weniger riskanten Theke (der einer widerwärtigen Fischhandlung) und wandte mich mit langsamen Schritten meiner Prüfung und dem Laden zu.

Ich verbarg beim Eintreten ein wenig das Gesicht hinter meiner hohen Papiertüte, da war Frau Stone, wie immer, mit ihrer halb auf die Nase gerutschten Brille, wie sie auf den Bildschirm des geschlossenen Fernsehkreislaufs (schwarzweiß) spähte, dank dessen sie die Verdächtigen beobachtete, die zum Stöbern in das Untergeschoss hinabstiegen, ich war seinerzeit einer der Hartnäckigsten gewesen. In dieser modernen Anlage trafen sich die Stones tatsächlich mit den Alabasters, und zweifellos war dies das wichtigste Faktum, das Ian Michael bei seinen Einmischungen und Nachforschungen und gewagten Vermutungen geleitet hatte. Herrn Stone sah ich vorerst nicht und bedauerte es, denn über seinen falschen Zwilling Alabaster hatte ich bei meiner letzten angstvollen Inspektion des Buches die meisten schmeichelhaften Kommentare gefunden. Frau Stone hob den Blick, als sie die Glocke hörte, ich vermute, sie erkannte mich auf der Stelle, aber sie sagte nichts, sicher war sie der Auffassung, dass es mir oblag, als Erster zu grüßen. Das tat ich daher sofort, indem ich sie bei ihrem Namen nannte. »Wie geht es Ihnen, Mrs Stone? Ich weiß nicht, ob Sie sich an mich erinnern werden.« Sie tat, als zögerte sie einen Augenblick oder versuchte, sich meinen Namen ins Gedächtnis zu rufen, und dann sagte sie mit dem für viele Einwohner der Stadt typischen gekünstelten Stottern:

»O ja, o ja, der spanische Herr.« Und sie wies mit der nach oben gedrehten Handfläche auf mich. »Mr Márias, Márias, nicht wahr?« Und sie lächelte arglos, was ich nutzte, um auf ihre Zähne zu achten, die mir echt und vollkommen erschienen, und das verschaffte mir ein wenig Erleichterung.

Wir wechselten noch ein paar Sätze, bevor ich nach ihrem Mann fragte: »Ist Herr Stone nicht da? Ich habe Ihnen beiden etwas mitgebracht.«

»Sie sind sehr liebenswürdig, sagen Sie mir, was es ist«, fragte oder befahl sie fast, ohne sich beherrschen zu können. Aber sie besann sich sofort und fügte hinzu: »Ja, Ralph ist unten, ich werde ihn rufen. Ralph, Lieber, bist du bitte so gut und kommst einen Augenblick herauf?«, rief sie mit fester Stimme die Treppe hinunter. »Hier ist der spanische Herr, der Herr Márias! Er hat uns ein Geschenk aus Spanien mitgebracht!«

Wenn Ralph Stone sich im Untergeschoss befand – nie hatte ich seinen Vornamen gehört –, dann überwachte seine Frau ihn am Bildschirm, oder vielleicht betrachtete oder bewunderte sie ihn auch nur, sie schienen Zuneigung füreinander zu hegen, nichts ist schwieriger, nichts wünscht man sich mehr in der Ehe, als den anderen bisweilen neu, wie einen Unbekannten sehen zu können, vielleicht half das Fernsehen dabei. Zumindest kommunizierten sie von einem Stockwerk zum anderen nicht mit einem Haustelefon oder einem Walkie-Talkie, roger und over oder umgekehrt, over und roger.

Herr Stone erschien sofort, sportlich die Stufen nehmend, vielleicht zu schnell, als hätte er am Fuß der Treppe gestanden und aufmerksam dem gelauscht, was oben gesprochen wurde. Er reichte mir die rechte Hand mit einem ebenfalls sportlichen und offenen Lächeln, das irgendeinen Groll ziemlich unwahrscheinlich machte. Nach einem minimalen

Austausch überflüssiger Information (alles war wie gehabt, was sie betraf), überreichte ich ihnen meinen Roman in seiner englischen Ausgabe von The Harvill Press mit einer wohleinstudierten Geste des Zögerns. »Na ja, mein Geschenk kommt nicht gerade aus Spanien«, ich fühlte mich genötigt, mich dafür zu entschuldigen. »Nun, ich weiß nicht, ob Sie davon gehört haben. Ich habe Ihnen ein Exemplar mitgebracht, und ich habe mir erlaubt, es Ihnen zu widmen.«

»O ja, wir verkaufen es, und gar nicht schlecht, übrigens«, antwortete Herr Stone und kam dabei Frau Stone zuvor, die eine Sekunde mit halboffenem Mund verharrte, und ich warf einen weiteren Blick auf ihre schönen Zähne. »Aber unser eigenes Exemplar haben wir nicht, es passt uns also wunderbar, es ist sehr freundlich von Ihnen, dass Sie an uns gedacht haben. Danke, danke. Schau, Gillian, Liebling«, sagte er zu seiner Frau, während er es ihr reichte, nachdem er die Widmung oder Schmeichelei gelesen hatte.

Ich hatte auch nie gewusst, dass sie Gillian hieß. Ich konnte meine Überraschung nicht verhehlen, die Stones verkauften keine neuen Bücher, hier fand man niemals etwas, das man problemlos in den normalen Buchhandlungen kaufen konnte.

»Sie verkaufen es?«, sagte ich. »Wie das? Es ist doch erst vor ein paar Monaten erschienen, und soviel ich weiß, akzeptieren Sie nur staubige Ware, ich meine durch den langsamen und majestätischen Staub der Zeiten geadelte Ware.«

Frau Stone lachte, und so konnte Herr Stone ihr abermals zuvorkommen:

»Ja, natürlich, so ist es, so ist es. Aber das ist ein sehr spezieller Fall, nicht, es ist begründet, es hat seinen Reiz, dass wir es hier verkaufen, meinen Sie nicht? Ich habe also ein paar Exemplare bei Blackwell's erworben (die Verlage sind es nicht gewohnt, uns Bestellungen zu liefern, klar, wir verkehren ja nicht mit ihnen), und hier ist es, haben Sie es nicht im Schaufenster gesehen? Wir haben wenigstens vier oder fünf verkauft.«

Ich hatte nicht auf das Schaufenster geachtet, bevor ich hineingegangen war. Vier oder fünf mussten ziemlich viel sein für Personen, die gewohnt waren, mit vergriffenen oder seltenen Büchern zu handeln, die ihnen mit Glück als Einzelstück in die Hände fallen, und fast nie Titel anzubieten, die sich wiederholten oder jedenfalls nicht in der gleichen Ausgabe. Herr Stone konnte nur auf die Alabasters anspielen. Heiliger Himmel, dachte ich, die Stones gehen davon aus, dass die Alabasters sie sind, und deshalb macht es ihnen Spaß, in ihrem Laden einen Roman zu verkaufen, der nach ihrer Meinung von ihnen und von diesem Laden erzählt, in dem sie jetzt diesen Roman verkaufen, der von ihnen erzählt. Die Alabasters hätten mein Buch, das sie erschafft und enthält, niemals verkaufen können. Aber wenn die Stones nicht über ihr eigenes Exemplar verfügten, dann hatten sie ihn vielleicht noch nicht gelesen und bezogen sich nur auf das, was Ian und andere ihnen erzählt haben mochten.

»Sagen Sie, könnte ich diese Weintrauben irgendwo sicher verwahren? Ich fürchte, sie fangen an zu tropfen, und ich möchte Ihnen keine Flecken machen«, sagte ich. Vielleicht hatte man sie mir in der schmutzigen Obsthandlung etwas überreif verkauft.

Herr und Frau Stone hoben die Hände ans Gesicht, beide zugleich (womöglich eine ansteckende Geste), ich weiß nicht, ob vor Empörung oder vor Schrecken oder aber verwirrt, weil es im Laden an einem passenden Ort mangelte, an dem man ein paar klebrige Weintrauben hätte lassen können. Sie schauten sich um, die Hände an den Wangen.

»Oh, hier«, sagte schließlich Frau Stone, während sie auf den Schirmständer zeigte. Es herrschte gutes Wetter, und er war leer, dort legte ich meine Tüte ab, sehr sorgsam, damit sie aufrecht blieb.

»Wie ich mich freue«, sagte ich, mit einer Kopfbewegung in Richtung Schaufenster auf die spektakulären Verkäufe anspielend, »das hört man gern.« Und da ich nicht wagte, die Alabasters zu erwähnen, und nur an sie dachte, wechselte ich das Thema: »Schön, ich werde mal einen Blick auf Ihre neuesten Erwerbungen und göttlichen Schätze werfen, wenn Sie nichts dagegen haben. Ich warte auf eine Freundin.«

»Ganz im Gegenteil«, antwortete Herr Stone, wobei er theatralisch die Arme ausbreitete, als würde er sich dem Feind ergeben. »Fühlen Sie sich ganz wie zu Hause, wie in den alten Zeiten.«

»Genau, wie in den alten Zeiten.«

Sie waren schon damals alt, die Zeiten, dachte ich, während ich ohne große Überzeugung die Stufen der Handleiter hinaufstieg, bis ganz nach oben, die besten Funde warten gewöhnlich an den unerreichbaren Orten, sie belohnen nie die Faulen. Sie waren schon alt, diese Zeiten, 1983 und 84 und 85, ich war im ersten dieser drei Jahre nach Oxford gekommen und im letzten gegangen, und wenn sie für mich nicht so alt waren, dann deshalb, weil ich später dieses Buch geschrieben und durch dieses Buch und sein noch unabgeschlossenes Leben die Verbindung mit der Stadt und mit jenen Zeiten aufrechterhalten hatte, die mir noch sehr gegenwärtig oder nicht abgeschlossen erschienen und erscheinen; diese Verbindung hatten indes nicht die Stones und auch sonst so gut wie niemand in Oxford mit mir aufrechterhalten, der spanische Herr für sie, immer schemenhafter und aufgelöster mein Gesicht, das überdies nicht still verharrt hat, es ist älter geworden und vielleicht leidender, als würden die Spuren, die man an keinem Ort und in keinem Leben und auch in keiner Person hinterlässt, sich alle in den eigenen Gesichtszügen ablagern und anhäufen, vielleicht das Einzige, was es sichtbar registriert. Ich dagegen hatte meine Verbindung mit der Stadt und ihren Bewohnern durch mein Buch aufrechterhalten, als weigerte ich mich dadurch, mich in den Schemen und Schatten zu verwandeln, den niemand mehr deutlich sieht noch erinnert oder nur mit großer Anstrengung (»Ach ja, er kam öfter zu uns und suchte Raritäten, ich frage mich, was aus ihm geworden sein mag, es ist schon so lange her«), zwei Jahre meines Lebens waren dort vergangen, und es wäre normal gewesen, dass nach acht oder zehn nicht mehr die geringste Spur davon zeugte, von meiner sehr aufrechten Gestalt mit Talar oder ohne oder von meiner englischsprechenden Stimme, die anscheinend eine andere ist, als wenn ich meine Sprache spreche, oder von meinem täglichen eiligen Schritt mit einer Aktentasche voller Bücher in der Hand auf den zerstreuten Straßen, die uns eine Zeitlang erdulden, ohne ungeduldig zu werden, weil sie wissen, dass es niemanden geben wird, der immer auf ihnen geht, niemanden. Zwei Jahre sind viel, und sie dauern, und doch verschwinden sie zuweilen, als hätten wir sie nie durchlebt, niemand kennt sie oder erinnert sich an uns in ihnen, niemand sucht uns aus jener Zeit oder jenem Ort oder vermisst uns, und es kann geschehen, dass sogar wir selbst uns selbst damals vergessen und uns nicht suchen noch vermissen. Ich vergaß die große, ungerechte Narbe, die ich nicht zwei, sondern drei Jahre lang täglich sah und küsste, in Zeiten, die noch älter sind, und in einer anderen Stadt, die auch nicht meine war, die Narbe an einem Oberschenkel. Und als ein Freund, der von ihrer Existenz wusste, mich unlängst an sie erinnerte, als er von der Frau sprach, die sie an ihrem Oberschenkel trug, kostete es mich solche Mühe, die Erinnerung und das Bild wiederherzustellen, dass ich schließlich sogar eine Narbe an ihrer Brust sah, die es nie gegeben hatte, bevor es mir gelang, diesen verbrannten, weichen Krater, der untrennbarer und sichtbarer Teil der von mir geliebten Person war, zu visualisieren und nach zwanzig Jahren endlich wiederzusehen. Wie ist es möglich, dass ich das verloren habe, dachte ich, als dieser Freund mich ungewollt zwang, es zurückzuholen, wie ist es möglich, dass aus meinen gehorteten Bildern jahrelang diese Narbe verschwunden war, die mir vertraut war und die ich mir zu eigen gemacht hatte und vor der mich ihre Besitzerin gewarnt hatte, bevor ich sie zum ersten Mal im Zimmer eines billigen Hotels in Wien aufsuchte, mit einer Rücksicht und einem Takt, als wollte sie sagen: »Hör zu, komm, schau, ich habe das, und vielleicht willst du es lieber nicht sehen. Du hast noch Zeit, es nicht zu sehen, und wenn du es nicht siehst, wirst du es nie gesehen haben.« Aber es gibt Dinge, die zu sehen man nicht umhinkann, nachdem einem angekündigt wurde, dass sie existieren, schon gar nicht, wenn man alles sehen will, alles von der Person, die sie ankündigt und besitzt. Ich sah es, und ich sah es später täglich, bis ich zweifellos aufhörte, es zu sehen, wenn ich meinen Blick darüberwandern ließ, weil meine Augen es übersahen, obwohl es noch immer weich und verbrannt dort war, und wenn ich es küsste, dann ohne es mir bewusst zu machen und ohne Verdienst – wenn dies einen solchen haben kann –, und vielleicht vergaß ich es schließlich nicht nur deshalb in so unglaublicher Weise, weil es eine Zeit der Trauer oder Traurigkeit gab, in der mich die Erinnerung sehr schmerzte, sondern weil die Verbindung seit dem Anfang der Trennung oder meines Verlusts von ihr gelöst worden war, und als sie schließlich auch von mir gelöst wurde nach langen Jahren fruchtloser, vergrübelter Anstrengung voller Selbstgespräche oder überflüssiger Abschiedsworte, die niemand beantwortete – als wäre ich in ihrem Spinnennetz hängen geblieben, an dem sie nicht mehr wirkte –, nahm sich plötzlich alles fern und fremd aus, was geschehen war und existiert hatte, wie es mit der Vergangenheit passiert, wenn sie sich nicht hinschleppt oder herumlungert und man ihr nicht erlaubt, sich auch nur ein einziges Mal der Gegenwart zu zeigen, nicht einmal in ihren friedlichsten und harmlosesten oder trostreichsten Formen. Ach ja, wird sie vielleicht ab und zu denken, hier hat einmal ein junger Mann mit mir zusammengelebt, er war aus Madrid, ich frage mich, was aus ihm geworden sein mag, es ist schon so lange her.

Ich stieg auf der Leiter ganz nach oben und verharrte einen Augenblick still und schaute von dort, als wären sie Untertanen, auf Herrn und Frau Stone hinab, die nicht zu ihren Verrichtungen zurückgekehrt waren, sondern mich erwartungsvoll beobachteten, als empfänden sie es als Vernachlässigung, wenn sie nicht auf meine Bewegungen und Schritte achteten, als Kränkung während meines Besuchs in den neuen Zeiten, und hätten beschlossen, meiner Suche beizuwohnen oder mich mit dem Blick dabei zu begleiten. Ich ließ meine Augen und meine flinken Finger über das obere Regalfach wandern und fand sofort ein Buch, das ich schon seit geraumer Zeit suchte, um es meinem Freund Manolo Rodríguez Rivero zu schenken, der es seiner vielen Kapriolen wegen in keiner Weise verdiente, aber mich mehr als einmal darum beneidet hatte, als er es bei mir zu Hause gesehen hatte, ich habe es oft in Reichweite, weil man es sehr langsam und episodenweise liest: ›*A General History of the Pyrates*‹ von Daniel Defoe in seiner seltenen vollständigen Fassung, ein umfangreicher Band von mehr als siebenhundert Seiten. Ich hielt also zufällig die ›Allgemeine Geschichte der Piraten‹ in der Hand, als Frau Stone mir von dem Film erzählte, den der durchsetzungsfreudige Produzent Elías Querejeta damals auf der Grundlage meines Romans in Planung hatte, damit seine Tochter ihn drehte – ebenfalls Querejeta, wie es natürlich ist, aber nicht Elías.

»Herr Roger Dobson hat uns erzählt, dass man einen Film drehen wird, der auf ›*All Souls*‹ beruht«, sagte sie zu meiner großen Überraschung, dieses Mal dem Ehemann zuvorkommend. »Stimmt das? Wird er hier in Oxford gedreht, an natürlichen Schauplätzen? Hat man schon die Drehorte ausgesucht? Hat man schon die Besetzung ausgewählt?«

Ich war wenig informiert über dieses Vorhaben, das in jenen Momenten noch sehr in seinen Anfängen lag, wenn ich mir auch nicht vorstellen konnte, dass die Grobheit und Missachtung von Quereteja und Quereteja so weit gehen würden, mich entgegen dem vertraglich Vereinbarten über so gut wie nichts zu informieren, als das Projekt bereits fortgeschritten war, und mir den Film nicht zeigen zu wollen, als er fertig war, das heißt, ihn so lange sie konnten vor mir zu verbergen, während ihre sämtlichen Kritiker und Freunde und Satelliten, wie andere mir erzählten, ihn in privaten Vorführungen zu sehen bekamen. Ich hatte meine Zweifel gehabt, ob ich die Erlaubnis geben und die Filmrechte abtreten sollte, unter anderem deshalb, weil ich mir nicht vorzustellen vermochte, wie aus meinem Roman problemlos und adäquat ein Film gemacht werden konnte, nicht aus diesem noch aus irgendeinem anderen, mit Ausnahme des ersten meiner neunzehn Jahre, vielleicht noch immer der beste. Es hatte mich auch argwöhnisch gemacht, dass Quereteja und Quereteja bei einem der Vereinbarung vorausgehenden Mittagessen mit munterer und rührender Überzeugung erklärt hatten, die Figuren Toby Rylands und Cromer-Blake seien ein Liebespaar gewesen, nur weil es vom Zweiten im Buch hieß, er sei homosexuell, und vom Ersten, man wisse nicht so genau, was er in sexueller Hinsicht sei. »Wie das«, hatte ich geantwortet. »Es gibt nicht das leiseste Anzeichen, den geringsten Hinweis darauf. Es handelt sich um eine Beziehung zwischen Lehrer und Schüler, zwischen alt und jung, allenfalls eine Vater-Sohn-Beziehung, sie sind in keiner Weise ein Liebespaar oder ein Exliebespaar, was für ein Unsinn.« Ein derart trivialer Gedanke bedeutete in Wirklichkeit, dass man kein Wort verstanden hatte: eine bornierte Lektüre oder die eines rein kommerziellen Kopfes, der überdies meint, er sei es nicht. Der imperative Produzent ließ nicht locker in seinem Bemühen, mit einer wahrhaft genialischen Frage, die eine Vorstellung seines unermesslichen Respektes für die Schriftsteller und seines nicht geringeren Scharfsinns vermittelte: »Bist du sicher?«, sagte er mit einem intensiven Blick, als wollte er mich damit von meinem Irrtum überzeugen. Angesichts der Tatsache, dass er es war, der zusammen mit der anderen Queretej a das Drehbuch schreiben würde, hätte ich länger darüber nachdenken sollen. Ich hätte sarkastisch sein können, aber ich verzichtete darauf, schließlich und endlich waren sie damals so freundlich, sich für meinen Roman zu interessieren, und schmeichelten mir, damit ich akzeptierte. Ich beschränkte mich also darauf, zu antworten, was auf der Hand lag: »Wie soll ich nicht sicher sein, wenn das ein Roman ist und ich ihn geschrieben habe und ich außerdem nicht zur Gattung der intuitiven Schriftsteller gehöre?« Und naiv, wie ich war, atmete ich erleichtert auf, im Glauben, rechtzeitig ein schwerwiegendes Missverständnis ausgeräumt zu haben. Überflüssig zu sagen, dass in dem Film, der schließlich 1996, vier Jahre später, gedreht und uraufgeführt wurde, der arme Rylands und der arme Cromer-Blake als unglaubwürdiges, eher unsympathisches, zeterndes universitäres Exliebespaar erscheinen, angeblich von Leidenschaft erfüllt, wie man uns ständig in den Dialogen mitteilte, aber nie in Bildern zu sehen war, Figuren, die nichts zu tun hatten mit denen des Romans, abgesehen von den Namen und der Krankheit des Zweiten: Tatsächlich erschien mir »Robert Rylands« – er trug seinen für die englische Oberklasse typischen Namen nicht mehr, weil die Regisseurin Querejeta, wie sie in einem Text gestand, einmal einen Hund namens Toby gehabt hatte, ein gewichtiger künstlerischer Grund – als ein unerträglicher, widerwärtiger Typ, das, was man eine Nervensäge nennt, zum Davonlaufen. Es hatte nie ein Missverständnis gegeben, sondern etwas anderes, oder wenn es am Anfang eines gab, dann bedeutete es jenem familiären Duo wenig, dass der Autor es gleich im ersten Augenblick aufklärte, der Autor ist verächtlich. Aber als Frau Stone mich im Sommer 1993 danach fragte, gab es noch kein Drehbuch oder überhaupt ein richtiges Projekt, und ich bewahrte noch immer meine Arglosigkeit und meine Gutgläubigkeit sowohl Quereteja als auch Quereteja gegenüber, wenn auch immer mehr gegenüber Quereteja, der ich, wie ich glaube, ziemlich weit entgegenkam, wenn sie mich darum anging, und von der ich in der Folge daher sehr enttäuscht war.

»Nein, ich glaube, man hat noch keine Drehorte ausgesucht und auch nicht an die Besetzung gedacht«, antwortete ich von meiner hohen Warte aus, zufällig mit der ›Allgemeinen Geschichte der Piraten‹ in der Hand. Ich schaute nach dem Preis, £40, ein bisschen teuer, ich fragte mich, ob ich Manolo R.R. so gern mochte. »Aber es stimmt, dass man einen Film drehen wird, und ich weiß, dass geplant ist, ihn in Oxford zu drehen.«

Herr Stone hob eine einzige Hand an die Wange, und ich sah, wie seine Augen aufleuchteten, als er sie noch höher hob, zur Decke, und ein beschwörender Glanz in sie trat.

»Und wird er sich sehr eng an den Roman halten«, fuhr Frau Stone fort, »oder wird man nur die Episoden nehmen mit ... mit den meisten Gefühlen?«

»Meinen Sie mit dem meisten Sex?«, antwortete ich: Von der Höhe herab zu sprechen verleiht Kühnheit und das Gefühl von Straflosigkeit, deshalb haben es Despoten, Bankiers, Unternehmer, Richter und Tyrannen immer so eingerichtet. Die Stones hatten also den Roman gelesen, in irgendeinem fremden Exemplar, vielleicht dem von Roger Dobson persönlich. »Nein, ich hoffe nicht, ich glaube nicht, aber ich bezweifle, dass sie sich sehr eng an das Buch halten, und natürlich werden Teile davon völlig draußen bleiben. Sie wissen ja, das Kino ist sehr reich in mancherlei Hinsicht und in anderer sehr beschränkt.«

Daraufhin schaltete Herr Stone sich ein, in einem Ton, der halb begehrlich, halb entschuldigend war:

»Gillian fragt das, Mr Márias« – beide betonten meinen Namen falsch, auf der ersten Silbe –, »weil für den Fall, dass man Schauspieler braucht, um diese Buchhändler des Romans darzustellen, Sie wissen schon, dieses Ehepaar Alabaster, wir, nun ja, wir das gern tun könnten, ich glaube, wir würden uns gut dafür eignen, meinen Sie nicht?« Er unterbrach sich einen Augenblick, er sprach schüchtern und heftig zugleich, als stünde für ihn wirklich viel auf dem Spiel. »Wissen Sie? Ich habe in meiner Jugend reichlich Theatererfahrung gesammelt, und kürzlich bin ich wieder darauf zurückgekommen, ich habe eine kleine Rolle in einer unabhängigen Theaterproduktion gespielt, so nennt man das, bei den letzten Festspielen in Edinburgh, mein Sohn war an der Inszenierung beteiligt und bat mich um meine Mitarbeit. Ein großes Vergnügen. Wir gehören auch der OSCA an« – der O-S-C-A, sagte er, die Buchstaben trennend – »und sind in einigen hier gedrehten Filmen aufgetreten, ›King George ein Königreich für mehr Verstand‹ – hm – war der letzte, Roger Dobson und Rupert Cook sind ebenfalls Mitglieder. Schauspielern ist toll. Na ja, wenn man Sie wegen der Besetzung um Rat fragt, dann vergessen Sie uns nicht, wir würden nur zu gerne mitmachen. Obwohl wir dem spanischen Produzenten schon geschrieben haben, Elijah oder so ähnlich … na, ich kann es nicht aussprechen, etwas mit Q und mit dem Wort *reject* in der Mitte, nicht wahr, Liebling?«, erkundigte er sich bei seiner Frau, die nickte. »Was sicher nicht sehr verheißungsvoll ist oder zu der Hoffnung beiträgt, dass sie einen nicht ablehnen« – das Substantiv *reject* bedeutet »abgelehnte Person oder Sache«, »Abfall«; Elijah ist die englische Form des biblischen Namens. »Ich meine, dass sie uns anbieten, diese für uns so passenden Rollen zu spielen. Aber sie haben uns nicht geantwortet, und dabei haben wir einen Bogen mit dem Briefkopf der OSCA verwendet, wenn ich mich recht erinnere. Ist es in Spanien normal, Briefe nicht zu beantworten?«

Wieder diese Abkürzung.

»Die OSCA?«

»Die Oxford Society of Crowd Artistes«, erklärte Frau Stone. Wortwörtlich, der Oxforder Verband der Massenkünstler oder vielleicht Komparsenkünstler, obwohl im Englischen das Wort artiste, französisch geschrieben, eine bescheidenere und scherzhaftere Nuance hat als artist, es ist Sängern, Köchen, Tänzern, Modemachern, Schauspielern, Hutmachern vorbehalten. Frau Stone reichte mir einen dieser Bögen mit Briefkopf, ich stieg eine Stufe herab, um ihn entgegenzunehmen. »Die Oxford Society of Crowd Artistes (OSCA)«, hieß es, »ist eine Genossenschaft für Film- und Fernsehstatisten mit Sitz in Oxford und mehr als hundert Mitgliedern, deren Erfahrung historische und gerichtliche Dramen, die Inspektor-Morse-Serie und zahlreiche bedeutende sowohl an Außenschauplätzen als auch im Studio gedrehte Filme umfasst.« Ich behielt das Papier, in England gibt es Vereine jeder Art.

»Sie haben an die Queretejas geschrieben? Woher wussten Sie ihre Adresse?«

»Oh, das war leicht, wir haben sie im Weltjahrbuch der Filmgesellschaften gefunden. Herr Dobson hat uns den Namen gesagt. Glauben Sie, dass irgendeine Möglichkeit besteht? Glauben Sie, dass sie uns antworten werden? Dass sie uns für die Alabasters in Betracht ziehen werden?«

Ich stieg die Stufe wieder hoch und schaute das Buch an, das ich schon zu Hause hatte und jetzt für Manolo R. R. kaufen würde, sehr lehrreich und sehr amüsant, vor allem, weil man mit den Piraten nicht zu verkehren, sondern nur über sie zu lesen braucht. Es lag Hoffnung und Angst in den Augen von Ralph Stone, ein wenig Kummer in denen von Gillian Stone, die mit im Schoß verschränkten Händen wartete.

»Ich weiß es nicht.« Mehr als Zweifel drückte ich Pessimismus aus. »Ich fürchte, sie sind nicht sehr empfänglich für die Wünsche und Angebote von Leuten, die sie nicht kennen.« Fast hätte ich gesagt »ohne Einfluss«, aber zum Glück sah ich davon ab.

Ich konnte es nicht glauben. Die Stones akzeptierten nicht nur, das Vorbild der Alabasters zu sein, sondern wollten sie auch noch verkörpern, ihnen ihre Erscheinung und ihr Äußeres leihen, wenn diese Figuren das Buch verlassen und Gestalt und Gesicht in einem Film annehmen sollten, ein merkwürdiges Wechselspiel, wenn ihr Glaube und ihre Aneignung oder Identifizierung richtig gewesen wären, sie waren es nicht ganz. Und wenn diese Verkörperung zustande käme, dann würden sich die fiktiven Alabasters ihrerseits in Vorbilder für die wirklichen Stones verwandeln, die sie studieren und imitieren würden, wenn auch nur für die Stones, die vor einer Kamera die Alabasters spielten, oder wer weiß, ob die Sache nicht vielleicht weitergehen würde. Schade, dass diese ganze Dimension oder dieser Bereich des Romans, wie so viele andere von Anfang an und letztlich alle im nachhinein, weder Elijah noch seine Tochter im mindesten interessierten, noch immer weiß ich nicht, was sie in dem Roman ›Alle Seelen‹ gesehen haben, um ihn zuerst zu umwerben und ihn dann wie den Teufel zu fliehen, sobald sie glaubten, er gehöre nur ihnen allein.

Mir schien, als würde Frau Stone traurig, so wie Mütter traurig werden, wenn ihre Kinder Ablehnung erfahren oder einen Misserfolg erleben, sie pflegen sie deshalb vergeblich mehr zu lieben, Mitleid erzeugt Liebe, ich weiß nicht, warum es so vielen etwas ausmacht, es zu erregen. Vielleicht hatte ihre – womöglich frühe und eiserne – Ehe eine schauspielerische Berufung unerfüllt gelassen, die der Ehemann Ralph jetzt vor dem Alter oder seinem Schatten zurückzugewinnen trachtete, und vermutlich begeisterte sie sich am meisten für jedes Vorhaben im Zusammenhang mit dieser schwierigen und späten oder illusorischen Kompensation, vielleicht fühlte sie, dass es an ihr war, zu kompensieren, viele Frauen fühlen sich leicht in jemandes Schuld, wenige Männer. Bestimmt hatte sie den Brief an die Queretejas verfasst und abgeschickt, bestimmt war es ihre Idee gewesen. Dieser Brief wird wahrscheinlich sofort in den Papierkorb gewandert sein, mit seinem Briefkopf der Massenkünstler und allem; die Cineasten waren nicht einmal für die Wünsche dessen empfänglich, der ihre eingestandene Inspirationsquelle war und den sie, wenn er auch ohne Einfluss war, sehr wohl kannten oder den zumindest einer von ihnen kennen wollte. Ich meine den, der die Geschichte und die Atmosphäre und die Figuren erfunden hatte.

In diesem Augenblick traf Mercedes López-Ballesteros mit ihrer gewohnten Pünktlichkeit ein, »Freuds Enkelin«, es war Zeit zum Mittagessen. Ich hatte kaum in der Buchhandlung stöbern können, meine einzige Beute die ›Allgemeine Geschichte der Piraten‹, gering im Vergleich zu den alten Zeiten und nicht einmal für meine Bibliothek. Mercedes kam gutgelaunt und sehr entschlossen, sie hatte einen Regenschirm bei sich, weil sie dem sonnigen britischen Wetter nicht traute, sie stellte ihn schwungvoll in den Schirmständer, und wir alle hörten, wie er sich in die dort abgelegten Weintrauben bohrte und einige weiche Trauben in ekelhafter Weise platzten. Ich hatte nur eine gegessen, gleich nach dem Kauf. Zum Glück nahmen die Stones die Sache sportlich, sie verzogen nicht das Gesicht und machten mir keinen Vorwurf. Es war kein Buch schmutzig geworden.

Wir wollten schon hinausgehen mit dem in grobes, raues Papier eingewickelten Defoe für Rodríguez Rivero, als sie mich baten, ein Exemplar von ›*All Souls*‹ Rupert Cook zu widmen, jenem anderen *crowd artiste*, der es ihnen schon vor geraumer Zeit geliehen hatte, damit sie es lesen konnten. »So werden wir ihn für das lange Warten entschädigen, wir werden es ihm mit einem zusätzlichen Wert zurückgeben«, sagte Frau Stone großzügig, nachdem sie es aus der Schublade ihres Tisches hervorgeholt hatte. Sie verkauften bisweilen von Autoren signierte oder gewidmete Bücher, es sind die teuersten und die größten Schätze eines Antiquars, aber eine Widmung von meiner Hand kann nur wenig wert sein, ich bin zeitgenössisch und noch nicht einmal tot. Sie überreichte mir auch zögernd eine Fotokopie.

»Es ist ein Interview, das sie vor kurzem mit uns gemacht haben, es ist gerade erschienen. Vielleicht gefällt es Ihnen, wir erzählen Anekdoten. Und wir sprechen von Ihnen und Ihrem Roman.«

»Wirklich?« Und ich nahm es neugierig entgegen, um es nachher zu lesen. »Danke, ich werde es später lesen, es wird mich bestimmt interessieren.«

Das Interview war mit einem Foto der beiden bebildert, man erkannte es schlecht auf der Kopie, er lächelnd mit einem aufgeschlagenen zweispaltigen Folianten in den Händen, sie war ernster und betrachtete ihn von der Seite oder beobachtete vielleicht den wertvollen Folianten, mit auffallenden Ohrringen und Halskette, vielleicht hatten sie sich für die Gelegenheit zurechtgemacht, obwohl er keine Krawatte trug, immer sportlich. Es entstammte einer Fachzeitschrift, sicher vom Berufsstand der Antiquare, vielleicht war sie nicht so beschränkt wie das Bulletin der – um ein Haar – unglücksbringenden Galdosianer. Sie hieß ›Bookseller‹ und war vom 12. August 1993, ziemlich neu in der Tat, es war seltsam, dass sie schon eine Fotokopie hatten, wo sie doch nicht wissen konnten, dass ich in Oxford war und sie besuchen, ihren Laden wie ein distinguierter Autor betreten und

Gillian and Ralph Stone

the experience we gained and to the customers we acquired all over the country through them. It was all a hectic programme and we didn't have a holiday for the first five years and the entire family was dressed from charity shops.

Very early on Gillian started doing catalogues. Our first catalogue was of horse books and we methodically mailed it out to every stud and every hunt secretary in the South West counties. We did not get one single order. Then she catalogued some of the books we had bought at Pulborough, including a Paris *Ulysses* and quite a lot of topography. This did much better. We did catalogues of Books on the Environment years before the subject caught on. And as a result of an American customer who farmed in North Devon we started specialising in Agriculture. David Low became friendly and was extremely helpful to us. We always did a Christmas catalogue too because trade went dead before Christmas in Devon. Years later when we moved to Shipton-under-Wychwood we still had a lot of the horse books and they all sold within six months.

Shipton was lovely with the shop on the village green — The Old Post Bookshop — the oldest Post Office in England according to the *Guinness Book of Records*. But in 1981 we got the lease of our present shop in Oxford, and though we ran the two shops for a couple of years it was all getting a bit much so we decided to concentrate on Turl Street. It is in such a wonderful position — just round the corner from the Bodleian and so many of the colleges.

I very much enjoy working in the shop and dealing with the customers although there are some we can happily do without. Over the years we have collected quite a few sayings for *Bookworm Droppings*, that marvellous anthology of extraordinary remarks overhead in bookshops. The other day someone came in and asked Sheila Fairfield, our colleague in the shop, 'Can you direct me to a secondhand bookshop?'

We always try to keep certain books in stock. For example *Seven Pillars of Wisdom* is always in demand. When Gillian first started bookselling the first trade edition sold for £5 or £6 and nowadays it goes for anything between £25 and, in a dust-jacket, £100 — or £400 in Japan! The *Rubaiyat of Omar Khayyam* always sells, and secondhand Galsworthy never does. Our all time best seller in the Turl is a slim pamphlet by Professor Mayr-Harting, one of the few new books we stock, called *What to do in the Penwith Peninsula in less than Clement Weather*. It sells at 99p.

One thing about running a general secondhand bookshop is that you're going to make 90% of your sales from 10% of your stock and you're never quite sure which 10% it is going to be. Bankers and accountants rarely grasp the importance of 'mix'. They tend to interpret the appreciation on certain items as an indication of huge profits. Then they say, 'By God, that's a return. Can't we get in on this?' They don't realise the matrix behind all the special items. They also don't realise you can be a long time waiting for the right customer.

As regards running a shop in Oxford — there is a huge diversity of customers from dons to tourists, people from all the counties around, students who want presents (Christmas is good in Oxford), summer students, members of the conferences held in the colleges in vacations or even in term time, so we try to have something for everyone. Far flung members of the university come back for Gaudy Nights and visitors of all sorts come to Oxford and 'do' the bookshops. We even appear in a Spanish novel by Xavier Marias, a nice young man who was at All Souls a few years ago and came into the shop regularly. He picked up on a habit some dons have of not seeing women, so that one might ask me a question, and I might refer to Gillian who might supply the answer. The *supplementary* question then comes back to me. This may go on two or three times. The book is called *All Souls* and we feature as Mr and Mrs Alabaster.

* * *

The shop is open Monday to Saturday, but Ralph and I always try to give ourselves Monday off. In practice this doesn't work, and although we may not actually come in, I still think we work about twenty Mondays a year. There is so much to be done and we always seem to have substituted hard work for capital. Looking back I think we might have made a mistake in not borrowing more money when we opened at Shipton-under-Wychwood. That might have been just the right time to raise the level of our stock. As it is we tend to concentrate on the £50-£500 bracket for stock, though we do attend major auctions and deal in multi-figure books on commission. In the last few years we did have the pleasure of buying books for a tycoon who wanted to recreate a marvellous country house library. We bought some superb books mainly in the field of natural history. It was a very exciting time. Checking and buying so much of such quality over the period we were bound to gain greatly in knowledge and experience. So much concentrated hands-on experience certainly helped when I was writing the natural history article in the new Scolar *Antiquarian Bookseller's Guide*.

We haven't done so many catalogues in recent years as in the Devon days, but we do occasional lists. At the moment we have stock banked up waiting for time to get at the computer. I've got the books for another history of science list — our last one was very successful. And an agriculture catalogue, one of books on, by or about women, and I want to do one on the history of environmental thought. Nowadays the best books tend to go very quickly in the shop, so catalogues are secondary to shop trade. We also do quite a lot of buying in the shop. In general there's a lot of competition for buying in Oxford. Academic libraries do come up, but we haven't really got into the habit of don-watching. Anyway there's a lot of playing one bookseller against another. In some ways I prefer to buy at fairs or from other booksellers and at auction. In theory we are both approaching retirement, but I expect we shall go on working till we drop. One thing I have said to Ralph, let's put by *small* books. They'll be easier to handle in our old age! Over the years Ralph, and to some extent I, must have shifted many many tons of books.

* * *

Actually I hurt my back playing rugger and I've often thought it wouldn't be a bad idea for the PBFA to engage a resident chiropractor. But that would be private health and many members would be absolutely against that. There was a terrible outcry some years ago when someone suggested a group subscription to BUPA. I suppose you have to remember that the PBFA is an incredible amalgam of all points of view. Basically you've got 600 mavericks — and some are vociferous. I was Chair-

ihn eine Weile später wie ein elender Traubenpanscher verlassen würde, mochte es auch durch eine Mittelsperson geschehen sein, die nicht aufhörte, über ihre große Heldentat zu lachen. Die Fotokopie war also ursprünglich nicht für mich bestimmt gewesen.

In dem Interview erzählten die Stones die Geschichte ihres Geschäfts und teilten sich gerecht in die erste Stimme. Sie hatten Läden in Devon und in Shipton-under-Wychwood gehabt, bevor sie sich in Oxford niedergelassen hatten (dieser Name, Wychwood Forest, ein Ort zwischen den Flüssen Windrush und Evenlode, »ein Wald, der nicht mehr existiert, nur seine Reste, er wurde im vergangenen Jahrhundert gefällt und eingeebnet, aber es ist sehr schwer, auf seinen Namen zu verzichten, Namen besagen viel«). Ein Titel, der in ihrer Buchhandlung nie fehlte, war ›Die sieben Pfeiler der Weisheit‹ von T. E. Lawrence oder Lawrence von Arabien in irgendeiner wertvollen Ausgabe, erzählten sie. Als sie von den Rückenschmerzen sprach, die der Beruf durch das ständige Bücherschleppen mit sich bringe, schlug Frau Stone vor, die PBFA (gewiss irgendein Verband, hier erklärte niemand mir die Abkürzung) solle sich der Dienste eines »Chiropraktikers« versichern, genauso, *chiropractor*, er hätte gut zu jener »Kobalttherapeutin« gepasst, die das ekzemische Unglück von Professor Ian Michael geschmiedet hatte. Aber am meisten erstaunte mich etwas anderes, genau gesagt die Art und Weise, wie sie mich erwähnten, als sie sich über bedeutende Kunden äußerten. »Wir kommen sogar in einem spanischen Roman von Xavier Marias vor« (so nannte mich Ralph Stone konsequent, ohne den korrekten Akzent des Nachnamens, aber auch, ungleich seltsamer, bei meinem ursprünglichen, fast vergessenen Vornamen, ich hatte auf diesen Namen verzichtet, aber ich erinnere mich an ihn, es ist meiner), »ein angenehmer junger Mann, der vor einigen Jahren in All Souls unterrichtete und regelmäßig in den

Laden kam. Er hatte eine Gewohnheit übernommen, die einige *dons* pflegen, nämlich Frauen zu übersehen, er mochte mir also eine Frage stellen, und ich mochte mich wiederum an Gillian wenden, die die Antwort geben mochte. Die *ergänzende* Frage wird dann wieder mir gestellt. Das kann zwei- oder dreimal nacheinander passieren. Das Buch heißt ›*All Souls*‹, und wir erscheinen als Herr und Frau Alabaster.«

Der Absatz ist etwas konfus und in Englisch auch nicht viel klarer, vor allem für jemanden, der nicht weiß, auf was er sich bezieht, und ich wusste es zuerst nicht. Was zum Teufel sagen sie da?, fragte ich mich, als ich ihn las, während Mercedes L.-B. noch immer lachte und zufrieden die Winzerspitze ihres Regenschirms betrachtete. Wieso »die Gewohnheit, Frauen zu übersehen«? Das ist fast das Einzige, was ich wirklich gesehen habe und jetzt noch immer sehe, sowohl auf Straßen als auch in Innenräumen, und außerdem weiß ich auf den ersten Blick, ob ich sie bewundere oder nicht: Ich verstand kein Wort. Ich las ihn wieder und wieder im Restaurant, ich zeigte ihn Mercedes, um zu sehen, ob sie besser verstand und aufhörte mit ihrem übermütigen Gehabe, sie schüttelte den Kopf, bis ich schließlich begriff. Bei der Beschreibung der Alabasters sagte der Erzähler des Romans: »Aber obwohl auch er ständig anwesend war, kann ich mich nicht erinnern, dass er ein einziges Mal auf meine Fragen oder Erkundigungen geantwortet hätte. Er lächelte und grüßte wie ein energischer, geistig reger Mensch (seine ganze Haltung strahlte Unerschrockenheit aus), aber er delegierte jede noch so nichtige Angelegenheit oder Antwort an das größere Wissen und die größere Autorität seiner Frau. Er wandte sich an sie und wiederholte lebhaft und mit dem gleichen Wortlaut die an ihn gestellte Frage – er machte sie sich zu eigen, als wäre er der Wissensdurstige – (›Haben wir etwas von Vernon Lee bekommen, Liebling?‹), wobei er sich darauf beschränkte, am Ende des Satzes das Wort *dar-*

ling hinzuzufügen.« Und ein wenig weiter beharrte der Erzähler: »Die fröhliche Weltgewandtheit, mit der Herr Alabaster jeden eintretenden Kunden begrüßte, deutete darauf hin, dass das bloße Erscheinen eines Kunden in der Ladentür innerhalb seiner subalternen Untätigkeit das Ereignis des Tages sein musste und sein überschwenglicher Gruß an die Adresse dieser Person der glorreichste und geselligste Moment seines ganzen Arbeitstages. Denn später, wie ich schon gesagt habe, war er unfähig, auf eine einfache Frage zu antworten oder mit dem Finger auf das entsprechende Regal zu deuten (›Haben wir eine Abteilung Reisebücher, Liebling?‹), nach dem der Käufer suchte.«

All das hatte Herrn Stone offenbar nicht besonders gefallen – das mit der »subalternen Untätigkeit« war nicht sehr schmeichelhaft, ich gebe es zu –, obwohl er es mir in der taktvollsten und diskretesten Weise mitgeteilt hatte, indem er mir – übrigens durch seine Frau – die Fotokopie überreichte, in der er sich verteidigte oder eher Alabaster verteidigte, dessen er sich mit Sicherheit schon bemächtigt oder den er adoptiert hatte. Außergewöhnlich an der Situation war, dass die Stones in diesem Interview indirekt einem Roman widersprachen beziehungsweise in Abrede stellten, was ein fiktiver Erzähler an zwei ebenso fiktiven Buchhändlern beobachtet hatte, sosehr diese sich auch ein paar Einzelheiten oder Züge des wirklichen Ehepaars Stone entliehen haben mochten. Und um zu dementieren, dass er, Stone, niemals die Fragen beantwortete und sie gleich nach Erhalt im vollen Wortlaut an seine Frau weitergab – aber ich hatte das von Herrn Alabaster behauptet –, hatten sie keine bessere Erklärung gefunden, als mir – nicht dem Erzähler ohne Namen, sondern Xavier Marias mit Namen – die Übernahme einer extravaganten, lasterhaften Gewohnheit der *dons* in Oxford zu unterstellen, von der ich nie etwas gehört hatte und die darin bestand, Frauen zu übersehen, sie nicht wahrzunehmen, sie auszulöschen, sie zu übersehen, als seien sie unsichtbar oder existierten nicht; was mich – und damit meinen Erzähler – veranlasst hätte, mich stets an Stone und vermutlich an Alabaster zu wenden, zwei- oder dreimal nacheinander bei jeder Gelegenheit und bei zahlreichen Gelegenheiten, obwohl ich nur zu gut wusste, dass Frau Stone und vermutlich Frau Alabaster es waren – die ich im Übrigen nicht sah, für mich durchsichtig –, die mir die Antworten »liefern« konnten. Vielleicht erklärte dies, warum bei meinem Besuch mit Trauben der Ehemann Ralph vor allem zu Beginn versucht hatte, seiner Frau Gillian bei den Antworten und Informationen zuvorzukommen, damit ich mit eigenen Augen und Ohren feststellen konnte, dass er fähig war, jede erbetene oder nicht erbetene Angabe zu liefern, ohne sie zuvor um Rat fragen zu müssen. Die Vorstellung erschien mir so reizvoll, dass ich bedauerte, dass sie nicht stimmte: Ich wäre ihr zufolge regelmäßig in den Laden gekommen, ohne aufgrund meiner verflixten, von den grausamen, frauenfeindlichen *dons*, meinen Kollegen, übernommenen Gewohnheit jemals Frau Stone zu sehen; ich hätte deshalb Herrn Stone – wen sonst – gefragt, ob sie zum Beispiel etwas von Vernon Lee bekommen hatten; und dann hätte Herr Stone sich an niemanden gewandt, wie ein Irrer, und diesen Niemand seinerseits gefragt: »Haben wir etwas von Vernon Lee bekommen, Liebling?«; angesichts dieses exzentrischen Benehmens – in meinen Augen, denn ich sah nur Luft – hätte ich nicht mit den Wimpern gezuckt, wie ein weiterer Irrer, noch mich nach seiner ätherischen Gesprächspartnerin erkundigt; ich hätte mich darauf beschränkt, die unerlässlichen Sekunden abzuwarten und, nachdem ich keinerlei Antwort gehört hätte, da ich niemanden sah, der sie hätte liefern können, phlegmatisch und mit der größten Selbstverständlichkeit und noch dazu regelmäßig der schlussendlichen Antwort von Herrn Stone zugehört, nach dessen Rückfrage bei jemandem, der für mich allerhöchstens und mit Glück ein Gespenst gewesen wäre, das nur ihm erschien: »Nein, wir haben in der letzten Zeit nichts von Vernon Lee bekommen, Mr Márias.»

Im Übrigen war ich entgegen seiner in dem Interview ohne Zögern ausgedrückten Überzeugung während meiner Jahre in Oxford nicht nur nicht All Souls zugeteilt, sondern hatte dieses strikte und exklusive College damals niemals betreten und betrat es erst im letzten Sommer, 1996, eingeladen von der liebenswürdigen Musikologin Meg Bent, nachdem sie meinen Roman gelesen hatte. Ich denke mir, dass der Titel ihrem Wissen zuvorgekommen war oder es überdeckt hatte, ich meine das von Herrn und Frau Stone. Aber wenigstens hatten sie gesagt, ich sei ein angenehmer junger Mann, und das ist durchaus anzuerkennen, sei es auch im Rückblick. Als ich an jenem Tag noch einmal an der Buchhandlung vorbeiging und sie durch die Schaufenster auf ihren üblichen Posten am Tisch und auf der Leiter sah, grüßte ich sie mit der Hand, ohne stehen zu bleiben, und wünschte, dass weder Herr noch Frau Stone jemals Gefahr laufen mögen, in der Stille ihres wirklichen Ladens das Gespenst oder die Luft um Rat fragen zu müssen; das heißt, ich wünschte, dass, wenn einer sterben müsste, sie beide zusammen sterben würden.

Und das ist durchaus anzuerkennen, wenn auch im Rückblick. Das habe ich ohne große Absicht gesagt, als ich es sagte, jetzt fällt es mir erst auf. Ich kann noch angenehm sein (ich weiß, dass ich es sein kann, aber ich will nicht immer, und ich will es nie gegenüber den vielen Personen meines Landes sein, die immer unangenehm und giftig und böswillig sind: zu viele Verleumder während zu langer Zeit in diesem grausamen Territorium, durch das der Tod mit rostigen Lanzen zieht, im dunkelsten Dunkel, das er rastlos keimen lässt); aber ich bin nicht mehr jung, und vielleicht war ich es auch damals nicht, in jenen alten Zeiten, in denen ich schon zweiunddreißig und dreiunddreißig war, fern die einundzwanzig Jahre der Großjährigkeit, wie es zu meiner Zeit üblich war, und vorbei die so entscheidenden siebenundzwanzig, die Joseph Conrad als »die Schattenlinie« bezeichnete (aber vielleicht waren sie nur in seiner Zeit entscheidend); hinter mir auch die dreißig, und als ich Oxford verließ, tat ich es schon im symbolischen Alter, jenseits dessen es zum Beispiel vom klassischen Gesichtspunkt aus fast unmöglich ist, jung zu sterben, vom modernen aus ist man großzügiger, man stirbt jung mit fünfundsechzig, und man sagt: »Ihm blieb noch so vieles zu tun«, als wäre es das Tun, das die Existenzen rechtfertigt und das man am Toten vermisst, und nicht seine Anwesenheit und seine Gestik und sein uneigennütziges Erzählen oder mehr noch sein Zuhören und seine Aufmerksamkeit dem unseren gegenüber. Die Zeiten werden zu leicht alt, man hakt sie ab, und die, die ihnen vorausgehen, werden dann vorsintflutlich, und doch haben sie sich alle in trügerischer Weise überschnitten, wir denken bisweilen, es gebe keine Grenzen oder plötzlichen Stillstände oder heftigen Einschnitte, die Enden und Anfänge seien niemals mit der Trennlinie gezogen, die wir dennoch oft im Rückblick zu sehen glauben, und dieser Glaube ist ebenfalls trügerisch, denn sowohl das eine als auch das andere gibt es kaum oder nur als große Ausnahme, nicht den richtigen, sauberen Schnitt – immer fallen Splitter – und nicht die Aneinanderreihung oder das Magma der verschwommenen, ununterscheidbaren Tage – immer gibt es Vergessenes und gelöschte Zeitspannen, und ich kenne sie, die helfen, die illusorischen Grenzen zu sehen. Alles ist mysteriöser, ist eher eine künstliche, abgeschwächte, reglose Verlängerung dessen, was schon aufgehört hat, ein protokollarischer Widerstand, den Vortritt zu lassen oder den Anfang des Kommenden zu markieren, wie die Straßenlampen, die noch eine Weile brennen, wenn es in den großen Städten und in den Dörfern und auf den Bahnhöfen und an den leeren Haltestellen schon Tag geworden ist und sie noch flackernd und aufrecht dem natürlichen Licht widerstehen, das fortschreitet und sie überflüssig macht. In dieser Stunde, die nur die ersten Frühaufsteher oder die letzten Nachtschwärmer oder die ganz Schlaflosen erleben, manifestiert sich für kurze Augenblicke sichtbar – das heißt metaphorisch –, wie sich die respektvolle Zeit verhält und worin sie besteht, immer zeigt sie Gesittung und Höflichkeit und sogar Verstellung, man sieht in dieser Stunde, was sie ist, man sieht es mehr als in der abgenutzten Abenddämmerung. Diese elektrischen Lampen spiegeln vor, es sei noch immer Nacht und ihr Beitrag noch immer notwendig, sie tun, als bemerkten sie das Ende ihrer Herrschaft nicht, und das Tageslicht spiegelt seinerseits vor, es sehe sie nicht, und erduldet sie, wohl wissend, dass diese verblassenden Lichter keine Bedrohung mehr sind, und es scheint sich sogar ein wenig in seiner Ausbreitung zu brem-

sen, als würde es ihnen Zeit lassen, sich an ihre nun eingetretene Nutzlosigkeit und an den Gedanken ihres Endes zu gewöhnen (»Lösch das Licht, und dann, lösch das Licht«, zweimal musste Othello es sich sagen, um es sich einzureden, obwohl er schon entschlossen war, es zu tun), und sie auf diese Weise nicht zwingen, die Flucht zu ergreifen, sobald es hell am Horizont erscheint, sondern nur unbesiegt und geordnet den Rückzug anzutreten, so wie die alten Heere vereinbarten, den Kampf einzustellen und eine Pause zu machen, damit der Feind seine Toten einsammeln und zählen und sich so an den seltsamen Gedanken seines Endes gewöhnen konnte.

Ich sehe sie zuweilen von meiner Wohnung aus, hier sind es Straßenlampen an dem herrschaftlichen Gebäude gegenüber mit seinem Schieferdach, auf dem diesen Winter der Schnee rascher herabglitt als auf den benachbarten Ziegeln, wo er bald gerann, beim Schiefer musste der Schnee dagegen hartnäckig sein und sich anstrengen, er glitt herab und troff als Wasser auf den Platz – weißer als die Haut der Schnee –, bis es ihm gelang, liegen zu bleiben. Ich sehe sie bisweilen von meinen Balkonfenstern aus in frühen Morgenstunden der Schlaflosigkeit oder trügerischen Erwachens oder gefahrvoller und erschöpfter Nachtschwärmerei, Laternen im Stil des 19. Jahrhunderts, an der Häuserwand befestigt mit ihren nunmehr nutzlosen Glühbirnen, an ihnen laufen Männer und Frauen mit eiligen Absätzen vorbei, die vor einer Weile ihre Betten verlassen haben und vielleicht in Zügen aus der Umgebung in mein Zentrum gefahren sind, und in diesen brennenden Lichtern sehen sie noch die Reminiszenz der Laken oder vielleicht des Körpers, die sie lustlos verließen, die Erinnerung daran, dass es für viele andere noch Nacht ist, obwohl die Dämmerung schon begonnen hat und das Licht sich ausbreitet, während sie laufen oder auf einen Autobus warten und einen Fuß heben und dann den anderen, immer an derselben Stelle, als wären sie müde Stelzvögel – in ihren Augen tragen sie noch die dunkle Nacht –, und vage an das denken, was sie zu Hause zurückgelassen haben, und an das, was sie an dem endlosen Tag erwartet, und das Zuhause wird nicht mehr dasselbe Zuhause sein, wenn der Tag zu Ende ist und sie zurückkehren und der geliebte Körper, von dem sie sich gelöst haben, sie vielleicht verraten haben wird. Die Frau betrachtet die Straßenlampen und denkt an den Mann, dessen Geruch noch an ihr haftet und der in ihrem Bett geblieben ist, egoistisch und schlafend. Es ist eine zurechtgemachte Frau, die im Begriff ist, das Jungsein hinter sich zu lassen, sie ist es noch immer mit ein wenig Anstrengung und Sorgfalt bei besonderen Gelegenheiten, sie war es sicher gestern Abend, mit dem Ausschnitt ihres Kleides, den die Finsternis behalten hat und der heute Morgen schon vergessen ist, ein Gespenst, das zerknitterte Kleid auf einem Stuhl, jetzt ist sie schlicht gekleidet und warm angezogen, sie wird ihn nicht wiedersehen, diesen jungen Mann, der ihr ohne jede Rücksicht dieses Kleid vom Leib gerissen hat, eher weil er jung war als weil er es ihr vom Leib hat reißen wollen, er wird fortgehen, wenn er aufwacht, ohne eine Nachricht zu hinterlassen, und es ist sogar möglich, dass er ihr etwas stiehlt, sie rechnet damit, es macht nichts, sein herber Geruch wird in den Laken bleiben, der Autobus kommt nicht. Der Mann betrachtet die Straßenlampen und denkt an die Frau, die später aufsteht und weiter träumte oder ungeduldig so tat, während er sich vorbereitete, um in die Welt hinauszugehen, und sich in der dunklen Morgendämmerung den Kaffee zubereitete, sie wird nicht an ihn denken. Es ist ein gepflegter Mann mittleren Alters mit großen Geheimratsecken, es liegt nicht in seiner Hand, die Frau zurückzuhalten, oder nur durch die Ökonomie oder seine volle Hand, und Geld ist austauschbar, ersetzbar, viele haben es, nicht nur er hat es, und es kostet ihn Mühe, es zu verdienen mit dem Gewicht seiner Aktentasche früh und spät, er besitzt nichts, was die anderen nicht auch besäßen, sie kann ein anderes künftiges Auskommen während des Tages, der Tage, der zu vielen Tage finden, an denen man unter einem Vorwand an andere Türen klopfen kann, und das Mysterium ihres Heute, das noch nicht begonnen hat, wird ihn bei seiner Rückkehr erwarten, hinzugefügt und fremd, zu viele angehäufte unbekannte Gestern und kein Morgen, der Autobus kommt nicht, und beide, Frau und Mann, die sich nicht sehen noch kennen, schauen auf die unpassenden Lichter, die noch immer brennen in der steigenden Sonne, die sie erbarmungswürdig und bedeutungslos macht, und doch sind sie das respektvolle und wohltuende Zeugnis dafür, dass existierte, was schon aufgehört hat: bis die schläfrige Hand irgendeines Beamten die Verschwendung gewahrt und das Licht löscht, und es dann löscht.

Nicht alle Dinge oder Personen, die aufhören, kommen in den Genuss dieses Zeugnisses, wenn auch die Mehrheit, in Wirklichkeit sind es sehr wenige, die nicht irgendeine Warnung erhalten oder nicht die geringste Gelegenheit haben, es vorauszuahnen oder daran zu denken: Dazu gehören nicht die Personen, die in Autos oder Schiffe oder Flugzeuge steigen, denn wenn sie auch nicht darauf achten, so wissen sie doch, dass sie ein Risiko eingehen, und auch nicht die Soldaten oder die Ärzte oder die Maurer oder die Politiker oder die Alleinlebenden, fast alle rechnen mehr oder weniger mit ihrem möglichen Aufhören, kurz bevor es dazu kommt, selten sind die Fälle, in denen die Zeit nicht höflich handelt und ihren Schnitt sauber ohne Splitter und vorherige Ankündigung ausführt. Aber es gibt sie, und einige habe ich am Anfang eines anderen Romans aufgezählt, ›Morgen in der Schlacht denk an mich‹, als ich von den lächerlichen Toden sprach. Bei einem davon dachte ich an eine reale Person, die existiert hatte; einen anderen, von dem ich im Zusammenhang mit ›Alle Seelen‹ und John Gawsworth erfahren hatte, erwähnte ich hingegen nicht, weil er in einem fiktionalen Text selbst als Beispiel allzu unwahrscheinlich und gesucht gewirkt hätte, mehr noch als der Tod des österreichischen Schriftstellers ungarischer Herkunft Ödön von Horváth, auf den ich dagegen wohl anspielte (»ein Blitz, der in einer großen Allee einen Baum spaltet, und dieser Baum, der im Herabstürzen den Kopf eines Passanten, vielleicht eines Ausländers, zerschmettert oder abtrennt«) und der von einem Baum erschlagen wurde, den ein Unwetter auf den Pariser Champs-Élysées gegenüber dem Marigny-Theater mit der Wurzel ausriss, während er auf seinen Freund, den deutschen Filmregisseur Robert Siodmak, wartete, mit dem er sich in den Vereinigten Staaten in Sicherheit bringen wollte, nachdem beide aus Nazi-Deutschland geflohen waren. Sein Licht erlosch plötzlich am ungeahntesten Ort – ohne ein Dann und ohne Zeugnis – am 1. Januar 1938, Horváth war erst sechsunddreißig Jahre alt; er war Ausländer, er befand sich nicht in seinem Land, er erhielt keine Ankündigung, und doppelt und abergläubisch muss seine Braut um ihn geweint haben, eine deutsche Schauspielerin, deren Vater unter den gleichen außergewöhnlichen Umständen gestorben war – erschlagen von einem anderen Baum, den ein anderer Blitz erwählt hatte – und der zur Familie von Mercedes López-Ballesteros gehörte, nicht umsonst ist sie selbst »die Enkelin Freuds«. Es war nicht meine Traubenpanscher-Freundin, die mir die Episode vom Tod Horváths berichtete, sie war mir lange Zeit, bevor ich sie kennenlernte, bekannt, aber sie erzählte mir von der unglücklichen Braut, die erlebte, wie eine unwahrscheinliche Geschichte sich in einem einzigen Leben, dem ihren, wiederholte. Von ihm habe ich nur ein Buch, ein Theaterstück, ›Don Juan kommt aus dem Krieg‹. Robert Siodmak, auf den dieser Baum hätte herabstürzen können, wenn er pünktlich gewesen wäre (oder vielleicht hätten die beiden schon in ihren Theatersesseln gesessen, und er wäre auch nicht auf Horváth gestürzt), kehrte dagegen nach Amerika zurück, das er bei der Wirtschaftskrise 1929 verlassen hatte, und machte dort ein paar Filme, bis er es in den fünfziger Jahren abermals verlassen musste, verfolgt vom Komitee für antiamerikanische Aktivitäten des antikünstlerischen Senators Joseph McCarthy. Zu diesen Filmen gehört der mit dem Titel ›*The Killers*‹ und in Spanien ›*Forajidos*‹, der auf der berühmten Erzählung Hemingways basierte, die auch den Stoff späterer Filme von Siegel und Tarantino lieferte, und ganz im Gegenteil von einem Mann handelt, der nicht nur über seine unmittelbar bevorstehende Ermordung oder einzige Zukunft informiert ist, sondern die Stunde erwartet, ohne weiter fliehen oder etwas dagegen unternehmen zu wollen, während er auf der Pritsche eines Straßenhotels zurückdenkt. Siodmak bin ich besonders dankbar für ›*El temible burlón*‹ oder ›*The Crimson Pirate*‹, der nichts zu tun hatte mit Defoes ›Allgemeiner Geschichte der Piraten‹ und den ich mit großem Vergnügen unzählige Male in meiner Kindheit gesehen habe, so dass ich mich aus rückblickendem Egoismus freue, dass der vom Unwetter am Neujahrstag 1938 ausgewählte Pariser Baum nicht seinen Kopf getroffen hat.

Noch mysteriöser und mit noch weniger Zeugnis und Ankündigung als der von Ödön von Horváth war der Tod des englischen Schriftstellers Wilfrid Ewart fünfzehn Jahre und einen Tag früher, in der Silvesternacht des Jahres 1922, »in der erstickenden Dunkelheit der Stadt Mexiko«, als er erst dreißig Jahre alt war. Aber bevor ich von Ewart spreche, ist es vielleicht allmählich Zeit und angebracht, von der Person zu sprechen, die mich mit ihrem vorstehenden Zitat und mit anderen einst zu ihm hinführte, und das Beste ist, dass ich hier wiedergebe, was ich von John Gawsworth wusste, als ich ›Alle Seelen‹ schrieb, auch wenn es einige Seiten sind. Jetzt, da ich so viel mehr weiß und er ein wenig in mir lebt und sein Phantom in meiner Wohnung wohnt und ich seine Schrift oder seine sprechende Stimme kenne, wäre ich nicht imstande, es in der gleichen Weise zu erzählen, und es ist die damalige Art und Weise, die damals zählte, und nur diese. Wer diese Seiten schon in diesem Roman gelesen hat, kann sie überspringen – glaube ich –, ohne sich betrogen zu fühlen (es gefällt einem immer, Seiten zu überspringen, aber fast nie ist es möglich), und wer sie nicht kennt, kann sie jetzt lesen, ohne einen Pfennig mehr ausgeben zu müssen, um sie in seinen Besitz zu bekommen, obwohl die Wiedergabe sicher

JOHN GAWSWORTH AND ARTHUR MACHEN (CENTRE)
BY FREDERICK CARTER

nicht vollständig sein wird und möglicherweise eingeschobene Anmerkungen oder Kommentare enthält, so dass ich nicht weiß, ob diejenigen, die sich schon fröhlich und leichtsinnig anschickten, es zu tun, letzten Endes gut daran tun werden, sie zu überspringen. Natürlich können sie auch sämtliche Seiten überspringen, diese ohne schwerwiegende Folgen. Es sagte der Erzähler jenes Romans:

»Seit dem ersten Besuch von Alan Marriott, der ein Jahr oder mehr zurücklag, hatte ich die Reihe der raren Autoren, deren Bücher ich suchte, um jenen mir bislang unbekannten John Gawsworth erweitert, dessen Namen er erwähnt und notiert hatte, bevor er sich verabschiedete, und für den Machen ein Vorwort verfasst hatte. Seine Schriften waren sehr schwer zu finden, wie Alan Marriott selbst gesagt hatte.« Hier muss ich darauf hinweisen, dass dieser Teil des Romans am meisten mit meiner Wirklichkeit übereinstimmt, ja, der einzige ist, und dass ich hier Erfahrungen und Stimme dem spanischen Erzähler geliehen habe, das heißt, fast alles, was dieser sagt und erzählt, kann ich unterschreiben. Machen ist der berühmte Autor von Horrorgeschichten und -romanen Arthur Machen, Waliser wie Ian Michael, der Borges so sehr gefiel. Was Alan Marriott betrifft, so existierte er nie, wie er beschrieben wird, und wer mir zum ersten Mal von Gawsworth erzählte, war Roger Dobson oder Roger Alan Dobson, wie sein vollständiger Name lautete, so sagte er mir, nachdem er das Buch gelesen hatte. Ihm fiel auch auf – ein Mann, der auf Übereinstimmungen achtete, ich hatte es nicht gemerkt –, dass Alan Marriotts Initialen die gleichen sind wie die seines angebeteten Arthur Machen. Und der Erzähler fuhr fort: »Von seinem schmalen Werk ist gegenwärtig in England nichts lieferbar, aber nach und nach, mit Geduld, Glück und der zunehmenden Schärfe meines Jägerauges, fand ich in meinen Antiquariaten in Oxford und London das eine oder andere Bändchen von ihm, bis ich nach einigen Monaten auf ein Exemplar seines Buches ›*Backwaters*‹ aus dem Jahr 1932 stieß, das noch dazu vom Autor signiert war: *John Gawsworth, written aged 19½*, sagte die Feder gleich auf der ersten Seite; oder: ›John Gawsworth, geschrieben im Alter von neunzehneinhalb Jahren‹. Es gab auch eine eigenhändige Änderung von ihm auf der ersten Textseite (er hatte nach dem Namen *Frankenstein* das Wort *monster* hinzugefügt, um klarzustellen, dass er sich auf das Geschöpf und nicht auf den Schöpfer bezog). Es war das Gefühl von schwindelerregender Zeitlichkeit oder aufgehobener Zeit, das entsteht, wenn man Dinge in Händen hält, die ihre Vergangenheit nicht gänzlich verschweigen, das meine Neugier schürte, und von diesem Moment an begann ich eine Forschungsarbeit, die sich monatelang als eher ergebnislos erwies, so flüchtig und unbekannt war damals und ist heute die Gestalt von Terence Ian Fytton Armstrong, der wahre Name dessen, der gewöhnlich mit Gawsworth signierte.« Bald wird sie nicht mehr so flüchtig sein, da das ›*Dictionary of National Biography*‹ seinen Artikel über den Dichter und König von Redonda unlängst bei seinem unwilligen Nachfolger und Nachlassverwalter Jon Wynne-Tyson oder King Juan II. in Auftrag gegeben hat, beide Titel stehen immer zusammen in dieser Legende.

»In dem Maße jedoch, wie ich verstreute Angaben ausfindig machte (es existierte weder ein Buch noch allem Anschein nach ein Artikel über Gawsworth, und er wurde gerade nur in den umfangreichsten und erschöpfendsten literarischen Nachschlagewerken und Enzyklopädien erwähnt), und obwohl seine Schriften nicht mehr als ordentlich oder sonderbar waren und sein absolutes In-Vergessenheit-geraten-Sein und seine fehlenden Neuauflagen hinlänglich erklärten, wuchs mein Interesse, nicht so sehr des gewöhnlichen Werks als der ungewöhnlichen Persönlichkeit wegen. Als Erstes fand ich sein Geburts- und Todesdatum heraus, 1912 und 1970, und dann in einer nichtssagenden Bibliographie, dass verschiedene seiner Texte (bisweilen unter anderen Pseudonymen, eines absurder als das andere) an so ausgefallenen und für einen Londoner Autor unwahrscheinlichen Orten wie Tunis, Kairo, Sétif (Algerien), Kalkutta und Vasto (Italien) erschienen waren. Sein lyrisches Werk, zwischen 1943 und 1945 in sechs Bänden versammelt – von denen die meisten in Indien gedruckt wurden –, weist die Besonderheit auf, dass der vierte Band anscheinend niemals veröffentlicht wurde, obwohl er bereits über einen Titel verfügte (›*Farewell to Youth*‹ oder ›Abschied von der Jugend‹). Er existiert einfach nicht. Sein Prosawerk – hauptsächlich kurze literarische Essays und Horrorgeschichten – findet sich verstreut in merkwürdigen, obskuren Anthologien der dreißiger Jahre oder erblickte das Licht der Welt – wenn man so sagen kann – in Privatdrucken oder begrenzten Auflagen.

Und doch war Gawsworth in ebendiesen dreißiger Jahren eine wirkliche Persönlichkeit und eine literarische Hoffnung gewesen. Unermüdlicher Förderer neoelisabethanischer poetischer Bewegungen, die gegen Eliot, Auden und andere Neuerer entstanden waren, pflegte er in noch jungen Jahren Umgang und Freundschaft mit vielen der bedeutendsten Schriftsteller des Jahrzehnts; er befasste sich mit dem Werk des berühmten Avantgardisten und Malers Wyndham Lewis und mit dem des hochberühmten T.E. Lawrence oder Lawrence von Arabien; er erhielt literarische Auszeichnungen und war seinerzeit das jüngste gewählte Mitglied der Royal Society of Literature; er kannte den alten Yeats und den moribunden Hardy; er war Schützling und später Beschützer von Machen, des berühmten Sexologen Havelock Ellis, der drei Brüder Powys, des damals (und heute wieder etwas) bekannten Romanciers und Erzählers M.P. Shiel. Viel mehr konnte ich nicht herausfinden, bis ich schließlich in einem Nachschlagewerk, das auf Schauerromane und phantastische Literatur spezialisiert war, etwas mehr fand. 1947, beim Tod seines

Meisters Shiel, wurde Gawsworth nicht nur zu dessen literarischem Testamentsvollstrecker ernannt, sondern auch zum Erben des Reiches von Redonda, einer winzigen Antilleninsel, auf der Shiel selbst (gebürtig von der benachbarten und sehr viel größeren Insel Montserrat) im Jahre 1880 im Alter von fünfzehn Jahren in einer festlichen Schiffszeremonie zum König gekrönt worden war, auf ausdrücklichen Wunsch des vorangehenden Monarchen, seines Vaters, ein örtlicher Methodistenprediger, der außerdem Reeder war und die Insel vor Jahren gekauft hatte: wenn man auch nicht genau weiß, von wem, denn ihre einzigen Bewohner waren zu jener Zeit die Albatrosse, die sie bevölkerten, und ein Dutzend Männer, die die Exkremente der Vögel sammelten, um Guano herzustellen.« Ich fürchte, heute sind nur noch die Albatrosse übrig; und ich habe später erfahren, dass der alte Shiel oder Shiell, der Prediger und Reeder, kein Monarch war, wie ich damals behauptete: Er beschränkte sich darauf, seinen männlichen Erstgeborenen krönen zu lassen. »Gawsworth hatte sein Reich niemals in Besitz nehmen können, da die britische Regierung – gegen deren Kolonialbehörde sowohl die beiden Shiel als auch er selbst unermüdlich prozessierten – aufgrund des auf der Insel vorhandenen Aluminiumphosphats beschlossen hatte, ihr Territorium zu annektieren, um zu verhindern, dass die Vereinigten Staaten das Gleiche täten. Gleichwohl veröffentlichte Gawsworth einige seiner Schriften unter dem Namen Juan I., King of Redonda (König im Exil, wie zu vermuten ist), verlieh Herzogstitel oder ernannte verschiedene bewunderte Schriftsteller oder Freunde zu Admiralen, darunter den Meister Machen (dem er den Titel eher bestätigte), Dylan Thomas, Henry Miller und Lawrence Durrell. Der Artikel dieses Nachschlagewerks endete folgendermaßen, nachdem er *nicht* erwähnt hatte, was ich soeben dargelegt und etwas später herausgefunden habe: ›Trotz seines großen Freundeskreises verwandelte Gawsworth sich in eine Art

Anachronismus. Er verbrachte seine letzten Jahre in Italien, kehrte nach London zurück, um von milden Gaben zu leben, schlief auf Parkbänken und starb, vergessen und ohne einen Penny, in einem Krankenhaus.‹« Ebenfalls später habe ich erfahren, dass sich unter den Pairs einige Kriminalautoren fanden wie Dorothy L. Sayers, Julian Symons und »Ellery Queen«, einige Verleger wie Gollancz, Knopf und Secker und vielleicht einige *artistes* wie Dirk Bogarde und die üppige platinblonde Diana Dors.

»Dass der preisgekrönte Mann, der König hätte sein können und mit unzweifelhafter Begeisterung und jugendlichem Stolz an einem Tag des Jahres 1932 das Exemplar von ›*Backwaters*‹ signierte, das sich in meinem Besitz befindet, auf diese Weise enden konnte, musste mich einfach beeindrucken – mehr noch als die Geschichte des Geigers Mollineux und des päpstlichen Theologen Mew –, obwohl viele andere Schriftsteller und bessere Menschen als er ein ähnliches Schicksal erlebt haben.« Dieser Geiger und dieser Theologe hatten gegen alle Voraussicht als Bettler geendet, und in Oxford sieht man sehr viele, die Stadt ist voll von ihnen, sie geben zu denken und lassen einen auch für sich selbst fürchten. »Ich konnte nicht umhin, mich zu fragen, was ihm wohl in der Mitte, zwischen seiner frühzeitigen, stürmischen literarischen und gesellschaftlichen Initiation und jenem anachronistischen und lumpigen Ende, widerfahren war; was ihm – vielleicht – *während* jener Aufenthalte oder Reisen durch die halbe Welt widerfahren war, bei denen er ständig veröffentlichte, ständig schrieb, gleich, wo er sich befand. Warum Tunis, Kairo, Algerien, Kalkutta, Italien? Nur wegen des Krieges? Nur wegen irgendeiner obskuren und niemals registrierten diplomatischen Tätigkeit? Und warum hatte er nach 1954 – sechzehn Jahre vor seinem jämmerlichen Tod – nichts mehr veröffentlicht, er, der dies an Orten und zu Zeitpunkten zustande gebracht hatte, an denen es heroisch oder selbstmörderisch war, eine Druckerei aufzutreiben? Was war aus den – mindestens – zwei Frauen geworden, mit denen er verheiratet war? Warum im Alter von achtundfünfzig Jahren dieses Ende eines nutzlosen Alten, dieser Tod eines Oxford-Bettlers?

Das Ehepaar Alabaster mit seiner unermesslichen, wiewohl behutsamen Weisheit hatte mir kaum helfen können, Texte von ihm ausfindig zu machen, und wusste auch nicht mehr über ihn, wohl aber, dass eine Person in Nashville (Tennessee) existierte, die, Tausende von Kilometern entfernt, fast alle Informationen über Gawsworth besaß, die es auf der Welt überhaupt gab. Diese Person, der zu schreiben ich aus einer seltsamen, unerklärlichen Furcht heraus zögerte, verwies mich (als ich es endlich tat) auf einen kurzen Text von Lawrence Durrell, dem ich entnahm, dass Gawsworth sein literarischer Mentor und großer Jugendfreund gewesen war, und gab mir auch einige ergänzende Hinweise: Gawsworth hatte drei Ehefrauen gehabt, von denen mindestens zwei bereits gestorben waren; sein Problem war der Alkohol; seine Leidenschaft – las ich besorgt und mit unwillkürlichem Schrecken – die Suche und das krankhafte Sammeln von Büchern. *Krankhaft*, so bezeichnete es die Person aus Nashville ohne Zaudern.« Dieser Mann heißt Steve Eng und veröffentlichte im Frühjahr 1988 einen Artikel mit dem Titel »*A Profile of John Gawsworth*« oder »Porträt von John Gawsworth« in einer obskuren Zeitschrift mit winziger Auflage. Obwohl ich ›Alle Seelen‹ im Dezember desselben Jahres beendete, erhielt ich erst sehr viel später Kenntnis von diesem Text. Und der Erzähler fährt fort:

»Der Text von Durrell schildert Gawsworth oder Armstrong als einen Experten und hochbegabten Jäger unauffindbarer Schätze, der über einen hervorragenden bibliophilen Blick und ein noch besseres bibliographisches Gedächtnis verfügte und in seinen Anfängerjahren den Tag mit dem Kauf irgendeiner seltenen und teuren Ausgabe zu beginnen pflegte, die seine Pupille im Durcheinander der Ramschkisten auf der Charing Cross Road auszumachen und zu erkennen wusste und die er für ein paar Pennys erwarb, um sie gleich darauf wenige Meter von ihrem Fundort entfernt an Rota in Covent Garden oder irgendeinen anderen gestelzten Buchhändler der Cecil Court Road für mehrere Pfund zu verkaufen. Außer seinen erlesenen Büchern (viele behielt er wie Schätze für sich) besaß er Manuskripte und eigenhändig geschriebene Briefe von bewunderten oder renommierten Autoren sowie alle möglichen Gegenstände, die berühmten Personen gehört hatten und die er mit wer weiß welchem Geld bei den Versteigerungen erworben hatte, die er regelmäßig besuchte: ein Barett von Dickens, eine Feder von Thackeray, ein Ring von Lady Hamilton sowie die Asche von Shiel selbst. Einen Großteil seiner Energie verwandte er auf den Versuch, von der Royal Society of Literature und anderen Institutionen, deren reifste Mitglieder er mit seiner Beharrlichkeit und seinen verwickelten literarischen und finanziellen Vergleichen marterte, Pensionen und Beihilfen für alte Schriftsteller zu erhalten, die wenig bemittelt oder nach dem Ende ihres Erfolges schlicht ruiniert waren: die Meister Machen und Shiel befanden sich unter seinen Nutznießern. Aber Durrell berichtet auch, dass er ihn ungefähr sechs Jahre zuvor zum letzten Mal gesehen hatte (der Text stammt aus dem Jahr 1962, als Gawsworth noch lebte und ein fünfzigjähriger Mann war, also hatte er ihn mit vierundvierzig gesehen; aber seltsamerweise spricht der gleichaltrige Durrell von ihm wie von jemandem, der schon dahingegangen ist oder gerade im Begriff dazu ist), als er in der Shaftesbury Avenue einen Kinderwagen vor sich herschob. Einen viktorianischen Kinderwagen von gewaltigen Ausmaßen, wie Durrell präzisiert. Als er ihn sah, glaubte er, dieser exzentrische Bohemien, der *Wahre Schriftsteller*, der ihn bald nach seiner Ankunft aus Bournemouth mit seinen Kenntnissen geblendet und ihm das literarische und nächtliche London gezeigt hatte, habe am Ende vom Leben einen Mittelpunkt und eine Bürde zugewiesen bekommen (das Leben habe sich auch seiner angenommen, sagt Durrell wörtlich), und er habe Kinder, vielleicht drei Zwillingspaare, nach dem überdimensionalen Gefährt zu urteilen. Als er jedoch näher trat, um den kleinen Gawsworth oder den kleinen Armstrong oder den Prinzen von Redonda zu betrachten, den er unter dem Verdeck vermutete, entdeckte er mit Erleichterung, dass der einzige Inhalt des Kinderwagens in einem Haufen leerer Bierflaschen bestand, die Gawsworth zurückgeben, sich bezahlen lassen und durch ebenso viele neue ersetzen wollte. Der Herzog von Cervantes Pequeña (dies war sein Titel) begleitete seinen exilierten König, der sein Reich niemals kennengelernt hatte, sah zu, wie er den Wagen mit neuen Flaschen füllte, und nachdem er mit ihm eine Flasche auf das Gedenken an Browne oder Marlowe oder irgendeinen anderen Klassiker geleert hatte, der an diesem Tag gerade Geburtstag hatte, sah er ihn mit ruhigen Schritten in der Dunkelheit verschwinden, seinen alkoholischen Kinderwagen vor sich herschiebend, vielleicht genau wie ich jetzt bisweilen den meinen schiebe, wenn die Nacht über dem Retiro-Park hereinbricht, nur dass darin mein Kind – dieses neue Kind – liegt, das ich noch nicht gut kenne und das uns überleben wird.« Es muss nicht daran erinnert werden, dass ich diese letzte Äußerung des Erzählers nicht unterschreiben kann. Der Text Durrells trägt den Titel »Some Notes on My Friend John Gawsworth« oder »Einige Anmerkungen über meinen Freund John Gawsworth« und wurde 1969 als Teil von Durrells Buch mit »mediterranen Texten« ›*Spirit of Place*‹ oder ›Geist des Ortes‹ veröffentlicht; er war als Beitrag zu einem Band entstanden, mit dem Gawsworth zu seinem fünfzigsten Geburtstag gewürdigt werden sollte, aber der zu einer so konkreten Feier und einem so präzisen Datum geplante Band hatte 1969 noch nicht das Licht der Welt erblickt, das heißt, als der Gefeierte schon siebenundfünfzig war, ein Jahr vor seinem Tod. Ein gescheitertes Vorhaben mehr, der Freund ohne Geschenk. Mit vierundvierzig, als es zu der beschriebenen Begegnung in der Shaftesbury Avenue kam, muss Gawsworth schon ein Jahr mit seiner dritten und letzten Frau verheiratet gewesen sein, Doreen Emily Ada Downie, bekannt als »Anna«, die Witwe, die vier Jahre älter war als er und schon eine große Tochter namens Josephine hatte, die die Großmutter der blonden Engländerin namens Maria war, die mir vor kurzem die Kopien der Heirats- und Todesurkunden von Terence Ian Fytton Armstrong aushändigte, bei diesen Angelegenheiten gelten keine Pseudonyme. Was danach in ›Alle Seelen‹ folgt, ist ein Kommentar zu zwei Fotos, die ich hier zuvor aufgenommen habe und die in dem Roman zwischen den Seiten erschienen, die ich jetzt wiedergebe:

»Später habe ich ein Foto von Gawsworth gesehen, das mehr oder minder – soweit man das einschätzen kann – mit der äußeren Beschreibung übereinstimmt, die Durrell selbst in seinem Text von ihm liefert: ›… von mittlerer Statur, etwas blass und schlank; seine Nase war gebrochen, was seinem Gesicht einen Anflug von Villon'scher Geriebenheit verlieh. Seine Augen waren kastanienbraun und leuchtend, und sein Humor litt nicht unter seinen literarischen Entbehrungen.‹ Auf diesem einzigen Foto, das ich gesehen habe, trägt er die Uniform der RAF und hält eine noch nicht angezündete Zigarette zwischen den Lippen. Der Hemdkragen ist ihm ein wenig zu weit, und der Knoten seiner Krawatte wirkt zu schmal, obwohl dies eine Zeit der schmalen Krawattenknoten war. Er trägt Ehrenzeichen. Seine Stirn ist von deutlichen waagerechten Falten durchzogen, und er hat nicht so sehr Augenringe als kleine Falten unter den Augen, die halb schelmisch oder amüsiert, halb verträumt oder sehnsüchtig blicken. Es ist ein großzügiges Gesicht. Der Blick ist klar. Das Ohr auffallend. Möglicherweise hört er gerade zu. Vermutlich befindet er sich in Kairo, zweifellos im Mittleren Osten, oder doch in Nordafrika, in der französischen Berberei, und man schreibt das Jahr 1941 oder 42 oder 43, vielleicht nicht lange bevor er von der Schwadron Spitfire zur Desert Air Force der achten Armee versetzt wurde. Diese Zigarette hat wahrscheinlich nicht gedauert. Er dürfte etwa dreißig Jahre alt sein, obwohl er älter, etwas älter wirkt. Da ich weiß, dass er tot ist, sehe ich auf dem Foto das Gesicht eines toten Mannes. Er erinnert mich ein wenig an Cromer-Blake, obwohl dessen Haar vorzeitig weiß geworden war und der Schnurrbart, den er sich ein paar Wochen lang stehen ließ, um ihn dann wieder abzurasieren und ebenso viele Wochen lang keinen zu tragen, ebenfalls grau oder zumindest mit silbergrauen Fäden durchsetzt war, während bei Gawsworth beide (Schnurrbart und Haar) dunkel sind. Die Ironie des Blickes ist sehr ähnlich, aber bei Gawsworth ist sie freundlicher, in ihr liegt keine Spur von Sarkasmus oder Zorn, auch nicht deren Verheißung, nicht einmal deren Möglichkeit. Die Uniform ist schlecht gebügelt.« Jetzt, da ich es bin, der spricht, und nicht der Erzähler, kann ich sagen, dass er mich ein wenig an Juan Benet erinnert und auch ein wenig an Eduardo Mendoza, um bei den Schriftstellern zu bleiben, obwohl Ersterer nicht nur sehr freundlich, sondern auch cholerisch und sarkastisch sein konnte, während Letzterer nur freundlich und leicht ironisch wirkt. An wen er mich absolut nicht erinnert, ist Eric Southworth oder Philip Lloyd-Bostock, die angeblichen realen Vorbilder, lebendig und tot, von Cromer-Blake.

»Ich habe auch ein Foto seiner Totenmaske gesehen. Als man sie ihm abnahm, hatte er gerade auf das Alter oder den Verlauf der Zeit verzichtet, aber kurz davor war er ein Mann von achtundfünfzig Jahren gewesen. Die Maske hat Hugh Olaff de Wet ihm am 23. September 1970 abgenommen, am Tag seines Todes oder einen Tag danach, in London, im Distrikt Kensington, wo er geboren wurde. Sein alter Freund aus Kairo, Sir John Waller, vermachte sie der Poetry Society, aber diese Aufmerksamkeiten mussten bereits posthum oder zu spät erfolgt sein. Der, der John Gawsworth und Terence Ian Fytton Armstrong und Orpheus Scrannel und Juan I., King of Redonda, und bisweilen auch einfach Fytton Armstrong oder J. G. oder schlicht G. gewesen war, hat jetzt die Augen geschlossen und keinen irgendwie gearteten Blick mehr. Die Falten sind jetzt unzweifelhaft Augenringe, die Stirnfalten sind verwischt (der Schädel gewölbt), und es sieht aus, als hätte er mehr Wimpern, vielleicht nur aufgrund dieser versiegelten Augenlider. Das Haar sieht weiß aus – aber vielleicht, weil alles Gips ist –, und der Haaransatz hat sich ein wenig nach hinten verschoben seit den vierziger Jahren oder der Grenze seiner Jugend, seit dem Krieg gegen das Afrikakorps. Der Schnurrbart wirkt dichter, aber schlaffer, es ist ein Schnurrbart, der sticht, aber zugleich kraftlos ist, der eines pensionierten Militärs, der es müde ist, ihn glattzubürsten. Die Nase ist gewachsen und breiter, die Wangen sind sehr mürbe geworden, das ganze Gesicht ist aufgedunsen, wie durch falsche Korpulenz und Hinfälligkeit. Er hat ein Doppelkinn. Es besteht kein Zweifel daran, dass er tot ist.« Jetzt vermute ich, dass man ihn im Krankenhaus oder als Leichnam rasiert hat, denn ich habe ein Foto aus seiner letzten Zeit gesehen, auf dem er einen hässlichen, langen, schütteren Bart trägt, wie er für einen damaligen Bettler typisch war. Ich weiß auch, dass der richtige Name des Urhebers der Maske, von dem ich weiter nichts wusste, als ich diese Seiten schrieb, Hugh Oloff de Wet ist; ich weiß auch, dass dieser Mann in dem Jahr in Madrid war, als ich geboren wurde, und dass er sehr viel früher in Valencia und danach ein zweites Mal in Berlin beinahe den Tod durch Erschießen gestorben wäre. Auch, dass er in Spanien ein Auge verloren (oder so behauptete er) und getötet hatte, wie an anderen Orten vor und nach Spanien. Und der Erzähler fuhr folgendermaßen fort:

»Aber mit diesem letzten Gesicht muss er durch die Straßen von London vagabundiert sein, mit einem Mantel oder einem Jackett, wie sie sich die Bettler immer zu verschaffen wissen. Er wird Flaschen geschwenkt und seinen ungläubigen Kumpanen seine Bücher in den Ramschkisten auf der Charing Cross Road gezeigt haben, die er nicht kaufen konnte. Er wird ihnen von Tunis und Algerien, von Italien und Ägypten und von Indien erzählt haben. Er wird sich zur allgemeinen Heiterkeit zum König von Redonda ausgerufen haben. Mit diesem Gesicht wird er auf den Parkbänken geschlafen haben und in ein Krankenhaus gekommen sein, wie es in jenem Nachschlagewerk hieß, das auf Schauerromane und phantastische Literatur spezialisiert war, und mit diesem Gesicht wird er vielleicht unfähig gewesen sein, die Hand auszustrecken, die eine Feder gehalten und Flugzeuge gesteuert hatte. Womöglich war er, wie fast alle britischen Bettler, stolz und wild, brutal und unwirsch, bedrohlich und hochmütig und wusste nicht, für sich selbst zu bitten. Zweifellos war er ein Trinker, und am Ende seines Lebens hielt er sich nicht Jahre in Italien auf, sondern nur einige Wochen in den Abruzzen, in Vasto, zu einer letzten Sauftour, von der ich nichts weiß. *Eine letzte Sauftour*, so schrieb in ihrem Brief die Person in Nashville, mit der ich keinen weiteren Kontakt gehabt habe. Es gab keinen Gawsworth, der Gawsworth gerettet hätte, keinen vielversprechenden, begeisterten Schriftsteller, der versucht hätte, ihn zur Vernunft zu bringen und von neuem zum Schreiben zu nötigen (vielleicht weil sein Werk nicht bewundernswert ist und niemand wollte, dass er weiterschrieb), der eine Pension der Royal Society of Literature beantragt und erhalten hätte, deren gewähltes Mitglied, deren jüngstes Mitglied er einst gewesen war. Es gab auch keine Frau von den vielen, die er gehabt hatte, die sein Vagabundenleben beendet oder es mit ihm geteilt hätte. Das glaube ich. Wo sind oder wo ruhen diese – insulären oder kolonialen – Frauen? Wo mögen heute seine Bücher sein, die Bücher, die er auf den ersten Blick in den labyrinthischen, chaotischen, verstaubten Regalen zu erkennen wusste, so wie ich sie in den Regalen des Ehepaars Alabaster und so vieler anderer Buchhändler in Oxford und London erkannte? (Auch ich mit meinen behandschuhten, flinken Fingern, die kaum die Buchrücken berührten, über die sie rascher noch als meine Augen hinwegeilten – wie ein Pianist bei einem Glissando –, wusste immer das zu finden, was ich suchte, so dass ich oftmals das Gefühl hatte, die Bücher suchten und fänden mich.) Wahrscheinlich sind sie in diese Welt zurückgekehrt, in die alle oder die meisten zurückkehren, in die geduldige, stumme Welt der antiquarischen Bücher, die sie nur vorübergehend verlassen. Möglicherweise ist außer ›*Backwaters*‹ eines der Bücher in meinem Besitz ebenfalls durch die Hände von Gawsworth gegangen, wurde gekauft und sogleich verkauft, um ein Frühstück oder eine Flasche zu bezahlen, oder blieb vielleicht – wie ein erwähltes Stück – jahrelang in seiner Bibliothek oder begleitete ihn nach Algerien und nach Ägypten, nach Tunis und nach Italien und sogar nach Indien; und war bei Kampfhandlungen dabei. Vielleicht hatte irgendeiner der galgengesichtigen Bettler, deren Weg ich in Oxford täglich wieder und wieder kreuzte, die ich erkannte, die ich fürchtete und in denen mein vorübergehender leichter Wahn mir im Voraus (oder nicht so sehr) mein eigenes Bild zurückspiegelte, Bücher besessen. Vielleicht hatte er Bücher *geschrieben* oder in Oxford gelehrt oder eine mütterliche Geliebte gehabt, die zuerst überanhänglich und dann abweisend und skrupellos gewesen war (als sie mehr Mutter wurde); oder er war aus einem südlichen Land gekommen – mit einer Drehorgel, die bei der Ankunft verlorenging, vielleicht bei der Ausschiffung im Hafen von Liverpool, und sein Schicksal vorzeichnete – und hatte noch nicht vergessen, dass man nicht immer dorthin zurückkehren kann.« (Der Tod vermag sich nicht langsam in ihm zu bewegen.)

So endete dieses Kapitel in ›Alle Seelen‹, das ich schließlich doch ganz wiedergegeben habe, mit Ausnahme seines ersten Absatzes, und mit Anmerkungen und neuen Kommentaren, wie ich befürchtet hatte. Aus drei in diesen Seiten enthaltenen Zeilen entstand eine kurze Erzählung mit dem Titel »Ein Treueepigramm«, im selben Jahr 1989, wenige Monate nach Erscheinen des Romans, mit Gawsworth am Ende seiner Tage als Hauptfigur. Aber das erste Mal, dass ich mich schriftlich über ihn äußerte, war in einem nicht fiktionalen Text, in einem Artikel, den ich in der Tageszeitung ›El Pais‹ am 23. Mai 1985, vor nunmehr zwölf Jahren, veröffentlichte, als ich noch in Oxford lebte und das, was mir widerfuhr, einigermaßen dem ähnlich war, was der Erzähler im Zusammenhang mit den Bettlern dieser Stadt und mit diesem Schriftsteller, der als einer der ihren in London endete, »meinen vorübergehenden leichten Wahn« nannte. Der Text hieß »Der Mann, der König hätte sein können«, in deutlicher Anspielung auf die berühmte Erzählung von Rudyard Kipling »The Man Who Would Be King« oder »Der Mann, der König sein wollte«, in meiner Sprache auch bekannt als »El hombre que pudo reinar«, »Der Mann, der hätte herrschen können«, seit John Hustons Film mit den britischen Schauspielern Sean Connery und Michael Caine, der auf dieser phantastischen Geschichte, der Lieblingsgeschichte Faulkners und Prousts, basierte, so übersetzt worden war. Sowohl meine Erzählung als auch mein Artikel sind jeweils in Bänden mit Erzählungen und Artikeln enthalten, ›Während die Frauen schlafen‹ beziehungsweise ›*Pasiones pasadas*‹. In den letzten Sätzen, die ich wiedergegeben habe, wird auf zwei Umstände oder Tatsachen Bezug genommen, die nur mit dem Erzähler zu tun haben; auf zwei weitere, die von Erzähler und Autor geteilt werden (die Lehrtätigkeit in Oxford und der Besitz von Büchern), oder vielleicht sind es drei; und auf eine, die unpassenderweise nur dem Autor gehört, denn zu keiner Zeit wird in dem Roman gesagt oder angedeutet, dass der spanische Herr, der die Geschichte erzählt und sich in Abschweifungen ergeht, Bücher *geschrieben* hat, obwohl er in der Tat eines schreibt, da er sich in Abschweifungen ergeht und sie erzählt. Es war kein Fehler und keine Unachtsamkeit und auch keine ungewollte Einmischung oder ein Vergessen, es war beabsichtigt, denn, wie ich zuvor sagte, dies waren die autobiographischsten Seiten des Romans, und ich hielt es für ehrlich, dies durch diesen scheinbaren Ausrutscher stillschweigend zu gestehen, der, wie zu wünschen und zu erwarten war, bei den Lesern unbemerkt geblieben ist. (Ich habe es auch getan, weil das Risiko mich gereizt hat, man ist immer versucht, Schandflecke einzuschmuggeln, aus Liebe zum Verstoß und zum Selbstverrat und um zu sehen, ob sie als sauberer Text durchgehen.)

Ich muss noch den ersten Absatz des folgenden Kapitels wiedergeben, den ich vielleicht mehr als jeden anderen Absatz hätte unterschreiben können und der eine klare und vollkommene Vorstellung davon gibt, was diesen vorübergehenden leichten Wahn ausmachte, der eine Leihgabe des atmenden und sprechenden Autors Javier Marías – oder damals Xavier Márias – an den namenlosen Erzähler war, der den Atem anhält und nur schreibt, aber deshalb die überzeugendere Stimme hat. Der Absatz lautet folgendermaßen:

»Ich stellte oder stelle mir all diese Fragen nicht aus Mitgefühl für Gawsworth, letztendlich nur ein falscher Name, den ich nicht gekannt habe und dessen Texte – das Einzige, was ich außer seinen Fotos als Lebender und Toter noch von ihm betrachten kann – mir nicht viel sagen, sondern aus Neugier, in die sich Aberglauben mischt, war ich doch einige endlose Frühlings- oder Trinitynachmittage lang davon überzeugt, dass ich genau das gleiche Schicksal erleben würde wie er.«

Nachdem nun Gawsworth allen vorgestellt wurde, die ihn nicht kannten, und allen ins Gedächtnis zurückgerufen wurde, die ihm schon in ›Alle Seelen‹ begegnet waren, kehre ich zu dem jungen Wilfrid Ewart zurück, von dem ich zuvor sprechen wollte und von seinem in der Stadt Mexiko plötzlich und ohne Zeugen noch vorherige Ankündigung ausgelöschten Licht.

Es scheint, als habe John Gawsworth sich dadurch, dass er sich häufig für gescheiterte Schriftsteller einsetzte, die er mit eher geringem oder nur vorübergehendem Erfolg vor dem Vergessen zu bewahren suchte, diesen zu Lebzeiten angeglichen oder sich selbst vorausgesehen oder vielleicht definiert. In den dreißiger Jahren legte er mehrere Anthologien mit Schauer- und Horrorgeschichten vor, ich weiß von wenigstens sieben oder acht, deren jeweilige Titel lauteten: ›*Strange Assembly*‹; ›*Full Score*‹; ›*New Tales of Horror by Eminent Authors*‹; kurz ›*Thrills*‹; ›*Thrills, Crimes and Mysteries*‹; ›*Crimes*‹, ›*Creeps and Thrills;*‹ ›*Masterpiece of Thrills*‹ und vielleicht ›*Path and Pavement*‹, die erste 1932 und die letzte 1937, das heißt, der hyperaktive und frühreife Gawsworth veröffentlichte sie zwischen seinem zwanzigsten und fünfundzwanzigsten Lebensjahr. In ihnen finden sich fast immer Erzählungen der alten, herausragenden Meister Shiel und Machen – beziehungsweise King Felipe I. und Erzherzog von Redonda – und mehrere des Schülers und Erbprinzen selbst unter seinen verschiedenen Namen. Es gibt eine seines Kumpans Lawrence Durrell und zahlreiche anderer künftiger Angehöriger der »geistigen Aristokratie« des Königreichs.

Es gibt jedoch auch viele von Schriftstellern, die weder Herzogtum noch Amt noch den Titel König Felipe oder später König Juan empfangen konnten, weil sie total und wirklich gescheitert waren, wie die jungen Selbstmörder Richard Middleton und Hubert Crackanthorpe. Der Erste war ein Mann mit großem, kompliziertem Talent, der sich im Jahre 1911 mit neunundzwanzig Jahren in der Rue Joncker Nummer 10 in Brüssel mit Chloroform das Leben nahm, ohne ein einziges Buch veröffentlicht zu haben (das begann 1912). Über ihn schrieb der Erzherzog Machen: »Er war ungeduldig, er wollte nicht warten. Er konnte sich nicht entspannen ... Ich kann mich nicht erinnern, ihn lachen gesehen zu haben; jedenfalls nicht offen und großzügig, mit Genuss... Im Allgemeinen war seine Stimmung von Bitterkeit geprägt.« Und nach den Worten eines Zeitgenossen, der häufigen Umgang mit ihm hatte, machte Middleton seiner Existenz ein Ende aus reinem »Hass auf das Leben«, das er »das unerträgliche Übel« zu nennen pflegte. Neben der Flasche Chloroform hinterließ er eine Visitenkarte, auf der der Satz geschrieben stand: »Einen gebrochenen und traurigen Geist wirst Du nicht verachten.« Der Zweite, mit geringerem, realistischem Talent und friedlicherem Charakter, sprang gleichwohl 1896 im Alter von sechsundzwanzig Jahren in die Seine, aus Gründen, die eher mit den Umständen zu tun hatten als mit einem Prinzip, nach der Flucht seiner Frau mit einem anderen Mann. Seine Leiche wurde erst Monate später gefunden und war anscheinend so entstellt, dass sein Bruder ihn nur anhand der Brille identifizieren konnte. Beide waren frankophil, Middleton ein strikter Anhänger Baudelaires, Crackanthorpe von Maupassant. Im Zusammenhang mit dem Pariser Tod des Letzteren verstieg sich eine englische Zeitung zu der Behauptung, er sei »Gottes Strafe für die Anbetung französischer Götzen« gewesen.

In diesen Anthologien der dreißiger Jahre erscheinen auch

etliche Erzählungen von Wilfrid Ewart, unter diesem Namen oder dem nicht weniger eigenen Herbert Gore, und eine davon, »*The Flats*« oder »*Los Bajíos*« (»Die Untiefen«), habe ich in die Anthologie ausgefallener Horrorgeschichten mit dem Titel ›*Cuentos únicos*‹ (»Einzige Geschichten«) aufgenommen, die ich meinerseits 1989, im gleichen Jahr wie ›Alle Seelen‹, zusammenstellte und veröffentlichte und für die ich einige von Gawsworth' heute vollkommen vergessenen Texten zum Leben erweckte, die dieser für seine Serie ›*Thrills*‹ ausgesucht hatte. In meine Anthologie nahm ich auch eine makabre Erzählung von Gawsworth selbst auf (das Erste, was von ihm jemals in eine andere Sprache übersetzt wurde, glaube ich; und bislang auch das Letzte, fürchte ich); die einzige dieser Art von Durrell; die einzige von Sir Winston Churchill; eine ausgezeichnete des trübsinnigen Middleton sowie eine eigene – ich konnte der Versuchung nicht widerstehen – unter dem Pseudonym James Denham, den ich in der entsprechenden biographischen Anmerkung 1911 in London zur Welt kommen und 1943 sterben ließ, gefallen im Kampf in Nordafrika im Alter von zweiunddreißig Jahren; noch ein Frühverstorbener, wenn er auch apokryph war. (Nebenbei gesagt: Ich konnte damals kaum ahnen, dass 1996, als Querejeta senior und Querejeta junior schließlich den *nicht* auf ›Alle Seelen‹ basierenden Film herausbrachten, einer seiner Nebendarsteller eben den Namen tragen sollte, den ich mir für mein gelegentliches Pseudonym geborgt hatte: der Engländer Maurice Denham, heute ein ehrwürdiger Greis von achtzig Jahren, dessen Auftritte zweifellos das Beste des ganzen Films sind. Es ist nicht verwunderlich, dass ich bisweilen das Gefühl habe, die Dinge und die Ereignisse und sogar die Personen anzuziehen, aber ich versuche, diesen Übereinstimmungen oder dieser ständigen Aktivität des Zufalls keine große Bedeutung beizumessen und sie nicht als außergewöhnliche, für einen »Erwählten«

typische Anomalien aufzufassen: In den Händen irgendeines nordamerikanischen Kollegen hätten sie für eine Menge eingestandener Faszination für das eigene Leben und für mehrere Bücher oder zumindest Hefte gereicht.)

Fast alle Autoren der ›*Cuentos únicos*‹ waren und sind noch immer so unbekannt, vor allem für den spanischen Leser, dass es mir angebracht schien, jedem der Texte eine kurze biographische Anmerkung voranzustellen, weshalb ich sie für den armen James Ryan Denham erfinden musste. Aber in einigen Fällen machte es mir der unstete oder verborgene Charakter der Erzähler unmöglich, mehr als nur einige wenige Angaben in Erfahrung zu bringen, und ich erinnere mich, dass ich von einem nicht einmal das Datum seines Todes herauszufinden vermochte, der so gut wie sicher war, denn er war 1888 geboren; wer weiß, ob er nicht noch immer lebte, alles ist möglich. Ebenfalls in ein Geheimnis gehüllt, noch dazu ein auffallendes oder zur Nachforschung anregendes, war Wilfrid Ewart, über den ich nur Folgendes in der entsprechenden Anmerkung schreiben konnte:

»Wilfrid Herbert Gore Ewart (1892–1922) starb, wie man anhand seiner Daten sehen kann, mit dreißig Jahren; als Arthur Conan Doyle, der Schöpfer von Sherlock Holmes, von seinem Tod erfuhr, erklärte er betrübt: ›Er hätte es bis ganz nach oben geschafft.‹ T.E. Lawrence, besser bekannt als Lawrence von Arabien, sagte einmal von ihm: ›Er muss dem Lesepublikum nicht vorgestellt werden.‹ Und der unvermeidliche John Gawsworth, der anscheinend mit allen befreundet war, schrieb Folgendes am Anfang seiner einführenden Bemerkungen zu Ewarts posthum erschienenem Buch ›*When Armaggedon Came*‹ (1933): ›Wilfrid Ewart starb vor zehn Jahren und drei Monaten; in der Silvesternacht 1922, um genau zu sein, in der erstickenden Dunkelheit der Stadt Mexiko. Die Geschichte ist zu bekannt, um hier näher ausgeführt werden zu müssen, und zu tragisch, um einen beiläufigen Kommentar zu gestatten. Noch ein großer Romancier Englands fand den Tod, und die Literatur wurde ärmer durch seinen Verlust. Neben dem Baum der traurigen Weihnacht … wurde er begraben.‹

Das Merkwürdige an dem Fall ist«, fuhr ich fort, »dass gegenwärtig keine Möglichkeit besteht (oder ich habe sie nicht gefunden), etwas über diesen jungen dreißigjährigen Mann zu erfahren, der es bis nach ganz oben geschafft hätte, der keiner Vorstellung bedurfte und dessen Tod zu bekannt war, um näher ausgeführt werden zu müssen. Ewarts Name erscheint in keinem Nachschlagewerk, in keiner Geschichte der englischen Literatur, in keiner modernen Anthologie. Der Verlag Macmillan kündigt jedoch die (vielleicht schon erschienene) Neuausgabe seines berühmtesten Romans, ›*Way of Revelation*‹ (1921), über den Ersten Weltkrieg an, in dem der Autor gekämpft hatte, und vielleicht erfahren wir dann, wie und warum Ewart in der Stadt Mexiko starb.

Im Augenblick kann ich nur sagen, dass er vor seinem Tod auch ›*A Journey in Ireland*‹ (1921) veröffentlichte und dass posthum außer dem bereits genannten Titel von 1933 ›*Scots Guard*‹ (1934), ›*Love and Strife*‹ (1936) und ›*Aspects of England*‹ (1937) erschienen. Unter seinem Namen oder unter dem Pseudonym Herbert Gore erschienen einige Erzählungen in der Serie ›*Thrills*‹ und in anderen Anthologien der dreißiger Jahre. Die hier vorgelegte Erzählung ›*The Flats*‹, deren Prosa so auserlesen ist, dass man durchaus glauben könnte, dass Conan Doyle recht hatte, stammt aus der von John Rowland firmierten Auswahl mit dem Titel ›*Path and Pavement*‹ (1937).«

Es ist nicht verwunderlich, dass angesichts der romanesken, extravaganten Natur dieser und anderer biographischer Anmerkungen der Anthologie die dem inexistenten Denham zugedachte keinen Argwohn erregte oder übermäßig auffiel: Entweder man glaubte keine und misstraute der Echtheit aller Erzählungen, oder man akzeptierte alle Texte ohne Widerrede. Manche entschieden sich für Ersteres und vermuteten, die neunzehn Erzählungen stammten ohne Ausnahme von mir unter verschiedenen Namen. Ich wollte, es wäre so, denn zumindest achtzehn waren der Mühe wert. (In Wahrheit wäre es ziemlich riskant und naiv von mir gewesen, dem berühmten und umfassend erforschten Verfasser des ›Alexandria-Quartetts‹ oder einem ehemaligen und wohlbekannten Premierminister Ihrer Majestät Apokryphe zuzuschreiben.) Andere waren vorsichtiger und dachten, »nur« drei oder vier stammten von mir, darunter zweifellos die von Gawsworth, den nicht wenige Leser noch immer für eine fiktive Gestalt hielten. Und ich erinnere mich, dass einige Freunde, die das Spiel kannten und herausgefordert waren, mich zu enttarnen, schändlich versagten und nicht einmal beim fünften Versuch ins Schwarze trafen; mein Herr Vater, der mich seit langem kennt, aber nicht so gut, wie er glaubt, schwankte, ob er mir die Erzählung des Selbstmörders Middleton zuschreiben sollte – was ein wenig beunruhigend war, obwohl ich nicht weiß, ob mehr für ihn oder für mich – oder die von Denham; Don Juan Benet zweifelte nicht und riss mir die Maske gleich beim ersten Mal vom Gesicht.

Jedenfalls war ich, um auf Ewart und seinen mysteriösen Tod zurückzukommen, in der Tat außerstande, vor der Veröffentlichung der Anthologie etwas in Erfahrung zu bringen, und ich halte mich nicht für einen schlechten Erforscher dunkler Gestalten und Gegebenheiten, wenn ich auch faul und passiv bin. Ich ging der Sache nicht weiter nach oder schob die Nachforschung auf. Doch nach einigen Monaten erhielt ich kurz nacheinander zwei Briefe aus Mexiko, wo es anscheinend große Neugier gibt, was ausländische Schriftsteller betrifft, die sich im Land aufgehalten haben, und damit auch umfassende Dokumentation. Zu Wilfrid Ewart, der außerdem für immer auf seinem gewalttätigen Boden geblieben war, lag indes nichts vor, was meinen beiden Briefpartnern zufolge einen Anreiz dargestellt hatte, Nachforschungen vor Ort anzustellen und den Versuch zu machen, meiner in der biographischen Anmerkung eingestandenen Unkenntnis abzuhelfen.

Der erste Brief stammte wiederum von einem Schriftsteller, dem Essayisten Sergio González Rodríguez, und ihm lag ein langer Artikel bei, den er im Dezember 1989 in der Zeitschrift ›Nexos‹ mit dem Titel »Das Geheimnis von Wilfrid Ewart« veröffentlicht hatte. Der zweite Brief, im März 1990, kam von einem jungen Mann namens Rafael Muñoz Saldaña, der, journalistisch weniger versiert und ohne nennenswerte bibliographische Mittel, mir berichtete, er habe sich vorgenommen, »das Rätsel zu lösen«, das ich »ungelöst gelassen hatte«. Er kündigte an, die von ihm geleistete »Feldarbeit« habe ihn »auf unverhoffte Wege« geführt, am Ende jedoch »die Frucht konkreter Ergebnisse« getragen. »Obwohl ich schon eine allgemeine Vorstellung der Umstände besitze«, schrieb er, »unter denen Ewart starb, sind noch viele Fragen offen, für die ich eine Antwort finden muss.« Besagter junger Mann – er gestand dreiundzwanzig Jahre, also wird er jetzt dreißig sein – nahm es sportlich, dass sein älterer Landsmann Sergio G. R. ihm in seinen Entdeckungen öffentlich zuvorgekommen war. Ich schickte ihm eine Kopie des besagten Artikels, und in seiner Antwort erklärte er mit Bedauern und einer Spur von Stolz, die Information, die dieser Text bekanntmache, sei »genau die gleiche, die ich ausfindig machen konnte«. Aber er fügte gutwillig hinzu: »Was ich getan habe, um mir dieses Geheimnis zu erklären, ist vielleicht interessanter als das Geheimnis selbst, ich habe viele ungewöhnliche Menschen kennengelernt, darunter eine ältere Frau, der seit fünfzehn Jahren schwindlig ist, und einen Priester, der aus Angst vor Überfällen den Zutritt zu der Kirche beschränkt, wo er die Messe liest. Irgendwann einmal werde ich Ihnen bestimmt meine Abenteuer in allen Einzelheiten erzählen.« Und er fügte hinzu, in jedem Fall sichtlich enttäuscht: »Zielten meine Absichten – nicht ohne eine gewisse Theatralik – anfänglich auf eine spektakuläre Enthüllung der Umstände von Ewarts Tod, so habe ich jetzt einen vernünftigeren Plan«, der, nebenbei gesagt, denkbar unvernünftig war und von dem ich ihn sofort abbrachte, damit er nicht sinnlos die Zeit mit etwas verlor, das nicht einmal theatralisch oder spektakulär war. Er machte auch ein paar Anmerkungen zu meinem Roman ›Alle Seelen‹, den er gerade gelesen hatte, darunter folgende: »Auf Seite 89«, schrieb er, »beginnen Sie von einer Tour durch die Antiquariate zu erzählen, und in diesem Augenblick unterbrach ich meine Lektüre und dachte: Was würde ich suchen, wenn ich dort wäre? Bücher von Arthur Machen, antwortete ich mir, und als ich die Seite umblätterte, war ich ziemlich überrascht, dass der Protagonist des Romans dies ebenfalls tat ... Seit einiger Zeit bin auch ich ein Verehrer von Arthur Machen, wenn ich auch leider nur wenige Bücher von ihm kenne ...« Es war also nicht weiter verwunderlich, dass dieser junge Mann mich einige Zeilen weiter nach der »Machen Company« fragte, jener angeblichen Vereinigung begeisterter Anhänger des Werks des walisischen Schriftstellers und Erzherzogs von Redonda, die in ›Alle Seelen‹ mehrmals erwähnt wird und deren Mitglied der Erzähler auf Bitten der Figur Alan Marriott wird. Muñoz Saldaña äußerte den Wunsch, »sie zu kontaktieren«, falls sie wirklich existierte. Da diese »Gesellschaft« erfunden war und ich den jungen mexikanischen Machen-Anhänger nicht noch mehr enttäuschen wollte, umging ich die Desillusionierung, indem ich antwortete: »Ich fürchte, dass es mir im Augenblick nicht verstattet ist, Ihnen zu antworten. Vielleicht später«, als handelte es sich um eine geheime, mysteriöse Sekte, mit der nicht jeder einfach so Kontakt aufnehmen konnte, über die Meere hinweg und ohne gewisse Verdienste vorzuweisen oder sich bestimmten Prüfungen zu unterziehen. Schließlich, nachdem ich ihm den Scherz mit Denham enthüllt hatte, antwortete er mir sehr großzügig: »Ihre Scharade hat mich sehr amüsiert ... Diese Spiele faszinieren mich, vor allem, wenn sie so gut sind wie im Fall von John Bendham«, wobei er – ich glaube, unfreiwillig – meinen dritten falschen Namen gleich noch mehr fälschte; zuvor hatte ich zwei andere benutzt, für mindere Texte oder solche trüben Charakters. Mir gefiel das mit der »Scharade«.

Obwohl wir uns im Lauf der Jahre ab und zu geschrieben haben, warte ich noch immer darauf, daß Muñoz Saldaña mir eines Tages etwas über die Frau erzählt, der seit fünfzehn Jahren schwindlig ist und die mich von allem, was er mir in seinen ersten Briefen geschrieben hatte, im Grunde am meisten interessierte. »Was heißt schwindlig?«, erinnere ich mich, ihn gefragt zu haben. »Was hat sie? Wie kann sie es wissen, wenn ihr schon so lange so ist und man annehmen muss, dass dies ihr natürlicher Zustand ist? Ihr Satz war wirklich etwas rätselhaft.«

Das nun Folgende habe ich bereits teilweise in konzentrierter Form in einem Artikel erzählt, »Denk daran, dass du sterblich bist«, der in meinem 1993 erschienenen Buch ›*Literatura y fantasma*‹ abgedruckt ist (ich stelle erstaunt fest, wie ehrlich ich mit meinen Hinweisen auf das literarische Vorleben bin), und sowohl dort als auch hier findet sich ziemlich viel Material, das ich meinen beiden mexikanischen Briefpartnern schulde und verdanke, die mir in jedem Fall den Weg wiesen, den ich einschlagen musste, um herauszufinden, was es mit Wilfrid Ewarts kurzem Leben und seinem plötzlichen Tod ohne Zeugen auf sich hatte. Sergio González Rodríguez ging in der Tat noch über die Information hinaus, die er in seinem Artikel »Das Geheimnis von Wilfrid Ewart« zusammengestellt hatte, in dem er einige so amüsante wie forciert borgesianische und unwahrscheinliche Hypothesen wagte, um dieses Geheimnis aufzuklären, und forderte mich freundlich auf, sie weiterzuentwickeln (»Nur ein Schriftsteller wie Javier Marías könnte diese Art von Ausklügeleien ohne Makel schreiben …«; ich fürchte, ich werde ihn enttäuschen, und nicht nur aufgrund meiner Neigung zu Schandflecken). Ihm verdanke ich die ausführlichen Zitate aus den mexikanischen Zeitungen, die in den ersten Tagen des Jahres 1923 die Nachricht vom Tod dieses Ausländers in der Silvesternacht brachten, der bei aller Sinnlosigkeit und Absurdität vor allem sarkastisch für den Toten und quälend für die ihm nahestehenden Personen war.

Ewart wurde am 19. Mai 1892 als Sohn von Herbert Brisbane Ewart und Lady Mary Ewart, genannt »Molly«, geboren, wohnhaft West Eaton Place Nummer 8, in Belgravia, einem der vornehmsten Distrikte Londons. Der Vater, der nicht arm war, aber noch weniger reich, entstammte einer sehr bekannten Familie von Militärs, die auch in der mütterlichen nicht fehlten: Wilfrids Urgroßvater mütterlicherseits war General Sir William Napier, Verfasser der monumentalen ›*History of the War in the Peninsula*‹, in dem er natürlich eine herausragende Rolle spielte und den wir bei uns als Unabhängigkeitskrieg kennen; seine sechs umfangreichen Bände gehörten zu den Bestellungen, die Don Juan Benet mir während meines Aufenthalts in Oxford in Auftrag gab, um sich von diesem Krieg auf der Halbinsel – als es Salz regnete und sich Totenschädel verstreuten – für die kriegerischen Manöver des dritten und vierten Bandes seines Romans ›Rostige Lanzen‹ anregen zu lassen (ich besorgte sie ihm, aber sein Roman blieb unvollendet. Und womöglich hat es einmal etwas gegeben, das nicht unabgeschlossen geblieben ist). Wilfrids Großvater väterlicherseits war General Charles Ewart, Held des Krimkrieges, ich nehme an, ein zweifelhafter, wie alle Helden dieses Krieges; ein Großonkel von ihm, Sir Henry Ewart, leitete den berühmten Angriff auf Kassassin; ein anderer Großonkel, Sir John Alexander Ewart, nahm an den Kämpfen von Balaklawa, Inkerman und Sewastopol teil; und dessen Sohn, Sir John Spencer Ewart, war 1898 bei der Einnahme von Khartum unter Lord Kitchener dabei und später beim Burenkrieg in Südafrika, wo er ebenfalls den legendären Kitchener begleitete. Trotz dieser zahlreichen kriegerischen Verbindungen und seiner entfernten Verwandtschaft mit William Ewart Gladstone, dem berühmten Premierminister der Königin Victoria, arbeitete Wilfrids Vater friedlich und bescheiden – wenn auch mit dem pompösen Titel eines *interventors* – als Sekretär der Prinzessin Dolgorouki, der exilierten Witwe eines russischen Adligen, die zurückgezogen in einem riesigen, weißen, neoklassischen, von Lutyens erbauten und dann entsprechend russifizierten Herrenhaus inmitten einer waldigen Landschaft in der Nähe von Taplow, Windsor, lebte.

Die Mutter entstammte ihrerseits einer Familie, in der es nur so wimmelte von Adelstiteln, sowohl von eigenen als auch von solchen, die durch verschiedene wiederholte Heiraten hinzugekommen waren. Wie Hugh Cecil in seinem Buch ›*The Flower of Battle*‹ oder ›Die Blüte der Schlacht‹ über die britischen Romanciers des Ersten Weltkriegs schreibt, in dem er Ewart ein Kapitel mit umfassender Information widmet, auf die ich hier mit Dank zurückgreife, war Lady Mary oder Molly die jüngste Tochter des dritten Grafen von Arran; ihre Schwester Caroline heiratete den achten Lord Ruthven; ihr älterer Bruder Arthur verwandelte sich 1884 in den vierten Grafen von Arran; eine Tochter dieses Letzteren vermählte sich mit dem Erben des Marquis von Salisbury, eine andere mit dem Vizegrafen Hambleden und eine dritte mit dem Grafen von Airlie. All das konnte nichts sehr Gesundes hervorbringen, und Ewarts Mutter schwankte anscheinend zwischen exzentrischer Anmut und hoffnungsloser Verwirrung. Cecil berichtet, wie sie einmal Besucher auf dem Teppich sitzend empfing, was ungewöhnlich war zur damaligen Zeit, aber nicht allzu besorgniserregend, wäre nicht die Erklärung gewesen, die sie für die unübliche Wahl ihres Platzes gab: »Entschuldigt, dass ich mich auf den Boden setze«, sagte sie, »das tue ich jetzt immer, die Höhe ist geringer, wenn ich stürze.« Bei ihren schlimmsten Anfällen konnte es geschehen, dass sie dem Butler befahl, ein ehrbares jungverheiratetes Ehepaar – niemand Geringeres als Vizegraf und Vizegräfin Hambleden – aus dem Haus zu werfen mit der Begründung, sie lebten »in offener Sünde«, und gewalttätig gegen ihren Ehemann wurde, weshalb man es für sehr gut möglich hielt, dass Wilfrid und seine jüngeren Schwestern Angela und Betty ohne Schaden und sogar mit Nutzen lange Zeiten fern vom Vaterhaus verbrachten.

Von Betty weiß man wenig, nur, dass sie sich als Erwachsene dem Alkohol und den Drogen ergab und dass sie, wie die Regeln für die weiblichen schwarzen Schafe anfälliger Familien gebieten, die jedes unvorhergesehene Ereignis als Niederlage oder Drama erleben, eine unpassende Ehe mit einem Chauffeur einging. Angela dagegen hing immer sehr an ihrem Bruder, dem sie sowohl vom Charakter als auch vom Aussehen her recht ähnlich war. Im Ersten Weltkrieg, den Wilfrid Ewart überlebte, verlor sie ihren Ehemann Jack Farmer, zwei Monate nach der Geburt beider Tochter, die Farmer nicht kennenlernte. Einige Jahre später heiratete Angela erneut, einen gewissen Waddington, und hatte im Unterschied zu ihrem Bruder ein langes Leben, denn sie wurde mehr als neunzig Jahre alt. Er begleitete sie 1919, nach dem Ende des Krieges, bis nach Longueval in der Nähe des Waldes von Delville, auf der Suche nach dem eiligen oder späten Grab des Füsiliers Farmer. Am Schauplatz des Kampfes, der noch immer übersät war mit Helmen, schlammverschmierten Stiefeln, Rasierpinseln und verschiedenen Ausrüstungsgegenständen des Jahres 1916, überraschte sie die Dunkelheit und der Regen, bevor sie das Grab gefunden hatten, und Angela legte das für Jack bestimmte Lorbeerkreuz am Fuß eines Apfelbaums nieder, in der Nähe des Ortes, an dem er gefallen war.

Es war ungewöhnlich und ein Verbrechen, dass Wilfrid Ewart fast vier Jahre lang in einem Stellungskrieg kämpfte, mit den kurzen Kampfpausen, zu denen ihm seine Verwundungen und seine gereizten Nerven verhalfen. Wie seine Mutter, mit der er viel gemeinsam hatte, sah er nicht auf dem linken Auge – ein direktes Erbe –, es war blind; und dem rechten, kurzsichtigen fiel es sehr schwer, weit zu sehen, wogegen es in der Nähe unfehlbar war oder, wie sein Freund und improvisierter Biograph des Jahres 1924, Stephen Graham, schrieb, »von mikroskopischer Qualität«. Dieses nicht sehfähige Auge war physisch vollkommen, nur war es nicht mit dem Gehirn verbunden und nahm daher kein Bild auf. Er war auch kein besonders gesunder junger Mann, weshalb man schließen muss, dass die Erfordernisse für die Teilnahme an diesem Konflikt nicht besonders strikt waren oder aber dass Ewart als Folge der sonderbaren Auffassung, die zu seiner Zeit in seiner Klasse über die Privilegien herrschte, in den Genuss irgendeiner Vorzugsbehandlung gekommen war. Anscheinend war es sein Verwandter Ruthven, damals Befehlshaber des Ersten Bataillons der Scots Guards oder Schottischen Garde, der ihn aufforderte, sich seinem Regiment anzuschließen, nachdem er von seiner Absicht erfahren hatte, Soldat zu werden. »Er soll zu uns kommen«, sagte er zu seinem Vater, der ohne zureichende Furcht um Rat zu ihm gekommen war. »Und sein Sehvermögen?«, wandte dieser ein. »Das wird keine Probleme machen. Sag ihm, er soll kommen.« Er durchlief die Musterung, und der Arzt tat, was man von ihm erwartete: Er befand ihn für tauglich und gab ihm damit sämtliche Lotterielose für einen vergeblichen und wenig heroischen Tod auf den Schlammfeldern des Kontinents, außer einem.

Und es gewann dieses einzelne Los, das der blinde Ewart nicht gezogen hatte. Er kämpfte mit dem Zweiten Bataillon der Scots Guards, ein sehr vornehmes, klassenbewusstes und hochmütiges Korps, in Sailly-Saillisel und gegen Moulin du Piètre und in Neuve Chapelle, wo er einen Beinschuss erhielt, und in Gouzeaucourt und in der Somme-Offensive und in der zweiten Schlacht von Ypern und im Wald von Bourlon und am Kanal der düsteren Ysère und in der grauenvollen dritten von Ypern und in der Nähe von Cambrai und in Arras, und an all diesen Orten voller Patronen, Bajonette und Morast sah er mit seinem einzigen Auge, wie an seiner Seite Hunderte von Männern fielen, die fähiger und kräftiger waren als er, darunter seine besten Freunde und seine soldatischsten Verwandten. Es ist unglaubhaft, dass dieser kurzsichtige Einäugige nicht unterging in dem vielleicht grausamsten Krieg des Jahrhunderts in unseren Breiten, aber er kam nicht nur mit dem Leben davon, sondern mit dem Grad eines Hauptmanns, der ihn zwang, Befehle zu erteilen und Sorge für viele zu tragen, auch für Stephen Graham in den letzten Monaten, der sogar seine Ordonnanz wurde, obwohl er acht Jahre älter war und ein Dutzend Bücher als Reiseschriftsteller und Russlandexperte veröffentlicht hatte.

Schon sehr früh war Ewart jedoch angewidert vom Krieg, wie die Mehrheit, und bedrängte während seiner Jahre als Kombattant oder Konvaleszent Ruthven oder Sir John Spencer Ewart ohne jede Scham, ihn aus den Schützengräben herauszuholen und mit Verwaltungsaufgaben zu betrauen, nun, da sich die Privilegien nach dem ersten Blut in ihr Gegenteil verkehrt hatten, und dieses Mal wurden sie nicht mehr gewährt. Trotz seiner Bittschriften erfüllte er seine Pflicht auf dem Schlachtfeld und kannte keine Angst, wie sein Oberst bezeugte, auch wenn er nicht unbedingt mutig war, und so konnte man ihn überall hinschicken. (Vielleicht kennt der sie nicht, der sich von Anfang an für tot hält.) An der Front schrieb er zahlreiche Briefe und bereitete in ihnen ungewollt die Kriegs- und Landschaftsbeschreibungen seines ersten und einzig zu seinen Lebzeiten veröffentlichten Romans ›*Way of Revelation*‹ oder ›Der Weg der Offenbarung‹ aus dem Jahr 1921 vor, der Lawrence von Arabien und Conan Doyle zu ihren Lobeshymnen veranlasste und von dem in kurzer Zeit fünfzigtausend Exemplare verkauft wurden.

Vielleicht war die trostloseste Erfahrung, des Kontrasts wegen, die einer kurzen Waffenruhe am Weihnachtstag 1915, eine spontane, nicht vereinbarte Feuerpause zwischen seinem Zweiten Bataillon der Scots Guards und dem fünfundneunzigsten Infanterieregiment der Bayerischen Reserve. Im Morgengrauen – berichten Cecil und Graham und Ewart selbst – begannen die des einen und des anderen Lagers sich aus ihren Löchern heraus, in Deckung, zu beobachten und sich sogar vereinzelt etwas zuzurufen. Um zehn vor acht morgens reckte ein Deutscher seinen Kopf über die Brustwehr hinaus, stand dann auf und schwenkte die Arme. Zwei weitere taten es ihm nach mit ihren Mützen und ihren langen grauen Mänteln, wobei sie ein paar Sekunden lang nicht wussten, ob man sie mit Handschlägen oder mit Schüssen begrüßen würde. Daraufhin kamen »wie von einem einzigen Impuls getrieben« alle Engländer und die übrigen Deutschen hervor, obwohl die beiden Oberkommandos diese unerwarteten, nicht in ihren Quartieren vereinbarten Waffenruhen missbilligten. Es war nicht einmal gut angesehen, Gefangene zu machen; nach Aussage ihrer Vorgesetzten war »Hunnen umlegen« die einzige fröhliche Mission der britischen Soldaten. Die Feinde begannen zu lachen und Witze zu machen und sich die Hände zu schütteln. Sie trafen sich an dem weidengesäumten Bach, der sie trennte, und nur die Wachen und die Offiziere, darunter Ewart, blieben in ihren Schützengräben. Die Soldaten verständigten sich durch Zeichen, klopften sich auf den Rücken, tauschten Zigaretten, Kekse, Corned beef in Dosen und Tabak gegen Würste, Sauerkraut, Kaffeepulver und Zigarren. Im Trubel der Fraternisierung erschoss ein bayrischer Heckenschütze einen anscheinend sehr beliebten englischen Unteroffizier namens Oliver, der, kaum hatte er sich herausgewagt, in seinem Schützengraben fiel, wo sein Leichnam den ganzen Tag liegen blieb, das Gesicht mit einem halben Sandsack oder einer Decke bedeckt. Dies genügte jedoch nicht, um seine Kameraden oder seine Gegner von ihrem Treiben abzubringen, man schenkte dem Unglück keine große Aufmerksamkeit. »Es ist egal, es macht nichts, es muss ein Unfall gewesen sein«, schrieb Ewart, als besäße die Entscheidung eines Einzelnen, seine Pflicht zu erfüllen und den Unteroffizier zu erschießen, nicht genügend Kraft, um die Entscheidung der vielen, an diesem Tag der ihren nicht nachzukommen und das Feuer nicht zu eröffnen, ungültig zu machen. Bis zu Ewart drangen deutlich die Rufe und das laute Lachen der miteinander vermischten khakifarben und grau Uniformierten. Sie waren erfreut, sich zu begrüßen, sich kennenzulernen, endlich ihre Gesichter zu sehen, die man nicht fürchtet, man fürchtet nur die fernen Gestalten oder die, die grimmig mit ihren vorgestellten Gesichtern vorrücken. Die Episode dauerte nicht länger als zehn Minuten, einigen Quellen zufolge; anderen zufolge nicht länger als zwanzig, und nach Ablauf welcher Zeit auch immer, so Cecil, bedeuteten zwei deutsche Offiziere mit glänzenden Stiefeln, denen man die Erlaubnis versagt hatte, Fotos von den »Tommies« oder einfachen Soldaten zu machen, den Engländern, sie sollten unverzüglich in ihre Gräben zurückkehren, bevor die eigene Artillerie nach fünf Minuten das Feuer eröffnen würde. Manche Quellen behaupten, dass einige schottische Gardisten getroffen wurden, als sie sich zu ihren Linien zurückzogen, und dass trotzdem während der folgenden vierundzwanzig Stunden kein einziger Schuss aus diesen Reihen abgegeben wurde. Andere, zeitlich nähere Quellen berichten, dass sämtliche Waffen sofort wieder den Schlamm aufspritzen ließen und dass »der Krieg einmal mehr die Kontrolle übernahm«. Es ist egal, es macht nichts, wie Ewart schrieb: Auch wenn es nur für die Dauer von zehn Minuten war, der Krieg hatte seine Kontrolle verloren, ihm war der Gehorsam verweigert worden, und er war dabei gewesen und hatte es erlebt. Es wäre prätentiös und falsch, zu sagen, er sei besiegt worden, nicht aber, dass er einen Moment lang umgangen, ja hintergangen wurde und dass dieses Hintergehen andauerte, nachdem die kriegerische Totalität, deren erstes Ziel es ist, alles auszuschließen und zu verneinen, was sie nicht umfasst oder infiziert, sich erbarmungslos in Erinnerung gebracht oder Rache geübt und die arme, vertrauensvolle Gestalt eines Unteroffiziers namens Oliver getroffen hatte, dem die Rolle zufiel, die verirrte Kugel aufzufangen, die dieser missachtete Krieg der unangebrachten, ungebetenen Waffenruhe zwischen einem Bataillon und einem Regiment von Feinden auf einem fernen Schlammfeld in Flandern am Weihnachtsmorgen des Jahres 1915 verpasste, sieben Jahre und sieben Tage bevor in der Stadt Mexiko die Reihe an Ewart kam. »*Blaw for Blaw*« oder »Schlag auf Schlag«, das geschieht überall.

Er war ein schlanker, mehr als einsfünfundachtzig großer, gelassen und würdevoll aussehender Mann mit grauen Augen, heller Haut und kastanienbraunem Haar. Trotz seiner schwachen Gesundheit wirkte er kräftig und athletisch, und seinen Wangen fehlte gewöhnlich nicht die Farbe. Er ging sehr aufrecht, und die Uniform stand ihm gut, oder er trug sie instinktiv mit der passenden Förmlichkeit. Vom Charakter her war er eher gehemmt, auch in seinem Verhalten. Er reagierte mit Abwehr auf übermäßige Vertraulichkeit und mit Abneigung auf jeden Anflug von Schamlosigkeit. In Gesellschaft konnte er sogar hochmütig oder fast dumm erscheinen. Unter Freunden und mit Champagner oder Wein in Reichweite verlor er seinen Dünkel, und seine joviale Seite kam zum Vorschein. Er fluchte nie; »blasphemische und obszöne Ausdrücke interessierten ihn nicht«, Graham zufolge. Wenn er die Hand reichte, tat er es steif und schlaff zugleich, und als er in Amerika war, konnten die Leute dort nicht glauben, dass sein Hochmut und seine Empfindlichkeit natürlich und überliefert waren, sie schauten ihm ins Gesicht und schrieben seine Verschlossenheit den Folgen der Schusswunden zu. Wie die meisten seiner jungen Zeitgenossen trug er einen gepflegten Schnurrbart und war selbst dann gut gekleidet, wenn er darauf verfiel, die Bohème und die finstersten Kaschemmen in Soho zu frequentieren, nach dem Krieg, fasziniert von der Kriminalität, dem Drogenkonsum, dem getrübten Bewusstsein und auch von der Masse, die er gleichwohl schlecht ertrug. Er verbrachte Stunden damit, sie in ihrer endlosen Verschiedenheit zu beobachten, immer darauf bedacht, eine gewisse Distanz aufrechtzuerhalten, sei es in den Nachtclubs oder im vornehmen Café Royal oder im volkstümlicheren Café-Salon des Regent Palace Hotels, wo er genussvoll dem Orchester zuhörte und sich dafür schämte, dass er an der Vulgarität des Ortes Gefallen fand. An den Vormittagen wohnte er oft den unterschiedslosen Sitzungen der Strafgerichte bei, wobei er sich als Jurastudent ausgab, und machte gewissenhaft Notizen von allen Fällen. Sein kurzes Leben ließ ihm nicht die Zeit, dieses Interesse zu verlieren, und während seines Aufenthalts in New York, vor Mexiko, verbrachte er einen Teil der Abende in den Schnellgerichten. Man erlaubte ihm, das Gefängnis Sing-Sing zu besichtigen, und führte ihm den elektrischen Stuhl vor. Er wollte einem gewissen dort eingesperrten Jim Larkin – der womöglich bald auf ihm würde Platz nehmen müssen – eine Botschaft zukommen lassen, aber das Gefängnisreglement verbot es ihm. Überall machte er Notizen, er hörte auch in seinen wenigen mexikanischen Tagen nicht damit auf. Sogar bei einem Stierkampf in Juárez tat er es (»Der Stier kniet nieder, um zu sterben«, »Die Menge verbrennt die Programme, um ihrem Missfallen Ausdruck zu geben«), vielleicht sah er Rodolfo Gaón, »El Califa«, und den Spanier Marcial Lalanda kämpfen. Seit jeher hatten ihm Pferderennen und Boxkämpfe gefallen. Nie fehlte er in Ascot. All das berichten Hugh Cecil, der ihn nie gesehen hatte, oder Stephen Graham, der ihn zu oft gesehen hatte, bis zum letzten Tag.

Er hatte schon in sehr jungen Jahren zu schreiben begonnen, wenn auch nicht gerade Literatur. Seinen Anfang machte er mit sechzehn Jahren in einigen Zeitschriften für Bienenzucht, eine Wissenschaft, in der er bereits in diesem Alter Experte war; wie man Farmhühner mästete, barg für ihn keine Geheimnisse, ebenso wenig die Geflügel-Wettrennen in Mitteleuropa, ein recht erstaunliches Spezialwissen. Mit achtzehn Jahren galt er in der Tat schon als einer der größten

Experten des Landes für Hühnerzucht. Vielleicht lässt sich diese (wenig) originelle Facette besser verstehen, wenn man weiß, dass er seit seiner Kindheit eine seltsame Anziehungskraft auf Vögel ausübte und eine leidenschaftliche Liebe für das Land und das Leben in der freien Natur hegte, die so maßlos und beständig war, dass sie ihn sogar in seiner literarischen Entwicklung beeinflusste, mit zweifelhaften oder gar schädlichen Folgen für die mögliche Fortdauer seines Werks, wenn man das auch nie weiß bei den Frühverstorbenen, die ein nur geringes Werk hinterlassen. Fest steht, dass sein fast einziger Meister Thomas Hardy war, eher seiner deskriptiv-ländlichen Dimension als seiner unzweifelhaften poetischen und erzählerischen Qualitäten wegen, wohingegen Ewart niemals Milton oder Shakespeare gelesen hatte, was vor allem bei einem englischen Schriftsteller nichts Gutes verheißt. Er suchte Hardy nach dem Krieg auf, im Jahre 1920, und obwohl beide schüchtern waren und die Unterhaltung weder glänzend noch überhaupt flüssig geriet, ist es sicher, dass sie sich verstanden, und eines der letzten Dinge, die Ewart vor seiner Abreise nach Amerika tat, war, sich in die ländlichen Gefilde von Dorset zu begeben, um sich von dem alten Meister zu verabschieden. Wie er selbst berichtete, war er bei seinem ersten Besuch so nervös, als er seinem Idol gegenüberstand, dass es ihm nicht gelang, ihm eine einzige Frage zu seinen Romanen zu stellen, wo er doch so gerne alles über sie erfahren hätte. Wäre ich an seiner Stelle gewesen, hätte ich Hardy eher über einige Zweifel meinerseits befragt, denn eines seiner Bücher – mit hervorragenden, grausamen Erzählungen, ›*The Withered Arm*‹ – war das erste Buch, das ich unter großen deskriptiv-ländlichen Schwierigkeiten und mit zweiundzwanzig Jahren übersetzt hatte, das heißt in einem Alter, in dem Ewart bereits an der Front war, um Zeuge der Massaker und jener missbilligten, abgebrochenen und befleckten Waffenruhe des Jahres 1915 zu werden.

Natürlich waren es nicht die hühnerkundlichen Publikationen – obwohl sie ihm in seiner frühesten Jugend gutes Geld einbrachten –, die seine Leser, die Kritik oder irgendeinen illustren Kollegen begeisterten, sondern sein Roman ›*Way of Revelation*‹, an dessen Konzeption und Planung Stephen Graham nicht unbeteiligt war, Stephen Graham selbst zufolge, und den Ewart, so seine bescheidene Absicht, zum englischen ›Krieg und Frieden‹ seiner Zeit machen wollte, wie es so viele andere Romanciers in so vielen und verschiedenen Ländern nach Tolstoi im Sinn hatten. Dieser Roman mit seinen etwas mehr als fünfhundert Seiten, der glühendes Lob und bemerkenswerte Verkäufe erzielte – vor allem, wenn man bedenkt, dass es ein Erstlingswerk war –, ist heute schwer verdaulich mit seiner schon damals klischeehaften, effekthascherischen, melodramatischen (und vermutlich ziemlich autobiographischen) Geschichte über die Erlebnisse eines jungen Mannes und seiner Freunde zwischen Krieg und Frieden, ohne dass man so genau wüsste, welcher von beiden – die Liebe immer im Frieden, die Verführer auch – mehr Misshelligkeiten für ihn bereithält. Die Figuren sind flach, wenig glaubwürdig und noch weniger hellsichtig, wie oft bei Gestalten, die zu unmittelbar aus der Wirklichkeit kommen, ohne in der Vorstellungskraft zu übernachten, und die besten Szenen sind nicht einmal die kriegerischen, die am Ballast der Bedeutungslosigkeit der an ihnen beteiligten Subjekte zu tragen haben, sondern die deskriptiv-ländlichen, wie zu erwarten war, jene, bei denen das menschliche Element fehlt. Diese Meinung vertritt Cecil, und er hat nicht unrecht. Die Erzählung, die ich für die ›*Cuentos únicos*‹ ausgewählt hatte und die, in der großartigen Übersetzung von Alejandro García Reyes, den Anstoß zu alldem gegeben hat, ist ein gutes und trügerisches Beispiel für sein künstlerisches Talent: In »*The Flats*« oder »Die Untiefen« erlebt man einen poetischen Prosaisten von hoher technischer Qualität und mit einem guten Auge für das Unbelebte, aber in ›*Way of Revelation*‹ gewahrt man auch einen Autor mit einer eher groben Sicht des Lebens und des Todes und mit geringer erzählerischer Vorstellungskraft, die nicht einmal ausreicht, das Geschehen zu erzählen, das man nicht zu erfinden braucht (dazu muss man es sich jedoch außerdem vorgestellt haben). Es ist daher nicht weiter verwunderlich, dass Ewarts Name trotz der momentanen Begeisterung und seines heftig beklagten, tragischen Todes aus fast allen ungerechten Wälzern verschwunden ist, in denen nicht Personen mit ihrem Leben und ihrem Tod festgehalten sind, sondern Titel und Daten von Texten, die mehr oder weniger wert sind, dass man sich an sie erinnert, und an die sich fast niemand je erinnert. Gleichwohl besaß das Buch die ausreichende Dosis an Schrecken sowohl kriegerischer als auch morbider ziviler Natur, an illusionsloser Etappensentimentalität und nachträglichem Optimismus oder Entschädigung für die Verluste, um das Publikum seiner Zeit anzuziehen, und so war es.

Wilfrid Ewart vermochte dem Erfolg nicht lange standzuhalten. Mit seinen neunundzwanzig Jahren, nach den Kämpfen und der einen oder anderen bitteren Liebeserfahrung, genoss er ihn ohne Vorbehalt noch Vorsicht und mit rührender Naivität: Er trug, wohin er auch ging, ein Bündel ausgeschnittener Zeitungskritiken bei sich und zeigte sie jedem, ohne sich sehr dazu auffordern zu lassen, bis es zu viele waren für seine Taschen und er sich mit einer Auswahl begnügen musste. Plötzlich zum »literarischen Löwen« avanciert, wie es im Englischen heißt, erlebte er jetzt erstaunt – eher mit Vergnügen als mit einem Gefühl der Revanche –, dass jeder, dem er einmal vorgestellt worden war, sich rühmte, mit ihm befreundet zu sein, und dass diejenigen, die ihn von oben herab behandelt hatten, sich brüsteten, vorausgesagt zu haben, dass er es weit bringen würde. Er nahm an Festen und Begegnungen teil, an Tee- und Kaffeegesellschaften und an Bällen, klärte die Damen und den einen oder anderen arglosen Herrn über den Prozess seines Schreibens auf, verkehrte mit ungleich löwenhafteren Verlegern, die in ihm nur ein Stück rohes Fleisch sahen, und mit altgedienten Schriftstellern, die ihn aus rückblickender autobiographischer Neugier duldeten und um ihr Ressentiment zu nähren, wussten sie doch, dass, wie der Historiker Froude einmal sagte, wenn jemand in London etwas Bemerkenswertes zustande bringt, London dafür sorgt, dass er niemals wieder etwas Bemerkenswertes zustande bringt. Er beantwortete sämtliche Briefe, aß jeden Abend außer Haus, schrieb alle Erzählungen und Artikel, um die Zeitungen und Zeitschriften ihn baten. Er äußerte stets seine Meinung, über Literatur und anderes; er versäumte kein wichtiges Fußballspiel, Pferderennen oder Boxturnier. Er lebte in ständigem Entzücken, und er brach zusammen.

Er fuhr mit dem Zug nach Liverpool, erkältet und mitten in einem Unwetter, um 1922 den Grand National zu erleben, den letzten, dessen Ergebnis er wusste und dessen Zuschauer er war. Wie so oft sagte er das Siegerpferd voraus, und so hätte er eigentlich in noch größerem Entzücken den nächsten Morgen erleben müssen. Aber als Stephen Graham ihn an jenem Nachmittag in seiner Wohnung besuchte, teilte Ewart ihm mit, er könne nicht schreiben, die Hand gehorche ihm nicht, sie funktioniere nicht. Er sagte es ihm langsam und unter Schwierigkeiten, denn sein Zusammenbruch hatte auch sein Sprechvermögen beeinträchtigt, und nicht einmal alle von seinem Gehirn geordneten Wörter kamen sicher aus seinem Mund, eine trügerische, gespenstische Redeweise. Er war erschrocken, aber er nahm es mit Ruhe und Würde. Er ging zum Arzt, blieb einige Tage in einer Klinik, dann wurde er aufs Land geschickt. Er verlor Gewicht und Farbe, sah aus wie eine Jammergestalt, die Kleidung wurde ihm zu weit. Er verbrachte seine Zeit mit therapeutischer Vogelbeobachtung, seine alte Leidenschaft.

Im Juni hatte er sich ein wenig erholt und konnte Graham schreiben, der mit seiner Frau nach Amerika gereist war, ich glaube, ihr Mädchenname war Rose Savory. Die Schrift war ein Gekritzel, aber mehr oder weniger lesbar und daher Anzeichen einer Besserung, ebenso wie seine Erwähnung mittelfristiger literarischer Pläne, wenn er geheilt wäre, darunter die Geschichte der Scots Guards, die zu schreiben er sich mit der unverändert bescheidenen Vorstellung bereit erklärt hatte, seinem Großvater mütterlicherseits, Napier, nachzueifern, das heißt, die Feldzüge des Krieges von 1914 zu schildern, wie sein Vorfahr es mit denen ein Jahrhundert zuvor im Krieg auf der Halbinsel oder dem unserer Unabhängigkeit gegen Napoleon getan hatte. Graham animierte ihn in seiner Antwort, nach Santa Fe in Neu-Mexiko zu reisen, wo er sich mit seiner Frau aufhielt, damit er ihm dort die Heldentaten seines geliebten Regiments erzählen konnte; er bot ihm Unterkunft, Pferd und absolute Freiheit an im Vertrauen darauf, dass Ewart nicht über genügend Kräfte verfügte, sie anzunehmen. Eines Tages erhielt er jedoch eine Kabelnachricht mit dem Namen des Schiffes, »*Berengeria*«, und September als Datum, an dem der vermeintlich Gebrechliche auslaufen würde.

Während der Überfahrt, schon kurz vor New York, fiel ein Mann ins Wasser und konnte nicht gerettet werden, ein Kellner der dritten Klasse. Das Schlimmste war, zu sehen, wie das Schiff, obwohl von einem Zittern und knarrenden Geräuschen durchlaufen, sich in Sekundenschnelle vom Ort des Verlusts entfernte, eingehüllt in das Geheul seiner Sirene, die sich eher wie eine verfrühte Klage als wie eine warnende Stimme ausnahm. Als es zurücksetzte, war es zu spät, es gab nicht einmal mehr einen Ort. Das war das Schlimmste für die Lebenden, die unaufhaltbare Kielspur, »wie eine weiße Narbe«, die sich ins Meer fraß, allzu sichtbare Äußerung der Zeit, die niemals wartet und rascher vergeht als der Wille, sei es zur Waffenruhe oder zur Rettung oder zum Warten, so dass alles unabgeschlossen bleibt; und das unaufhaltsame Bewusstsein, dass die einzige Form, die Zeit zu stören, darin besteht, zu sterben und aus ihr herauszutreten.

Ewart verbrachte ein paar Tage in New York in Gesellschaft von Graham, der ihn abgeholt hatte, und des amerikanischen Dichters Vachel Lindsay, älter als die beiden und ständig in der Furcht, der jüngere und weniger reiseerfahrene der Engländer könnte überfallen oder überfahren werden oder sich irgendeine Schererei an den Hals holen wegen seiner extrem britischen Umgangsformen, seiner zögernden Sprechweise, die durch die Krankheit zum Defekt geworden war, seiner Art, jedes Mal das Geld in der Hand zu halten und mühsam zu zählen, was er zahlen musste, seines maßlosen Staunens, das er nicht verhehlen konnte, seiner Steifheit. Ewart hatte trotz der Leiden, die er im Schützengraben kennengelernt hatte, das Empfinden, dass seine Welt noch intakt war, und daher machte es ihn fassungslos, dass seine abends vor die Zimmertür gestellten Stiefel nicht die geringste Veränderung aufwiesen. »Wie stellen es die Männer in diesem Land an, geputzte Schuhe zu tragen?«, fragte er Graham aufrichtig verblüfft. »Vor allem auf dem Land, in der Stadt gibt es wenigstens Schuhputzer.« – »Sie putzen sie sich selbst«, antwortete Graham, und man weiß, dass Ewart nur stammeln konnte: »Erstaunlich!«

Sie hielten sich auf dem Weg nach Santa Fe in Chicago und in Kansas City auf, und im Verlauf der ganzen Reise in verschiedenen Zügen schleppte Ewart eine große metallene Kiste mit sich, die mit ihm aus England abgereist war und alle Papiere und Dokumente enthielt, die er für die Abfassung seiner Regimentsgeschichte benötigen würde. Er reiste in Reithosen der Armee und khakifarbenen Gamaschen, seinen Kopf bedeckte eine vage militärisch wirkende Mütze, und er trug einen Rucksack, mehr oder weniger, als hätte er tatsächlich ein noch koloniales Abenteuer in Angriff genommen (ihm fehlte nur noch mein Tropenhelm, aber der wurde von meinem Vater erst 1933 in Tunis erstanden, bei einem Zwischenstopp der »*Ciudad de Cádiz*«). In Santa Fe besserte sich seine Stimmung sehr, auch seine Hand, die fast gelähmt gewesen war, und er schrieb sogar etwa zweitausend Wörter pro Tag, was – heiliger Himmel – nicht viel für ihn war; er wohnte bei Nachbarn von Stephen und Rose, dem Ehepaar Cassidy; er kaufte sich ein Pferd und ritt aus; er machte mehrere vornehmlich folkloristische Ausflüge, bei denen er Navajo-Indianer und Apachen sah (die bekanntesten); das Klima beruhigte ihn und bekam ihm gut, die Angst verschwand allmählich oder bis auf weiteres; es gab mehr Koordinierung zwischen seinem Gehirn und seiner Zunge. Bis die Grahams ihre Abreise nach Mexiko ankündigten, wo sie Weihnachten verbringen wollten, als Vorspiel zu einem zwei- oder dreimonatigen Aufenthalt, einer Reise »auf den Spuren von Hernán Cortés«, zur Vorbereitung für ein Buch über Spanien (wo sie gewesen waren, bevor sie sich in Cádiz nach Amerika einschifften und wo sie mit Jacobo Fitzjames Stuart verkehrt hatten, zweifellos ein Vorfahr des Jacobo Fitzjames Stuart, den ich kenne, einer meiner höflichsten Verleger), die Westindischen Inseln und Mexiko, an dem der Ehemann arbeitete und dem er den Titel gab ›*In Quest of El Dorado*‹ oder ›Auf der Suche nach El Dorado‹ und das er 1924 »dem literarischen Gedenken meines Freundes Wilfrid Ewart« widmete.

Es wird gewiss verständliche Gründe dafür geben, aber es hat nicht den Anschein, als hätten die Grahams, oder zumindest der Ehemann, Ewarts Gesellschaft auch in Mexiko gewünscht. Wie Graham in seinem ebenfalls 1924 erschienenen lustlosen biographischen Werk ›*The Life and Last Words of Wilfrid Ewart*‹ oder ›Wilfrid Ewarts Leben und Letzte Worte‹ berichtet, versuchte er, ihn dazu zu bewegen, dass er diese Zeit seiner Abwesenheit ausnutzte, um in Santa Fe die treue Geschichte der Scots Guards zu beenden, die zu viel Raum in seinem Denken einnahm und ihn daran hinderte, einen neuen Roman in Angriff zu nehmen und ganz allgemein weitere Pläne zu schmieden. Ewart zeigte sich zunächst einverstanden, aber sein unruhiger Geist und der ungewöhnlich kalte Winter, der über Neu-Mexiko hereingebrochen war, bewirkten, dass er nach wenigen Tagen seine Meinung änderte und darauf bestand, das Ehepaar nach Mexiko zu begleiten. Dennoch konnte Graham seinen ehemaligen Hauptmann davon abbringen (er muss ihn während seines Aufenthalts dort so weit von sich weg wie nur möglich gewünscht haben), in dem er ihm versicherte, das Land besitze zu viel Kolorit und sei zu aufrührerisch, um dort zu schreiben, und er würde keine einzige Zeile weiterkommen. Also beschloss Ewart, nach New Orleans zu fahren, und trat am 15. Dezember die Reise an, nachdem er sein Gepäck vorausgeschickt hatte. Drei Tage später reisten die Grahams nach Mexiko-Stadt, im illusorischen Glauben, sie würden Ewart erst im März wiedersehen, wenn sie ihn auf der Rückreise von ihrer Hernán-Cortés-Pilgerfahrt in New Orleans abholen würden. So kam es nicht: In El Paso änderte Ewart einmal mehr seine Meinung, erhielt eine zehntägige Verlängerung für die Gültigkeit seiner Fahrkarte und beschloss, vor seiner Weiterfahrt nach Louisiana »einen Umweg« über Mexiko zu machen (etwa viertausend Meilen mehr insgesamt, kaum der Rede wert) – Graham berichtet, als er und seine Frau über einen Journalisten aus El Paso von diesem Nebenweg erfuhren, hätten sie nicht umhinkönnen, sich um das Wohl des Freundes Sorgen zu machen, der allein durch ein Land reiste, dessen Sprache, Sitten und Empfindlichkeiten er nicht kannte und das noch immer an seiner Revolution zu tragen hatte. Die Gepäckaufbewahrung und die Sicherheitsfächer des Bahnhofs von El Paso waren anscheinend berühmt dafür, dass sie zahlreiche Besitztümer von Männern und Frauen beherbergten, die dort haltgemacht hatten, um bei einem kurzen Ausflug oder Zwischenaufenthalt einen Blick auf Mexiko zu werfen, und niemals wiedergekommen waren, um sie auszulösen, mochte es sich um Schmuck, Geld, Koffer oder Kleider handeln. Zumindest steht fest, dass es in jenen Zeiten Naphtalin gab.

In Chihuahua sah Graham Ewarts Unterschrift im Register eines Hotels, erkundigte sich nach seinem Aufenthalt am Ort (eine sehr wilde Stadt) und erfuhr, dass er ihn gesund und munter verlassen hatte. Diese Geste erscheint seltsam, sie passt eher zu einem einsamen Verfolger als zu jemandem, der seinen Weg in Begleitung macht, mit einer leichten, fernen Sorge für die verantwortungslosen Abenteuer des anderen: Niemand sieht sich zufällig und für alle Fälle die Register der Hotels an, in denen er übernachtet; das tut man nur, wenn man jemanden sucht und finden will, dessen Spur man verfolgt. Es war, als hätten die Grahams eine wilfridsche Pilgerfahrt angetreten, seit sie erfahren hatten, dass Wilfrid sich in Mexiko befand. Es quälte sie die Vorstellung, so schrieb der Ehemann, dass, falls Ewart sich an die neue Gültigkeitsdauer der Fahrkarte halten wollte, er sich gezwungen sähe, Mexiko-Stadt zu verlassen, bevor sie einträfen, und sie machten sich sogar die Mühe, anhand der Eisenbahnfahrpläne zu berechnen, welchen Zug er in der Hauptstadt nehmen müsste, um rechtzeitig in Laredo zu sein und seinen Anschluss mit der Southern Pacific Railway zu bekommen, die ihn an sein ursprüngliches Ziel New Orleans bringen würde. Und als sie entdeckten, dass es einen Bahnhof gab, wo sich der Zug, in dem sie in die Stadt fuhren, und der Zug, der aus ihr kommend nach Laredo fuhr, zur selben Stunde kreuzten, bemühten sie sich, ihren Freund, mit dem sie zusammentreffen konnten, in der nächtlichen Masse durstiger Fahrgäste, chinesischer Kellner, deutsche Schmuckwaren feilbietender

Indianer und lärmender Erdbeer-, Melonen- und Mangoverkäufer ausfindig zu machen. Aber Ewart war nicht da, in Wirklichkeit hatte er Mexiko-Stadt nicht verlassen.

Dort nahm das heftige und etwas unbegreifliche Bestreben, ihn zu finden, seinen Fortgang, und am Morgen nach ihrer Ankunft gingen die Grahams als Erstes zum Hotel Regis, das von Nordamerikanern frequentiert wurde und in dem Ewart, der stets Zimmer mit Bad benötigte, ihrer Vermutung nach abgestiegen sein konnte. Er hatte die Örtlichkeit nicht betreten, so dass sie sich also zum britischen Konsulat begaben, um sich nach ihm zu erkundigen, aber dort war er nicht erschienen, auch nicht im Hotel Cosmos oder im Princesa. Sie stellten sich vor, die Zeit habe ihn womöglich gedrängt und er sei unverzüglich nach Laredo abgereist. Sie stiegen im Hotel Iturbide ab, das weniger für Touristen und mehr für Mexikaner war, obwohl sie zu Ersteren gehörten und diesem Status während der folgenden Tage gerecht wurden.

Und am 30. Dezember, bei einer ihrer Touren, sahen sie Wilfrid Ewart in einer gewissen Entfernung: Er stand an der Ecke San Juan de Letrán/16 de Septiembre, unverwechselbar mit seiner auffallenden Reithose und seinen khakifarbenen Gamaschen, und bemühte sich, auf den Zehenspitzen stehend, durch seine Schildpattbrille den Himmel zu betrachten. Stephen Graham betont in seinem Buch allzu sehr die Freude, die »sein Herz erfüllte«, als er ihn erblickte, so sagte er. Alles ist möglich. Sie gingen zum Mittagessen in ein Restaurant, und die ehemalige Ordonnanz warf dem ehemaligen Hauptmann seltsamerweise sogleich seinen »Starrsinn« vor und nicht, was angemessener gewesen wäre, seinen wankelmütigen oder launischen Charakter. Ewart erklärte, Mexiko habe ihn verzaubert und er habe beschlossen zu bleiben. Sein Fahrschein würde verfallen, und sein Gepäck befand sich in New Orleans, aber »ich habe mein Leben lang einen Ort wie diesen gesucht«, sagte er zu Graham, der ihm keine große Beachtung schenkte und vielmehr versuchte, ihn durch die Vorstellung zu entmutigen, dass er wahrscheinlich die Kiste mit den Dokumenten über die Scots Guards verlieren würde. Vielleicht war dieses Ehepaar ja extrem beschützend, aber es schien, als hätten sie Ewart nur deshalb verzweifelt gesucht, um sich seiner im Augenblick des Findens zu entledigen und ihn während ihres Hernán-Cortés-Aufenthalts aus Mexiko zu verbannen. Wilfrid machte sich keine großen Sorgen, er würde sich die Kiste mitsamt seiner Kleidung aus New Orleans schicken lassen, er hatte nur seinen Rucksack und einen Stock dabei und war etwas verdrossen, weil er in Mexiko-Stadt nicht einmal über frische Wäsche verfügte. Aber er hatte ein Konto bei einer Bank eröffnet und ausgerechnet, dass er den Winter mit wenig Geld in Chapultepec oder in San Ángel verbringen konnte, wo er ohne jeden Zweifel die Geschichte seines Regiments beenden würde. Dann würde er nach Veracruz gehen und nach New York zurückkehren, sich für die Dauer des Sommers an der Grenze zu Kanada niederlassen und eine Reihe von Artikeln über die Beziehungen dieses Landes mit den Vereinigten Staaten schreiben, ein überaus spannendes Thema, von dem niemand weiß, warum es plotzlich so viele Meilen entfernt und so lange im Voraus sein Interesse fand.

Wie Graham in seinem Buch ›*In Quest of El Dorado*‹ berichtet, begleitete er ihn ins Hotel Isabel an der Ecke República de Salvador/Isabel la Católica, in dem Ewart auf die zufällige Empfehlung »eines Spaniers« hin abgestiegen war, der ihm die Adresse im Zug gegeben hatte. Es wurde geführt von einem Deutschen, der Englisch sprach, und der, ebenfalls Graham zufolge, versuchte, sich bei ihm beliebt zu machen. Er sah sich das Zimmer seines Freundes im vierten Stock an und bewunderte den Ausblick auf die Berge, den man vom Fenster aus hatte. Es erschien ihm jedoch nicht passend, um zu schreiben, und »er überlegte, ihn ins Iturbide mitzunehmen«. In ›*Life and Last Words of Wilfrid Ewart*‹ sagt er dagegen, das Hotel habe ihm »eine mexikanische Dame« vorgeschlagen, deren Visitenkarte, die auf der Rückseite den mit Bleistift geschriebenen Namen besagten Hotels trug, er gefunden habe. Er erzählt auch, dass sie zuerst ins Iturbide gingen, damit Ewart die »Bananenpalmen« und den Brunnen sehen konnte, die das Ehepaar von seinem Zimmer aus erblickte, und dass dieser, entzückt, »halb entschlossen war«, am Nachmittag in dieses Hotel überzusiedeln, von dem aus sie sich danach ins Isabel begaben, um die Rechnung zu verlangen und zu bezahlen. Aber der Besitzer brauchte so lange für die Aufstellung und irrte sich so oft, dass Wilfrid die Sache auf den nächsten Morgen verschob. Ich vermute, dass diese kleinen oder nicht so kleinen Widersprüche nicht viel bedeuten und nichts Besonderes sind, ja vielleicht sogar auf die bloße Langeweile zurückgeführt werden können, die entsteht, wenn man dasselbe zweimal auf die gleiche Weise erzählt. Wir vermeiden es gewöhnlich alle (zum Ärger der Kinder), eben damit dasselbe nie mehr dasselbe ist. Derlei Widersprüche haben jedoch zweifellos die einfallsreichen, unbegründeten kriminalistischen Spekulationen genährt, die Sergio González Rodríguez in seinem erwähnten Artikel des Jahres 1989 aufgestellt hatte, in dem er mit der Möglichkeit spielte, Graham habe Ewart wegen Eifersucht im Zusammenhang mit seiner Frau oder wegen literarischer Eifersucht oder aus Neid auf seinen raschen Erfolg oder aus rückwirkendem militärischen Ressentiment umgebracht. Man darf jedenfalls nicht vergessen, dass die beiden Bücher Grahams 1924 erschienen und Ungenauigkeiten oder Lücken des Gedächtnisses daher auszuschließen sind, mehr noch bei einem Mann, der in diesem Jahr vierzig Jahre alt wurde, um fortan noch einmal fünfzig zu leben.

Sie war merkwürdig, die plötzliche Faszination Ewarts für Mexiko, eine unbequeme, unebene Stadt, streitsüchtig und rau und ohne ein einziges akzeptables Theater. Aber das Klima und die Parks begeisterten ihn, oder so sagte er, besonders Chapultepec. Auch die Kabinen oder Straßenposten der jungen Maniküren, bisweilen hinter kleinen Vorhängen verborgen und bisweilen sichtbar, die überall zu finden waren. Beim Mittagessen am 30. Dezember zeigte er den Grahams zufrieden seine verschönten Fingernägel.

Der ausführliche Bericht, den Graham vom Tag des 31. Dezember 1922 in Mexiko-Stadt anfertigte, ist ein guter Beweis dafür, dass das unmittelbar dem Letzten oder der Katastrophe Vorausgehende nicht immer bedeutsam oder in irgendeiner Weise relevant sein muss, sosehr man sich auch um eine solche Lesart bemüht. Wenn jemand unerwartet stirbt, versuchen wir zu rekonstruieren, was er das letzte Mal, da wir ihn sahen, gesagt hat, als könnten wir ihn damit retten, wir erinnern uns an den letzten Tag, wenn wir erst einmal wissen, dass er der letzte war, mit einem Eifer, den wir nie gezeigt hätten, wenn er nur der vorletzte gewesen wäre, ganz zu schweigen irgendeiner der so vielen vergessenen der verlorenen Zeit; und so betrügen wir oder täuschen uns, das heißt, wir werfen auf diese Gelegenheit ein Licht, das ihr nicht gehört, es gehört nicht ihr, sondern dem Ende, der Tod erhellt mit seinem stillstehenden Glanz das, was vorher geschehen ist (»Lösch das Licht, und dann, lösch das Licht«), was für sich selbst im Dunkel lag oder grau war und keine Bedeutung hatte noch die Absicht oder die Erwartung oder das Verlangen, eine irgendwie geartete Spur zu hinterlassen und, nachdem es geschehen war, schon seine Konturen verlor. Dieser unvorhergesehene oder vorzeitige Tod wirkt rückwärts, sendet seine rückwirkenden Flammen aus, die alles verändern, nicht nur den Tag: Wir werden uns bewusst, dass das gleichgültige Vorgestern sich plötzlich in »die letzten Jahre« verwandelt, wie die Floskel der Chroniken und Biographien lautet, die sich oft in dieser Weise über den Toten äußern, »während seiner letzten Jahre ...«, als hätte dies jemand vorwegnehmen können; und das nichtssagende Gestern wird durch die Schneide der Wiederholungen stilisiert, die es voll Ehrfurcht meißeln und für immer fixieren, denn auf einmal hat es den ominösen Status des Vortags erworben, den es in seinem Heute nicht besaß. Wir versuchen, dem Feierlichkeit zu verleihen, was sich als das Letzte *herausstellte*, aber meistens ist es eine vorgespiegelte, fiktive, unterstellte, geliehene Feierlichkeit, als quälte uns der Gedanke, wir könnten in unserer Ignoranz irgendein Wort oder einen Blick oder eine Geste des Abschieds verlieren oder akzeptieren, dass der Tod des anderen unversehens über uns hereinbrach und uns daran hinderte, seinen letzten Lebensabschnitt wahrzunehmen und dessen aufmerksamer Zeuge zu sein, vor der Verwandlung. Sie wiegt schwer, die Erkenntnis, diesen Abschied nicht erahnt oder nicht gewusst zu haben, dass er einer war, wenn wir sicher waren, diesen anderen zumindest noch einmal zu sehen, als er schon krank war und wir fürchteten, dass er nicht mehr lange leben würde. Und wir bemühen uns sogar, Zeichen oder Hinweise oder grausame Ironien oder unerkannte Prophezeiungen in Bezug auf das spätere Geschehen zu erinnern, und das beruhigt uns, wie wenn wir noch einmal einen Film sehen oder ein Buch lesen und die Vorankündigungen oder Vorzeichen bemerken, die auf seinen Ausgang hindeuten, jetzt, da wir ihn kennen und ihn keiner ändern kann.

Mich kostet es Mühe, zu rekonstruieren, ja sicher zu wissen, wann ich zum letzten Mal Aliocha Coll sah, den Freund, der sich ziemlich lange nach diesem Mal und kurz vor dem nächsten Mal, das nicht rechtzeitig kam, das Leben nahm: Wie hätte ich von seinem nahen Ende wissen können – vielleicht nicht einmal er selbst; doch nein, er wusste es und setzte das Datum fest –, und so ließ ich in seiner Stadt, Paris, zwei Tage verstreichen, bevor ich ihn anrief, mit der optimistischen Vorstellung, es ein wenig später zu tun, wenn ich meine dummen Beschäftigungen beendet hätte (aber diese beiden Adjektive, »optimistisch« und »dumm«, gehören vor allem seinem Tod, dem stillstehenden Licht seines Todes an, das meine natürliche Vorstellung lächerlich machte und meine bloß überflüssigen Beschäftigungen herabstufte, und jetzt hat es sie längst völlig gelöscht, ich habe nicht die geringste Erinnerung an das, was ich in jenen Tagen getan habe, obwohl mein Kalender sagt, ich sei nach Poitiers gereist und nach Paris zurückgekehrt, wohingegen meine Erinnerung kein Poitiers verzeichnet). Und da es mich Mühe kostet, dieses Mal zu rekonstruieren, habe ich es in einem halbfiktionalen Text oder einer Erzählung mit dem Titel »Alles Übel kehrt zurück« getan, wie einer seiner letzten Sätze lautete, die er schriftlich, in einem Telegramm, an mich gerichtet hatte. Aber diese Erzählung genügt nicht, denn ich glaube, ich habe die Fiktion noch nie mit der Wirklichkeit verwechselt – ja, das glaube ich –, und wahr ist, dass ich nur eine verschwommene Erinnerung an seine letzten Worte und Gesten und an seine letzte Stimmung und sein letztes Aussehen habe, und mir scheint, all dies war bei einem Mittagessen in der Brasserie Balzar in der Rue des Écoles, aber ich bin nicht sicher und will jetzt nicht in meinen Kalendern nachforschen – aus denen er ab diesem letzten Tag, welcher er auch gewesen sein mag, verschwunden sein wird –, ohnehin vermischt sich diese Begegnung, die vielleicht die letzte war, mit anderen in der gleichgültigen und nichtssagenden vorherigen und verlorenen Zeit. Er war zweiundvierzig Jahre alt, als er sich 1990 mit seiner unfehlbaren ärztlichen Hand umbrachte, nachdem er eine letzte Erzählung noch einmal gelesen hatte – »Sylvie« von Nerval – und eine letzte Musik gehört hatte – aber ich weiß nicht, welche – und sein letztes Glas Wein getrunken hatte. In Wirklichkeit hätte ich ihn dieses nächste Mal auch dann nicht gesehen, wenn ich ihn sofort nach meiner Ankunft in Paris am 20. November angerufen hätte, denn ich erfuhr es am 23., aber er hatte sich am 15. das Leben genommen. Er hinterließ drei Briefe, für mich war keiner bestimmt, er hatte mir schon viele geschrieben.

Und bisweilen ist es mir schwer erträglich, nichts vom ernsten Zustand meiner Mutter gewusst zu haben, Lolita mit Namen, denn man verbarg ihn vor mir, und ich lebte nicht in Madrid und sah sie auch damals nicht oft und war zu tief in die vorübergehenden Probleme meiner sechsundzwanzig Jahre verstrickt – oder vielleicht waren es Missgeschicke oder nur Kümmernisse –, um dieses Verbergen zu bemerken und etwas herausfinden zu wollen, von dem man außerdem glaubt, dass es nicht sein kann und das man deshalb am meisten ausschließt. Eine noch jugendliche oder abergläubische oder hochmütige Überzeugung. Als ich also zu spät begriff, wie es um sie stand, kehrte ich rasch von den müßiggängerischen Reisen meiner damaligen turbulenten Monate zurück, sie lebte nur noch einige Stunden nach meiner Ankunft, und manchmal habe ich gedacht, dass sie nur diese Stunden und nicht länger lebte, weil mit mir nun alle vier Söhne an ihrer Seite und zu Hause waren – und der fünfte oder erste noch näher bei ihr, sehr bald in ihrer Obhut, das Kind – und sie endlich gehen konnte, im Wissen, dass wir vier im Augenblick in Sicherheit und in ihrer Gesellschaft und zu Hause waren. Ja, das ist möglich. Vor wenig mehr als einem Jahr fand ich ihren wahrscheinlich vorletzten Brief an mich, ihren vierten und unter den Lebenden dritten Sohn, vom 3. November 1977, weniger als zwei Monate vor ihrem Tod, und darin bot sie mir diskret ihre Hilfe an, weil ich ihr bei einem kurzen vorherigen Aufenthalt traurig erschienen war und sie den Grund dafür nicht wusste (»Mein Respekt, der mich jede vertrauliche Mitteilung vergessen lässt, ich verbreite nie etwas und versuche, Frieden zu stiften, hat doch anderen Personen mehr als einmal genützt … und Euch kann ich nicht helfen?«), und schrieb: »Ich habe besser geschlafen, als

Du hier warst, wie immer, wenn ich weiß, dass ihr schon schlaft; aber jetzt kann ich nicht schlafen, weil mir Dinge im Kopf herumgehen, ich weiß, dass es etwas gibt, das ich nicht weiß, und das lässt meiner Phantasie die Zügel schießen, wenn es um Euch geht … Es gibt so viele Probleme mit Euch!« Und so konnte sie vielleicht für immer einschlafen, als sie wusste, dass der Einzige, der noch fehlte, nah und zu Hause war und sie sich von ihm verabschiedet hatte. Und deshalb frage ich mich bisweilen, ob sie sich nicht vielleicht bis zu meiner Ankunft gegen diesen Schlaf gewehrt hat, über ihre Kraft und ihre Erschöpfung hinaus, es hätte nicht zu ihr gepasst, nicht bis zum Abschied auf mich zu warten. Nicht lange zuvor hatte sie zu meinem Vater gesagt: »Ich bin Tochter eines Arztes und weiß, was ich habe«, denn man hatte auch ihr den ernsten Zustand verborgen; und dann beschrieb sie ganz genau die Art ihrer Krankheit und was das für sie bedeutete. In diesen letzten Stunden, in denen wir zusammen waren, liegt etwas Nichtssagendes, das aufhörte, es zu sein, weil es das Letzte war, und so ist es das, woran ich mich am meisten erinnere. Ich war kurz zuvor in Paris gewesen und hatte dort eine umfassende Rubens-Ausstellung gesehen und viele Postkarten gekauft. Sie lag im Bett, und ich setzte mich auf den Rand, sie hatte aufgehört, sich das Haar zu färben – aber für mich ist es immer schwarz –, und jetzt war es von einem sehr reinen Grau über ihrem fast faltenlosen Gesicht, das dem meinen glich, ihre Haut war voll und glatt. Sie wirkte schläfrig, betäubt, und ich zeigte ihr die Postkarten mit den Bildern von Rubens, um sie zu zerstreuen, sie genoss es sehr, in Museen zu gehen. Sie schaute sie an, wobei es sie ein wenig Anstrengung kostete, die Aufmerksamkeit und den Blick zu fixieren, ich gab den einen oder anderen Kommentar ab. Sie verharrte beim Porträt einer Frau, Helena Fourment, das weniger verworren und klarer war als die großen Kompositionen. »Sieh nur, was für eine

Hand«, sagte sie, auf die rechte Hand der jungen Frau weisend, und dann lächelte sie über den extravaganten Hut: »Wenn ich mir einmal so was aufgesetzt hätte, dann hätte ich größer gewirkt«, sagte sie mit Humor. Jedes Mal, wenn ich jetzt einen Rubens sehe, muss ich an diesen Augenblick und an die Hand von Helena Fourment denken, an ihren Hut und an sie. Ich brauche nicht zu sagen, dass ich ihr fast zwei Monate zuvor nicht erlaubt hatte, mir zu helfen, selten erzählte ich meinen Eltern von meinen persönlichen Angelegenheiten, die ihnen gewöhnlich Verdruss bereiteten, wie die meisten Söhne schwieg ich, die meiner Generation zumindest. Na ja, etwas habe ich ihr wohl später gesagt, gerade genug, damit ihre Phantasie sich nichts Schlimmeres ausmalte, und um sie in ihrer Unruhe etwas zu beruhigen, denn in ihrem letzten Brief, den ich bei irgendeinem Hin und Her verloren habe, antwortete sie behutsam auf meine Vertraulichkeit, wie ich mich erinnere, und schrieb: »Ich verstehe es nicht, aber ich verstehe auch, dass ich es nicht verstehe.« In dem Wagen, der mich am nächsten Tag zu ihrem Begräbnis brachte, sah ich mein Gesicht im Rückspiegel und dachte schläfrig und betäubt: Ich bin das ihr Ähnlichste, das bleibt, ich bin das ihr Ähnlichste, das bleibt. Es war der 24. Dezember, sehr viel mehr Erinnerungen an ihre letzte Stunde habe ich nicht, ich war am 23. angekommen, ein wenig spät.

Und ich wusste auch nicht, daß es das letzte Mal war, als ich das letzte Mal Juan Benet sah, meinen literarischen Meister und Freund zweiundzwanzig oder mehr Jahre lang. Und obwohl wir sehr wohl wussten, dass er schwer krank war und seine Gesellschaft uns nicht mehr lange erhalten bleiben würde, war auch sicher, dass man ihn noch zwei- oder dreimal sehen würde, zumindest ein- oder zweimal, und daher wurde der letzte Besuch, den ich mit Mercedes López-Ballesteros bei ihm zu Hause machte, weder von mir noch von ihr als Abschied empfunden, und wir waren auch nicht düster,

wir glaubten, es sei noch nicht an der Zeit, sich in Gedanken zu verabschieden. Ich war kurz zuvor nicht nach Paris, sondern nach London gefahren und mit amüsanten, halb apokryphen Anekdoten von Guillermo Cabrera Infante und seiner Frau Miriam Gómez zurückgekehrt, großartigen Erzählern, die ich nun von mir gab, einschließlich Imitation ihres kubanischen Akzents, und Don Juan genoss ihre Geschichten gewöhnlich sehr, er brachte beiden große Sympathie entgegen. Einige Geschichten waren so aberwitzig, dass er heftig lachen musste, so sehr, dass er in einem bestimmten Augenblick protestierte und mir mit geringer Überzeugung und zwischen Lachanfällen sagte: »Ah, bring mich nicht so zum Lachen, mir tut's hier weh«, und er wies, ich weiß nicht mehr, ob auf seine Brust oder seine Rippen. Aber ich kannte kein Erbarmen und fuhr fort, zu phantasieren und zu erzählen und zu übertreiben, ich weiß nicht mehr, ob es die unglaubliche Geschichte von Borges in Sitges (»ein sehr wilder Ort«) mit der im Hals stecken gebliebenen Scheibe *pa amb tomàquet* war oder die des aufgerichteten »homosexualistischen« Känguruhs in Australien oder die des Schauspielers Richard Gere und der verstopften Liebesmaschine oder die von Doktor Dally, dessen eine Körperhälfte unbeweglich, aber von wechselnder Farbe war (der Länge nach) und der Bücher verkaufte, die er nicht verkaufen durfte, die Cabreras sind unerschöpflich. Und so brachte ich dank ihnen an jenem Abend Don Juan pausenlos zum Lachen, und wie ich mich jetzt freue, dass ich es getan habe und dass ich nicht aufgehört habe, als er sagte, ihm täte das Lachen weh, denn es stellte sich heraus, daß es der letzte Abend war, und so ist mein vorletzter Anblick von Don Juan der eines sehr heiteren Juan. Ich sah ihn nicht wieder, ich sprach nur am Telefon mit ihm, um ihm zu sagen, dass ich ›*Volverás a Región*‹ wiedergelesen hatte, um einen Artikel zu schreiben, seinen ersten Roman, dessen Veröffentlichung fünfundzwanzig Jahre zurücklag, und dass er erst jetzt wirklich gut sei. »Ja? Glaubst du?«, fragte er mit nicht vorgespiegelter Naivität. In Wirklichkeit habe ich ihn doch noch einmal gesehen, aber wenige Minuten, nachdem er in der ersten Stunde des 5. Januar 1993 gestorben war, es sind schon fünf Jahre her. Vicente Molina Foix war bei mir und ging nach Hause, um ein Paar Manschettenknöpfe zu holen, damit sie Don Juan mit ihnen beerdigten, denn weder seine Frau noch seine Söhne konnten seine an jenem Abend finden (so hätte man ihn anhand der Manschettenknöpfe nicht erkennen können). Der Abend, an dem Mercedes und ich ihn besuchten, war der vom 12. zum 13. Dezember, es war ein Samstag. Er trat zur Tür hinaus, um uns zu später Stunde zu verabschieden, und der letzte Anblick ist daher der seiner langen Gestalt oben auf der Eingangstreppe seines Hauses in El Viso, noch mit dem Lächeln des vorherigen Lachens, wie eine sanfte, einschläfernde Spur vor dem Schlaf, die lange Gestalt im Halbschatten, abgehoben vor dem Licht im Innern, die uns auf Wiedersehen sagte mit der Hand und nicht in Gedanken. Als er die Tür geschlossen hatte und wir um die Ecke gebogen waren, begann Mercedes zu weinen und drückte ihr Gesicht an meine Schulter, sie machte mir den Mantel nass. Sie hatte drei Jahre lang täglich für ihn gearbeitet, und sie hatte sich wohl verabschiedet, so glaube ich, in Gedanken.

chen oder Dienstmädchen als allererste Maßnahme durch das Schlüsselloch spähte, die entsprechende Nachricht im englischen Teil derselben Zeitung beantwortet die Frage nicht, obwohl sie Ewart Ewart nennt und nicht Etwart und erläutert: »... *a chambermaid coming to clean his room* found the door locked *(Hervorhebung von mir) and peering through the keyhole saw that the light was still burning. After calling several times she became alarmed, and entering the room noticed that the bed had not been slept in. Proceeding toward the balcony of the window she discovered the body lying in an puddle of clotted blood ...*« (ich übersetze nicht, weil die Fassung fast wörtlich mit der spanischen übereinstimmt.) Dass die Zimmertür abgeschlossen war, scheint keinesfalls überraschend oder ein ausreichender Grund zu sein, zuerst durch das Schlüsselloch zu spähen und erst dann mehrmals an die Tür zu klopfen, anstatt Letzteres zuallererst zu tun. Vielleicht war es die Stromverschwendung, die Doña Angelina Trejo de Estrevelt beunruhigte, ihr Wunsch, das überflüssige Licht zu löschen und die Nacht ganz aufhören zu lassen, der sie veranlasste, ihren Schlüssel zu benutzen.

»Unverzüglich«, so heißt es in der Nachricht in spanischer Sprache weiter, »teilte sie den düsteren Fund dem Fahrstuhlführer mit, damit dieser seinerseits den Verwalter des Hotels, Herrn Manuel Olvera, benachrichtigte. Dieser begab sich in aller Eile in den vierten Stock hinauf und fand, als er das Zimmer 53 erreichte, in der Tat den leblosen Körper von Herrn Etwart vor.« (Es wäre ein Wunder gewesen, wenn es sich anders verhalten hätte; oder vielleicht deutete man an, dass Zimmermädchen sehr phantasievoll oder fatalistisch sein können und man bei ihnen nie weiß.) »Man benachrichtigte unverzüglich die Polizei, und Augenblicke später erschienen die Beamten des vierten Bezirks und nahmen das Protokoll des Leichenfunds auf. Diese befand sich in Rückenlage mit Spuren eines Todes, der schon vor einiger Zeit eingetreten sein musste. Bei der Untersuchung des Körpers stellte man fest, dass er eine Schusswunde im linken Auge aufwies, ohne Austrittsöffnung. Es wurde angeordnet, den Leichnam für die gesetzlich vorgeschriebene Autopsie in das Juárez-Hospital zu bringen.

Der Polizeikommissar Mellado durchsuchte die Kleidung des Verstorbenen und fand Dokumente und Papiere, Bargeld, einen einzulösenden Scheck und ein Heft mit Blankoschecks. Außerdem fand er eine Empfangsbestätigung des Banco de Montreal, wo Herr Etwart am Tag seiner Ankunft eine gute Summe Geldes hinterlegt hatte. Es wurde ein Inventar dieser Dinge aufgestellt, und Herr Mellado ordnete an, den Fall den Justizbehörden zur Kenntnis zu bringen.«

Bevor wir weitergehen, ist es angebracht, noch einmal auf den Anfang der Nachricht zurückzukommen, die mit folgenden Titeln oder Zwischentiteln erschien: »Englischer Bürger stirbt durch Schuss«, »Die barbarische Gewohnheit, in die Luft zu schießen, verursachte einen Todesfall«, »Verhängnisvolle Neugier«, »Er wurde getötet, als er auf dem Balkon der Volksbelustigung zuhörte«. Und am Anfang der Chronik hieß es:

»Aus dem Zimmer Nummer 53 des Hotels Isabel wurde gestern von den Beamten des vierten Polizeibezirks der Leichnam des englischen Staatsbürgers Wilfred Herbert Gore Etwart abgeholt, der eine durch das Geschoss einer Feuerwaffe verursachte Wunde mit Eintrittsöffnung im linken Auge aufwies, wobei die Kugel im Schädel stecken geblieben war.

Herr Gore Etwart war am Abend zuvor aus den Vereinigten Staaten auf einer Geschäftsreise in der Hauptstadt eingetroffen. Die polizeilichen Nachforschungen lassen vermuten, dass Herr Etwart durch eine der vielen verirrten Kugeln starb, die in der Silvesternacht von einem der zahllosen steinzeitlichen Höhlenbewohner abgefeuert wurden, die sich Begeisterung nicht ohne Schusswaffengebrauch vorstellen können.« (Seit Ewigkeiten hatte ich das heute altmodische Wort »Höhlenbewohner« nicht gelesen oder gehört; aber vielleicht war es 1923 modern und erschien dem anonymen Chronisten definitiv und perfekt für diesen wenig sachlichen Passus, in dem er seinen Landsleuten eine Rüge erteilte.)

»Der Leichnam des englischen Staatsbürgers wurde auf dem Balkon des Zimmers Nummer 53 gefunden, im vierten Stock des Hotels Isabel in der Avenida República del Salvador, und konnte dank des Passes identifiziert werden, den er in einer seiner Jackettaschen trug.«

Dann schloss die Nachricht nach dem bereits zitierten Bericht mit der einen oder anderen Wiederholung und einer weiteren Schelte, aber es lohnt sich, sie ganz wiederzugeben: »Der britische Konsul in Mexiko wurde im Bezirk vorstellig, nachdem er von dem Vorfall Kenntnis erhalten hatte, und bat um den Leichnam von Herrn Etwart, welcher ihm selbstverständlich übergeben werden würde.« (Dieses »selbstverständlich« wirkt rührend, als verwehrte es sich nachdrücklich gegen eine beleidigende Unterstellung in Bezug auf die Ehrlichkeit der Mexikaner oder ihrer Polizei, die niemals das Opfer einer Schießerei verschwinden lassen würden.)

»Aus den Aussagen der Hotelangestellten lässt sich schließen, dass Herr Etwart um Mitternacht des letzten Tages des Jahres, als er die Pfiffe und Raketen hörte, die das neue Jahr verkündeten, aus reiner Neugier auf den Balkon hinaustrat und dass im gleichen Augenblick ein von einem der zahllosen leichtfertigen Individuen in die Luft abgegebener Schuss ihm die Verletzung zufügte, die ihn fast augenblicklich das Leben gekostet haben muss.« (Da kein Hotelangestellter vor dem Mittag des nächsten Tages die Tragödie gewahrte, ist nicht sehr klar, warum man etwas aus ihren Aussagen »schließt«, die nur Vermutungen sein konnten; und erstaunlich ist immerhin die übertriebene oder überflüssige Erklärung, Ewart oder Etwart sei »aus reiner Neugier« auf den Balkon getreten, als hätte er es aus irgendeinem anderen Grund tun können.)

Der englische Teil der Tageszeitung ›Excélsior‹ brachte keine anderen Angaben zum Auffinden des Leichnams, stellte jedoch einen Zusammenhang her zwischen diesem Tod und einem Unfall, der einem anderen Gast des verhexten Hotels Isabel ungefähr eine Stunde früher und in der Umgebung zugestoßen war:

»A strange coincidence in the death of Mr. Ewart is the accident which befell Carlos Duems, representative of the Duems News Agency, who is a resident of the same hotel of the tragic death of the Englishman.« Mit anderen Worten – das Englisch dieser Nachricht ist ziemlich makkaronisch und unglaubwürdig –, man erzählte, dass der Chefredakteur für Kabelnachrichten, Salvador Pozos, gegen elf Uhr am Abend des 31. Dezember Herrn Duems schwer verletzt an der Ecke der Straßen Nuevo México und Revillagigedo gefunden habe, angefahren »von einem der zahlreichen außer Rand und Band geratenen Fords voller Neujahrsbummler«, der ihn, um den Spaß auf die Spitze zu treiben, fünf Meter auf der Fahrbahn mitgeschleift hatte. Herr Pozos, der das Opfer, Vertreter der Nachrichtenagentur seines Namens, persönlich kannte, half ihm auf und brachte ihn in sein Zimmer im Hotel Isabel, das im selben Stockwerk lag wie das Zimmer von Ewart. Dieses vierte Stockwerk wirkte sich zweifellos unheilbringend für die Gäste aus, obwohl Herr Duems alles in allem glimpflich davongekommen ist, wenn er in diesen Tagen und in dieser Gegend sein Leben retten konnte: Am 3. Januar, an dem die Zeitungen diese anrüchigen Nachrichten brachten und aufarbeiteten, starb ein weiterer englischer Staatsbürger namens George W. Steabben – ebenfalls durch Unfall, wie anzunehmen ist – im Kreuzfeuer einer wilden Schießerei, die Stephen Graham zufolge zwischen zwei Banden von Mexikanern in ihren jeweiligen Autos stattfand, von denen aus sie sich ohne die geringste Rücksicht und mitten am Nachmittag beschossen, obwohl die meisten ihrer Mitglieder Offiziere und Abgeordnete waren, oder vielleicht deshalb, standen sie doch alle »über dem Gesetz«. Sergio G. R. hatte die Einzelheiten im Zeitschriftenarchiv ausfindig gemacht, und ich erlaube mir, sie mit Dankbarkeit hier wiederzugeben: »Am 3. Januar trafen sich General Leovigildo Ávila und Oberstleutnant Constantino Lazcano, um vor dem Eingang des Salons Phalerno in der Calle 16 de Septiembre eine Rechnung zu begleichen; von ihren Freunden umgeben, beschimpften sie sich gegenseitig und zogen die Waffen. Das Ergebnis der Streiterei war folgendes: Gendarm Zavala, an der Hand verletzt; General Ávila, am Arm verletzt; Oberst Lazcano, am Schlüsselbein und an der linken Wange verletzt; der Abgeordnete Trillo, an der Hand verletzt; der Stierkämpfer Pepete, der zufällig dort vorbeikam, am rechten Arm verletzt; der Polizist Sotero Reza, am Bein verletzt. George W. Steabben, der auf dem Weg in sein Büro gegenüber der Lasterhöhle war, wurde um 17 Uhr 21 von einem sicheren Schuss in die Stirn getroffen.« Es sieht nicht so aus, als seien die vortrefflichen Pistoleros motorisiert gewesen, so dass man Graham ein weiteres Mal misstrauen muss, nach dessen Version der verunglückte Untertan Ihrer Majestät mit seiner Familie durch die Straße lief, als man ihn abknallte, einen ehrlichen Kaufmann. Es fällt immerhin auf – romaneske Ungerechtigkeit –, dass derjenige, der bei diesem erhabenen Zwist als Einziger das Leben ließ, von allen am wenigsten daran beteiligt war, und das mit einem Loch in der Stirn (das heißt ohne Möglichkeit, es zu retten), während die anderen mit Verletzungen an den Gliedmaßen davonkamen, einschließlich des armen Stierkämpfers Pepete, der vielleicht eine Zeitlang nicht mehr die Arena betreten konnte, und der Würdenträger, des herausfordernden Constantino und des beleidigenden Leovigildo, wenn Ersterem auch eine Narbe an der Wange bleiben sollte. Sichere Schüsse, in der Tat, die innerhalb von drei Tagen George Steabben und Wilfrid Ewart den Garaus machten. Und der Schuss, der Letzteren tötete, ist so unwahrscheinlich, dass, käme er in einem Roman vor und nicht im Leben, niemand dem unglaublichen Umstand Glauben schenken würde, dass der Tod sich seinen Weg genau durch das Auge suchte, mit dem er nicht sah und das niemals irgendein Bild aufgenommen hatte, das niemals mit dem Gehirn verbunden gewesen und daher unabhängig war und dreißig Jahre lang keinen Befehl von ihm erhalten hatte, um sich nach Ablauf dieser ganzen Zeit in den tödlichen Kanal zu verwandeln, durch den die Kugel eindrang, die im Schädel stecken blieb und beide endlich, im Augenblick ihres Erlöschens, miteinander verband. Wie die mexikanischen Zeitungen selbst am 4. Januar betonten, nachdem sie die Geschichte des Toten von Graham erfahren hatten, der seine Aussage zu Protokoll gab und den Leichnam identifizierte, war es schon »eine grausame Ironie des Schicksals«, dass der Mann, der »mehr als tausend Schlachten« überlebt hatte und »von den feindlichen Kugeln respektiert« worden war und »dem Tod unzählige Male getrotzt« hatte, in Mexiko unbewaffnet durch den zufälligen Schuss eines Verrückten fiel, als er in einer Nacht lauten Trubels aus reiner Neugier auf den Balkon seines Zimmers trat (»Das Verhängnis brachte ihn nach Mexiko«, so einer der Zwischentitel mit einer gewissen tadelnden Genugtuung). Ja, es ist seltsam, das Verhängnis oder der Zufall oder das, was wir immer seltener so nennen und was gewöhnlich nur im Leben und in den schlechten Romanen und in den guten Erzählungen vorkommt, in Ersteren besonders häufig. Aber um dieses Verhängnis oder diesen Zufall oder dieses Schicksal nicht so seltsam ausfallen zu lassen, hätte

Ewart von seiner Kugel zumindest in die Stirn getroffen werden können, wie Steabben, oder ins Herz oder in die Halsschlagader oder in den Mund oder in das andere Auge, mit dem er etwas sah und dessen Licht noch nicht erloschen war, nicht einmal zum ersten Mal. Und doch drang sie ins blinde Auge, genau unter der Augenbraue, wobei sie das Glas der Brille zersplitterte, ohne das Gestell zu beschädigen, ich weiß nicht, ob er sie noch trug, als sie ihn fanden. Im Grunde sind diese Zufälle und Übereinstimmungen gleichgültig, man könnte denken, dass das Auge das Geschoss, das in der Nacht auf es zuraste, zu seinem Unglück nicht sehen konnte und dass dieses, hätte es sich auf das andere zubewegt, vielleicht hätte vermieden werden können – aber Kugeln sieht man nie, und pfeifen hört man sie nur in den alten Büchern, wie Jünger erzählte; aber man könnte auch denken, dass es ein Moment von Erbarmen gab in der von der verirrten Kugel eingeschlagenen Bahn, einer von unendlich vielen möglichen, wenn sich das Auge auf diese Weise ersparen konnte zu sehen, was auf es zukam. Was macht das schon, nichts ist so merkwürdig, wen interessiert das, es gibt keine okkulten Kräfte, die die Fäden führen oder jemanden an den Ort seines Todes geleiten, alle Möglichkeiten sind im Fluss der Zeit enthalten, das heißt in der Vergangenheit und in der Zukunft. Klagen oder Staunen hat wenig Sinn, nicht das Grahams in seinen Büchern noch das von Gawsworth oder Conan Doyle im England ihrer Geburt, noch auch das der Chronisten in Mexiko mit ihrem Streben nach Feierlichkeit, dem sie am Schluss ihrer Sätze nicht gerecht zu werden wussten: »Traurig war das Ende dieses britischen Offiziers, der, nachdem er sein Leben viele Male in den schrecklichsten Kämpfen aufs Spiel gesetzt hatte, die die Geschichte kennt, so sterben musste.« Wie schade, sich aufschwingen zu wollen und nicht zu wissen, wie, das passiert den meisten von uns.

Aber es gab noch mehr Rätsel für jemanden, der die Geschichte verfolgt hätte, die die Welt sehr bald vergaß und die niemandem mehr etwas bedeuten dürfte. Eine andere Tageszeitung, ›El Universal‹, lieferte am 3. Januar eine reichlich unterschiedliche Version der Auffindung des Leichnams, der für ihren Redakteur den Namen »Herbert Gore« trug, als hätte er das Pseudonym erraten, das Ewart für seine phantastischen Erzählungen benutzt hatte, und sich bei der Beschreibung seines Todes, der einer Fiktion entsprungen zu sein schien, für ihn entschieden. Der beunruhigend widersprüchliche Passus war folgender: »Da die Polizei keine Pistole fand, hielt man Herrn Mellados Vermutung für richtig, derzufolge Herr Gore die zum Tode führende Verletzung erhalten hatte, als er sich auf dem Balkon seines Zimmers aufhielt, in einem Sessel sitzend, denn auf besagtem Möbel wurde ein großer Blutfleck gefunden, der beweist, dass er sich dort befand, als er tödlich getroffen wurde.« Es handelt sich tatsächlich um einen unauflösbaren Widerspruch, und nicht nur, weil die Zeitung ›Excélsior‹ diesen Sessel oder diesen Fleck nicht im mindesten erwähnte. Wenn Ewart aus reiner Neugier auf den Balkon hinaustrat, als er die Schüsse hörte (»Mr Graham glaubt«, hieß es im ›Excélsior‹ am nächsten Tag, »dass sein Freund, als er die Schüsse hörte, auf den Balkon hinaustrat, um herauszufinden, worum es sich handelte, und dass seine Neugier verständlich war, denn er war ein Soldat, der viele Monate lang ständig das Tacktack der Maschinengewehre und das Dröhnen der Kanonen gehört hatte«), dann hat es keinen Sinn, dass er sich die Mühe machte, zuvor einen Sessel hinauszuschieben, auch nicht danach, wie jemand, der sich anschickt, längere Zeit einem Schauspiel beizuwohnen, wenn man bedenkt, dass er mit seinem einzigen halbblinden Auge aus der Entfernung kaum etwas gesehen hätte. Wenn dagegen der Sessel nicht auf dem Balkon stand, aber das Blut aufwies, dann konnte Ewart nicht so »augenblicklich« gestorben sein: Er hätte ein paar

Schritte tun müssen, bevor er auf etwas Weichem zusammengebrochen wäre und diesen Fleck auf dem Bezug hinterlassen hätte; aber dann hätte man den Leichnam nicht ausgestreckt auf dem Balkon finden können, wie seine Entdeckerin behauptete und der Verwalter bestätigte, es sei denn, Ewart habe sich, nachdem er den Sessel beschmutzt hatte, zurück auf diesen Balkon geschleppt, um von dort aus um Hilfe zu bitten, was eher nutzlos war, wenn die Straße vom gewaltigen »Tacktack« der Raketen und Pistolen widerhallte. Es scheint auch nicht wahrscheinlich, dass er selbst im Fall eines nicht augenblicklich eingetretenen Todes Zeit gehabt hätte, sich so viel zu bewegen. Herr Mellado muss, nebenbei gesagt, als Inspektor eine Katastrophe gewesen sein, wenn die Tatsache, dass er im Zimmer keine Waffe gefunden hatte, ihm als schlüssiger Beweis dafür erschien, dass der Schuss von draußen gekommen war, so als hätten die Mörder die Angewohnheit, die Feuerwaffen bei ihren Opfern zurückzulassen, um der Polizei die Arbeit zu erleichtern. Und Stephen Grahams Erklärungen, um Ewarts Neugier zu rechtfertigen, sind völlig unnötig: Man braucht nicht monatelang in einem Krieg das berühmte Tacktack gehört zu haben, um einen Blick auf die Straße zu werfen, mit Schüssen oder ohne.

Etwas Übertriebenes hatten auch die Erklärungen Grahams selbst, die die Presse am 4. Januar mit ungewöhnlicher Detailgenauigkeit wiedergab: Man brachte nicht nur die haupt- und nebensächlichen Angaben zu Ewarts Leben und Persönlichkeit, zu seiner Herkunft und zu seinen Schriften, sondern auch die abenteuerlichen Umstände, die ihn nach Mexiko geführt hatten und über die ich zuvor berichtet habe, einschließlich der Erwähnung seines großen Unbehagens wegen fehlender frischer Unterwäsche. Im ›Excélsior‹ hieß es: »Frau Graham erklärt, er sei in der Stadt geblieben, um auf sein Gepäck zu warten, denn man kannte ihn in den

Londoner Gesellschaftskreisen als vorbildlich gekleidete Person, und es verdross ihn sehr, dass er seine kurzen Hosen (*trunks*) nicht erhielt. ›Es war reiner Zufall, dass er nach Mexiko gereist war.‹« Der erste Satz ist so absurd – die Eleganz von kurzen Hosen abhängig zu machen; und wenn es Unterhosen waren, noch aberwitziger; er hätte sich auch nicht ruiniert durch den Kauf von ein paar örtlichen Unterkleidern –, dass man hier einen Übersetzungsfehler vermuten muss, denn das englische *trunks* bedeutet auch »Reisekoffer«. In jedem Fall kam den mexikanischen Reportern das unzweifelhafte Verdienst zu, der mysteriösen, schweigsamen Frau Graham ein paar Worte zu entlocken, wird sie doch in den Reisebüchern ihres Ehemannes gewöhnlich weder erwähnt noch beschrieben, nicht sprechend, nicht aktiv, ja fast nicht einmal als passive Präsenz, obwohl sie ihn vom ersten bis zum letzten Tag der Expeditionen begleitet hat (Rose Savory anscheinend ihr Mädchenname). Dem ›Excélsior‹ zufolge fügte sie noch einen weiteren Satz über Ewart hinzu, der womöglich überflüssig war, wenn er nicht auf eine konkrete Frage antwortete: »Vom Charakter her war er sehr angenehm, wie alle fanden, die ihn kannten, er hatte keine Feinde, äußerte Frau Graham.« Zweifellos gewagt, es ist schwierig, Letzteres von einem fulminanten Sieger zu behaupten, vielleicht hörte er ja 1923 auf, welche zu haben.

Aber noch seltsamer als die Erklärungen in situ des Ehepaars war die Inszenierung des Todes, die Graham am Ende seines zitierten Buches ›*The Life and Last Words of Wilfrid Ewart*‹ anbot, nachdem er gewissenhaft memoriert und berichtet hatte, was die beiden Männer des Trios an jenem 31. Dezember gesagt und getan hatten, der für einen von ihnen zum letzten Tag aller Jahre wurde. Sie hatten sich gegen halb zwölf abends getrennt, merkwürdig, dass sie nicht zusammenblieben, um die Ankunft des Jahres 1923 zu feiern und auf die Zukunft anzustoßen, es waren nur dreißig Minuten. »Dann ging er in sein Hotel, und wir gingen in das unsere«, sagt Graham in seinem Buch, »und das Tohuwabohu nahm zu bis Mitternacht. Da explodierte alles, und die Hölle war los.« Und er fügt mit einer Sicherheit hinzu, als sei er dabei gewesen oder habe Ewarts Zimmer ausspioniert, denn hier vermutet er nicht oder spekuliert, sondern behauptet: »Wilfrid begab sich geradewegs in sein Hotel, zog sich aus, wusch sich, zog den Pyjama an, legte eine Rasierklinge in seinen Apparat und gedachte ganz offensichtlich sich vor dem Schlafengehen zu rasieren, als er sich von irgendeinem weiteren Vorfall unten auf der Straße angezogen fühlte. Er ging zum Fenster, und genau in diesem Augenblick drang ihm eine kalte Kugel geradewegs in das Auge, und er fiel rückwärts ins Zimmer, ein toter Mann.« Ein weiterer Streich des Unglücks oder des Zufalls oder des Verhängnisses oder des Schicksals, wenn man will: »kalte Kugel« oder bisweilen »tote Kugel« nennt man eine, die auf ihrer Bahn bereits an Geschwindigkeit und Richtung verloren hat. Ich werde hier ganz gewiss nicht erklären, wie man wissen kann, dass ein Geschoss, das nicht einmal eine Austrittsöffnung hatte und in einem Schädel stecken blieb, auf seinem Weg »erkalten« kann, denn ich weiß nichts von Ballistik oder Pyroballistik oder von schrägen Bahnen und am allerwenigsten von der nekroskopischen Wissenschaft. Aber das war es, was Graham schrieb (*a spent bullet*) und was ein anderer Autor wie Hugh Cecil einundsiebzig Jahre später aufgriff und wiederholte.

In Wirklichkeit ist dieses Detail nicht so wichtig, schließlich und endlich ist fast nichts erklärlich an diesem Tod, zum Beispiel, dass die mexikanischen Zeitungen den Pyjama des Leichnams nicht erwähnten, wo sie doch in allem so genau waren. Und es ist eine gewaltige erzählerische Freiheit von Graham – wenn es das war, Freiheit –, zu beschließen, dass Ewart sich wusch oder dass er in diesem Augenblick eine

Rasierklinge in seinen Apparat einlegte und nicht vorher, und noch dazu mit der absurden Absicht, sich frisch rasiert ins Bett zu legen, eine denkbar unpraktische Maßnahme, denn der Bart wird über Nacht wieder wachsen und der Betreffende nach dem Aufstehen wahrscheinlich eine Nachrasur brauchen, es hat kaum Sinn, sich am Ende des Tages zu rasieren, wenn einen nicht eine nächtliche Verabredung erwartet, niemand wird unsere glattrasierten Wangen schätzen. Nicht weniger seltsam ist, dass nach Grahams Worten Ewart »rückwärts ins Zimmer« fiel (*back into the room a dead man*), denn diesem Satz zufolge hätte es keinen Balkon noch einen Sessel gegeben, um den zusammengebrochenen Körper aufzunehmen. Und man könnte es als bloße Absicht, das schon Dramatische zu dramatisieren, auffassen, aber Graham konnte auch nicht wissen, dass die Kugel den Freund »genau in diesem Augenblick«, als er auf den Balkon trat, ins Auge traf, wie er sagte, und nicht zum Beispiel, als er schon eine Weile das Tohuwabohu bewunderte. Im Übrigen dramatisiert Graham nicht sehr in seiner Erzählung, selbstredend weniger als die Stegreif-Chronisten Mexikos.

Vielleicht war das der Grund, warum es ihm nicht gelang, seiner Erzählung des letzten Tages den ausreichenden Anflug von Vorherbestimmung zu verleihen, oder vielleicht war es literarische Unfähigkeit. In ihr erklärt er jedenfalls nicht, warum Ewart am Abend des 31. noch nicht das Hotel gewechselt hatte, wie es schon am Vortag, dem 30. Dezember, seine Absicht gewesen war, die an der Langsamkeit eines Buchhalters scheiterte. Wohl aber erwähnt er, dass Ewart in seinem Hotel Isabel zweimal das Zimmer gewechselt und daher nie im dritten Zimmer geschlafen hatte, das seinen Tod beherbergte (das unberührte Bett, diese Tatsache entging weder Frau Trejo de Estrevelt noch den Journalisten, die den Pyjama übersahen, wenn es denn einen Pyjama gab). Es hätte so leicht nicht zu diesem Tod kommen können, und

Graham verzichtete nicht darauf, die miteinander verketteten Elemente des Missgeschicks aufzuzählen, wenn auch knapp und ohne zu übertreiben: »Es war fast, als würde irgendeine okkulte Kraft ihn dem Tod entgegenführen. Er befand sich in Mexiko-Stadt mit einem nicht benutzten und bereits verfallenen Fahrschein nach New Orleans. So hatte er einen ersten Schritt auf das Schicksal zu getan; ein Unbekannter hatte ihn in ein unerwartetes Hotel geschickt. Und so näherte er sich ein wenig mehr. Und in dem Hotel zog er immer wieder um, bis er in das verhängnisvolle Dachzimmer gelangte, in dem er starb. Wenn wir das Jahr auf dem Platz mit der großen Pyramide verabschiedet hätten, dann wäre vielleicht alles gutgegangen. Wer vermag das zu sagen?«

Ja, wer vermag das zu sagen, und was spielt es für eine Rolle, wer es vermag, all diese »Wenns«, all diese *ifs*, all diese Konditionale, mit denen wir unser ganzes Leben würzen, um es uns zu erklären und es zu rechtfertigen und es zu bestätigen und auf diese Weise zu denken, dass es anders hätte sein können, als es gewesen ist, oder dass es das auf keinen Fall hätte sein können; um uns im Unglück mehr zu beklagen und im Glück mehr zu freuen, es sind nur Tröstungen oder Bekräftigungen oder Reuegefühle oder rhetorische Selbstquälereien, und sie dienen nur dazu, nicht völlig aus dem Blick zu verlieren, was die Zeit verworfen hat, und nur das tut sie. Es hätte so leicht nicht zu diesem Tod kommen können, aber in Wirklichkeit hätte es so leicht zu nichts von dem kommen können, was stattfindet und geschieht, zu absolut nichts, angefangen bei unserer Geburt. Und was, wenn ich nicht geboren wäre, das habe ich zuvor gesagt. Es gibt zu viele, die geboren werden, und es ist, als hätten sie die Welt niemals erreicht und wären nie durch sie hindurchgegangen; es sind so wenige, die erinnert oder wahrgenommen werden, und es gibt so viele, die schemenhaft werden und sich bald verabschieden, als ermangelte es der Erde an Zeit, ihren

Bemühungen und ihren Misserfolgen oder Erfolgen beizuwohnen, und als wäre es dringend notwendig, sich ihres Atems und ihres erst keimenden Willens zu entledigen, die vergebliche Anstrengung und die winzigen Schritte, die keine Spur hinterlassen oder nur in der schmerzenden Erinnerung desjenigen, der sich die Mühe machte, sie zu lehren, und den Irrtum oder das Wagnis beging und die Anstrengung vollbrachte, ein Gesicht auszuformen und sich vorzustellen und Hoffnung zu haben, und so sind sie wie ein kostspieliger, überflüssiger Luxus, der sogleich aus dem Leben getilgt wird, als wäre er bloßer Rauch, und nicht einmal auf die Probe gestellt werden kann, weil weder die Geschichte noch die Zeit sie zurückfordern oder anmahnen. Und was, wenn niemand je geboren wäre. Dann wäre auch niemand je gestorben und es gäbe keine pausenlos erzählten Erzählungen voller Schrecken und Zufälle und Beleidigungen und vorübergehender Rettungen und endgültiger Verurteilungen.

Es hätte auch leicht nicht zum Tod jenes George W. Steabben inmitten der Schießerei und durch einen Schuss in die Stirn am gleichen Ort und zwei Tage später kommen können, umso mehr, da er seinem Schicksal schon einmal nahe gewesen und ihm entronnen war, wie Sergio G.R. erzählt: Anlässlich seines Unfalltodes in Mexiko von der Hand Constantinos oder Leovigildos erinnerte sich jemand daran, dass dieser Geschäftsmann der Fleisch- und Wurstwarenindustrie im Burenkrieg gekämpft hatte und danach im Krieg von 1914, dem Ewarts, Lebensmittelinspekteur gewesen war. »Kurz vor diesem Krieg, in Buenos Aires und auf einer Geschäftsreise«, schreibt mein mexikanischer Briefpartner in seinem Artikel, »›verwechselte‹ man ihn mit einer anderen Person und nahm ihn unter Beschuss und schlug ihn, aber sein kräftiger Körper widerstand dem Angriff.« Und er fügt hinzu, auf seinen wirklichen Tod oder seine definitive Verurteilung anspielend: »Zweifellos war Steabben sehr stark:

Seine Agonie dauerte vierundzwanzig Stunden.« Es könnte so leicht nichts geben.

Nichts war voller Vorbedeutung oder besonders erwähnenswert am letzten Tag von Wilfrid Ewart, obwohl Graham sich hütete, alles zu erwähnen. Der Tote in spe traf sich mit dem Ehepaar gegen Mittag, mit einem neuen Hemd, das er sich zur Feier des Tages gekauft hatte (es ist zu hoffen, dass er sich nebenbei auch ein wenig Unterwäsche kaufte und sich so in seinen letzten Stunden behaglicher und sauberer fühlte). Er beschenkte die Grahams mit der Lektüre einiger in seinem Heft notierter Sätze, er war besonders stolz auf das, was er über die Hunde von Chihuahua geschrieben hatte, das sagt Graham ohne jeden hämischen Unterton. Sie nahmen die Straßenbahn nach San Ángel, und während der Fahrt teilte Ewart ihnen mit, er habe bereits ein Kabel nach New Orleans geschickt, um sein Gepäck anzufordern, und sich im Amt mit einem englischen Angestellten namens Hollands angefreundet, der mit seiner Frau in Chapultepec lebe und ihm versprochen habe, dort ein angenehmes Logis für ihn zu finden. Er wollte am nächsten Tag mit beiden Mittag essen, er hätte so leicht zu diesem Neujahrsessen kommen können. Sie aßen im vornehmen Innenhof eines Gasthofs, den er schon kannte, und Graham bemerkte, dass sein Freund erheblich an Appetit verloren hatte: Er wies den Puter und die kräftigeren Gerichte zurück und aß nur Erdbeeren mit Schlagsahne, eine endlose Portion beziehungsweise eine nach der anderen, Schlagsahne mit Erdbeeren und Erdbeeren mit Schlagsahne die ganze Zeit. Ewart teilte ihnen während des Gesprächs mehrere Dinge mit: Er hatte beschlossen, dass Amerika, das heißt die Vereinigten Staaten, ihm nicht gefielen. Dennoch wollte er zurückkehren und dort zwei oder drei Jahre verbringen, bevor er sich erneut in London niederließe, um sich dann niemals mehr in die ehemaligen Kolonien zu begeben. Er hatte entdeckt, dass sein politisches Denken konservativ war, nachdem er liberale und sogar radikale Anfechtungen erlebt hatte. Er schwankte, ob er weiter Romane schreiben sollte, in diesen Augenblicken reizte es ihn mehr, sich mit Außenpolitik zu beschäftigen, er hatte vor, zu einem Gespräch mit dem Präsidenten Obrégon und General Enríquez zusammenzutreffen und moderne Artikel über die Situation in Mexiko und dann ein Buch über die Beziehungen zwischen den Vereinigten Staaten und Kanada zu veröffentlichen, ein Thema, wie ich bereits sagte, damals so spannend wie heute hochaktuell. Er verstand nicht, wieso die Vereinigten Staaten Mexiko noch nicht annektiert hatten (besser, dass er seine Artikel nicht schreiben konnte: Sie wären ihrerseits unverstanden geblieben), und sein einziges Argument für ein unabhängiges Mexiko lautete, dass es anders war und es sich vielleicht lohnte, es in seinem Anderssein zu erhalten (es sieht nicht so aus, als habe er einen guten Tag gehabt, bestimmt konnte er sich nicht vorstellen, dass es der Tag seines Abschieds von der Welt sein würde, und ich weiß nicht, ob Graham sich wie ein Freund verhalten hat, als er ihn in allen Einzelheiten erzählte).

Er klagte erneut über seine fehlende Kleidung. »Es gibt in Mexiko-Stadt nichts, was mir passt«, sagte er kategorisch. Er erzählte, er sei im British Club vorstellig geworden und habe um die Erlaubnis gebeten, sich seine Korrespondenz dorthin schicken zu lassen. Aber man habe ihn schief angesehen und der Sekretär sei beleidigend geworden: »Ja, äh, sofern Ihre Dienstakte in Ordnung ist«, hatte er zu ihm gesagt. Ewart war versucht, ihm mitzuteilen, dass er, äh, die Ehre gehabt habe, während des Krieges den Befehl über eine Kompanie Infanteriegardisten Ihrer Majestät zu führen, aber er sah davon ab. »Ich werde seine Schwelle jedoch nicht noch einmal verdüstern«, fügte er in Anspielung auf den so argwöhnischen und groben British Club theatralisch hinzu. Ewart muss einer jener Menschen gewesen sein, die erwarten, auf

Anhieb als das erkannt zu werden, was sie sind oder zu sein glauben, das heißt Gentlemen, oder dass man ihrem Gesicht ihre Biographie abliest. Die Mitglieder bedauerten später, ihm keinen warmherzigen Empfang bereitet zu haben.

Dann sprachen sie ein wenig über Literatur, er und die Grahams, aber der ausgewählte Autor eignete sich auch nicht gerade für Erörterungen, die dem zu großer Ehre gereicht hätten, was dieser Tag war oder an seinem Ende sein sollte: kein anderer als mein exuberanter Landsmann Blasco Ibáñez, der Ewart durch seine breit angelegten Gemälde sehr beeindruckt hatte. Er erzählte ihnen die Handlung zweier seiner Romane – Graham scheint ihm auch im Rückblick eine solche Zumutung nicht vorzuwerfen –, in denen die halbe oder die ganze Welt als Schauplatz erschien. Mehr noch als die Romane hatten ihm die Verfilmungen von ›Die vier Reiter der Apokalypse‹ und ›Blutige Arena› gefallen, welchletztere er gerade in Santa Fe gesehen hatte, mit »dem eleganten Rudolf« in der Rolle des Stierkämpfers, das heißt Valentino. An diese Erinnerung knüpfte er seinen Wunsch, hundert Stierkämpfen beizuwohnen, um die Fachbegriffe der Stierkampfkunst zu beherrschen, obwohl er sich zugleich nicht vorstellen konnte, einem weiteren Kampf zuzusehen, so schlimm war es ihm bei seinem ersten Schlacht-Erlebnis ergangen.

Ihm gefiel sein Schriftstellerleben. Er konnte durch die Welt ziehen und von seiner Arbeit leben, er wollte zu tausend Orten reisen. Er machte nur noch eine Reise, wie wir wissen, sicher eine innere Reise. In der Abenddämmerung, als sie ins Zentrum zurückfuhren, hörten sie das Geknalle von Pistolen und Flinten, der Trubel hatte schon begonnen.

Sie verbrachten den Abend im Teatro Lírico, wo sie eine Revue über das zu Ende gehende Jahr 1922 sahen. Sie verstanden nicht viel, da die Nummern voller lokaler Bezüge waren, aber sie mochten die Tänze, und ihnen gefiel die

Szene, in der ein Pistolero versuchte, die Witwe eines Helden zu verführen, bis sich plötzlich der Sargdeckel hob und der Tote aus seinem bereits gegrabenen Grab stieg, um zu protestieren und den Verrat zu verhindern.

Als sie nach der Vorstellung hinaustraten, waren die Straßen fast unpassierbar durch die Menschenmenge, verstopft mit Autos und Lieferwagen voller breitkrempiger Hüte, erfüllt vom betäubenden Lärm des Hupkonzerts, der Raketensalven und der gebrochenen, weit ausholenden Schreie. Die Leute trugen Papierfahnen mit den Farben Grün, Weiß und Rot, die meisten Männer reckten feierlich ihre Flinten oder Pistolen, das Geknalle der Waffen hatte zugenommen, Schützen mit über der Brust gekreuzten Patronengurten schossen von der Straße und von den Flachdächern aus in die Luft. Die Cafés waren überfüllt, die Orchester spielten, um das ihre zum Trubel beizutragen, der Pulque und sonstige Kaktusschnäpse hatten die Herrschaft angetreten. Die drei Engländer fühlten sich erschöpft, aber sie wollten noch zu Abend essen und suchten einen Tisch an einem Ort mit Musik, dem Restaurant des Hotels Cosmos. Dort hielten sie sich länger auf – mehr Erdbeeren mit Schlagsahne –, »und wir hätten zweifellos gemeinsam das alte Jahr verabschiedet und das neue begrüßt«, sagt Graham, »aber ein hartes Schicksal bestimmte das Gegenteil«. Er erklärt jedoch nicht, was dieses Schicksal tat, das nicht finster zu sein oder sich zu bemühen schien, oder warum sie alle drei um halb zwölf wieder auf der Straße standen. Er hatte die Idee, seine Frau ins Hotel zu bringen – sie muss besonders müde gewesen sein, nachdem sie den Tag außer Haus und damit verbracht hatte, Ewarts Ausführungen über Blasco Ibáñez und die Hunde von Chihuahua zuzuhören –, um danach zum Zócalo zurückzukehren und die mitternächtliche Ekstase der Artillerie zu betrachten. Aber sie waren alle erschöpft und beschlossen, sich in ihre jeweiligen Hotels zurückzuziehen. Was das letzte

Gespräch betrifft, im Hotel Cosmos, so notiert Graham nur einen absurden Dialog über Eier, wahrhaft wenig erhaben, um sich in irgendjemandes letzte Worte zu verwandeln, schon gar nicht in die eines Schriftstellers, der es bis ganz nach oben hätte schaffen können. Den Anlass lieferte ein Kellner mit seiner harmlosen und einfachen Frage: »Wie möchten Sie die Eier?«, was genügte, damit Ewart seine alten Geflügelzuchtkenntnisse auf den Tisch legte und sich lang und breit über die unterschiedlichen Klassen von Eigelb und Eiweiß, Größen und Schalen sowie ihre Vorzüge und Nachteile ausließ und sich rühmte, imstande zu sein, das Alter jedes britischen oder ausländischen, europäischen oder amerikanischen oder sogar afrikanischen oder asiatischen Eis bis auf vierundzwanzig Stunden genau zu bestimmen. »Etwas, worauf ich stolz bin«, sagte er einfältig, »ist, dass ich dir auf den Tag genau das Alter eines Eis berechnen kann.« Man kann sagen, dass dies seine vorletzten Worte waren. Hätte er einen Tag länger gelebt, hätte er sagen können, ob ein Ei von 1922 oder von 1923 war.

Es ist zu bezweifeln, dass sie im Verlauf des ganzen Abendessens über nichts anderes sprachen, zudem scheint es Ewart nie an Gesprächsthemen gefehlt zu haben – ein verantwortungsloser Schwätzer, zumindest an seinem letzten Tag, außerdem konnte er immer auf sein Heft zurückgreifen und laut etwas vorlesen –, aber merkwürdigerweise verzeichnet Graham keine weiteren Dialoge. (Vielleicht war er betäubt.) Er sagt nur: »Wir gaben uns (auf der Straße) die Hand; wir wünschten uns gegenseitig ein frohes neues Jahr; wir verabschiedeten uns. ›Frohes neues Jahr, und hoffentlich bekommst du bald deine Metallkiste‹, waren die letzten Worte, die ich an ihn richtete, wobei ich mich auf diese Kiste mit den Papieren über das Regiment bezog, von der ich wusste, dass Ewart sich über ihre Sicherheit Sorgen machte.« Und Ewart antwortete: »Frohes neues Jahr«, und sie trennten sich. Einmal mehr macht Stephen Grahams Frau den Eindruck, nicht anwesend zu sein, nicht einmal bei dem Abschied, der Abschied war. In ihrem Hotel, dem Iturbide, erzählt Graham, habe ein wenig Chaos geherrscht, mit Angestellten »in diesem bedrohlichen Rauschzustand, der nach dem Trinken von großen Mengen Pulque eintritt«. Um Mitternacht brach der Tumult los, und »Hunderttausende von Flinten und Pistolen müssen wieder und wieder abgefeuert worden sein«. Es war ein Lärm wie im Krieg, wenn der Krieg allgemein ist. Graham trat ans Fenster und sah in den dunklen Himmel, »der jedoch nichts von den Myriaden von Kugeln erzählte, die zu ihm hinaufflogen«. Vielleicht hatte Rose Savory sich voll Unbehagen und Vorahnungen ins Bett gelegt und schaute schweigend auf seinen Rücken, während er nach draußen und auf die unsichtbaren Kugeln schaute.

Eine von ihnen flog tiefer oder erkaltete oder nutzte sich zu früh ab und drang in das blinde linke Auge eines anderen Mannes, der sich ebenfalls auf dem Balkon befand, im Pyjama oder mit seinem gerade eingeweihten mexikanischen Hemd, stehend oder in einem Sessel sitzend, noch mit der Brille und mit der Absicht, sich zu rasieren, bevor er ins Bett ginge, das er nicht benutzen, ja nicht einmal mehr aufschlagen sollte; und der Mann hatte zweimal das Zimmer gewechselt, bis er in diesem vierten Stock gelandet war, aber nicht das Hotel, wie es seit dem Nachmittag des Vortages seine Absicht gewesen war, um seinen Freunden näher zu sein, die ihn manches Mal zu fliehen schienen und ihn andere Male suchten, als verfolgten sie eine Spur oder eine Liebe oder einen Feind. Nichts hat Sinn, nichts passt zusammen, am wenigsten Sinn hat, dass Ewart und das Ehepaar Graham sich zu einer Stunde und in einer Stadt zur Ruhe begaben, in der bis zum Morgengrauen oder später absolut niemand würde ruhen oder schlafen können. Vielleicht war sein Tod eine verspätete Einmischung der kriegerischen Totalität, der man sich an einem Weihnachtsmorgen in einem fernen Schlammfeld in Flandern vor seinen eigenen Augen entzogen hatte. Vielleicht war er der Ausgleich für jene Waffenruhe von zehn oder zwanzig festlichen und solidarischen Minuten inmitten der monatelang anhaltenden Zerstörung, und dieses Mal war er an der Reihe, inmitten des großen Trubels der Friedenszeit vernichtet zu werden, so wie es sieben Jahre zuvor einen Unteroffizier namens Oliver traf als Erinnerung an den Krieg in der kurzen Zeit der Waffenruhe – oder es war Rache –, nicht vorher, nicht nachher, seine arme, vertrauensvolle, von seinen Kameraden geliebte Gestalt. »Es ist egal, es macht nichts, es muss ein Unfall gewesen sein«, schrieb Ewart darüber, und die Waffenruhe wurde deshalb nicht unterbrochen, wie auch das festliche Treiben der Stadt Mexiko nicht unterbrochen wurde, weil er die ganze Nacht mit seinem zerschossenen Auge auf dem Balkon oder auf dem Boden des Zimmers liegen blieb, das Gesicht nicht einmal mit einem halben Sandsack oder einer Decke bedeckt, während Stephen Graham sich zu seiner Frau umwandte und, nachdem er das Fenster geschlossen hatte, um das Getöse des allgemeinen Krieges zu dämpfen, sich ihrem Bett näherte, vielleicht ihren ausgestreckten Armen, die um Schutz baten oder Liebe verlangten.

Vielleicht hatte Lawrence Sterne recht in seinem ›*Tristram Shandy*‹, den ich vor zwanzig Jahren in meine Sprache übersetzt habe, als er eine Figur darauf verweisen ließ, dass König Wilhelm zufolge uns in dieser Welt alles schon vorherbestimmt sei und dieser oft zu seinen Soldaten sagte, »jede Kugel trägt ihre eigene Todesanzeige«. (Später kopierte Diderot den Satz.) Vielleicht trug jene kalte Kugel Wilfrid Ewarts Todesanzeige, und doch ist es schwer, diese Vorstellung zu akzeptieren, es ist schwer, zu erreichen, dass geschieht, was beschlossen oder vorausgesehen ist, nicht einmal der Wille eines Gottes schiene stark genug, es zustande zu bringen, wenn der unsere nach seinem Ebenbild gemacht wäre. Vielleicht verhält es sich eher so, dass nichts jemals unvermischt ist und das Streben nach Totalität sich niemals erfüllt, weil es womöglich ein falsches Verlangen ist. Nichts ist ganz oder aus einem Stück, vielmehr ist alles brüchig und vergiftet, Adern der Friedensstiftung durchziehen den Körper des Krieges, und Hass schleicht sich in Liebe und Erbarmen ein, die Waffenruhe in das Schlammfeld voll Blei und die Kugel in die Begeisterung, nichts erträgt es, einheitlich zu sein oder zu überwiegen oder vorherrschend zu sein, alles benötigt Risse und Spalten oder gleichzeitig mit seiner Existenz seine Verneinung. Und deshalb weiß man nie etwas mit Gewissheit, und alles wird im übertragenen Sinne erzählt.

Man begrub ihn zwei Tage später, das heißt, am 3. Januar. Graham und der Postangestellte Hollands identifizierten den Leichnam im trostlosen Juárez–Hospital, das auch als Gefängnis diente, der Ausdruck seines toten Gesichts *puzzled and annoyed*, Ersterem zufolge, »perplex und verärgert« in ungenauer Übersetzung. Man unterzog ihn einer Autopsie und bescheinigte ihm rückblickend einen perfekten Gesundheitszustand. Vierundzwanzig Personen wohnten seiner Beerdigung auf dem Britischen Friedhof bei, nicht weit von der Zypresse, die bekannt ist als Baum der Traurigen Nacht, welche die vom 1. Juli 1520 für Hernán Cortés war, an der Straße nach Tlacopán: der Präsident und einige Mitglieder des British Club, der Vizekonsul R. J. Fowler, der ehrwürdige Dekan H. Dobson Peacock, der das Totenamt hielt, die Präsidenten der Ex-Service Men's Association und der British Society, Hollands, Graham und seine Frau. Sie trug weiße Rosen und ließ sie auf den langen Sarg fallen, als er schon hinabgelassen wurde, es ist fast das einzige Mal im ganzen Buch, dass ihr Mann sie erwähnt. Am Ort wachsen Lilien oder vielmehr, sie wuchsen dort, denn dieser Friedhof »existiert nicht mehr«, wie mir Rafael M. S. unlängst in einem Brief berichtet. »Er wurde vor fast zwanzig Jahren abgetragen, um einer *Circuito Interior* genannten Straße zu weichen. Man errichtete eine winzige Kapelle, um an die dort Begrabenen zu erinnern. Die sogenannte Britische Kapelle steht in San Cosme, Ecke Melchor Ocampo, und bewahrt eine Inschrift in englischer Sprache. Die exhumierten Leichen wurden auf den neuen Britischen Friedhof verbracht, der sich in Calzada México Tacuba befindet und im Jahr 1926 angelegt wurde. Einige konnten eindeutig identifiziert werden und wurden in Einzelgräbern beigesetzt (es war noch möglich, ihre Verwandten ausfindig zu machen). Die übrigen wurden in einem Gemeinschaftsgrab um eine mit Glasfenstern geschmückte Kapelle herum bestattet. Wenn Ewarts sterbliche Überreste nicht nach England gebracht wurden, dann befinden sich seine Gebeine höchstwahrscheinlich hier (ich konnte es nicht feststellen, denn die Namen sind verwischt). Beide Friedhöfe liegen recht nah am Baum der Traurigen Nacht, aber man kann nicht sagen, dass einer von ihnen sich neben ihm befinde. Vom Baum ist recht wenig übrig, und in seiner Umgebung gibt es nur Häuser.«

Auch Muñoz Saldaña hat mir einige kuriose Angaben geliefert, wie die Liste der persönlichen Gegenstände, die Ewart »bei sich trug« und die folgende waren: »Eine goldene Uhr und Kette aus dem gleichen Metall, achtzig Pesos, ein Heft mit Schecks des Banco de Montreal, die ein Depot von etwas mehr als sechshundert Pesos decken, und einige andere Dinge.« Erwähnt wird weder ein Kleidungs- noch irgendein Gepäckstück, weshalb man annehmen kann, dass die Liste sich auf das bezieht, was er bei sich trug, als sein Leichnam entdeckt wurde, nicht auf das, was sich verstreut im Zimmer finden mochte. Zweifellos konnte er so viele Dinge nicht in einem Pyjama bei sich tragen.

Ewart war nicht der Einzige, der in jener Silvesternacht in Mexiko-Stadt starb: Weitere neunzehn Personen kamen im Verlauf des großen festlichen Treibens gewaltsam ums Leben.

Weder Muñoz Saldaña noch González Rodríguez waren imstande, die Fotografie von Ewarts Leichnam ausfindig zu machen, die einigen Quellen zufolge von einer mexikanischen Zeitung veröffentlicht worden war (darauf besteht Hugh Cecil in ›*The Flower of Battle*‹, um eine neuere zu nennen). Vielleicht gab es einen Irrtum, seitens der Quellen oder seitens der Zeitungen. Muñoz Saldaña sagt dazu, dass in der mexikanischen Presse der ersten vierzehn Tage des Jahres 1923 in der Tat das Foto eines englischen Bürgers erschien, der infolge einer Schusswunde am Kopf gestorben war. »Der Mann liegt, und sein Kopf ist verbunden, *aber es ist nicht Ewart, da in der Bildunterschrift ein anderer Name steht.*« Ich frage mich, ob der Name vielleicht der von George W. Steabben oder der eines Dritten war. Vielleicht war die Bildunterschrift falsch, da es das Foto anscheinend in der Tat gab: Als ein Mitglied des British Club es an das Wandbrett gepinnt sah, wurde ihm klar, dass der angebliche »Geschäftsmann«, den die Presse zunächst »Mr Gore« genannt hatte, niemand anderes war als der damals berühmte und vielversprechende Romancier Wilfrid Herbert Gore Ewart. Bei einer derart unlogischen Angelegenheit ist es nur logisch, dass dieses Foto ein Phantom ist.

Ewarts Vater erfuhr von dem Tod in London auf die unangenehmste Weise, das heißt durch die taktlosen Anrufe der Journalisten. Die Familie ließ in St. Mary Bourne's Street ein Requiem für ihn abhalten und errichtete ihm später einen Altar mit einem Denkmal, ein Werk von Goodhart-Rendel. Was sie anscheinend nicht tat, war, seine sterblichen Überreste vom Britischen Friedhof der Calzada de la Verónica zu überführen, und so ist es möglich, dass sie jetzt in einem Gemeinschaftsgrab mit verwischten Namen der Calzada México Tacuba ruhen.

Die Kielspur des Romanciers war kurz, obwohl man in den dreißiger Jahren dank der Bemühungen, die John Gawsworth unter einem seiner Pseudonyme – »G«, dem knappsten – unternahm, wieder etwas Schaum sah; aber davon werde ich später sprechen. Oder vielleicht später sprechen.

In einem Brief des Jahres 1989 wies Sergio G. R. mich darauf hin, dass Stephen Graham in seiner Autobiographie und wie es scheint letztem Buch, das er 1964 mit dem Titel ›*Part of the Wonderful Scene*‹ oder ›Teil des wunderbaren Schauplatzes‹ veröffentlichte, als er schon achtzig Jahre alt war, Ewarts Tod abermals ein Kapitel widmet, mit geringen Varianten gegenüber dem vier Jahrzehnte zuvor unmittelbar nach dem Geschehen Erzählten. Er fügt jedoch »einige verwirrende Zeilen« hinzu, wie der Ausdruck meines ersten mexikanischen Briefpartners lautet: »Er erzählt, wie er sich nach der Beerdigung seines Freundes Wilfrid in seine Zimmer im Hotel Iturbide begibt und fühlt, dass dessen Geist um ihn ist. Von Unruhe erfasst, wendet Graham sich an den Geist und bittet ihn um Verzeihung ›für alles, was geschehen ist‹, öffnet das Fenster und lässt den Geist in sein Land zurückfliegen.«

Und González Rodríguez berichtete auch, aber in seinem Artikel aus dem gleichen Jahr, dass Ewarts Tragödie eine Zeitlang als Touristenreklame diente, was so weit ging, dass andere Hotels in Mexiko sie sich aneigneten. Und er zitiert Ronald G. Walker, den Verfasser von ›*Paraíso Infernal, México y la novela inglesa moderna*‹, der folgende Episode wiedergibt: »Der kanadische Dichter Witter Bynner und sein Freund William Johnson folgten Lawrence« (David Herbert, der berühmte Erfinder von ›Lady Chatterley‹) »und dessen Frau im März 1923 nach Mexiko-Stadt, wo Lawrence ihnen eine Unterkunft im Hotel Monte Carlo reserviert hatte. Beide reagierten empört, als sie merkten, dass durch ein seltsames Zusammentreffen ihr Zimmer zuvor von einem

Freund der vier, einem Engländer namens Wilfrid Ewart, bewohnt worden war; die Erregung hatte ihren Grund darin, dass Ewart auf ebendiesem Balkon, der vom Hotelpagen mit dem Stolz eines Augenzeugen präsentiert wurde, während eines schrecklichen Festes, das unten auf der Straße stattfand, durch eine verirrte Kugel getötet worden war. Die Nachrichten über Ewarts zufälligen Tod einige Monate zuvor hatten Lawrence in der Tat – bevor er einen Fuß nach Mexiko setzte – zu der Überzeugung gebracht, dass ›dieses südliche Land unheilbringend ist‹. [...] Der Page«, heißt es im Artikel weiter, »gab sich dem mexikanischen Sport hin, Ausländer zu erschrecken und zu täuschen: Das Hotel Monte Carlo [...] befindet sich in der Nähe des Hotels Isabel, neben dem Kloster San Agustín in der Calle de Uruguay, und bei seiner Flunkerei vermischte er den Fall von Ewart mit dem von George W. Steabben.« Es war zu jener Zeit in der Hauptstadt gewiss nicht riskant oder unglaubwürdig, sich durch Feuerwaffen verursachte Tragödien zuzuschreiben; in dem Artikel wird auch berichtet, dass die Firma Balines Americanos in einer am Neujahrstag erschienenen Zeitung eine Anzeige mit folgendem lustigen Motto veröffentlichte: »Mit Schüssen ins neue Jahr: Jeder Schuss ein Glückwunsch.« Ein Glück, dass Ewarts Familie und Freunde keine Gelegenheit hatten, sie zu sehen.

Stephen Graham wurde neunzig oder einundneunzig Jahre alt: er starb 1975, zweiundfünfzig oder dreiundfünfzig Jahre später als sein unglücklicher Freund und ehemaliger Hauptmann an der Front, je nachdem, wie man Ewarts Tod auf der Grenze ansetzt. Da er acht Jahre älter war, verfügte er insgesamt über sechzig oder einundsechzig Jahre mehr, um in der Welt zu sein. Er nutzte sie gut, er verlor keine Zeit, und im Lauf seines so langen Lebens schrieb und veröffentlichte er mehr als fünfzig Bücher zwischen 1911 und 1964, von denen zwölf Romane waren und die meisten Reisebe-

richte oder Studien über russische Angelegenheiten, einschließlich ambitionierter Biographien über Peter den Großen, Iwan den Schrecklichen, Alexander II., Boris Godunow und Stalin. Aber weder die einen noch die anderen haben dem Greis, in den er sich verwandelte, erlaubt, heute weniger sterblich und vergessen zu sein als der junge dreißigjährige Mann, dessen Leben und Werk in einer mörderischen Silvesternacht in der Stadt Mexiko ein jähes Ende fanden. Grahams erste Frau, die schweigsame oder vielleicht unsichtbare Rose Savory, wurde beides endgültig und wirklich im Jahr 1956, und ihr Mann heiratete erneut.

Das Hotel Isabel existiert noch und am gleichen Ort, das heißt an der Ecke República del Salvador/Isabel la Católica. Die Verteilung und die Einrichtung der Zimmer haben sich im Lauf der Jahre anscheinend nicht verändert. Ich werde es aufsuchen müssen, wenn ich endlich eines Tages nach Mexiko reise, obwohl meine Neugier nicht so weit gehen wird, dort abzusteigen, schon gar nicht im Zimmer 53 im vierten Stock. Sowohl Sergio González Rodríguez als auch Rafael Muñoz Saldaña, die sich so bemüht und so amüsiert haben und denen ich so viele Spuren und Fingerzeige verdanke, teilten mir etwas höchst Beunruhigendes mit, das vielleicht kaum noch überrascht: Im unheilvollen Hotel Isabel gibt es nur im ersten und im zweiten Stock Balkone, im vierten gibt es keine. Vielleicht existierten sie einst und wurden später zugemauert; oder vielleicht gab es sie nie.

Das Gefühl, dass die Bücher mich suchen, hat mich nicht verlassen, und alles, was aus den fiktiven Seiten meines Romans ›Alle Seelen‹ ins Leben übergegangen ist, hat sich am Ende ebenfalls in dieser Form materialisiert, in Buchform oder in Form von Dokumenten, Fotos, Briefen oder Titeln. So viel ist aus dem Roman in mein Leben übergesprungen, dass ich nicht mehr weiß, wie viele Seiten ich brauchen werde, um es zu erzählen, dieser Band wird nicht ausreichen und vielleicht auch nicht der geplante zweite, denn es sind acht Jahre vergangen, seit ich den Roman veröffentlicht habe, und noch immer überflutet alles meine Tage oder sickert in sie ein wie in meine Nächte, heute mehr denn je, da sich herausstellt, dass ich jetzt das bin, was Shiel und Gawsworth waren, oder so scheint es, und es ist unglaublich, dass ich es nicht gefürchtet, sondern vielmehr akzeptiert habe, nachdem ich damals gefühlt und geschrieben hatte, was ich schon zitiert habe: »Ich stellte oder stelle mir all diese Fragen nicht aus Mitgefühl für Gawsworth, sondern aus Neugier, in die sich Aberglauben mischt, war ich doch überzeugt, dass ich genau das gleiche Schicksal erleben würde wie er.« Man kann sich schwer sträuben, eine Legende aufrechtzuerhalten, umso weniger, da man selbst zu ihrer Verbreitung beigetragen hat. Und es wäre schäbig, sich ihrer Verkörperung zu verweigern.

So haben mich mehrere Bücher gesucht, die indirekt oder direkt mit Wilfrid Ewart in Zusammenhang standen, das erste sehr bald, ich besaß es schon 1989, und ich muss es gegenüber meinen mexikanischen Briefpartnern erwähnt haben,

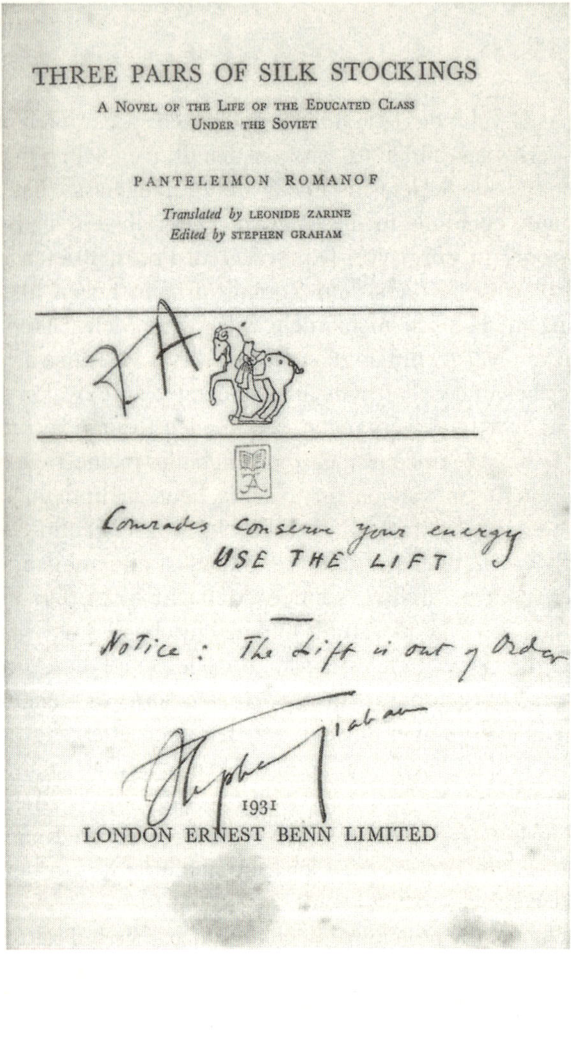

THREE PAIRS OF SILK STOCKINGS

A Novel of the Life of the Educated Class
Under the Soviet

PANTELEIMON ROMANOF

Translated by LEONIDE ZARINE
Edited by STEPHEN GRAHAM

Comrades conserve your energy
USE THE LIFT

—

Notice: The Lift is out of Order

Stephen Graham

1931
LONDON ERNEST BENN LIMITED

denn in einem Brief vom November dieses Jahres beglückwünscht Sergio G.R. mich neidvoll dazu. Es handelt sich um eine Übersetzung aus dem Russischen ins Englische, die in dieser Sprache ›*Three Pairs of Silk Stockings*‹ oder ›Drei Paar Seidenstrümpfe‹ heißt. Sie erschien 1931 in London im Verlag Ernest Benn Limited und trägt als Untertitel ›Roman über das Leben der gebildeten Klasse unter den Sowjets‹; als Autor erscheint Panteleimon Romanof, der trotz seines gewaltig nach Pseudonym klingenden Namens wirklich existierte (1884–1938); als Übersetzer wird Leonide Zarine genannt und als Herausgeber Stephen Graham, dem das magere Vorwort zu verdanken ist. Außergewöhnlich an dem Exemplar ist, dass es auf dem Vortitel von Graham selbst signiert ist, der außerdem per Hand geschrieben hat: »Genossen schont eure Kräfte BENUTZT DEN FAHRSTUHL« und weiter unten: »Achtung: der Fahrstuhl ist kaputt«. Aber vorher, auf einem Schutzblatt des Buches, erscheint unwahrscheinlicherweise auch die Unterschrift von John Gawsworth nach den Worten: »Exemplar von Arnold Ovenden meiner zweiten anonymen Herausgabe.« Und unter seinem Namen eine weitere Anmerkung: »Jetzt ist es gehörig verschmutzt und befleckt von den beiden ruchlosen Herausgebern«, was nicht nur darauf hinweist, dass Graham und Gawsworth – der Zeuge beziehungsweise der posthume Paladin – sich kannten und miteinander verkehrten, was angesichts der frenetischen persönlichen und literarischen Aktivität, die Letzterer stets entfaltete, bevor er sich ernsthaft dem Trunk ergab und sich von vielem zurückzog, nicht weiter verwunderlich ist, sondern auch darauf, dass sie bei der launischen Veröffentlichung dieses auch als ›Genosse Kisliakof‹ bekannten russischen Romans zusammenarbeiteten, als Graham siebenundvierzig und Gawsworth in seiner sprichwörtlichen Frühreife erst neunzehn Jahre alt war. »Was mir als der Gipfel literarischen Glücks erscheint«, schrieb Gon-

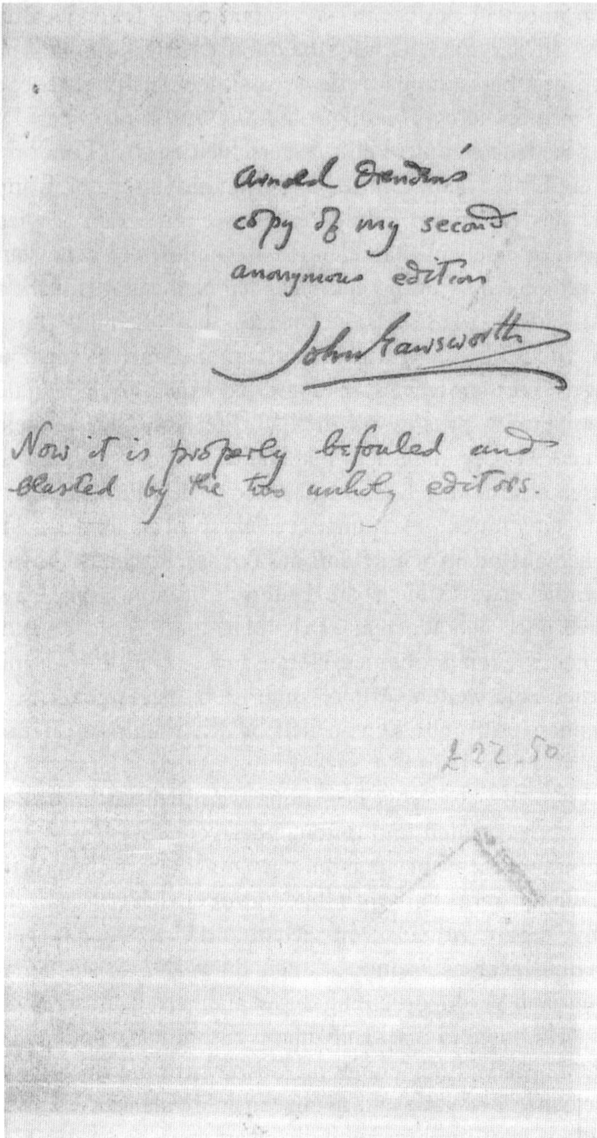
Arnold Drenden's
copy of my second
anonymous edition

John Gawsworth

Now it is properly befouled and
blasted by the two unholy editors.

£22.50

zález Rodríguez in seinem Brief emphatisch, »ist die Tatsache, dass Sie ein von Gawsworth und Graham signiertes Buch besitzen. Ich habe sofort in Grahams Autobiographie irgendeinen Hinweis auf Gawsworth gesucht, aber im Namensindex gibt es keinen, und dabei lässt Graham die unterschiedlichsten Gestalten Revue passieren.« Dieses Fehlen ist wirklich eigenartig, da ich jetzt auch weiß, dass einigen nicht ganz vertrauenswürdigen Quellen zufolge Graham zum »geistigen Adel« von Redonda gehörte. Ich habe mich im Lauf der Zeit sehr an dieses literarische und nicht-literarische Glück gewöhnt, das schon lange Teil meines täglichen Lebens oder sogar meiner Angewohnheiten ist, aber es ist nicht verwunderlich, dass meinem Briefpartner im fernen Mexiko das Zusammentreffen erstaunlich erschien, denn nicht umsonst hatte er seinen Artikel mit den Worten beschlossen: »Begnügen wir uns einstweilen mit der Aussage, dass der Verantwortliche für dieses ganze Gewebe aus Zweideutigkeiten, Irrtümern und Vermutungen, wenn es denn einen gab, Gawsworth selbst ist, der die Legende über das unabgeschlossene Werk und den tragischen Tod Wilfrid Ewarts mit einem Text aus dem Jahr 1933 begründet, den Marías wiederum in seine ›*Cuentos únicos*‹ aufnimmt. Man sollte ihn noch einmal lesen.«

Sehr viel später, 1996, erwarb ich ein weiteres Buch, das seine Vergangenheit nicht verschweigt, eine Erstausgabe von ›*Way of Revelation*‹, dem Roman, um dessentwillen man Ewart seinerzeit beweinte und heute nicht mehr erinnert, veröffentlicht im November 1921, kaum dreizehn Monate vor der verbrecherischen müden Bahn der kalten Kugel, kaum fünf, bevor sein Verfasser zusammenbrach – und seine Hand und seine Zunge ihm nicht mehr zu gehorchen begannen –, nachdem er inmitten eines Unwetters nach Liverpool geeilt war, um zu erleben, wie der Grand National gegen einunddreißig andere Pferde von einem namens Music Hall,

Sohn von Clifton Hall und geritten vom Jockey Bilbie Rees, gewonnen wurde, dessen Sieg, auf den Ewart gesetzt hatte, 100 zu 9 bezahlt wurde, eine gute Quote, wie mich der Turf-Gelehrte Fernando Savater informiert. Was dieses Exemplar wirklich zu einem Einzelstück macht, ist die handschriftliche Widmung dessen, der nicht verschwenderisch mit ihnen umgehen konnte, wenn er so wenig veröffentlichte und so früh verstarb. Sie lautet: »Für Angela M.C. Waddington, von ihrem Bruder (dem Autor) in Freundschaft und im Gedenken an gemeinsame Erinnerungen – 15. November 1921.« Sie trägt keine Unterschrift, aber es ist Ewarts Schrift vor seinem Zusammenbruch, mehr noch, im Augenblick seiner größten Hoffnung (es ist eine nervöse Schrift, auffallend das *e* des Wortes *recollections*, das griechisch aussieht, ebenso wie jedes Mal das *d*, wie ein Delta). So gehörte dieses Exemplar also seiner Schwester, die er an einem Tag im Jahr 1919 zum Wald von Delville begleitet hatte, auf der Suche nach dem Grab ihres ersten Ehemanns, des Füsiliers Jack Farmer, um es nicht zu finden (als die Dunkelheit über sie hereinbrach und es zu regnen begann). Und 1921 hatte sie also schon wieder geheiratet, wie erkennbar ist, einen Waddington, wer immer das auch war. Über Angela und Wilfrid schrieb Stephen Graham: »Angela und Wilfrid waren enger verbunden als die meisten Geschwister. Man könnte fast sagen, dass sie ein weiblicher Wilfrid und er eine männliche Angela war.« Wenn das stimmte, dann war vielleicht Angela die Person, die am meisten verzweifelte und den frühzeitigen Tod in Mexiko-Stadt am meisten beweinte. Und vielleicht war dies das erste Exemplar, das der frischgebackene Romancier verschenkte, in jenem November vor sechsundsiebzig Jahren. Noch zwei weitere Spuren seiner schon langen Vergangenheit bewahrt das Buch: das Programm des Trauergottesdienstes oder Responsoriums, das für Ewart in der Dreifaltigkeitskirche in der Londoner Sloane Street zele-

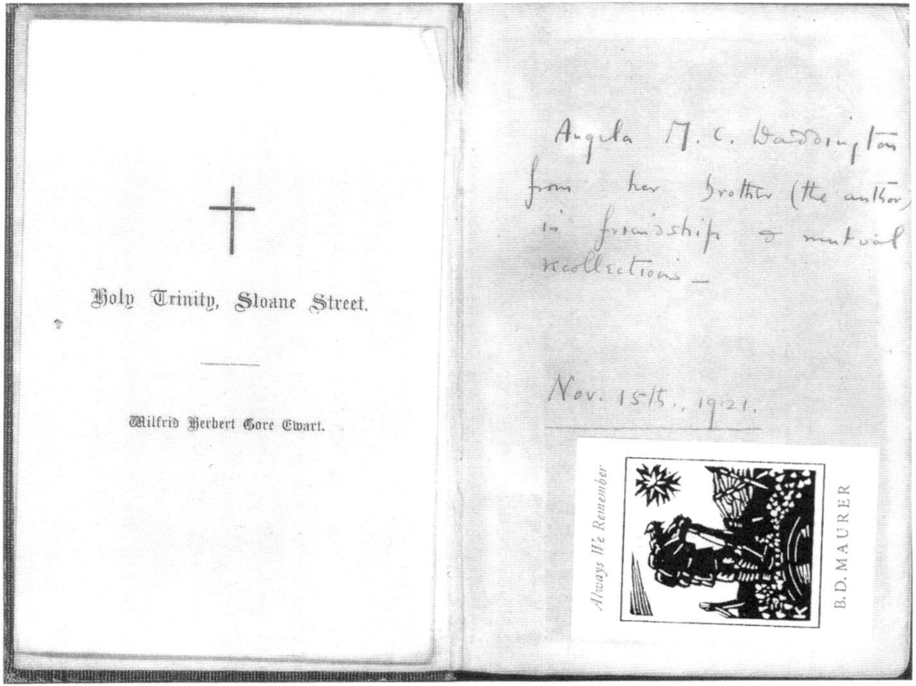
Holy Trinity, Sloane Street.
Wilfrid Herbert Gore Ewart.
Angela M. C. Waddington
from her brother (the author)
in friendship & mutual
recollections –
Nov. 15th., 1921.
Always We Remember
B.D. MAURER

briert wurde (im Innern stehen nur Hymnen und Psalmen, nicht einmal ein Datum), und das Exlibris irgendeines Besitzers zwischen Angela Ewart (später Farmer, später Waddington) und mir selbst: ein gewisser B.D. Maurer, der seine Bücher mit der Gestalt eines Soldaten kennzeichnete, der sich mit gesenktem Kopf über sein Gewehr neigt – vielleicht bei einer Waffenruhe –, nach der Uniform zu urteilen wahrscheinlich aus dem Ersten Weltkrieg, unter dem Motto in roten Buchstaben: »*Always We Remember*« oder »Wir werden uns immer erinnern«, was ich schon auf so vielen Seiten tue, wenn denn jemand sich an die Erinnerungen erinnern kann, die ihm nicht gehören.

Es liegt etwas Unpassendes, etwas Ironisches und vielleicht sehr viel Ungerechtes in der Fortdauer dieses Buches oder jedes der Gegenstände, die uns überleben, wozu fast alle gehören, die uns umgeben und uns begleiten und uns zu Diensten sind und tun, als seien sie bedeutungslos. Es ist unstimmig, dass sich am heutigen Tag, dem 8. November 1997, hier in Madrid die Tinte findet, die Wilfrid Ewart zerstreut oder feierlich auf ein Deckblatt des Exemplars fließen ließ, das er am 15. November 1921 seiner Schwester überreichte, als es ein frisch gebundenes und frisch gedrucktes Exemplar war; und es ist ein wenig beleidigend und ein wenig grotesk, dass wir lesen können, was diese Tinte sagt, und nicht die Stimme dessen hören können, dem sie gehörte, diese Stimme ist nirgendwo zu hören seit fast fünfundsiebzig Jahren, als er dem Nachtwächter des Hotels Isabel sicher »gute Nacht« oder »frohes neues Jahr« wünschte, bevor er in sein Zimmer Nummer 53 in Mexiko-Stadt hinaufging. Es ergibt auch nicht viel Sinn, dass ich mich im vergangenen Jahr für zweihundert Pfund – wie eine Beute – in den Besitz dieses Buches bringen konnte, wo es doch normal gewesen wäre, dass Angela Ewart Farmer Waddington sich nie im Leben von ihm hätte trennen wollen: »Vom Autor seiner

Lieblingsschwester gewidmet«, so kündigte es der Katalog zu Werken des Großen Krieges an, in dem ich es sah; und er brachte noch folgende Information: »Angela, frisch in zweiter Ehe verheiratet, aber noch ihrem ersten Mann nachtrauernd, half ihrem Bruder beim Lesen der Korrekturfahnen und kümmerte sich um ihn, während er an ›*Way of Revelation*‹ arbeitete.« Als Hugh Cecil sie im Zuge seiner Nachforschungen für sein erwähntes Werk ›*The Flower of Battle*‹ über die Romanciers des Ersten Weltkrieges besuchte, war sie, wie er sagt, schon älter als neunzig Jahre, und es rührte ihn, ihre »feurige Stimme mit ihrer schönen Diktion aus der Zeit vor 1914« zu hören, so sagt er, noch immer feurig beim Sprechen von der Vergangenheit und der verlorenen Zeit. Aber noch merkwürdiger ist, dass es zwischen mir und ihr – die vielleicht jetzt gestorben ist – noch einen anderen Besitzer gegeben hat, diesen B. D. Maurer, dessen Exlibris nicht aus der jetzigen Zeit stammt, folglich muss das Buch ihm schon zu Lebzeiten Angelas gehört haben, wer mochte er sein, vielleicht ebenfalls ein Veteran von Neuve Chapelle und von Ypern und von der Somme und von Cambrai und Arras, womöglich hat sie selbst es ihm geschenkt, und es war beim Tod des Soldaten Maurer, dass das Exemplar zum Verkauf angeboten wurde, damit ich es kaufen konnte. Die Gegenstände reisen nach unserem Tod, sie leben weiter, ohne uns zu vermissen, um anderen zu gehören, die sie hüten oder geringschätzen und verkaufen, damit sie ihre Regale füllen oder an ihren Jackettaufschlägen glänzen, wie eine Krawattennadel, die ich kürzlich bei einer Versteigerung erstand und die dem Schauspieler Robert Donat gehörte, dem Hauptdarsteller in ›39 Stufen‹ und ›*Knight without Armor*‹ und ›*Goodbye, Mr. Chips*‹, für den er einen Oscar gewann, ebenso wie sein längliches silbernes Zigarettenetui mit seinen eingravierten Initialen, und diese Usurpationen oder falschen Erbteile schaffen ungeahnte gespenstische Bande: Ich kann Donat nicht mehr in der gewohnten gleichgültigen Weise anschauen, wenn ich ihn in seinen alten Filmen sehe, die manchmal im Fernsehen laufen – tatsächlich schaue ich sie mir an, als wäre ich ihm gegenüber eine Verpflichtung eingegangen, vor zwei Monaten ›*The Adventures of Tartu*‹ und neulich ›*The Citadel*‹, wo ich ihn sich bewegen und mit seiner Stimme sprechen und lebendig sah, obwohl er 1958 mit dreiundfünfzig Jahren starb, nur sieben Jahre älter, als ich jetzt bin; ich schaue ihn an, als wäre er mit mir in irgendeiner Weise verwandt, und wenn er auf dem Bildschirm eine Zigarette anzündet, frage ich mich, ob er wohl eine ähnliche Geste gemacht hat, als er sie aus dem stummen Gegenstand nahm, der jetzt zu Hause in meinem Besitz ist, derselbe, sorgsam die ganze Zeit in seiner originalen blassgrünen Schachtel von Asprey in der Londoner Bond Street aufbewahrt – oder nicht so stumm: »R.D.«, sagt er, ich sollte ihn Roger Dobson schenken –, und ob dies nicht fatal für sein Asthma war, unter dem er das ganze Leben litt und das vielleicht mit seinem Tod zu tun hatte; oder ob er sich nach den Dreharbeiten an diesem Abend zum Essen vielleicht die Nadel mit dem Emaillebildnis von Shakespeare anlegte, die ich mir jetzt manchmal ans Revers stecke, weil ich selten eine Krawatte trage. Vielleicht ist es besser oder das geringere Übel, dass ich diese Reliquien des Schauspielers Robert Donat besitze, da es so eingerichtet ist, dass unsere Absichten und Spuren und Exhalationen nicht gleichzeitig mit uns verschwinden; zumindest weiß ich, wer er war, und die Videos seiner guten Filme fehlen mir nicht. Ich weiß unabweisbar, dass diese Erwerbungen, wie alle meine anderen alten oder neuen Gegenstände, in der Zukunft auf jemanden übergehen und ihrem Weg folgen oder weiterleben werden, ohne mich zu vermissen, und einige Dinge werden im Abfall landen, weil sie niemandem nützen oder reizvoll erscheinen und sich in eine Last verwandeln. Dieser alte Tisch, an dem ich schreibe, wird in einer anderen Wohnung stehen, und vielleicht wird die Feder, mit der ich durchstreiche und korrigiere, in eine andere Hand übergehen, die nicht linkshändig und keine Schattenhand sein wird; die Tischlampe aus den zwanziger Jahren und meine silberne Streichholzschachtel aus dem Jahr 1917, die bereits einem anderen namens Muir gehörte; meine Bleisoldaten und meine Brieföffner, und einer gehörte bereits einem anonymen Soldaten des Großen Krieges, der ihn aus seinem Bajonett herstellte und »15 Yser 16« in ihn eingravierte, die Jahre und den blutigen Fluss, an dem er gekämpft und gehofft haben muss, dort kam auch Ewart vorbei, wer weiß, ob es B. D. Maurer war; die Bücher meiner Bibliothek werden zurück auf den Markt gelangen und auf der ersten Seite meinen Namen tragen und die Stadt und das Jahr, in denen sie von mir gekauft wurden, damit sie dann jeder Idiot mit Geld oder ein seelenloser Beamter der Nationalbibliothek zurückkaufen kann, wenn das Unglück es will; und vielleicht wird jemand dieses Gekritzel auf den weißen Seiten bewahren wollen, es wird eine so ferne Spur sein wie die Widmung Ewarts, des Vergessenen, und die scherzhaften Anmerkungen seiner Erinnerer Gawsworth und Graham, vergessener noch sie, die versuchten, den jungen toten Schriftsteller dem Vergessen zu entreißen und Zeugnis abzulegen, Erinnerungen sind fragil und zerbrechen, der Faden der Kontinuität ist dünn und strafft sich nie ohne Anstrengung und muss straff sein, damit er widersteht und sich fortspinnt.

Welchen Sinn hat das flüchtige Verweilen derjenigen in der stummen Welt, die nicht einmal die Zeit haben, sich an die Luft zu gewöhnen, Ewart schrieb und kämpfte und lebte immerhin dreißig Jahre, was wäre später aus ihm geworden. Ich bezweifle, dass er es bis nach ganz oben geschafft hätte. Was wäre aus dem Sohn meines Freundes Aliocha Coll geworden, der ein paar Jahre vor dessen Selbstmord als Neu-

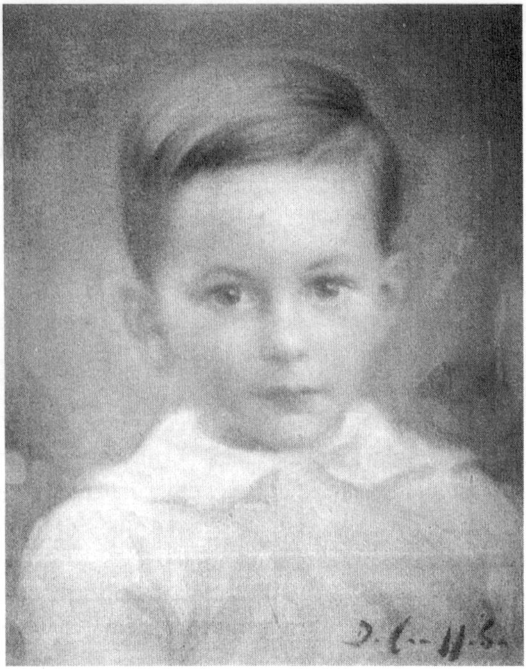

geborener starb und dem er und seine Frau Lysiane schon einen Namen gegeben hatten, wie er mir sagte; was aus der ersten Tochter Juan Benets, die mit sechs Monaten starb und deren vergilbtes Foto ich so oft bei ihm zu Hause sah, jetzt, da ihre Eltern gestorben sind, wird es niemanden mehr geben, der sich an sie erinnert, an Eva. Was wäre aus meinem mit dreieinhalb Jahren gestorbenen Bruder geworden, Julianín sein Name oder so nannten ihn meine Eltern während seiner kurzen Tage, es ist normal, dass ich als Erstes nicht gesagt habe »seine Eltern« oder »unsere Eltern«, weil ich ihn nicht kannte und seine Wirklichkeit nicht die meine ist, da ich nur Erzählungen über ihn besitze und keine Erinnerung und er nie etwas von mir gewusst hat. Manchmal denke ich an ihn, und ich denke an ihn immer als ein Kind, weil er nichts anderes sein konnte, er blieb fixiert im höchsten Alter, das ihm gewährt wurde, und in seinem Porträt, und doch war er sechs Jahre älter als ich und wäre vor kurzem zweiundfünfzig geworden, fast das Donat gewährte Alter. Der Gedanke ist merkwürdig, dass es jemanden so nahes wie einen Bruder gab, den ich nicht gekannt habe, denn wenn er gelebt hätte, wäre er während meiner Kindheit immer mit uns zusammen und der Älteste gewesen und ich nicht der Dritte, sondern der Vierte, und es gäbe keine Vermittlungen in meiner Wahrnehmung von ihm, wie es sie nicht in der meiner anderen Brüder Miguel, Fernando und Álvaro gibt, die nur das sind, Miguel, Fernando und Álvaro, von ihnen hat man nicht viel Meinung und Bewusstheit, sie sind oder waren damals wie Luft. Ich kann nicht wissen, wie Julianín gewesen wäre oder wie ich mich mit diesem unbekannten und meiner Geburt vorausgehenden Bruder vertragen hätte, ob er mich mit seinen sechs stärkeren und erfahreneren Jahren Unterschied beschützt oder herumkommandiert hätte, und es ist mir nicht einmal möglich, es vorzustellen, wenn das einzige Bild, das bleibt, das eines sehr kleinen Kindes ist, das älter war als ich und es zugleich nie wurde und dem man nicht zutraut, irgendjemanden zu beschützen oder herumzukommandieren. Sein Porträt befand sich immer in der Wohnung meines Vaters, und ich merke, dass ich als Erstes nicht gesagt habe »meiner Eltern«, weil meine Mutter Lolita vor nunmehr zwanzig Jahren gestorben ist und mein Vater in der Wohnung sehr viel länger gelebt hat und es vor allem noch immer tut. Dieses Porträt wurde mit einer gewissen Ehrfurcht betrachtet, zumindest wir Kinder fühlten uns vor ihm ein wenig wie Usurpatoren oder Eindringlinge, und meine Mutter hielt bisweilen den Blick starr auf das Bild gerichtet, nicht mit Kummer, sondern als erlebte sie etwas noch einmal und wollte ihm etwas sagen (sie muss oft im Traum mit ihm gesprochen haben, wo die Lebenden und die Toten uns so präsent sind): ein natürlicher Impuls, ich nehme an, in diesen Impuls und in diese Erinnerung flüchtete sie sich zuweilen, wenn sie traurig wurde, sie war in Frieden mit diesem Kind, das ihr weder grollen noch irgendeinen Verdruss bereiten konnte. (Oder vielleicht war es ein ungerechtfertigtes Schuldgefühl, da sie es nicht hatte retten können.) Mit gerecktem Hals betrachtete sie das Porträt und trällerte, meine Mutter trällerte ziemlich viel, zerstreut, vor allem, wenn sie sich zum Ausgehen zurechtmachte. Jetzt tänzeln die Frauen, die ich kenne, wenn sie sich vor dem Spiegel zurechtmachen, während ich ihnen in einem anderen Raum Musik auflege. Heute tanzen alle Frauen beim geringsten Anlass, sobald sie können, ich habe es festgestellt.

Auf dem Bild ist mein Bruder ein nachdenkliches Kind, mit gelassenen, weit geöffneten Augen, die schauen, als verstünde er von der Welt mehr, als ihm zukam. Die Zahlen der unteren rechten Ecke sind nicht gut zu lesen, es ist möglich, dass das Ölbild ausgehend von einem Foto gemalt wurde, als Julián nicht mehr lebte. Ich könnte meinen Vater danach fragen, der es bestimmt weiß, aber ich wage nicht, ihn anzurufen und ihn zu zwingen, sich zu erinnern, und ihn traurig zu stimmen, er wird in aller Ruhe irgendeinen Besuch empfangen oder einen Artikel in die Maschine schreiben oder Simenon oder Dumas oder Conan Doyle wiederlesen, die er ständig wiederliest, oder Colin Dexter lesen, den Krimiautor aus Oxford, gerade Oxford, der letzte, der ihn mit seinem Inspektor Morse amüsiert. Alte Menschen darf man nicht trauriger machen, sie sind es gewöhnlich schon ein wenig, naturgemäß. Aber ich bin auch überzeugt, dass mein Vater seit 1977 keinen Tag hat vergehen lassen, ohne an seine verlorene Frau zu denken, und seit 1949 keinen Tag, ohne an seinen verlorenen Sohn zu denken. Vielleicht habe ich ihn mehr von diesem Kind erzählen hören als meine Mutter, er schrieb auch etwas mit nüchternen Worten vor einigen Jahren in seinen Memoiren. Womöglich war es so, dass das Kind mehr von der Welt verstand, als ihm zukam, und vielleicht starb es deshalb, es war ein besonderes Kind, wie es scheint, wenn man auch nie weiß, bis zu welchem Grad jemand idealisiert wird, der nicht mehr existiert und keinen Schaden anrichten konnte. Und obwohl meine Eltern Vorsicht an den Tag legten, hatten wir Brüder immer das Gefühl, dass Julianín uns vieren überlegen gewesen war, und wir akzeptierten das ohne Probleme, nur sehr niederträchtige Leute sind eifersüchtig auf die Toten. Konventionell war er jedenfalls nicht, nach seiner ersten Äußerung beim Anblick unseres neugeborenen Bruders Miguel zu urteilen, dem er zwei lange Jahre voraus war. Er trat an das Tragkörbchen heran, schaute ihn an und sagte mit seinem kindlichen Ernst: »Er kann nicht sprechen, er hat kein Gedächtnis und keine Zähne«, in dieser Reihenfolge sagte er es. Anscheinend behandelte er ihn mit Zuneigung in den anderthalb Jahren, in denen sie zusammen in der Welt und in der Wohnung waren, die später auch meine war; er muss geduldig und friedlich gewesen sein, denn wenn der Kleine sein Spielzeug nahm und es zerbrach, lachte der Ältere und sagte zu meiner Mutter: »Lass ihn ruhig. Er ist ein bisschen dumm, aber er ist gut. Ich hab ihn lieb.« Das wurde erzählt.

Ich erinnere mich, dass es einige archaisch aussehende Spielsachen gab, die diesem abwesenden Kind gehört hatten und die wir deshalb nicht benutzen, ja fast nicht berühren durften (und hier wird mir bewusst, dass er in das von mir gebrauchte »wir« nicht eingeschlossen ist und es nicht sein kann, denn er war nie mit uns zusammen und Miguel hat keine eigene Erinnerung an ihn). Es waren wenige, das einzige, das ich deutlich sehe, ist ein sehr hübscher drehbarer Guckkasten, man konnte die Vorstellung unter verschiedenen Streifen oder Rollen aus bemaltem Papier wählen und die monotone Bewegung der Figuren durch die Spalten betrachten, während sich der runde schwarze Kasten, von der Hand bewegt, auf seinem hohen Schaft drehte, die Frühgeschichte des Kinos. Ich erinnere mich, wie könnte es anders sein, an einen Reiter und sein Pferd, zunächst im Trab, dann im Galopp, abermals im Trab, bis er stillstand oder man wieder den Kasten drehte, der leicht an eine offene Hutschachtel erinnerte. Diese wenigen Spielsachen genossen Ansehen bei uns, obwohl sie veraltet und ein bisschen langweilig waren, und sie wurden aus dem Grund aufbewahrt, nehme ich an, den ich zuvor genannt habe, weil es so eingerichtet ist, dass unsere Spuren und Emanationen und Wirkungen nicht zugleich mit uns verschwinden, aber man hatte sie für immer wie fast unberührbare Reliquien beiseitegeräumt, sicher nicht, weil es dieses gute Kind gestört hätte, dass seine unbekannten jüngeren Brüder mit seinen verlorenen Spielsachen spielten, sondern damit wir sie nicht zerbrächen und damit sie dauerten, dauerten und dauerten, wenn jemand nicht mehr da ist, werden wir uns der ständigen, stummen Übertragung zwischen Menschen und Dingen bewusst, und so erlangen Letztere ein Stellvertreterleben und werden Zeugen und Metaphern und Embleme und gestalten oft den Faden der Kontinuität; und dann scheinen sie die imaginären und nicht erfüllten und versäumten Leben in sich zu bergen, oder womöglich sind die Gegenstände das Einzige, das Gegenwart und Vergangenheit versöhnt und gleichmacht, und sogar die Zukunft, wenn sie dauern und nicht zerstört werden. Gerade weil sie weiterleben, ohne uns zu vermissen, ändern sie sich nicht, und darin sind sie uns treu.

Julianín wurde am 11. November 1945 geboren und starb am 25. Juni 1949, kurz nach Beginn jenes Sommers. Meine Eltern kehrten nicht mehr an den Ort der Sommerfrische zurück, wo sie bislang mit ihm gewesen waren, meine Mutter war schwanger mit meinem Bruder Fernando, und das muss ihr ein wenig geholfen haben, da es sie zum Warten zwang. Man weiß nicht, was geschehen ist, und vielleicht war es auch nicht so wichtig, es zu wissen, bisweilen sind die Auswirkungen so vernichtend, dass nur eine morbide Neugier darauf bestehen kann, die Ursachen herauszufinden, oder zumindest konnte man die Dinge früher so betrachten, in Zeiten, die nicht so inquisitorisch waren wie die unseren. Das Kind war wohlauf, nur ein wenig Angina, so hieß es, es untersuchten ihn der Kinderpfleger und sein Großvater und sein Onkel, die Ärzte waren, ohne sich zu sorgen, meine Mutter wohl, seine Mutter, »nur Lolita, von einer Vorahnung befallen, angsterfüllt«, schreibt mein Vater in seinen Memoiren. Das Kind war wohlauf, und plötzlich starb es innerhalb von zwei Stunden. »Man sagte uns etwas von Meningokokken, die die Nebennieren befallen hatten, was äußerst selten war und wogegen man zumindest damals nichts ausrichten konnte. Ich weiß nicht.« Das schreibt sein Vater, mein Vater im ersten Band dieser Memoiren, ›*Una vida presente*‹, der schon vor fast einem Jahrzehnt erschienen ist. Drei Jahre und siebeneinhalb Monate, dies war die Dauer jenes Kindes in der Welt, man weiß, dass es hier war, wenige lebende Personen haben es gesehen. Mein älterer Bruder Miguel, sein jüngerer Bruder, der ihn gekannt hatte, suchte ihn überall mit seinen ein bisschen dummen eineinhalb Jahren: »Tintín, Tintín. Tintín?«, so rief er ihn, auf allen vieren krabbelnd; »und es schien, als verlangte er Rechenschaft von uns«, so schreibt der Vater. Aber Miguel kann sich nicht erinnern.

Welchen Sinn hat dieses flüchtige Verweilen und der Plan, jemand wie ich selbst, mit demselben Vater und derselben Mutter und in derselben Wohnung in der Calle de Covarrubias geboren, in der wir alle fünf geboren wurden, jemand, an den man sich erinnern kann und dem man einen Namen gab und dessen erste Worte man notiert hat, sichtbar noch sein Gesicht auf einem Bild und auf Fotos, vielleicht ist das etwas beleidigend, wenn es auch nicht grotesk zu sein scheint; und meine Mutter mit ihrem schwarzen Haar und ihrer sehr weißen Haut, seine arme Mutter, die vergebliche Anstrengung und die winzigen Schritte, die keine Spur hinterlassen oder nur in der geschärften Erinnerung desjenigen, der bei ihnen half und den Irrtum oder das Wagnis beging und die Anstrengung vollbrachte, sich ein kleines, blondes Gesicht vorzustellen, das, kaum dass es sich zu bewegen begann, in einem Porträt gefangen blieb; und das Kind wie ein kostspieliger, überflüssiger Luxus, der sogleich von der Erde getilgt wird, als wäre er bloßer Dunst, und nicht einmal auf die Probe gestellt werden darf, weil weder die Geschichte noch die Zeit ihn zurückfordern oder anmahnen, es sei denn, um Schmerz zu hinterlassen und seine Kielspur unnützer, archaischer Spielsachen. (Ich muss diesen Guckkasten im Keller meines Vaters suchen.) Als meine Mutter im Sterben lag, hat sie bestimmt gedacht, dass sie ihn nach achtundzwanzig Jahren getrennten Lebens und Sterbens endlich wieder in ihrer Obhut haben würde, und vielleicht war sie ungeduldig, wenn sie wusste, dass er ihr nahe war, gläubig zu sein muss erleichternd sein, nicht wegen der göttlichen oder mystischen Hoff-

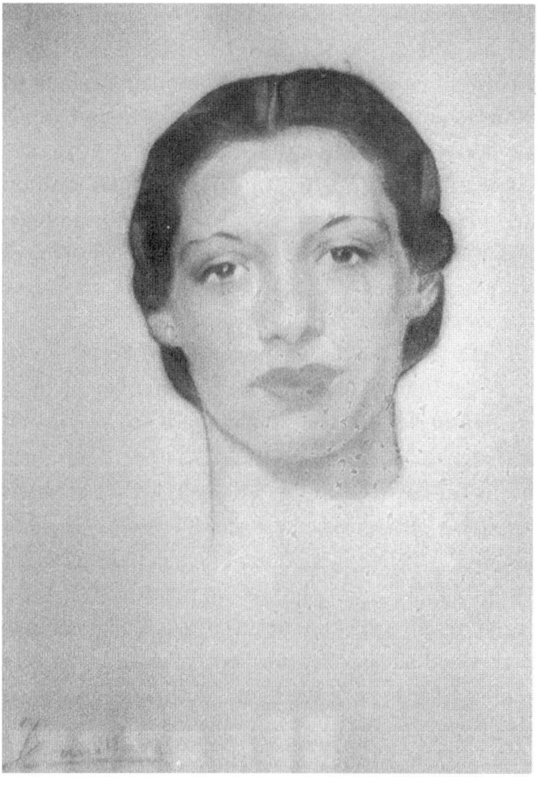

nung, sondern wegen der Aussicht auf Wiederbegegnung. Jedenfalls ruhen ihre Körper mit ihrem verschiedenen Alter im selben Grab, und wenn ich auch nicht glaube, dass sie es wissen, so weiß ich es doch und weiß es mein Vater, und er weiß, dass für ihn und sein höheres künftiges Alter noch Platz ist, und das ist nicht wenig. Hätte dieses Kind länger gelebt, dann wäre ich möglicherweise nicht geboren worden oder ich wäre nicht derselbe gewesen, beide Dinge sind identisch. Und was, wenn ich nicht geboren wäre, das Gleiche wie und was, wenn mein Bruder sich so früh auflöste und verabschiedete, als hätte es dem schwachen Rad der Welt an Kraft gefehlt, ihn ganz in seine Drehung aufzunehmen, und der Zeit an Zeit, seinen Bestrebungen und Gemütsbewegungen und Beleidigungen beizuwohnen, oder als hätte sie es eilig gehabt, sich seines keimenden Willens zu entledigen und ihm so, zum Phantom verwandelt, seinen Weg auf ihrer Kehrseite oder ihrem schwarzen Rücken gewiesen. Es gibt Zeit für so viele andere, um meinem Leben beizuwohnen, aber nicht seinem, es ist nur ein Beispiel. Ich betrachte ein Foto von mir etwa in dem höchsten Alter, das der Bruder, den ich nie gesehen habe, erreicht hat – oder ich bin noch kleiner, ich werde nicht älter als zwei Jahre sein –, wir sind uns nicht sehr ähnlich, eher ähnelte ihm Álvaro, vielleicht die Form des Gesichts und eine Familienähnlichkeit, aber ich wirke nicht nachdenklich und habe auch keine gelassenen oder weit geöffneten Augen, noch mache ich den Eindruck, etwas von der Welt zu verstehen, noch weniger, als mir zukam, immer begreife ich spät. Ich befinde mich in der Hocke und lache, die Augen etwas zusammengekniffen, fast zwinkernd vor lauter Vergnügen. Vielleicht hätte Julianín mich für einen Spinner gehalten, wenn er mich gekannt hätte, das heißt, wenn ich mit ihm in der Welt geboren worden wäre oder während er seinem Weg folgte. Vielleicht hätte er über mich zu seiner Mutter gesagt: »Lass ihn ruhig. Er spinnt ein bisschen, aber er ist gut.«

Schon vorbei, ist ja gut, schon vorbei«, sagen Mütter oft zu ihren Kindern, um sie nach einem Albtraum oder einem Schrecken oder irgendeinem Kummer zu beruhigen, und verleihen so der Gegenwart eine unverhältnismäßige Bedeutung, fast, als würden sie sagen: »Was nicht mehr ist, ist nicht gewesen.« Vielleicht ist das verständlich in diesen Fällen, man ahnt oder erinnert sich, dass die Gegenwart für Kinder so mächtig ist, dass ihnen jeder Augenblick als ewig erscheint und alles ausschließt, was nicht in ihm enthalten ist, auch die Vergangenheit und die Zukunft, und deshalb ertragen sie selbst die geringfügigsten Unannehmlichkeiten und Misslichkeiten schlecht, denn sie halten sie für endgültig, da sie nicht mehr sehen als das Jetzt, in dem sie leben; deshalb warten sie nicht, wenn sie Hunger oder Durst haben oder auf die Toilette müssen, oder werden wütend, wenn ihnen nichts anderes übrigbleibt, als es bis zu einem Lokal oder bis nach Hause auszuhalten, um das Riesenproblem zu lösen, so erleben sie jeden Aufschub, auch wenn er nur zwei Minuten dauert, sie wissen nicht, was eine Minute ist oder eine Stunde oder ein Tag, sie verstehen nicht, was Zeit ist, sie verstehen nicht, dass sie gerade darin besteht, dass sie vorbei- und verlorengeht, in ihrem Vorbei- und Verlorengehen bis hin zu einem Punkt, da man sich nicht mehr an sie erinnern kann. Ich habe die gleiche Ungeduld oder das gleiche mangelnde Begreifen des Vergehens bei einigen Frauen erlebt, selten bei Männern, die mehr mit der Zukunft rechnen und von denen einige sogar wissen, dass sie nur existiert, um Vergangenheit zu sein.

Wenn ich als Kind ins Kino ging und der Film mir Kummer oder Angst machte, dann, erinnere ich mich, versuchte meine Mutter mir meine Gefühle zu nehmen, indem sie ebenfalls auf die Vergangenheit zurückgriff, wenn das Erzählte in einem historischen Kontext stand, und an die Fiktion appellierte, wenn es erfunden war. Als ich sehr klein war, machte mich der Film ›Lili‹ mit Leslie Caron und Mel Ferrer und seinem melancholischen Lied sehr traurig, und doch sah ich ihn mehrere Male, und Angst machte mir einer mit dem Titel ›Safari‹, glaube ich, in dem Mau-Mau-Horden ein Mädchen ermordeten, die Tochter des wenig betrübten Victor Mature – sein angewiderter Gesichtsausdruck blieb stets gleich, ob bei einem Kuss oder einer Beerdigung; auch einer namens ›Flucht aus Zahrain‹ oder so ähnlich mit Yul Brynner und einigen arabischen Terroristen, die auf den Märkten und Straßen Leute umbrachten und einem das Gefühl gaben, dass man an keinem Ort sicher war (wie es bei Terroristen in der Tat ist), gefiel mir überhaupt nicht; und noch ein anderer mit dem spanischen Titel ›*Línea secreta*‹, den wir uns irregeführt von einem leichtfertigen Kindermädchen ansahen, das behauptet hatte, er handle von der Metro, begann mit ein paar Gangstern, die ein sie anflehendes Individuum aus dem Fenster eines Wolkenkratzers warfen, und diese Szene konnte ich während des ganzen Films nicht mehr aus dem Kopf bekommen, an mehr erinnere ich mich nicht, sie verfolgte mich tagelang, ich spreche von einem Alter von vier oder fünf Jahren. Und in solchen Fällen wie Mau-Mau oder Zahrain pflegte meine Mutter angesichts meines Bekümmertseins über das Gesehene und der Schwierigkeit, mich zu überzeugen, dass alles erfunden war, oder aus dem Wunsch heraus, uns Kinder nicht zu belügen, die Wogen zu glätten, indem sie sagte: »Ja, das ist passiert, aber jetzt nicht mehr, das war früher.« (Uns zumindest nicht zu belügen, was das Historische betraf, vielleicht war es der Geist der Bewegung für den konfessionslosen Unterricht. Sie muss es jedoch mit geringer innerer Überzeugung gesagt haben, denn in unserem Krieg, der nicht lange zurücklag, war ihr von beiden Lagern nichts erspart worden, in Madrid hatte man ihren siebzehnjährigen Bruder festgenommen und kaltblütig umgebracht, den sie, ohne es zu wissen und in der Furcht, er könnte tot sein, auf den Polizeirevieren gesucht hatte und schließlich fand, aber nicht einmal als Toten, sondern nur als Foto des Toten, mein Onkel Emilio, für den es auch nicht viel Zeit gab, die Hälfte der Zeit, die Wilfrid Ewart beschieden war.) Früher, das hieß für mich immer, bevor ich geboren war, als hätte ich das Bedürfnis zu glauben, dass, als ich auf die Welt kam, sie schon friedlich geworden war. Ach so, dachte ich mit praktischer Erleichterung, und doch hörte ich nicht auf, an das zu denken, was »früher« geschehen war und was ich mit der Kraft der Vorstellung gesehen hatte, was vergangen war, konnte zurückkehren, und außerdem schien es, als sei der Pulsschlag der Vergangenheit immer da, noch immer scheint mir das so, der immer längeren Vergangenheit. Andere Male, wie bei ›Lili‹ und den Filmen, die mich traurig machten, so unglaubwürdig sie auch waren und obwohl sie gut ausgingen, versuchte meine Mutter mir klarzumachen, dass die Schauspieler, die auf der Leinwand litten und starben, nicht wirklich gelitten hatten und gestorben waren; dass sie danach vom Bett oder vom Boden aufgestanden seien und alle zusammen über das gelacht hätten, was sie gespielt hatten – Lebende und Tote, Gute und Böse, Feinde und Freunde, eine beneidenswerte allgemeine Versöhnung –, und in froher Eintracht zum Abendessen gegangen seien. Was uns half, nicht allzu traurig zu werden, aber auch nicht verhinderte, dass man Mitleid für die Figuren und ihre Geschichte empfand, schuld daran ist die Dimension der Vorstellung, in ihr weiß man nicht nur, in ihr erlebt man und vergisst man nicht so rasch. So begann ich, vermute ich, das Wirkliche vom Fiktiven zu unterscheiden und auch zu lernen, dass sie zwar nebeneinander bestehen und sich nicht ausschließen, sich jedoch nicht vermischen und ein jedes sich auf seinem eigenen Territorium abspielt und beide gültig sind. »Dummerchen«, sagte meine Mutter zu mir, wenn sie mich finster oder traurig nach dem im dunklen Saal Erlebten sah, »siehst du denn nicht, dass das nicht wirklich passiert ist?«; oder: »Siehst du nicht, dass das nicht noch einmal passieren kann?« Und sie muss dabei beschwörend den Mittelfinger über den Zeigefinger geschoben oder sich dem lieben Gott empfohlen haben.

Es ist nicht nur so, dass alles wieder geschehen kann: Ich weiß nicht, ob wirklich etwas vergangen oder verloren ist, bisweilen habe ich das Gefühl, als pulsierte alles Gestern unter der Erde, als weigerte es sich, ganz zu verschwinden, die riesige Anhäufung des Bekannten und Unbekannten, des Erzählten und Verschwiegenen, des Wahrgenommenen und des nie Gewussten oder Zeugenlosen oder Verheimlichten, eine gewaltige Masse von Worten und Ereignissen, von Leidenschaften und Verbrechen und Ungerechtigkeiten, von Ängsten und Heiterkeiten und Bestrebungen und Begierden und vor allem von Gedanken, die mehr als alles andere unter den Eindringlingen und Usurpatoren und unter den Generationen der Eindringlinge und Usurpatoren weitergegeben werden, die mehr als alles andere fortdauern und sich kaum ändern und nie ein Ende haben, wie ein ständiges Brodeln unter dem dünnen Boden, in dem die unzähligen Männer und Frauen begraben oder verstreut sind, die einmal hier umhergingen und von denen sich die meisten die meiste Zeit passiven oder müßigen und trivialen Gedanken hingegeben haben, aber darunter finden sich auch die glänzendsten, die dem trägen, schwachen Rad der Welt ein wenig Antrieb verleihen, die Wünsche und die Manipulationen, die Erwartungen und die Ressentiments, die Überzeugungen und die

Hirngespinste, das Mitleid und die Geheimnisse und die Demütigungen und die Zerwürfnisse, die angezettelte Rache und die späte, zurückgewiesene Liebe und die nicht verausgabte, eine jede begleitet von ihren individuellen, von jedem neu hinzugekommenen repetitiven denkenden Subjekt als einzigartig empfundenen Gedanken. Aber nicht nur das. Das Ansehen, mit dem man die Gegenwart bekleidet, gründet auf der Vorstellung, die Mütter ihren Sprösslingen sogleich als Trost oder Täuschung eintrichtern: »Was nicht mehr ist, ist nicht gewesen«; und doch könnte man sich fragen, ob es sich nicht vielmehr umgekehrt verhält und das, was gewesen ist, eben deshalb unbegrenzt weiter ist, weil es gewesen ist, sei es auch nur, weil es bereits Teil der unaufhörlich, frenetisch wachsenden Summe der Taten und Worte ist, über die Buch zu führen sich auch niemand die Mühe macht, und nicht einfach nur mehr Glut oder Feuer ist für dieses ständig zunehmende Brodeln der gedachten Gedanken, die wie Infektionen um sich greifen, um das »unerträgliche Übel« des Selbstmörders Middleton zu nähren. Dass etwas aufgehört hat, scheint kein zwingender Grund zu sein, dass es völlig verschwindet, seine Auswirkungen noch weniger und am allerwenigsten sein Beharrungsvermögen, wie das des Guckkastens von meinem Bruder Julianín, dessen schwarzer Kasten vor seinem Stillstehen wieder und wieder angestoßen und auf dem Schaft gedreht werden und selbst nach dem Stillstehen erneut in Bewegung gesetzt werden konnte, damit man durch die Spalte abermals Pferd und Reiter im Galopp und im Trab und im Galopp und im Trab betrachten konnte. Alles dauert zu lange oder lässt sich nicht beenden, das Abgeschlossene ist Dünger für das Folgende oder für Unerwartetes und Fernes, und vielleicht plagen wir uns deshalb so sehr, weil wir fühlen, dass die prekäre Lösung der Mütter überhaupt nicht der Wahrheit entspricht, »schon vorbei, ist ja gut, schon vorbei«. Es ist eher so, dass nichts vorbei ist und nichts gut ist und nichts vorbei ist, und es gibt nichts, was nicht wie die langsame Ablösung der Lichter ist, die ich bisweilen von meinen Fenstern aus sehe, solange ich nicht schlafe oder schon wach bin und auf den Platz oder die Straße schaue mit ihren früh aufgestandenen Frauen und Männern, die noch die dunkle Nacht in ihren Augen tragen und deren Körper noch durchdrungen sind von den verschwitzten oder sauberen geteilten oder ungeteilten Laken. Oder vielleicht ist dieser Mann jetzt auf dem Weg zu ihnen, eher aus Gewohnheit als aus echter Müdigkeit, dieser Mann mit dem lockeren Krawattenknoten und dem bläulichen Bartschatten hat sich seit gestern noch nicht schlafen gelegt. Er wartet so früh oder so spät auf den Autobus, weil er vielleicht nicht mehr genug Geld hat, um ein Taxi zu nehmen, er betrachtet die Straßenlampen, die noch zur Nacht gehören, aus der er kommt oder nicht herausgetreten ist, und ihm sind die vielen Stunden gegenwärtig, in denen er sich aus dem feierlichen, ernsten Glücksspiel der Stierkämpfer zurückziehen musste, aber man weiß nie, wie sich das Glück verhalten wird, nicht einmal, wann es Zeichen macht oder sich verweigert, vor allem, wenn man Geld beschaffen muss, um die Frau zurückzuhalten, die zu Hause auf ihn warten wird, schlafend und ohne um seine Anstrengungen oder gar seine Ängste zu wissen, deren Grund sie ist. Der Mann betrachtet die Straßenlampen, während der Morgen graut und die Windstöße ihm in den Nacken fahren und sein Haar zausen, er wirkt wie ein Musiker, und er vertraut nicht darauf, dass die Ablösung der Lichter, wenn sie abgeschlossen ist, diese Nacht, die für ihn nicht enden will, in den Bereich der bösen Träume verweist, er hat achtundvierzig Stunden, um zu finden, was er finden muss, und er wird es sicher nicht finden, schlimm sind nicht die Stierkämpfer, die sich großzügig zu geben pflegen, sondern ihre Begleiter und Schmeichler und Bevollmächtigten, in deren Schuld er steht, wer den Künstler ausbeutet, ist der gewissenloseste der Ausbeuter, denn er glaubt sich im Recht, oder vielleicht ist es Kompensation. Der Mann betrachtet die Straßenlampen und denkt, dass ein Messerstich in seinen Bauch vielleicht die einfachste Form ist, den Kampf um diejenige aufzugeben, die gehen will und noch nicht geht, vielleicht aus Mitleid oder weil sie ihren neuen Halt noch nicht gefunden hat, es ist eine Frage der Zeit, das Mitleid erschöpft sich rasch, und an seine Stelle tritt der Zorn, der Zinsen erhebt, Halte sind überall, es ist nur eine Frage der Zeit und dass sie sie sieht oder herbeiruft oder dass von ihnen gesehen wird, wer schon eine Weile ein rotes Tuch schwenkt, um sie anzulocken, und den Arm reckt, um sich festzuhalten. Es ist eine Frage der Zeit, und der Messerstich fixiert diese Zeit; und danach Schweigen und lösch das Licht, und dann, lösch es aus. Die Frau betrachtet die Straßenlampen und versucht, sich mit einem Kopftuch vor dem Wind zu schützen, man sieht es nicht mehr oft, dieses Bild, das altmodisch wirkt, vielleicht fehlt ihr deshalb die Übung und gelingt es ihr nicht, es zu verknoten, und sie lässt es sein, die Mähne umweht sie wie eine Standarte. Sie hat die Nacht und das Bett tatsächlich verlassen und denkt mit Sorge an den jungen Mann, der noch darin schläft, er ist schon zu viele Morgenstunden da, seitdem er blieb, ohne es zu sagen, geht aus und ein, während sie arbeitet, kommt und geht, wie es ihm beliebt, ohne Erklärungen, wie jemand, der in einer Pension wohnt und nicht zusammenlebt oder fragt oder erzählt, und nur in der Nacht, wenn er im Dunkeln zu spät ins Bett gleitet, weckt er sie wie ein forderndes Tier – oder wie ein Kind, das das Warten nicht aushält – und reißt ihr das Nachthemd herunter und verschwitzt ihr die Laken und nimmt ihr die Zeit ihrer Ruhe und stiehlt ihr den Schlaf, um selbst in seinen Genuss zu kommen. Die Frau verbringt die Nächte fast schlaflos und damit, an das zu denken, was im Finstern geschehen ist, und sich zu fragen, ob es dieses Mal zum letzten Mal geschieht, am Morgen geht sie mit der Erschöpfung ihrer Gedanken hinaus und mit der Angst, dass bei ihrer Rückkehr nach so vielen Stunden in der Außenwelt er noch immer da ist und er gegangen ist, sie fürchtet beides gleichermaßen, und sie hat nicht einmal versucht, ihm zu sagen, dass er bleiben oder gehen soll, denn sie hat auch Angst, er könnte auf sie hören oder nicht auf sie hören, wenn sie ihm das eine wie das andere sagen würde, das andere und das eine, wenn sie es wagen würde. Und da sie nicht weiß, was sie tun soll, tut sie nichts, sie wartet nur frierend auf den Autobus, während sie die Lichter betrachtet, die dem der Sonne widerstehen, sie geht auf, als hätte sie nichts mit ihnen zu schaffen, diese Zeitspanne, in der ihre Territorien nebeneinander bestehen und sich nicht ausschließen, aber sich auch nicht vermischen, so wie sich das Wirkliche und das Fiktive nicht vermischen und man in diesem niemals sagen kann »schon vorbei, ist ja gut, schon vorbei«, nicht einmal als Trost oder Täuschung, denn in ihm ist nichts wirklich geschehen, Dummerchen, und so geschieht in dem Territorium, das nicht wirklich ist, alles weiter und immer, dort verlöscht das Licht weder jetzt noch dann, und vielleicht verlöscht es nie.

Wenn ein Verleger einen Autor zermürben oder schikanieren will und außerdem feige ist und sich nicht traut, es in aller Offenheit zu tun, dann hat er es so leicht, dass man sich fast für ihn schämt, wenn er sich dazu entschließt oder es tut. Man weiß, dass der New Yorker Verlag Harper & Brothers Herman Melville loswerden wollte, den Verfasser von ›Moby Dick‹, nachdem die Verkäufe dieses Romans, einer der Höhepunkte der Gattung, sich enttäuschend angelassen hatten und platte oder schäbige Kritiken in einem Großteil der Presse seines Landes (in England sah man ihn wohlwollender) erschienen waren. Und so bedienten sich die Gebrüder Harper, als Melville ihnen sein neues Werk, ›Pierre oder im Kampf mit der Sphinx‹, überreichte, der niederträchtigen Taktik, seinen Text nicht abzulehnen, sondern ihm einen unmöglichen Vertrag auf den Tisch zu legen, dessen demütigendste Neuerung gegenüber den vorangegangenen (Melville hatte bei ihnen bereits ›Omu‹, ›Mardi‹, ›Redburn‹ und ›Weissjacke‹ veröffentlicht) darin bestand, ihm weniger als die Hälfte seines üblichen Prozentsatzes anzubieten, das heißt, zwanzig Cent pro Dollar statt der gewöhnlichen fünfzig, nach Deckung der Kosten der Ausgabe, was erst nach dem Verkauf von tausendeinhundertneunzig Exemplaren der Fall sein würde. Melville erbat sich ein paar Tage Bedenkzeit und akzeptierte dann, unerklärlich für die Harpers (zweifellos ein Trick), das schäbige Angebot, ohne dass man genau den Grund dafür wüsste. Er schob jedoch die endgültige Ablieferung des Romans hinaus, nahm ihn noch einmal vor und erweiterte ihn um drei etwas künstliche Kapitel, in denen er eine bittere Satire der literarischen Welt zeichnete, in der er sich gezwungen sah, zu überleben, und mit dem Mittel der Fiktion seine Rechnungen mit seinen Verlegern und Verleumdern beglich, vor allem mit einem von ihnen namens Duyckinck. Obwohl diese Kapitel brillante Passagen enthalten, litt der Roman darunter, so dass man in den letzten Jahren Ausgaben von ›Pierre‹ gemacht hat, die um die Zusätze der Rache oder der Demütigung gekürzt waren. Als die Gebrüder Harper es mit einem Buch zu tun bekamen, das erheblich umfangreicher war als erwartet, setzten sie seinen Preis von ursprünglich einem Dollar auf 1,25 Dollar hinauf und Melvilles Prozentsatz auf fünfundzwanzig Cents pro Exemplar, das heißt, sie blieben in Wirklichkeit bei dem vereinbarten Hungerlohn. Wie zu erwarten und zu fürchten, erhielt Pierre noch banalere und bösere Kritiken als ›Moby Dick‹ (Duyckinck ließ seine ganze Wut aus, spielte jedoch den Unwissenden, was sein Porträt betraf: eine Niedertracht, er hätte sich enthalten sollen), den die Gebrüder H., nebenbei gesagt, nach den ersten Attacken nicht nur nicht unterstützt oder verteidigt, sondern dem sie von ihrer Zeitschrift ›Harper's New Monthly Magazine‹ aus unnötige, verdeckte Vorwürfe gemacht hatten, womit sie sich ebenfalls als extrem schlechte Verleger erwiesen und in die Annalen der Verirrung eingingen, denn ihre Pflicht war es, ihren Autor und sein Werk zu schützen. Und so begann mit dem glücklosen ›Pierre‹ Melvilles Niedergang als Romancier, der in dieser Gattung niemals mehr etwas veröffentlichte, das mit seinen vorherigen Erfolgen vergleichbar gewesen wäre, wohl aber einige der besten Erzählungen der Literaturgeschichte, wie ›Bartleby‹ und ›Billy Budd‹, letztere erst posthum und in einer nicht ganz abgerundeten Fassung, die er kurz vor seinem Tod beendete, der vierzig beleidigte Jahre nach dem Erscheinen von ›Moby Dick‹ eintrat.

Ich habe, von allen gewaltigen Unterschieden abgesehen,

in einer Hinsicht eine noch größere Verachtung erfahren als der große Herman Melville, denn als ich den Roman ›Alle Seelen‹ dem Verleger übergab, der ihn seinerzeit veröffentlichte und gegen meinen Willen noch immer die Rechte an ihm hält, gestützt auf einen vorteilhaften Vertrag, den er aufgrund meiner damaligen Naivität, Wertschätzung und Freundschaft erhalten hatte, war sein Angebot noch beleidigender als das der Gebrüder H. an Herrn M. für ›Pierre‹ (ach, diese Initialen), da mein vorheriger Roman, ›Der Gefühlsmensch‹, in Spanien und Frankreich im Allgemeinen gute Kritiken erhalten und mehr als ausreichende Verkäufe erzielt hatte, um den seinerzeit erhaltenen Vorschuss zu decken und diesem Verleger, dessen Namen ich auf diesen Seiten lieber nicht sehen möchte, nicht geringe Gewinne zu verschaffen. Obwohl also mein Saldo positiv war und fast drei Jahre seit ›Der Gefühlsmensch› vergangen waren und ›Alle Seelen‹ etwa achtzig Seiten stärker war und daher teurer verkauft werden würde, bot mir der fragliche Verleger in seiner Vorauszahlung fünfundzwanzig Prozent weniger an als für das vorherige Buch. Damals schrieb ich das seinem sprichwörtlichen Geiz und seiner feudalen Geschäftsauffassung zu, die sicherlich eine Rolle spielten; aber jetzt, im Licht späterer, noch skandalöserer und schäbigerer Vorgänge und der gewonnenen Distanz, kann ich nicht glauben, dass mein Fall sich sehr von dem Herman Melvilles unterschied oder man mich besser behandelt hat als ihn (was eine zusätzliche Ungerechtigkeit gewesen wäre für den Schöpfer des Wals), vor allem, da zu dem beleidigenden Angebot hinzukommt, dass der Verleger einen seiner fähigeren Angestellten damit betraute, mir einen langen Brief zu schreiben, in dem er alle möglichen Einwände gegen den Roman erhob – angestiftet und eingegeben vom Chef, der mir am Telefon schon ein paar inhaltslose, unentzifferbare angedeutet hatte, es fehlte ihm an Eloquenz –, die in meinen Augen so schief wie einfältig waren. Dass er es nicht selbst getan hatte, musste an seinem schwer zugänglichen Charakter und seiner Neigung liegen, sich bedeckt zu halten und sich zu verschanzen, und daran, dass er, dem Krämer näher als dem Intellektuellen, trotz seiner Versuche, den gegenteiligen Eindruck zu erwekken, sich gewöhnlich nicht wohl fühlte, wenn es zu räsonieren und zu argumentieren galt (für diese Aufgaben letztlich unbegabt), und sich lieber wortkarg und verschlossen gab. Mit einer Arglosigkeit, die schon für mein damaliges Alter unangemessen war, nahm ich die Einwände zur Kenntnis, als wären sie zutreffend und durchdacht, und in einem Fall hielt ich mich sogar daran; die anderen verwarf ich als gesucht und falsch, obwohl nicht ich die geeignete Person war und bin, um die unzweifelhaften Mängel meiner Bücher zu widerlegen oder zu leugnen. Und im Glauben, ich hätte es mit einem Freund, ja mit einer Vaterfigur zu tun – heiliger Himmel –, schrieb ich dem Verleger, dass ich »in Anbetracht seiner werten Person« bereit sei, den gleichen Vorschuss wie für den drei Jahre zuvor und mit achtzig Seiten weniger erschienenen Roman zu akzeptieren, aber nicht einen geringeren. Feudal, wie er war, muss er dies als Unbotmäßigkeit und als Affront aufgefasst haben, zweifellos war ich in seinen Augen ein undankbarer Aufrührer. Ich merkte nicht, dass er mich wahrscheinlich als Autor loswerden oder vielmehr mein Vertrauen untergraben wollte, so dass ich also wie Melville schließlich unakzeptierbare Knebelungsbedingungen akzeptierte (er muss einen Trick darin gesehen haben, und dabei betrug mein Prozentsatz nicht fünfzig oder die zwanzig, die den Vater von ›Moby Dick‹ harpuniert hatten, sondern die üblichen lächerlichen zehn Prozent unserer Tage); und ich akzeptierte sie sogar noch weitere Male bei späteren Werken und in einem so beunruhigend guten Glauben, dass sich daraus nur schließen lässt, dass ich ein gewaltiger Simpel oder Gimpel war oder womöglich noch immer bin. Ich muss daher nach Ablauf der Zeit folgern, dass ›Alle Seelen‹ seinem Verleger wenig gefiel und schwach erschien und dass er ihn widerwillig und auf gut Glück veröffentlichte, obwohl man ihn jetzt nicht dazu bringen kann, ihn loszulassen oder von dem mittelalterlichen Joch zu befreien, dem meine sämtlichen diesem sauertöpfischen Verlagssiegel anheimgegebenen Titel unterliegen (ich kann es nicht abwarten, es aus den Augen zu verlieren).

Dem Roman war indes kein Missgeschick beschieden, so unverdient dies auch gewesen sein mag, wenn es auch nicht an Stimmen gefehlt hat, die ihn als größten Mist und sogar als schlechtestes Buch aller Zeiten bezeichnet haben, was sich durchaus sehen lassen kann. Er wurde jedenfalls in neun Sprachen übersetzt und wird sich bis heute hundertvierzigtausendmal in verschiedenen Editionen und Sprachen verkauft haben, und von jedem dieser Exemplare hat dieser Verleger seinen ziemlich saftigen oder vorteilhaften Anteil kassiert – sicherlich widerwillig und auf gut Glück –, mit der einen oder anderen Ausnahme in jüngster Zeit (die Zahlen stammen von ihm, natürlich: welche sind einem sonst zugänglich). Aber von alten Meistern wie Herman Melville kann man selbst noch in ihren schlechten, grollenden Zeiten lernen, es lohnt sich nicht, das Risiko einzugehen, einen Text zu beschädigen, indem man ausführlich jemanden vorkommen lässt, der nicht einmal verdient, dass hier sein vollständiger Name erwähnt wird. Sosehr sein Tun und Lassen und seine Manien mich und meine Bücher betreffen, hat es doch keinen Sinn, diesem Unternehmer mehr Raum zu widmen als den Gebrüdern Harper, die schließlich und endlich wirkliche Verleger waren und fähig zu literarischer Ausgewogenheit. Allein die Anspielung auf jenen anderen H. verdüstert diese Seiten und macht sie etwas schäbig und mich trübe und verdrossen und geneigt zu verbalen Ausschreitungen, und letztlich liegt zwischen ihm und jenen H's des 19. Jahrhunderts zumindest die gleiche Entfernung wie zwischen dem armen Herrn M. von damals und dem anderen M., der hier spricht.

Zur Schäbigkeit gehört jedoch immer auch irgendein komisches Element, das sich ausschlachten lässt, und wenn ich das Adjektiv »sauertöpfisch« benutzt habe, dann nicht aus Liebe zur Genauigkeit und um mich strikt an die Wahrheit zu halten. Ich habe unlängst über einige gelegentliche Besucher des Verlags erfahren (aber vielleicht scherzten sie ja), dass sich in seinen Räumlichkeiten Tag für Tag ein starker, anhaltender und überaus unangenehmer Geruch bemerkbar machte. Befragt über die Ursache, erzählten die Angestellten den verblüfften Besuchern (darunter vielleicht ein Ausländer, um die Zahl der offenen Münder zu vergrößern) anscheinend frei von der Leber weg, der Chef und die Chefin, seine redselige Ehefrau, hätten unter Möbeln und Regalen, halb verborgen und den Empfehlungen irgendeines Schamanen, unlauteren Spinners oder Zauberers genau Folge leistend, einige Schalen oder kleine Teller mit Salz und Essig aufgestellt, um durch eine solche Mischung meine vermeintlichen Voodoo-Verwünschungen gegen ihr Unternehmen abzuwenden und zu neutralisieren – wie es scheint, wird jeder mir zuteilwerdende Erfolg oder Preis dort als Fluch und Missgeschick und Zähneknirschen erlebt; wenn sie wüssten – oder vielleicht die meiner armen toten Großmutter aus Havanna, eine herzensgute, heitere Frau, wie ich später nur wenige gekannt habe. Nicht herausfinden konnte ich, wenn dies denn alles wahr ist, ob das, was die Behälter enthielten, wie ein feuchter schmutzig weißer Klumpen aussah oder wie eine urinartige Flüssigkeit mit aufgelöstem, unsichtbarem Salz oder aber – wenn es grobes Salz war – mit Salzkörnern, die darin schwammen. Wie auch immer, in jedem Fall stinkend wie die Pest und ekelhaft. Sehr rationale, argumentierende und gesunde, keineswegs primitive oder totemische oder konvulsivische Leute. Ich weiß nicht, ob man das Gebräu zur Erleichterung des Personals, der Besucher und der Mitarbeiter angesichts seiner absoluten Wirkungslosigkeit während der letzten Zeiten entfernt hat, die eher essigsauer als gesalzen waren, so dass man beginnt, das Unternehmen mit einem vielleicht allzu unheilvollen Wortspiel zu bezeichnen. Um die Wahrheit zu sagen, ich glaube, so weit muss man nun auch wieder nicht gehen.

Angenehmere, redlichere und ausgeglichenere Verleger haben den Roman im Ausland übernommen, obwohl es dabei immer die eine oder andere geringfügige Änderung oder irgendein kleines Hindernis gab, die zum Glück akzeptiert beziehungsweise überwunden wurden. So befand zum Beispiel Gilles Barbedette vom Verlag Rivages, ein großartiger, enthusiastischer Verleger, der alles über Nabokov wusste und den ich sechs Jahre nach seinem Tod durch den langsamen, mörderischen Virus im ungerechten Alter von sechsunddreißig Jahren sehr vermisse, dass der wörtlich ins Französische übersetzte Titel ›*Toutes les âmes*‹ sich in dieser Sprache nicht gut machte, tatsächlich verfügt sie nicht über zwei Wörter wie die spanischen *anima* und *alma*, die erlauben, dem ersten fast alle der schlimmsten, nicht-laizistischen Konnotationen zuzuschieben. Nachdem ich nicht lange überlegt hatte (einen neuen Titel für etwas zu suchen, das schon einen hat, heißt sich ein wenig Gewalt antun), beschloss ich, dass er ›*Le Roman d'Oxford*‹ heißen sollte, was er billigte und welches die Bezeichnung war, mit der ich mich in meinen Briefen oder Gesprächen mit Eric Southworth und Daniella Pittarello, den einzigen beiden Personen, die von Anfang an auf dem Laufenden über meine Umtriebe waren, auf den Roman bezogen hatte, als ich an ihm arbeitete (in der Wohnung von Daniella P. in Venedig, gegenüber der Rückseite der Scuola di San Rocco und dem Kanal oder Fluss delle Muneghette, schrieb ich ein Gutteil seines Textes). So nannte ich ihn, *la novela de Oxford*, Oxford-Roman, wenn ich aus dem zweiten Stock herunterkam und Daniella einen

Tag nach dem anderen mit ernster Stimme und einem halben Lächeln auf den Lippen mitteilte: »*Non so come continuare*«, und sie mir zu antworten pflegte: »*Dai, dai.*« Und so nannte ich ihn nach seiner Fertigstellung noch eine Zeitlang weiter, ja, als ich Sauertopf & Salzfass endlich das Manuskript aushändigte, zu ihrer Begutachtung und späteren Verachtung, stand auf dem Deckblatt als provisorischer Titel nur ›*N de O*‹, und er hieß erst dann so, wie er heißt, als der Dichter Alvaro Pombo mir eines Abends, ohne ihn gelesen zu haben, gebieterisch sagte: »Ein Roman, der in Oxford spielt, muss zwangsläufig ›Alle Seelen‹ heißen, egal, wovon er handelt«, und ich auf ihn hörte. Damals sahen wir uns oft, jetzt fast gar nicht mehr.

In Deutschland schien dieser Titel jedoch den Piper Verlag in München, der ihn einkaufte, ebenfalls nicht zu überzeugen, und man fügte ihm einen niederträchtigen Untertitel hinzu, dessen Entwürdigung ich aufgrund meiner fehlenden Deutschkenntnisse seinerzeit nicht ermessen konnte: ›Alle Seelen oder die Irren von Oxford‹ (ich will glauben, dass das Äquivalent nicht noch abscheulicher und infamer ist, das heißt »die Hirnrissigen« oder »die Übergeschnappten«; ich war ungenau, als ich zuvor sagte, ich hätte alle Änderungen akzeptiert). Zum Glück hat das Buch in der neuen Ausgabe im Verlag Klett-Cotta in Stuttgart seinen schlichteren und weniger hirnrissigen Titel zurückerhalten.

Was England betrifft, so waren die Probleme anderer Art, denn nach der festen Entscheidung, den Roman zu kaufen, die der waghalsige und entschlossene Christopher MacLehose vom Verlag Harvill getroffen hatte – damals Bestandteil des riesigen Collins-Konzerns, jetzt unabhängig wie in seinen Anfängen und wieder unter seinem alten Namen The Harvill Press –, ließ der entsprechende Vertrag in beunruhigender Weise länger als üblich auf sich warten. Schließlich wagte ich, nervös nachzufragen, denn man wird sich leicht meine

Freude darüber vorstellen können, zum ersten Mal ein Buch von mir in der Sprache zu sehen, aus der ich seit dem ersten deskriptiv-ländlichen (aber zum Glück geflügellosen) einige recht schwierige übersetzt hatte, und erhielt die seltsame Antwort, Harvill warte auf die »gesetzliche Genehmigung« seitens der Anwälte des Großunternehmens, die sich vor seinem endgültigen Einkauf eingehend mit dem Text befassten, »da es sich um einen *roman à clef* handelt« und der Verlag sich nicht der Gefahr aussetzen könne, sich in der Zukunft irgendeinen Prozess an den Hals zu holen. Nach den Worten von MacLehose selbst, den ich noch nicht kannte, musste man sich vergewissern, dass mein Buch kein »vorsätzliches oder unfreiwilliges« Vergehen enthielt. So erlebte ich also erneut, wie die Wirklichkeit bestrebt war, den Roman ihrem Bereich einzuverleiben, und fühlte mich gezwungen, Harvill in einem Brief vom 23. Februar 1990 mitzuteilen, dass ›Alle Seelen‹ keinesfalls ein Schlüsselroman oder eine autobiographische Erzählung sei, sondern schlicht ein Roman und ein Werk der Fiktion; dass es in ihm kein vollständiges Porträt irgendeines Angehörigen der spanischen Abteilung der Universität Oxford oder sonst einer realen lebenden oder toten Person gebe, mit Ausnahme von John Gawsworth, der im Übrigen einmal mehr für das Fiktivste und am wenigsten Beunruhigende des Buches gehalten worden war; dass »einige Figuren allenfalls eine Mischung aus Merkmalen mehrerer realer Personen und – hauptsächlich – meiner eigenen Erfindung oder Phantasie aufweisen«; dass »die in dem Roman beschriebenen Situationen und Ereignisse nicht real sind und im Übrigen wenige Dinge in ihm behauptet werden. Um ein Beispiel zu nennen: Die Szene, in der die Figur namens Alec Dewar einen russischen Tänzer verhört, ist nur ein Produkt der Phantasie des Erzählers und wird als solches dargestellt. Ein Großteil des Buches besteht lediglich aus Annahmen oder Mutmaßungen dieses Erzählers, mit dem – übrigens –

der Autor unmöglich gleichgesetzt werden kann, da ich zum Beispiel unverheiratet und kinderlos bin«; ich fügte hinzu: »All dies verhindert natürlich nicht zwangsläufig, dass die Leser *glauben*, einige Figuren des Buches wiedererkennen oder sie mit realen Personen identifizieren zu können, aber ich sehe nicht, wie sich das vermeiden ließe. Wie Sie wissen, neigen die Leute zu der Überzeugung, dass es in den Romanen sehr viel mehr Autobiographie gibt, als gewöhnlich der Fall ist«; und ich erlaubte mir noch, ein (schwaches) Argument gegen die Möglichkeit einer juristischen Klage vorzubringen: »Kurz, meiner Meinung nach ist es unwahrscheinlich, dass irgendein Angehöriger der spanischen Abteilung gegen mich oder Collins Harvill aufgrund dieses Romans zu prozessieren versucht. Es wäre lächerlich, um nicht zu sagen skandalös, wenn Hispanisten (das heißt Leute, die ihr Leben lang die spanische Literatur studiert und gefördert haben) ein spanisches Buch angreifen oder seine Veröffentlichung in englischer Sprache verhindern würden.« Und ich schlug ihnen vor, sich mit Ian Michael zu beraten, der in einem privaten Brief den Standpunkt verfochten habe, man könne eben nicht von einem Schlüsselroman sprechen, und in seiner Eigenschaft als Leiter der Abteilung sehr gut in der Lage sei, dies zu unterscheiden und zu wissen. (Ich verzichtete darauf zu erwähnen, dass er im selben Brief die Kollegen scherzhaft beim Namen der Figuren nannte.) Christopher MacLehose dankte mir in seiner Antwort für die Erklärungen und Erläuterungen, die zweifellos helfen würden, den Weg freizumachen, wenn sie auch nicht »die Gesetzeslage« veränderten, weshalb er lieber auf Ian Michaels Antwort auf die Nachfrage warte, die man in der Tat bereits an ihn gerichtet habe.

Man kann sich leicht vorstellen, dass ich sogleich telefonisch Kontakt mit diesem aufnahm, um ihn, falls nötig, zu überzeugen, und ich muss voll Dankbarkeit sagen, dass er, obwohl er in diesem Augenblick Gelegenheit hatte, für den von ihm erbetenen Ermächtigungsbericht irgendeine Gegenleistung oder Pfründe von mir zu fordern – ein Abonnement für die San-Isidro-Stierkämpfe, eine herausragende Rolle in einem künftigen Roman, eine Führung durch die kriminellsten Viertel von Madrid, eine erbarmungslose Attacke in der Presse auf einen rivalisierenden Professor –, dies nicht tat. Er machte wieder einmal den Eindruck auf mich, dass alles, was mit diesem Buch zusammenhing, für ihn eine angenehme Ablenkung von seiner Routine war und deshalb ein großes Vergnügen. Aber wenn er auch im Austausch nichts von mir verlangte – und das bezeugt seine Redlichkeit –, so nutzte er die Situation doch aus – und das bezeugt seine Geriebenheit, aber die hätte fast jeder an seiner statt gehabt –, um mich eine Weile zu erschrecken und zu beunruhigen. Die britischen Antidiffamierungs- und Antischmähgesetze richteten sich wie alle Gesetze dieses Landes weitgehend nach den Präzedenzfällen und waren daher zu weit gefasst und vage, als dass man sich jemals in Sicherheit hätte fühlen können. In diesem Sinne genügte es, wenn Bekannte irgendeiner Person – zum Beispiel die Studenten oder Kollegen eines Professors – diese Person in der Figur eines Romans wiederzuerkennen glaubten, »mit dem Ergebnis von Hass, Verachtung, Misskredit oder Lächerlichkeit«, um das reale Wesen in die Lage zu versetzen, Klage gegen den Schriftsteller und den Verlag zu erheben, die zunächst einmal zugelassen wird. »Aber wie kann man das vermeiden, wenn es von der Lektüre der Leser abhängt und nicht vom Schreiben des Schriftstellers? Jeder Spinner kann glauben, was er will, nicht? Jeder Paranoiker sich wiedererkennen, nicht?« Ich dachte an die Frau, die sich mir in einem poetischen Telegramm als Putzfrau angeboten, mir am Telefon Befehle erteilt und sich in einem Butler oder in einem Fahrstuhl wiedererkannt hatte. »Man kann es nicht vermeiden«, antwortete Ian Michael, hocherfreut über die Besonderheit der Gesetze seines Landes, »da ist nichts zu machen.« – »Also?«, sagte ich und sah meinen Text schon für alle Zeiten in England geächtet. Und insistierte: »Und wie kann man wissen, ob die willkürliche Identifikation Hass oder Lächerlichkeit erzeugt hat? Ich sehe nicht, wie das möglich ist.« – »Das kann man nicht mit Sicherheit wissen, da es vor allem von der Wahrnehmung des Geschädigten abhängt«, antwortete Ian und fügte sehr hochnäsig hinzu: »Nichts zu machen.« Das Wort »Geschädigter« gefiel mir gar nicht. »Also?«, fragte ich noch einmal, nicht so sehr mit Hoffnung als aus Neugier. »Also muss man die reellen Möglichkeiten analysieren, dass die Kollegen, die die Leser in Oxford wiederzuerkennen glauben könnten, mit dem Ergebnis von Hass, Misskredit, Lächerlichkeit oder Verachtung, einen Rechtsstreit gegen dich, den Schadensverursacher, vom Zaun brechen.« Er machte eine Pause, um dem Ergebnis seiner Analyse größere Dramatik zu verleihen, und es ärgerte mich, dass er mich »Schadensverursacher« nannte, noch dazu ohne Beweise. »Ich habe die Frage mit Eric besprochen«, sagte er, »und beide stimmen wir in der Hauptsache überein: Wir glauben nicht, dass irgendein Kollege sich auf ein derartiges Unterfangen einlassen würde, mit einer Ausnahme«, und hier erwähnte er den Namen eines dieser Kollegen, »der sich vielleicht in der Figur namens Leigh-Peele porträtiert sehen könnte. Nicht, dass andere sich nicht in anderen Porträts sehen könnten, alle sind wir eitel, und ich selbst meine mich etwas in diesem irischen Aidan Kavanagh wiederzuerkennen, obwohl ich nie wie er meine Achselhöhlen in der Öffentlichkeit gezeigt habe«, und hier konnte er sich nicht ein kurzes Lachen verkneifen, zweifellos in Erinnerung an die Szene des Romans, in der dieser Aidan Kavanagh wie ein Verrückter in einer Diskothek tanzte, bekleidet mit einer nilgrünen Weste über einem merkwürdigen ärmellosen Hemd, und beim Heben der Arme zum Entsetzen und zur Empörung des Erzählers zwei dichte Büschel Achselhaar sehen ließ. »Keiner der anderen ist reich genug, um einen Prozess zu führen«, fuhr er fort, »aber er hat vor kurzem, man weiß noch nicht wie viel, Geld von irgendwelchen entfernten, unverheirateten Verwandten geerbt (vielleicht Kirchenleute, wir werden schon noch herausfinden wie viel) und könnte sich versucht sehen, es zu tun. Das Beste ist also, du streichst die Figur aus der englischen Fassung, schließlich und endlich ist sie sehr anekdotisch und kommt nur in einem Absatz vor, oder du änderst wenigstens ihren Namen, um nicht zu einer möglichen falschen Verknüpfung zu verleiten. Und es wäre angezeigt, eine schützende Vorbemerkung zu schreiben, wie sie vor Zeiten Masterman verfasst hat.« Ich wusste nicht, wer Masterman war, und ich wollte es damals auch nicht wissen. »Ich werde sie dir schicken. Was mich betrifft, so werde ich Harvill mein Urteil schreiben, und ich glaube, damit werden sie sich für gesetzlich befugt halten, das Buch zu veröffentlichen. Du brauchst dir keine Sorgen zu machen.«

Einige Zeit später, im Mai, war Ian so freundlich, mir eine Kopie seines Briefs an Guido Waldman von Harvill zu senden. Er wies darauf hin, dass weder die spanische noch die französische Ausgabe des Buches dieses als *roman à clef* beschrieben und dass, wenn die englische Ausgabe es auch nicht in dieser Weise präsentierte oder bewarb, er keinen Grund zur Sorge sehe. Er erwähnte, es sei angebracht, Leigh-Peele zu streichen, und ließ sich nicht nehmen, daran zu erinnern, dass nichts die Leser in Oxford daran hindern könnte, falsche Identifikationen herzustellen, »aber das ist ebenso ein Problem für Iris Murdoch, A. N. Wilson, Colin Dexter, Evelyn Waugh in der Vergangenheit oder jeden Romancier, der Oxford als Schauplatz benutzt, wie für Javier Marías«. Er legte – und legte mir – die berühmte Vorbemerkung von Masterman bei, die so lang war, dass ich, um die Wahrheit zu sagen, immer zu faul war, sie zu lesen, und sie nie las. Er schloß mit einem dekorativen Satz, den Harvill, falls man es für richtig hielt, auf dem Umschlag oder im Klappentext zitieren und David Serafín zuschreiben konnte, das heißt dem längst nicht mehr geheimen Pseudonym, unter dem Ian Michael seine Kriminalromane mit Inspektor Bernal veröffentlichte.

So erschien ›Alle Seelen‹ schließlich 1992 in England mit dem natürlichen Titel ›*All Souls*‹ und der episodischen Figur von Doktor Leigh-Peele in »Dr. Leigh-Justice« verwandelt, in vager Erinnerung an den englischen Nebendarsteller meiner ganzen Kindheit, James Robertson Justice: Der Hass auf die Zensur ist viel zu groß, als dass ein spanischer Autor heute bereit wäre, Passagen seines Buches zu streichen, und aus demselben Grund weigerte ich mich, einem diskreten Vorschlag in Bezug auf ein paar kleine religiöse Spitzen nachzugeben, wobei hinzukommt, dass es mich besondere Überwindung kostet, auf Scherze zu verzichten. Was die schützende Vorrede betrifft, so beschränkte ich mich darauf, eine »Bemerkung zum Text« voranzustellen, ähnlich der, die alle Filme im Abspann bringen, obwohl ich fürchte, dass sie, genau gelesen, einen ironischen Widerspruch in sich selbst darstellte und daher etwas anderes aussagte als das, was man auf Anhieb verstand und versteht. Dort hieß es: »Da sowohl der Autor als auch der Erzähler dieses Romans zwei Jahre den gleichen Posten an der Universität Oxford innehatten, ist es vielleicht angezeigt, dass Ersterer einen Augenblick das Wort ergreift, bevor er es bis zum Schluss Letzterem überlässt, um zu sagen, dass jede Ähnlichkeit zwischen jeder der Figuren von ›Alle Seelen‹ (unter Einschluss des Erzählers, unter Ausschluss von ›John Gawsworth‹) und jeder lebenden oder toten Person (unter Einschluss des Autors, unter Ausschluss von Terence Ian Fytton Armstrong) rein zufällig ist, was ebenfalls für die Geschichte und die Anekdoten und die Ereignisse gilt. Der Autor.« Der englische Text wies leichte Unterschiede auf, aber ich glaube, weder die Übersetzerin noch die Verleger bemerkten den Widerspruch, der so in aller Ruhe in Druck ging. Inmitten der wachsenden Konfusion zwischen Wirklichem und Erfundenem fielen dagegen der Übersetzerin Margaret Jull Costa, der ich so viel verdanke, sehr wohl die Zitate von Lawrence Durrell auf, die ich in ›Alle Seelen‹ und zuvor auch hier wiedergegeben habe, in denen er sich über seinen glanzvollen Jugendfreund John Gawsworth äußert, und sie erschienen ihr so unglaubwürdig oder allzu *ben trovate*, dass sie sie für apokryph und von mir geprägt hielt; zum Glück hatte sie noch einen Rest von Zweifel und fragte mich danach, und so konnte sie wörtlich aus Durrells Buch ›*Spirit of Place*‹ zitieren, statt mühsam die Sätze aus dem Spanischen ins Englische zu übertragen, die ich zuvor aus dieser Sprache in die meine übersetzt hatte.

Damals war es, nach der Veröffentlichung in England, dass die Recherchen, die ich nicht gesucht hatte, und auch die Ereignisse und Koinzidenzen ihr Tempo beschleunigten, das seither nicht mehr nachgelassen hat und vielleicht nie nachlassen wird, und ich mehr als einmal das Gefühl hatte, dass man vorsichtig sein muss mit dem, was man in den Büchern erfindet und schreibt, denn gelegentlich geht es in Erfüllung. Und wenn dieses Tempo nie nachlässt, wie ich voraussehe, ist es sehr gut möglich, dass ein Teil meines Lebens – aber es ist nur ein Teil – für immer durch eine Fiktion bedingt und bestimmt ist oder durch das, was dieser Roman mir im Lauf der Zeit gebracht hat und mir noch bringen wird.

Doch schon vor dieser Zeit war etwas sehr Auffallendes geschehen, wenn auch mehr für den Mann, der mir aus London schrieb, als für mich selbst. Einige Tage nach dem 11. November 1991, an dem er datiert war, erhielt ich einen Brief von einem gewissen Anthony Edkins, der in der Deronda Road wohnte. Darin schrieb er mir, wir hätten uns

AUTHOR'S NOTE

Given that both the author and narrator of this novel spent two years in the same post at the University of Oxford, some statement may be in order on the part of the former, before he finally yields the floor to the latter, to the effect that any resemblance between any character in the novel (including the narrator, but excluding "John Gawsworth") and any other person living or dead (including the author, but excluding Terence Ian Fytton Armstrong) is purely coincidental as is any resemblance between any event in the story and any historical event past or present.

J.M.

einmal in Madrid in der Wohnung von Alvaro Pombo gesehen, aber ich könnte mich vielleicht nicht an ihn erinnern, da es sehr flüchtig gewesen sei (in der Tat erinnerte ich mich kaum an ihn, trotz meines nicht schlechten Gedächtnisses). Er habe jetzt – natürlich auf Spanisch – ›Alle Seelen‹ gelesen, und es habe ihm die Sprache verschlagen, als er zum Kapitel über John Gawsworth gelangt sei, das ich hier vollständig wiedergegeben habe. »Gawsworth, den ich nie persönlich kennengelernt habe«, schrieb er, »war der erste Verleger, der ein Gedicht von mir annahm (zufälligerweise gerade, als ich im Jahr 1951 im Begriff war, meine erste Reise nach Spanien anzutreten). Er war zur damaligen Zeit Direktor der ›Poetry Review‹; er schrieb mir mit der Hand einen fünf Bogen langen Brief. (Ich habe diesen am 13.3.51 in Shepperton in Middlesex datierten Brief kürzlich wiedergefunden und -gelesen und entnehme ihm, dass wir anscheinend ein Telefongespräch miteinander geführt haben.)« Obwohl durchaus ein bedeutendes, vielleicht extremes Zusammentreffen, war bis zu diesem Punkt eigentlich nichts allzu Außergewöhnliches daran, da Gawsworth, bevor er umherirrte und passiv wurde, in seiner unermüdlichen Tätigkeit eine endlose Zahl von Personen gekannt haben muss, die mit Literatur zu tun hatten, sowohl Gefeierte als auch Neulinge. Aber der folgende Absatz in Edkins' Brief machte seine Verblüffung und sogar seine Angst (oder es war meine beim Lesen) sehr wohl begreiflich, diese kurze, erträgliche Furcht, die uns erfasst, wenn wir sehen, wie die Dinge allzu genau und unerwartet zusammenpassen, die Furcht davor, die Welt folge einer größeren Ordnung, als wir gern glauben, oder sei von uns selbst besser geordnet. »Danach erwähnen und zeigen Sie«, fuhr Edkins fort, »die Totenmaske von Gawsworth, die Oloff de Wet angefertigt hat, jemand, den ich in jenem Sommer im Café Gijón in Madrid kennenlernte. In dieser für mich schlechten Zeit fütterte er mich eine Woche oder länger mit Schinkenbrötchen und Pernod durch, wofür ich mir seine phantastischen, aber faszinierenden Geschichten anhören musste.« Und er schloss mit einem Ausruf: »Da habe ich also in der letzten Woche einen Roman von jemandem gelesen, den ich – wenn auch sehr flüchtig – persönlich kannte, und dieser hat mich mit zwei Personen konfrontiert, die meinen Lebensweg zwar nie wieder gekreuzt haben, aber vor vierzig Jahren von großer Bedeutung für mich waren!«

Ich zweifelte nicht an der Echtheit des Briefes noch an Edkins' Aufrichtigkeit, obwohl jemand, der einen Scherz mit mir hätte treiben wollen, es nicht besser hätte anstellen können. Über das unglaubliche Zusammentreffen hinaus gab es einige ironische Details, die bei einem weniger naiven Menschen vielleicht Argwohn geweckt hätten: Mein Briefpartner hatte nicht nur Kontakt sowohl mit Gawsworth als auch mit de Wet gehabt, sondern sie noch dazu getrennt kennengelernt und zwischen ihnen, die gleichwohl durch den Tod des Ersteren vereint waren, niemals irgendeine Verbindung hergestellt; sein Kontakt mit dem einen und mit dem anderen hatte im gleichen Jahr 1951 stattgefunden, in dem auch seine dauerhafte Beziehung mit Spanien begonnen hatte und in dem zufällig ich in Madrid auf die Welt gekommen war, nicht weit vom Café Gijón entfernt, dem Ort, an dem de Wet ihn eine Woche oder länger beschützt und ernährt hatte; und schließlich lebte Edkins in einer unwahrscheinlichen Straße namens Deronda, und obwohl ich weiß und wusste, daß ›Daniel Deronda‹ der Titel eines berühmten englischen Romans aus dem 19. Jahrhundert ist, wirkte der Name in diesem Zusammenhang tatsächlich wie ein spöttisches und wenig ausgefeiltes Anagramm von Redonda, der Antilleninsel, deren König Gawsworth war.

Ich antwortete ihm sofort; ich bat ihn um eine Fotokopie des Briefes des Königs ohne Reich, wenn er so freundlich wäre; ich erklärte ihm, dass das Einzige, was ich bislang von

Oloff de Wet gewusst hätte, sein Name sei, der als »Hugh Olaff de Wet« in der Gedenkschrift zum Tod von Gawsworth erschien, die mir das Foto seiner Gipsmaske verschafft hatte. »Und wenn Sie Zeit haben und es Ihnen nichts ausmacht, sich laut zu erinnern«, fügte ich hinzu, »würde ich gerne mehr über de Wet wissen, was für eine Art Mensch er war, was er tat, was für ›phantastische, aber faszinierende Geschichten‹ er zu erzählen pflegte, wie alt er war und was er damals in Madrid verloren hatte.« Seit Erscheinen des Romans, schrieb ich ihm, hätte ich eine Reihe weiterer verstreuter Angaben über Gawsworth erhalten, aber dies sei das erste Mal, dass ich Nachrichten von jemandem erhielte, der in mehr oder minder direktem Kontakt mit ihm gestanden habe. Wenn ich an diese Bemerkung denke, kann ich nicht umhin, innerlich ein wenig zu lächeln, so viele Dinge haben sich in dieser Hinsicht in den wenig mehr als sechs Jahren verändert, die seit der Lektüre dieses Briefes vergangen sind, nicht zuletzt habe ich jetzt etwas in meiner Wohnung, das ich mir angewöhnt habe, das »Gawsworth-Zimmer« zu nennen.

Edkins' großzügige Antwort stammte vom 8. Dezember. Er schickte mir die erbetene Fotokopie. »Und was Oloff de Wet betrifft«, schrieb er, »so könnte ich stundenlang über ihn reden, obwohl ich ihn nur eine Woche gesehen habe; später traf ich zwei Personen, die ihn gekannt hatten: einer, ein sehr berühmter Antiquar hier aus London, Bernard Stone (vielleicht kennen Sie ihn), und der andere, wie Oloff selbst einer jener ersten Söldnerpiloten, ein Amerikaner namens Jim Tuck, der vor ein paar Jahren gestorben ist ... 1951 muss de Wet etwa achtunddreißig Jahre alt gewesen sein; es war sein erster Besuch in Spanien seit dem Bürgerkrieg, in dem er für die Republik gekämpft hatte (nachdem er von Francos Lager abgewiesen worden war, wahrscheinlich, weil er zuvor im Abessinienkrieg für Haile Selassie gegen Mussolini geflogen war), mit der er jedoch später in Konflikt geriet; nur das persönliche Eingreifen von Cisneros rettete ihn vor der Hinrichtung in Valencia.« (Edkins bezog sich auf Ignacio Hidalgo de Cisneros, dessen Befehl die republikanische Luftwaffe unterstand). »Später arbeitete er für das Deuxième Bureau, und die Deutschen verhafteten ihn in Prag, so dass er den ganzen Krieg in einer Zelle für Todeskandidaten verbrachte ... Er veröffentlichte zwei Bücher (auch Kinderbücher, glaube ich). Das erste über seine Luftabenteuer im spanischen Bürgerkrieg, mit dem Titel ›*Cardboard Crucifix*‹« (oder ›Kruzifix aus Pappe‹, ein denkbar grauenvoller Titel), »das 1938 von Blackwood und in Amerika von Doubleday als ›*The Patrol is Ended*‹« (oder ›Die Patrouille ist vorbei‹) »veröffentlicht wurde; es ist mir nie gelungen, mir ein Exemplar dieses Werkes zu beschaffen oder es zu lesen; Bernard Stone versprach mir, es mir zu leihen, aber er hat sich nie daran gehalten. Von Stone erfuhr ich auch, dass Oloff Anfang der sechziger Jahre gestorben war, wie er glaubte. Das zweite Buch ist ›*The Valley of the Shadow*‹« (oder ›Das Tal des Schattens‹), »Blackwood, 1949, mit einer Neuauflage als Taschenbuch 1956, die ich habe, über seine Erfahrung in Deutschland; aus der Werbung lässt sich entnehmen, dass er in dem von der BBC ausgestrahlten Fernsehprogramm ›Das ist mein Leben‹ aufgetreten ist – ganz unbekannt konnte er also damals nicht gewesen sein! Es gab eine Zeit, in der ich den Plan hegte, einen komischen Roman mit Oloff als Protagonisten zu schreiben, aber die Lektüre seines Buches über die Todeszelle entmutigte mich ziemlich ...« Dann schlug er vor, wir sollten uns das nächste Mal sehen, wenn er nach Madrid käme, was sicher zu Ostern der Fall wäre, und dann würde er mir mehr erzählen. Er regte auch an, ich sollte Pombo um das Original eines anderen, unvollendeten Romans von ihm bitten, in dem Episoden des von de Wet inspirierten aufgegebenen Projekts enthalten waren. Ich könne ihn unter dem Namen und der Maske der Figur namens Hugo van Renssaler erkennen ... Aber Pombo wird es bestimmt verkramt haben, wie andere Male auch.

Mein Geist kann manchmal detektivisch und damit deduktiv sein, aber er ist natürlich niemals journalistisch oder gelehrt. Mir wird bewusst, dass ich nicht einmal das, was meine Neugier oder mein Interesse weckt, besonders suche oder ihm nachspüre, sondern mich eher darauf beschränke, es zu registrieren oder zu erfassen, und in aller Ruhe warte, als glaubte ich, dass nur das, was ohnehin kommt, ohne von meiner Anstrengung abzuhängen, sich lohnen oder verdient sein wird. Bisweilen frage ich mich, ob es eine Form ist, mich zu schützen oder meinen Alltag und meine wenigen, rettenden Gewohnheiten zu verteidigen: Wenn schon so viele gute und seltsame und schlechte Dinge auf mich zukommen, ohne dass ich etwas Nennenswertes dazu tue, würde ein aktives Verhalten mein Leben womöglich mit guten und seltsamen und schlechten Dingen überfluten, wozu ich nicht bereit bin, wären sie auch alle phantastisch. (Oder vielleicht würde dann nichts auf mich zukommen.) Wenn ich abergläubisch wäre – ich tue nur ab und zu so, aus Spaß –, würde ich glauben, im Besitz einer seltsamen magnetischen, meinem Willen nicht unterworfenen Macht zu sein, die Ereignisse und Koinzidenzen anzieht und viele nicht einmal im Geist formulierte Wünsche in Erfüllung gehen lässt, und in diesem Fall wäre das mit dem Salz und dem Essig gar nicht so unsinnig, geht man davon aus, dass sich diese kopflose Macht hier gegen die Sauertöpfischen gewandt hätte. Nur ist die Wirkungslosigkeit der primitiven Salz-Lösung offensichtlich. Vielleicht sollten sie andere Mittel ausprobieren, und mir fallen einige ein. Aber ich werde mich hüten, Ideen einzugeben.

Jedenfalls rief ich Pombo nicht an, um ihn zu bitten, dieses Manuskript zu suchen, das ohne Zweifel im Tumult seiner Papiere untergegangen war (ein so undankbarer Auftrag hätte ihn geärgert), und ich eilte weder nach London zu Bernard Stone (ich hatte schon meine eigenen Stones und sogar meine Alabasters) noch zu Edkins in Deronda, ohne Ostern abzuwarten, und als dieser schließlich nach Madrid kam und wir uns eine Weile in meiner Wohnung sahen, kam mir nicht einmal der Gedanke, Notizen zu machen oder das Gespräch mit den Angaben aufzunehmen, die er mir über de Wet und Gawsworth machen konnte (aber ich besaß auch kein Tonbandgerät, was sag ich da für Dummheiten, das rechtfertigt mich ein wenig), mehr über Ersteren, der mindestens eine Woche lang sein Mentor gewesen war. Ich erinnere mich also nicht mehr an viel, und ich werde ihm jetzt nicht schreiben, um ihm abermals auf die Nerven zu gehen und ihn zu zwingen, ein paar Seiten zu meinem Nutzen abzufassen (dieses Buch ist nicht so wichtig, nicht einmal für mich selbst). Aber vielleicht erinnere ich mich nicht an viel, weil es letztlich nicht viel war, was er mir mit lauter Stimme erzählte, und das ist auch logisch: Sosehr der ehemalige Söldnerpilot ihn, den wenig mehr als Zwanzigjährigen, auch beeindruckt haben mochte, es waren vierzig Jahre seit jener kurzen Madrider Begegnung oder Kostgängerschaft vergangen.

Edkins war ein Mann von mehr als sechzig Jahren, etwas schüchtern, sehr zurückhaltend und freundlich, mit einer behutsamen Sprechweise, einem milden Humor und einem vagen Anflug vergangener Bohème, die er des Alters wegen hinter sich gelassen hatte. Seine Augen blickten vertrauensvoll, und seine spitze Nase und sein spitzes Kinn, die ihm eine scherzhafte Ähnlichkeit mit seinem Gastgeber und Freund Pombo verliehen, ließen eher an den Fagin von Dickens denken als an Daniel Deronda selbst, so jüdisch dieser auch gewesen sein mochte. Er schenkte mir zwei Broschüren mit Gedichten von sich und der einen oder anderen Cernuda-Übertragung, und von allem, was er mir über de Wet sagte, erinnere ich mich nur an Folgendes: Er war ein selbstsicherer, jovialer und für das Madrid des Jahres 1951 auffälliger Mann, denn er trug einen Ring im Ohr, und ich weiß nicht mehr ob einen rotblonden Nackenschopf nach Piratenart, über einem Auge eine schwarze Augenklappe oder ein Monokel mit rauchfarbenem Glas; das Gesicht zierte nur ein Schnurrbart oder vielleicht ein Schnurr- und Kinnbart, die Gesichtszüge der Menschen verschwimmen in unserem immer schwankenden visuellen Gedächtnis. Obwohl er gut gekleidet war und Krawatte trug, war es seltsam, dass ihn bei diesem Aussehen nicht jeden Abend die franquistische Polizei verhaftete, sein Status als Ausländer muss ihn geschützt haben, oder vielleicht besaß er irgendeine Art von Schutzbrief, kriminelle und diplomatische Kontakte fehlten ihm natürlich nicht. Der Grund, aus dem er nach Spanien zurückgekehrt war, dorthin, wo er getötet hatte und beinahe standrechtlich erschossen worden wäre, war irrwitzig, wenn es der wahre war und nicht vielmehr eine Phantasie oder ein Schwindel, um den Jungen zu unterhalten, während dieser seine mit Pernod begossenen Schinkenbrötchen verzehrte: Er wollte Franco dazu bringen, in den Karpaten Partisanengruppen zu organisieren, die die Sowjets stören sollten (aus einiger Entfernung, um die Wahrheit zu sagen). Seine eingestandenen Beweggründe waren jedoch nicht gerade politischer und schon gar nicht ideologischer Natur, vielmehr vertraute er darauf, dass nach dem Sturz der kommunistischen Regime alles, was nach 1917 in Russland und in den Satellitenländern konfisziert worden war, seinen legitimen Besitzern zurückerstattet würde, unter denen sich seine damalige russische Frau befand – oder vielleicht war es die einzige –, deren Familie anscheinend mit der Oktoberrevolution das beste und teuerste Hotel Moskaus verloren hatte, Metropol sein Name, wenn mich das Gedächtnis nicht allzu sehr im Stich lässt. Wäre er erst einmal Direktor und Mitbesitzer des

Metropol, sagte er, könnte er endlich ohne Hindernisse das gefahrvolle, prickelnde Leben führen, für das er bestimmt war und auf das er im Übrigen nicht verzichtete. Er muss auf eine lange Jugend und eine noch längere Existenz gehofft haben, wenn er, um das zu erreichen, als Erstes einen Gimpel wie Franco überzeugen musste, ein paar improvisierte Partisanen zu finanzieren, die in den Karpaten herumspringen sollten (noch dazu ohne Sprachkenntnisse, sofern sie in ihrer Mehrzahl Spanier wären). Und mit dem Ring im Ohr hätte er natürlich nur erreicht, dass der Diktator mit seinen willensschwachen Pausbacken und seinem fliehenden Unterkiefer ihn von oben bis unten betrachtet und mit kleinbürgerlicher Furcht und normativem Abscheu in die Ecke einer weißen Karte notiert hätte: »Weibisch«.

Ich sehe die Szene, wenn sie denn stattgefunden hat, oder ich sehe sie, auch wenn dies nicht der Fall war, aber wer weiß, vielleicht setzte de Wet mit seinen Freunden der Botschaften und der Unterwelten Himmel und Hölle in Bewegung und erhielt eine ganz kurze Audienz, zehn oder zwölf Minuten, um dem größten Feind der Sowjetunion seine Pläne zu unterbreiten, und wusste es so einzurichten, dass dieser nichts von der Zurückweisung jenes freiwilligen Piloten zu Beginn des Krieges durch seine Getreuen oder über die damaligen Dienste des *refoulé* für die Republik oder über seine Jahre als Todeskandidat in den Gefängnissen der Gestapo oder über seine frühen Flüge gegen Mussolini in Abessinien wusste oder erinnerte. Ich sehe Franco als Admiral verkleidet, sitzend, die Füße von der Ferse bis zur Spitze fest auf dem Boden stehend, als seien sie nicht artikuliert und entbehrten der Bewegungsfähigkeit – die langen weißen Schuhe, die weißen Socken, die allzu deutlich seine mageren Knöchel erkennen lassen –, mit einem Anflug provinzieller Genugtuung, einen Ausländer vor sich zu haben, mehr noch, einen Briten, der gekommen war, ihn um Unterstützung zu bitten. Ich sehe Hugh Oloff de Wet mit seinem mangelhaften Spanisch und seiner ansteckenden Jovialität, wie er an seinem steinernen Gesprächspartner zerschellt, der, unfähig zu Humor und Wohlwollen und Begeisterung, schweigsam und vegetativ eher das extravagante Äußere des Söldners beobachtet, als dass er ihm zuhört, abgelenkt durch seinen heftigen Wortschwall wie durch ein Gemurmel, das ihn nicht betrifft. Und wenn de Wet seine visionäre Strategie zu Ende erklärt hätte – ohne das begehrte Hotel Metropol oder seine bereits erhaltene Ehefrau zu erwähnen, das ist sicher –, würde der Diktator ihn wahrscheinlich mit trübem Blick betrachten und noch eine Weile stumm verharren, als seien ihm die Regeln des Dialogs unbekannt und als müsse der andere vor ihm endlos weitersprechen oder als könnte man von ihm niemals erwarten – nicht mehr als von einem Totem oder einer Rüstung –, dass er etwas Konkretes oder Abstraktes äußere oder antworte. Er mag einen Finger an die öde Schläfe gelegt haben, eher zum Zeichen der Leere oder Abwesenheit als zum Zeichen des Abwägens oder Zweifelns; er mag mühsam durch die Nase geschnieft haben, ein Haken, der immer etwas zu destillieren schien; er mag verstohlen auf die glänzenden Goldknöpfe seines Ärmelaufschlags geblickt haben und am Ende – vielleicht – mit langen, zusammengepressten Zähnen und fast ohne die Lippen zu bewegen, gesprochen haben:

»Sagen Sie, wie machen Sie es, dieses runde Glas im Auge zu halten, ohne dass es Ihnen herunterfällt?«

Das gehörte zu den Dingen, die dem Diktator auffielen in jener Zeit, die schon begann, besänftigt zu sein, auch wenn der Tod sie noch durchzog und Salz regnen ließ und Totenschädel verstreute, zermalmt die Zeit. Seine Fähigkeit zu gedanklicher Äußerung war gleich null: Jahre später, nachdem er einigen furiosen Darbietungen des Folkloretänzers Antonio vor ihm und seinen Gästen beigewohnt hatte und der Künstler in seine Loge geführt worden war, um seine Komplimente entgegenzunehmen (begierig der Interpret, die diktatorialen Glückwünsche oder Lobesworte zu hören), war das Einzige, was der Usurpator hervorzubringen vermochte: »So was. Sie scheinen ja aus Gummi zu sein.«

De Wet weiß ganz genau, dass er die Frage beantworten muss, obwohl die Zeit der Audienz fast abgelaufen ist und die paar Sätze über sein rauchfarbenes Monokel sie unwiderruflich von der Angelegenheit abbringen und den schmalen Rest, die noch gewährten zwei oder drei Minuten, aufzehren können.

»Oh, das ist eine Frage der Übung, Exzellenz. Training und Disziplin, wie alles. Mit der Zeit hat man die Muskeln der Augenhöhle derart gestärkt, dass man sich am Ende gar nicht mehr erinnert, dass man ein Augenglas trägt.«

»Ich verstehe: eine Anstrengung«, antwortet kalt der falsche Admiral, und de Wet begreift, dass er etwas mehr erwartete, wahrscheinlich, dass er sich außer der Erklärung ein paarmal ohne Zögern oder Fehlgriffe das Monokel abnahm und wieder aufsetzte, dass er ihm in situ eine Demonstration seiner entwickelten Augenhöhlenmuskeln schenkte; aber de Wet denkt nicht daran, das Auge zu entblößen, nicht einmal für das Metropol, es ist etwas sehr Intimes, und er sieht auch nicht voraus, dass der Diktator ihn darum bitten könnte, obwohl er jetzt deutlich erkennt, dass dies sein Wunsch wäre, ein Mann, der gewohnt ist, dass man seine Worte deutet, dass er die Dinge nicht bitten oder fordern muss, womöglich gehört er zu denen, die nur wissen, was ihnen gefällt, wenn man es ihnen vorgeschlagen und sie auf die Idee ihrer Grausamkeiten oder Gelüste gebracht hat, die alle willkommen sind. Franco Bahamonde schweigt abermals zu viele Sekunden lang, und de Wet nutzt die Gelegenheit für den Versuch, auf seine Partisanen zurückzukommen:

»Was sagen Sie also zu meinem Plan, Herr General? Finden Sie ihn plausibel? Werden Sie ihn studieren? Wir wären ein ständiger Störfaktor, ein Albtraum für die sowjetischen Behörden, die viel zu sorglos gelebt haben. Sie haben die Zeit zermalmt, sie haben diese Länder zermalmt.«

Aber der Operettenseemann, der niemals auf etwas anderem als auf Vergnügungsschiffen zur See gefahren ist, interessiert sich nur für das, was er vor sich hat, nur dafür, vielleicht hat er nicht einmal mitbekommen, worin der kindliche, wahnwitzige Vorschlag des Söldners besteht, kaum hatte der Amtsdiener ihn hereingeführt, hielt er ihn schon für einen hochnäsigen Europäer und einen überkandidelten Engländer.

»Sagen Sie«, sagt er schließlich nach einem weiteren Schweigen und mit einem Maximum an Ausdruckslosigkeit in seinen kleinen wie ungewaschenen Augen, »dieser Ohrring da, tut er Ihnen weh? Sie tragen ihn doch im Ohrläppchen, nicht wahr? Er ist kein Clip, er hat eine Nadel, nicht? Clips heißen die, die nicht durchstechen, wie ich im Radio gehört habe. Und ich höre ziemlich viel Radio, um mich zu informieren.«

De Wet fasst sich instinktiv mit Daumen und Zeigefinger an das Ohrläppchen, es ist kein Gehänge, sondern ein Ring, und er ist in der Tat nicht angeklemmt. Er zupft sich am Ohrläppchen, und er zupft sich am Ring, und er begreift abermals wie durch Infusion oder Mesmerismus, dass der Diktator nicht nur eine Antwort will, sondern den Schmuck aus der Nähe sehen möchte, wie man ein Phänomen von geringer Größenordnung bestaunt, zweifellos empört und irritiert es ihn, dass ein Mann ihn trägt, aber er empfindet auch eine winzige träge Neugierde für das, was er missbilligt, er will mit eigenen Augen feststellen, wie weit die Schamlosigkeit dieses affektierten Subjekts geht, das mit unerklärlichen Empfehlungen bis in sein Amtszimmer vorgedrungen ist, Köpfe werden rollen im Innenministerium und in den Botschaften, der von Pemán wird rollen oder der von Camilo, der von Starkie wird rollen, auch der irgendeines Verwalters und eines Saaldieners. Oder der seines Schwiegersohns.

»Ja, Euer Exzellenz, ich trage ihn im Ohrläppchen, es ist ein altes militärisches Ehrenzeichen der Familie«, versucht de Wet sich zu rechtfertigen, »meine stammt aus Südafrika, und in Südafrika ist das gut angesehen. Es ist eine Familientradition, wie gesagt, ich trage ihn aus Treue. Mein Großvater legte ihn an, um Schlachten zu gewinnen.«

»Aber Sie sind keine Neger«, sagt der Diktator, während er starr auf de Wets blonden Nackenschopf blickt. »Nicht von der Haut her, Sie sind keine Neger.«

»Nein, wir sind keine Neger, Exzellenz, das springt ins Auge.«

»Ich habe Neger gekannt«, äußert Franco nachdenklich.

»Das bezweifle ich nicht, Herr General. Euer Exzellenz werden viel gereist sein«, antwortet de Wet, mehr und mehr orientierungslos in Bezug auf die Richtung, in die er sich bewegt. Er weiß, dass sich jeden Augenblick die Tür öffnen und der Amtsdiener ihn hinaus, seine Partisanen in den Limbus und das Metropol in die Beschlagnahme führen wird.

»Reisen im eigentlichen Sinne nicht so sehr«, räumt der Hochstapler der Admiralswürde ein. Und fügt lakonisch hinzu: »Ich habe Erfahrung. Die Neger erkennt man aus der Entfernung.« Dann verharrt er wieder stumm, aber es scheint, als suchte er nach einigen Worten oder legte sie sich zurecht, nicht, dass er seinen Turnus bereits für beendet erachtet. Oder vielleicht bemüht er sein Kurzzeitgedächtnis, denn gleich darauf wiederholt er und insistiert: »Sie sagen also, dass dieses Schmuckstück Ihnen nicht weh tut?«

»Nein, Herr General, es tut mir nicht weh, ich trage es seit sehr jungen Jahren, und es ist auch eine Frage der Gewöhnung, unsere Ohren unterscheiden sich ja nicht von denen der Frauen, nicht wahr?«

»Es stimmt, sie sind ähnlich. Aber es kommt darauf an«, sagt der seemännische Schwindler rätselhaft, aber vielleicht ist kein Rätsel, sondern eher Einfalt im Spiel; und während er es sagt, fasst er, genauso instinktiv wie kurz zuvor de Wet, mit Daumen und Zeigefinger an eines seiner Elefantenohren, de Wet bemerkt in diesem Augenblick, wie groß sie sind – sie wirken wie an den Schläfen angesetzte Fußsohlen –, und versucht sich einen Ring vorzustellen, der eines von ihnen hervorhebt, aber er wehrt das Bild sogleich ab, weil es respektlos und widerwärtig ist. Der Diktator hält den Hals gereckt, als wartete er auf etwas, er ist fast sechzig Jahre alt, er wird sehr bald faltig werden. Seine echten schneeweißen Füße stehen noch immer völlig horizontal auf dem Teppich, als trüge er Bretter statt Schuhe. Er macht den Eindruck, dass er für nichts in der Welt bereit wäre, sich zu erheben oder auch nur aufzurichten, so dass de Wet sich entschließt, heranzutreten, sich im Profil hinzustellen und ein wenig den Oberkörper zu neigen, um ihm besser die Mechanik seines Schmuckstücks zu zeigen, das ist nicht so intim wie das mit dem Auge, es macht ihm nichts aus, ihn darin zufriedenzustellen.

»Wenn Euer Exzellenz ihn genauer anschauen wollen«, sagt er.

»Kommen Sie näher her. Hierher«, befiehlt ihm der Staatschef, den Hals streckend, der ein Schildkrötenhals sein wird, mit seiner stets lustlosen Stimme. De Wet stellt sich noch mehr ins Profil und tritt näher heran, aber zwischen beiden befindet sich der große, fast leere Arbeitstisch, das Staatsoberhaupt betreibt keinen Papieraufwand. »Lassen Sie sehen, kommen Sie auf diese Seite«, diktiert ihm der Diktator, während er ihn anweist, um ihn herumzugehen, »ich kann dieses kriegerische Ehrenzeichen, wie Sie sagen, nicht gut sehen.« De Wet gehorcht und kommt so zur Rechten des Sessels des Generals zu stehen, und da dieser nicht gedenkt, sich zu bewegen und er ein hochgewachsener Mann ist, geht er mit einer agilen Bewegung in die Hocke, um sein geschmücktes Ohr in die richtige Höhe zu bringen, das heißt in die der verschleierten Äuglein, die das Anhängsel jetzt aus ganz geringer Entfernung ausforschen, es scheint, als flüsterte er ihm etwas ins Ohr und würde es gleich lecken, de Wet spürt im Gesicht den Atem Franco Bahamondes wie ein gleichmäßiges pfeifendes Schnarchen. »So was. Sie durchstechen sich das Fleisch, Sie tun es sich zermatschen«, sagt dieser, als verkündete er ein Gutachten. »Ich weiß, dass die Neger sich auch durchstechen. Aber nicht alle. Die Mauren nicht, die tun das nicht.«

In diesem Augenblick öffnete sich die Tür, und der Amtsdiener trat ein: Die Zeit war abgelaufen. Er blieb wie angewurzelt stehen, als er die unerwartete Szene sah, in der der fiktive Seefahrer diesem geckenhaften Engländer ein Geheimnis zuzuflüstern oder ihm zu beichten schien, ungewöhnlich für den Phantasieadmiral, der sich niemals jemandem anvertraute. Der Amtsdiener räusperte sich stilvoll (das lernt man in bestimmten Berufen) und verkündete Seiner Exzellenz, man warte auf ihn, um zum Jungstiergefecht zu gehen. De Wet fuhr erschrocken hoch und wich in drei großen Schritten zurück, bis er wieder vor dem Tisch stand. Dann vollführte der stierkampfliebende Diktator mit der Hand eine eindeutige Abschiedsgeste, eine weiche, nahezu freundliche Geste, und sagte zu ihm:

»Auf Wiedersehen. Viel Glück für Ihr Vorhaben.«

De Wet verstand. Es lohnte sich nicht, den geringsten Versuch zu machen. Die Geste war eindeutig freundlich gewesen, die Worte schneidend, obwohl sie einen guten Wunsch ausdrückten, dieser Mann war in einem einzigen Augenblick imstande, das Blut zum Faulen zu bringen und dunkelstes Dunkel keimen zu lassen. »Blaw for Blaw«, für ihn Schlag auf Schlag. Oder nicht, für jeden Einzelnen teilte er zu viele aus, typisch für unsichere Menschen. Der ehemalige Pilot nahm Haltung an und bedankte sich für die gewährte Ehre, die zugestandene Zeit und die geschenkte Aufmerksamkeit. Der Diktator antwortete ihm nicht, er wandte sich an den Amtsdiener und sagte:

»Garralde, begleiten Sie Herrn de Bet und kommen Sie dann wieder her.«

De Wet machte auf den Absätzen kehrt und ging auf die offene Tür zu, aber bevor er durch sie hindurchging, hielt ihn die abgezehrte Stimme zurück:

»Sie haben mir nicht gesagt, was das für Schlachten waren, die Ihr Großvater in Afrika gewonnen hat.«

Der Söldner wandte sich zu ihm um und nahm erneut Haltung an:

»Mit Ihrer Erlaubnis, Señor: Vechtgeneraal Christiaan Rudolf de Wet. Er war unter anderem in Majuba, Ladysmith, Waterval, Paardeberg, Poplar Grove, Sanna's Post, Bloemfontein, Magersfontein, Roodewal, Koedoesberg, Mafeking, Raddersburg, Tweefontein, Mushroom und am Vet-Fluss, er hat sie nicht alle gewonnen. Er tat sich namentlich im Guerillakrieg hervor, etwas davon wird auf mich abgefärbt haben.«

Mit dieser letzten Bemerkung unternahm er den letzten Versuch, den er schon aufgegeben hatte. Es war vergeblich, wie erwartet. Der schimärische Kommodore antwortete nichts darauf. Er murmelte nur kalt, und der Ton war herablassend oder vielleicht trübsinnig oder vielleicht misstrauisch:

»Diese Namen sind mir nicht bekannt.«

»Der burische Krieg, Señor«, klärte ihn de Wet in übersetztem Englisch auf. »Er dauerte drei Jahre.« Er wollte hinzufügen: »Wie Ihrer, wie unserer, Señor«, aber er hielt sich zurück.

»Ah. Der Burenkrieg«, sagte Franco langsam, während er auf seiner Karte, dort, wo er eine Weile zuvor »Weibisch«

hingeschrieben hatte, ebenso langsam etwas zu notieren begann. Und was er jetzt notierte, war: »Manirierter Abenteurer. Degenerierung einer Familie.« Und dann fügte er mit lauter Stimme hinzu: »Ihr Großvater gehörte also einem Expeditionskorps an.«

»Nein, Señor, mit Ihrer Erlaubnis, Señor. Ich bin Brite, aber mein Großvater war Bure. Er brachte es bis zum Oberkommandeur der Burenarmee gegen die Engländer. Danach liefen die Dinge schlecht, und die Familie emigrierte.«

Franco Bahamonde muss es anomal und verachtenswert erschienen sein, dass der Enkel des Oberkommandeurs die feindliche Staatsangehörigkeit besaß, und er senkte den Blick, um weiter Notizen zu machen, und jetzt notierte er lebhafter das Folgende: »Mit diesem widerlichen Nackenschopf ist dein einzig möglicher Platz in der Stierkampfarena.« Dann hob er den Blick, wobei er mit einer Hand verdeckte, was er geschrieben hatte, obwohl es gar nicht möglich war, dass de Wet es von der Tür hätte sehen können, wo er wartete, während er seinen Hut in der Hand drehte, er hatte sich sehr sorgfältig gekleidet. Der Diktator wiederholte die Abschiedsgeste wie jemand, der eine Erlaubnis erteilt, aber zerstreuter, und de Wet hörte ihn noch murmeln: »Der Burenkrieg – sonst noch was? Den habe ich als Junge in der Presse verfolgt. Die Namen wären mir bekannt vorgekommen. Mich schmierst du nicht an, du Zopfträger.«

De Wet wurde vom rotgesichtigen Amtsdiener Garralde mit seinem kräftigen, dichten Haar hinausgeführt, und während er durch die Flure lief und Treppen hinabstieg, verstohlen beobachtet, dachte er, dass er bei dieser so auf der ganzen Linie gescheiterten Audienz wenigstens ein neues spanisches Wort gelernt hatte, *punzar*, durchstechen, er hatte es nicht gekannt; jetzt war es ihm auf der Zunge geblieben (*punzar, punzar*, wiederholte er für sich), und außerdem hatte er es durch den Zusammenhang verstanden. Und vielleicht hatte de Wet es diesem klatschsüchtigen Amtsdiener zu danken, dass ihn nicht jeden Abend die Polizei wegen seines für das Madrid von 1951 abenteuerlichen und manirierten Aussehens verhaftete, weder im Café Gijón mit seinem Schüler Edkins noch in El Molino Rojo noch im Pasapoga noch in El Biombo Chino noch im Conga noch in El Avión noch im J'Hay noch im Tarzán (früher Satán) noch im Chicote, auch nicht im House of Ming und nicht einmal in Las Palmeras, wenn denn alle schon oder noch existierten, oder an besseren Orten und in der besten Gesellschaft von Stierkämpfern und Schauspielerinnen: Er muss jeden Abend bis zum Hahnenschrei ausgegangen sein, mit dem Madrider Nachtleben wird keine Diktatur fertig. Womöglich konnte der Amtsdiener Garralde, der vielleicht wirklich weibisch war, obwohl er dem Anaphroditen Franco diente (der es im Leben nicht geahnt hätte und es im Tod nicht gewusst haben wird), seinem Liebhaber von der Polente nicht die unglaubliche Szene des Diktators verschweigen, der sich diesem großen, blonden, hockenden Mann mit Nackenschopf und Ohrring und Augenklappe anvertraute und ihm so dicht ins Ohr flüsterte, dass er ihm das Ohrläppchen hätte ablutschen können. Sehr wichtig dieser Ausländer, bei so viel geflüstertem Geheimnis, besser, man stand auf gutem Fuß mit ihm und belästigte ihn nicht, sondern erleichterte ihm im Gegenteil die Abenteuer bei seinem kurzen oder langen Aufenthalt in Madrid. Oder vielleicht war Garralde nicht homosexuell und hatte keinen Liebhaber, sondern eine stichelnde Ehefrau, aber er konnte von irgendeinem Lieblingsminister bestochen worden sein, der oft zu Besuch kam, einem Girón oder einem Solís oder einem Camilo Alonso Vega (Don Camulo wurde er genannt; wenn diese denn damals im Amt waren, ich erinnere mich jetzt nicht und mag nicht aufstehen, um nachzusehen), und sich in regelmäßiger Dankbarkeit die Zunge lösen lassen; oder womöglich von dem einzigen Schwiegersohn des megalomanischen Harpuniers (fast niemand erinnert sich noch daran, aber man trieb ihm sterbenskranke Pottwale in Schussweite zu, um ihn glauben zu machen, dass er sie traf wie ein Küsten-Ahab, einmal mehr armer Melville), von dem behauptet wurde, er versuche, alles zu erfahren und auszuspionieren, um seinem Schwiegervater besser Honig um den Bart schmieren zu können, und es ging auch das Gerücht, dass er nicht den geringsten Vorbehalt hatte, die wildesten und finstersten Lokale zu frequentieren (voller Abenteurer und sogar Affeminierter, bis hin zum Riscal, zum Copacabana), trotz des strengen Anaphroditen, der ihn überwachte. So dass also am Ende der Ohrring und nicht irgendein Einfluss der Schutzbrief des Söldners war, Hugh Oloff de Wet sein Name oder vielleicht auch nur einer seiner Namen.

Wenn ich nicht zum Telefon stürzte, um den unordentlichen Pombo anzurufen, und auch nicht nach Barajas eilte, um das erste Flugzeug nach London zu nehmen, oder so umsichtig war, mir einen Apparat zu kaufen, der Edkins' Worte aufnehmen würde, wenn er mir gegenübersäße, so war ich doch auch nicht völlig untätig und versetzte ein paar englische Buchhändler für gebrauchte Bücher in Alarmbereitschaft (Bertram Rota und Bernard Kaye, die Stones in der Titles Road in Oxford, den mittlerweile verstorbenen Ben Bass), damit sie an mich dachten, falls ihnen eines Tages ein Exemplar irgendeines der seltenen und sogar okkulten Bücher in die Hände fallen sollte, die de Wet geschrieben hatte.

Und in gerechter Erwiderung der zahlreichen bibliographischen Aufträge, mit denen Juan Benet mich im Laufe der Jahre bedacht hatte (sie waren zumeist kompliziert, als wollte er mich immer auf die Probe stellen), erlaubte ich mir, ihn damit zu beauftragen, in seiner ausgezeichneten Bibliothek zum Bürgerkrieg, eine seiner Spezialitäten, nach möglichen Erwähnungen des Piratenpiloten zu suchen. Nach einer Woche, zweifellos von Neugier und von bibliographischem Ehrgeiz getrieben (ich muss ihm die Sache besonders provokant und wirkungsvoll präsentiert haben: »Na, Don Juan, du hast doch dein Leben lang mit deinen Kriegskenntnissen angegeben. Nun zeig mal, was du kannst«), schickte mir Benet aus seinem Haus in Zarzalejo, auf dem Land, wo er das Material über den Krieg bewahrte, auf das er so stolz war, den folgenden handschriftlichen Bericht unter der spöttischen Überschrift »Notiz für den Lizentiaten Marías«:

»Zu Oloff de Wet habe ich einige Hinweise in der Bibliographie zum Bürgerkrieg gefunden. Jesús Salas Larrazábal erwähnt ihn in zwei seiner Werke, ›*La guerra de España desde el aire*‹, Ariel, Barcelona, 1972, und ›*Intervención extranjera en la guerra de España*‹, Editora Nacional, Madrid, 1974. In Ersterem wird de Wet im Zusammenhang mit der Schaffung von mindestens fünfzehn Jagd- und Bombergeschwadern durch das neue Staatssekretariat der Luftwaffe erwähnt, die im September 1936 mit importiertem Material zu operieren beginnen. Salas zufolge steuerte de Wet zu dieser Zeit eine Nieuport 52. Ein einzelner Hinweis auf de Wet existiert auch in Alcofar Nassaes: ›*La aviación legionaria en la guerra española*‹, Euros, Barcelona, 1975. Dagegen habe ich ihn nicht erwähnt gefunden in Bill Alexanders ›*British Volunteers for Liberty*‹, das eine sehr umfangreiche Liste der britischen Freiwilligen zu liefern behauptet, fast alle gruppiert im British Battalion, in dem der Verfasser diente. Auch nicht in Dokumenten und Erinnerungen britischer Brigadisten und Weggefährten.

Diese Hinweise gehen vor allem auf die Veröffentlichung von Oloff de Wets ›*Cardboard Crucifix*‹, Blackwood, London, 1938, zurück, das ich nicht finden konnte und das, wie ich glaube, nicht in spanischer Sprache vorliegt. Ein ausgezeichneter Fall von Recherche, wir wollen wieder mal sehen, wozu Du fähig bist, was Du vermagst. Nach dem, was ich schließen kann, handelt es sich um eine autobiographische Erzählung seiner Erfahrung in Spanien als Kriegspilot und gut plazierter Zeuge der Entstehung der republikanischen Luftwaffe. Ein ziemlich umfangreiches Fragment (vierzehn Seiten) von ›*Cardboard Crucifix*‹ ist in ›*The Civil War in Spain*‹ von Robert Payne enthalten (nicht zu verwechseln mit Stanley G. Payne, Historiker des spanischen Faschismus), Secker & Warburg, London, 1962. Dieses Fragment ist weiter nichts Besonderes: ein journalistisches Stimmungsbild der Stadt Madrid im revolutionären Herbst 1936, ein paar Gedanken zu seinem Flug in der Nieuport und einige flüchtige Porträts herausragender Gestalten der Internationalen Brigaden.

Zarzalejo, Januar 1992.«

Januar 1992, genau ein Jahr vor seinem Tod. Keiner von uns konnte ihn sich damals vorstellen, auch er nicht, niemand weiß, welche Reihenfolge er einhält.

Ich glaube mich zu erinnern, dass ich beim nächsten Mal, als wir uns sahen, so unverschämt und undankbar war, seine Nachforschungen und Funde herunterzuspielen (aber so war es immer mit Benet, wir Freunde neigten dazu, die jeweilige Kompetenz für selbstverständlich zu halten und uns gegenseitig nur bei der einen oder anderen seltenen Gelegenheit Verdienst zuzusprechen, was sie umso besonderer und unvergesslicher machte: die gleiche Schule wie in meiner Familie, eine ironische, raue Schule – man braucht eine mit wenig Gnade –, die nach meiner Erfahrung die meisten anderen Schriftsteller, zu oft zu gegenseitiger Süßholzraspelei, ja zur Huldigung gezwungen, nicht ertragen: Maestro X und Maestro Y und Maestro Z reden sich einige öffentlich und gedruckt an, um ihrer Komplexe, ihrer Minderwertigkeitskomplexe Herr zu werden) und ihm vorzuwerfen, wie wenig Fleisch und wie wenig Würze er mir aufgetischt hatte, mit vielen nutzlosen, weil mir schon bekannten Angaben garniert. Aber in Wirklichkeit hütete ich mich deshalb davor, ihn offen zu beglückwünschen, weil ich wusste, dass die Reihe jetzt an mir war, denn in seinem Bericht hatte er die Gelegenheit genutzt und mich seinerseits herausgefordert, eine Herausforderung, die er mir persönlich und vor Zeugen wiederholte, wie ich es mit meiner getan hatte: »Mal sehen, du großer Spürhund von Baskerville, Arsène Lupin der Literatur, mal sehen, junger Marías, prahlst du nicht damit, dass es kein Buch gibt, das dir widersteht, egal, wie unauffindbar es ist? Ich will dich mit diesem Oloff de Wet sehen, der sich wie der Name eines Parfüms anhört; mal sehen, ob du fähig bist, uns ein Exemplar dieses ›*Cardboard Crucifix*‹ zu bringen, von dem du jetzt behauptest, du seist wunder was mit ihm vertraut.« So hatte Don Juan mir also die Aufgabe und die Recherche zurückgespielt. »Ich habe meinen Teil getan. Jetzt bist du dran«, sagte er, »und ich hoffe, du bist nicht so schamlos, beim nächsten Abendessen ohne dieses Buch unterm Arm zu erscheinen.« So machten wir es ständig, wir forderten uns wie Kinder zu (manchmal auch weniger) harmlosen und unbedeutenden Dingen heraus, ein Vergnügen und ein Reiz und vor allem eine Kontinuität und ein Vertagen, immer stand irgendetwas an, und man musste sich wiedersehen. Natürlich war ich nicht der Einzige, bei weitem nicht, die gleichen Verabredungen traf er mit aller Welt, mit Azúa oder mit Molina Foix oder mit Hortelano oder Daniella und ihrem berühmten *episteme* oder mit Mercedes oder den Ingenieuren oder Peche, mit allen Freunden, die seine Zuneigung im Gewand der Ironie verdienten.

Eines dieser uneigennützigen und idiotischen Duelle veranlasste ihn zu einem kurzen denkwürdigen Text in einem Brief meiner Oxford-Jahre, dessen Veröffentlichung allein schon dieses Buch rechtfertigt (obwohl ich nicht ganz wörtlich zitieren werde, um Empfindlichkeiten zu vermeiden). Er hatte mich herausgefordert zu erraten, wer in jenen Tagen (November 84) seine neue *bête noire* war, und ich hatte in meiner Antwort auf Anhieb ins Schwarze getroffen (»seine Initialen sind die gleichen wie die von Jaime Salinas«, hatte ich ihm geschrieben) und ihn mit einer ganzen Batterie minderer Hieroglyphen für Personen konfrontiert, auf die ich mich ebenfalls nur mit ihren Initialen bezogen hatte; darüber hinaus hatte ich ihm angekündigt, dass ich ein exquisites kleines Geschenk für ihn erworben hatte, das von großem Nutzen für ihn sein würde, um es ihm bei meiner ersten Reise nach Madrid zu überreichen, »ein sinnreiches Instrument«, so hatte ich es genannt, wie aus seiner Antwort hervorgeht. Benet hatte sich vor nicht allzu langer Zeit den Schnurrbart stehenlassen, und obwohl wir uns so sehr daran gewöhnt haben, dass es jetzt nicht leichtfällt, ihn sich glattrasiert vorzustellen, waren wir Freunde damals noch dabei, die gewagte haarige Neuheit abzuwägen und zwischen ihrer Billigung oder Ablehnung und Verurteilung und daraus folgenden Anmeldung beim Barbier zu schwanken. Jedenfalls hatte ich ihm in der Zwischenzeit einen winzigen, lächerlichen Kamm gekauft, den ich in einem Fachgeschäft in London gesehen hatte und der speziell für die Pflege und Hygiene jener Auswüchse entworfen worden war, wie man in indirekteren Zeiten sagte.

»Es handelte sich in der Tat um J. S.«, billigte er mir im zweiten Absatz seines Briefes zu, »ein vollkommener Idiot, einer von denen, die wie Xirinachs Frömmigkeit mit Arroganz verbinden. Ich habe keine einzige Deiner Initialen herausgefunden, jedoch beschlossen, um mich zu wehren und meinen ›anerkannten Stumpfsinn‹ zu dementieren, zu erraten, dass das sinnreiche ›Instrument‹, das Du mir schenken willst, nicht mehr und nicht weniger ist als ein kleiner Kamm. Natürlich bist Du in einer optimalen Situation, um es zu dementieren und sogar ein neues kleines Geschenk zu erwerben, um zu beweisen, dass es sich nicht um einen kleinen Kamm handelt, aber ich werde mein Lebtag davon überzeugt sein, dass es sich ursprünglich um einen kleinen Kamm handelte (ich mache Dir keine weiteren Angaben, denn das reicht, um Dich zu beschämen), und, wenn Du Dich in dieser ernsten Angelegenheit unredlich verhältst und den kleinen Kamm austauschst, ebenfalls die Gründe verbergen, die mich veranlasst haben, den Kamm zu demaskieren.

Wenn Du die Sache nämlich mit einiger Aufmerksamkeit

angehst, dann wirst Du rasch zu dem Schluss kommen, dass es sich nur um einen kleinen Kamm handeln kann.«

Hier musste ich ihm seine hellseherischen Fähigkeiten oder seinen Scharfsinn zugestehen, und dabei ärgerte es mich ungeheuerlich, dass er dem Geheimnis meines kleinen Spezialkamms auf die Spur gekommen war, den ich ihm seinerzeit unausgetauscht überreichte, aber schon sehr verdrossen und lustlos und sogar mit Groll. Ich habe in den folgenden Jahren oft gesehen, wie er ihn benutzte, bisweilen holte er ihn bei einem Treffen in meiner Gegenwart hervor und kämmte sich eine Weile gewissenhaft den Schnurrbart, wobei er den Zerstreuten spielte, bestimmt, um mir einmal mehr seinen glänzenden deduktiven Sieg unter die Nase zu reiben. (Je nach Laune stellte ich mich dumm oder tat ihm den Gefallen, bezog es auf mich und sagte zu ihm: »Ist ja gut, Don Juan, ich weiß, es war ein Volltreffer, lass es gut sein, da ist kein Haar mehr verfilzt.«) Sehr typisch für ihn, dieser repetitive, retrospektive Genuss.

Kehren wir jedoch in das Jahr 92 zurück. An meiner Eigenliebe gepackt, versetzte ich sogleich weitere Buchhändler in Alarmbereitschaft, G. Heywood Hill und Bell, Book & Radmall und Veronica Watts mit Sicherheit, und den einen oder anderen Spezialisten in Militärangelegenheiten, obwohl ich mich in diesem Bereich nicht besonders auskannte; auch Eric Southworth und Ian Michael in Oxford, für den unwahrscheinlichen Zufall, dass sie in irgendeinem Antiquariat auf das verdammte ›*Crucifix*‹ stoßen sollten; und Roger Dobson, vermute ich, eine echte, unermüdliche Spürnase, bei dem sich jedoch Phasen grandiosen Glücks mit solchen absoluten Verlusts seines Gespürs und daraus folgender Bücherlosigkeit abwechselten, so dass alles davon abhing, ob mein Auftrag ihn unter dem einen oder dem anderen Vorzeichen antraf. Allen gab ich eine ziemlich hohe Kaufsumme an, gemessen an dem, was ein mehr als vergessenes Buch des

Jahres 1938 über den Spanischen Krieg hätte kosten dürfen, verfasst von einem Autor, den fast niemand kannte und der fast niemanden interessieren dürfte und dessen Name, wie seinerzeit im – jedoch erklärlicheren – Fall von Gawsworth, in keiner Enzyklopädie und in keinem Nachschlage- oder bibliographischen Werk der Literatur erschien, wohingegen er Benets Nachforschungen zufolge durchaus in einigen Studien zum Bürgerkrieg erwähnt wurde, wenn auch natürlich nicht in so vielen, wie man hätte erwarten können angesichts seiner besonderen Pionierleistung in der Luft dieser Halbinsel – Trauer um Trauer um Trauer – oder im Wind, der die Wochen verwehte.

Und es war der verstorbene Ben Bass von Greyne House in Avon, der nach kurzer Zeit das Wunder vollbrachte und mir eine Notiz mit seiner verschnörkelten Schrift sandte, in der er mich fragte, ob mich jeweils ein Exemplar von ›*Crucifix*‹ und von ›*The Valley of the Shadow*‹ interessierten, das andere Buch Oloff de Wets über seine Einkerkerung durch die Gestapo, die er für fünfunddreißig beziehungsweise dreizehn Pfund, zuzüglich Porto und Verpackung, für mich bereithalte. Ein bisschen teuer, das ›*Crucifix*‹, ich verlor keine Minute mit der elenden Post; ich rief ihn sofort an, wobei ich mich fragte, warum zum Teufel er mich konsultierte und sie nicht auf der Stelle abgeschickt hatte, und vor dem nächsten Abendessen mit Don Juan Benet und anderen Freunden besaß ich schon beide Titel, mit denen unter dem Arm ich mich voll Stolz im Restaurant präsentierte, bereit, mich Jahre später für die Demütigung zu revanchieren, die ich wegen meines winzigen, lächerlichen, demaskierten Kamms erlitten hatte. Ich erinnere mich an Benets Gesicht, in dem sich gespielte Enttäuschung malte, als ich die Bücher mit einer Bewegung des Daumens und des Zeigefingers wie Karten auf den Tisch blätterte (»Wer weiß, was für Schandtaten du begangen hast, um so rasch an diese Raritäten zu kommen, junger Marías«, sagte er missmutig und misstrauisch), die sofort von einem Ausdruck unverhohlener Neugier abgelöst wurde und vom erfahrenen Durchblättern der erlegten Stücke. Etliche Monate später war der große Jäger Ben Bass (dessen Spur man jetzt folgen sollte) imstande, ein zweites Exemplar des Werkes mit dem Untertitel ›*The Story of a Pilot in Spain*‹ für mich aufzutreiben, das ich daher Don Juan zur Bereicherung seiner Sammlung und als verspätete Danksagung und Belohnung für seine großzügige Suche und seine Notiz für den Lizentiaten schenken konnte. (Ich warte noch immer darauf, dass jemand ein drittes findet, um es Edkins zu schenken.) Er las es sogar, nicht lange vor seinem Tod – aber das wussten wir noch nicht –, und es erschien ihm, genau wie der von Robert Payne zitierte Auszug, als nichts Besonderes. Ich werde nie erfahren, ob dies seine wirkliche Meinung war oder ob er versuchte, der von mir entdeckten Gestalt literarischen Wert abzusprechen und damit meine irritierende jägerische Heldentat zu schmälern. Im Übrigen musste Hugh Oloff de Wets mögliche literarische Bedeutung nicht seiner biographischen oder romanesken entsprechen. Aber von den Texten soll wenn, dann später die Rede sein.

Keines der beiden erhaltenen Exemplare – weder das von Benet noch das meine – hatte noch einen Umschlag, so dass sie keine Angaben zum Autor und keine editorische Beschreibung des Werkes lieferten. Gut erhalten war dagegen der Umschlag von ›*The Valley of the Shadow*‹, das elf Jahre später als ›*Cardboard Crucifix*‹ erschienen war – der Bürgerkrieg lange zu Ende und die Zeit lange zermalmt, der Zweite Weltkrieg schon beendet – und zwei Jahre vor dem zweiten, merkwürdigen Aufenthalt des Schriftstellerpiloten in Madrid im Jahre 1951, als er unter allen möglichen Lokalen der Welt das Café Gijón der müßigen spanischen Literaten frequentierte – oder vielleicht fehlte damals niemandem die Zeit, die wenig existierte, nicht einmal Benet, der mit seinen vierundzwanzig Jahren sich bisweilen dort herumgetrieben haben dürfte – und versuchte, sich sein Partisanenvorhaben in den Karpaten unter allen möglichen Regierenden der Welt vom räuberischen, aber mehr als knauserigen Franco finanzieren zu lassen. Und auf der vorderen Innenseite dieses Umschlags befanden sich ein Foto und nicht wenige Angaben, mit denen der Protegé Edkins jedoch in ihrer Mehrheit schon am Anfang aufgewartet hatte. Aber nicht mit allen.

Auf dem Foto sieht de Wet mit seinem dichten, hochgezwirbelten, sehr gepflegten Schnurrbart – womöglich mit Hilfe eines kleinen Spezialkamms, von dem er sich nie trennte und der ihm sogar dazu dienen mochte, die Schnurrbartspitzen aufrecht zu halten – unzweifelhaft wie ein britischer Militär aus, trotz seiner Burenherkunft, wenn diese Abstammung überhaupt der Wahrheit entsprach, vielleicht tat sie es nicht. Die lange Fliege auf dem Kinn wirkt leicht störend, sie verleiht ihm etwas Musketier- oder Kardinalhaftes – oder etwas von Buffalo Bill oder Custer –, unpassend für einen seriösen Soldaten seiner Zeit, sie lässt an eine extravagante, kokette Seite denken, die nur zum Extrem oder zur Straflosigkeit des Ausländers getrieben einem unanständigen Nackenschopf Platz machen könnte, den man jetzt nicht einmal erahnen kann. Er trägt auch keine Augenklappe und kein rauchfarbenes Monokel, und was den berühmten Ohrring betrifft, so hat es nicht den Anschein, als hätte er gewagt, ihn für das vom Atelier Weitzmann in London aufgenommene Porträt anzulegen, es sei denn, er schmückte sein rechtes Ohr, das im Schatten liegt und kaum sichtbar ist. Er ist gekleidet wie eine Zivilperson – was er damals gewesen sein dürfte –, sehr gepflegt, elegant die Krawatte und das Tuch des vornehmen Jacketts, dem man ansehen kann, wie es sich anfühlt. Er wirkt etwas älter als sechsunddreißig, sein wahrscheinliches Alter, aber eher durch seine kraftvolle Phy-

Photo by *Weitzmann Studio, London*

H. OLOFF DE WET

". . . comes from English military stock . . . he served nine months as a pilot and Intelligence officer in the army of the Negus. Forced to leave Abyssinia on account of a duel, he offered his services to General Franco. Not being accepted, he joined the Reds, and for three months served as a fighter pilot. During this time he began his work for the Deuxième Bureau . . ."

Continued on back flap

9/6

This extract, described by Mr de Wet as "founded on fact," though "in various respects slightly inaccurate," is taken from the *Völkischer Beobachter's* report of his trial in the People's Court at Berlin, when he was found guilty and condemned to death.

In *The Valley of the Shadow* Mr de Wet gives his own version of his experiences as a secret agent of France in Prague, and of his capture and imprisonment by the Gestapo. It is almost incredible that he should have survived successively the attentions of his gaolers and inquisitors, his own attempts to escape and suicide, and finally, for four years, a death sentence delivered in the earlier part of the war.

The book is more than an unforgettable record of the horrors of prison life in Nazi Germany. It shows the triumph of the human spirit over brutality, torture and — almost worse — the suspense and deadening routine of captivity. Mr de Wet lost neither his courage nor his sanity in an ordeal which lasted for six years. He has lived to write a terrible but inspiring book.

sis und die würdevolle Frisur mit Scheitel, als weil ihm die Verheerungen seines waghalsigen Lebens anzusehen wären. Angesichts seiner selbstbewussten Erscheinung würde niemand glauben, dass er so lange im Gefängnis gewesen ist oder Folter erlitten hat. Die hellen Augen haben den für dunkle Augen typischen durchdringenden Blick, und keines der beiden wirkt blind; seine Gesichtszüge sind tadellos, ein gutaussehender Mann, den man sich unschwer in Uniform oder in vergangenen Jahrhunderten vorstellen kann, vor allem im siebzehnten als Korsar oder Edelmann oder beides zugleich in keinesfalls seltener Kombination, oder im neunzehnten und in größerer Entfernung, auf der anderen Seite des Atlantiks, im Wilden Westen. Auf dem Foto die Unterschrift, sie ist schlecht zu erkennen vor dem dunklen Hintergrund.

Der Text dieser Innenseite beginnt mit Anführungszeichen und drei Punkten, mit denen er auch endet, um dann, auf der anderen, der hinteren Innenseite, die Herkunft der Zitate zu erklären: »Dieser Auszug, der von Mr de Wet als ›auf Tatsachen beruhend‹, wenngleich ›in einigen Aspekten leicht ungenau‹ bezeichnet wird, entstammt dem Bericht des ›Völkischen Beobachters‹ über seinen Prozess vor dem Volksgerichtshof in Berlin, in dem er für schuldig erklärt und zum Tode verurteilt worden war.« Dann wird der Ton propagandistischer: »In ›*The Valley of the Shadow*‹ liefert Mr de Wet eine eigene Version seiner Erfahrungen als im Dienste Frankreichs stehender Geheimagent in Prag und seiner Gefangennahme und Einkerkerung durch die Gestapo. Es ist schier unglaublich, dass er die Behandlung durch seine Kerkermeister und Verhörer, seine eigenen Flucht- und Selbstmordversuche und schließlich, vier Jahre lang, ein in der ersten Phase des Krieges verhängtes Todesurteil überlebte.« Der letzte Absatz ist noch propagandistischer, und es lohnt sich nicht, bei ihm zu verweilen oder ihn zu übersetzen. Dagegen lohnt es sich beim Bericht der Berliner Ausgabe des ›Völkischen Beobachters‹ vom 8. Februar 1941, der in deutscher Sprache teilweise auf den Seiten VI und VII wiedergegeben ist, nach dem Inhaltsverzeichnis, dem Vortitel und einer äußerst düsteren Illustration in Gelb und Schwarz, die einen skeletthaften Mann in Fußfesseln zeigt, der mit geschlossenen Augen auf dem Boden einer Zelle sitzt – die Zeichnung stammt von de Wet selbst –, und einem in Anführungszeichen gesetzten Satz, der eine ganze Seite einnimmt und das Buch eröffnet wie ein Motto oder ein poetisches oder biblisches Zitat, das ich nicht wiederzuerkennen wüsste: »*And still death passed me by*«, so lautet er, »Und noch einmal zog der Tod an mir vorbei«; obwohl man, wenn man die Sache ein wenig forciert, das Wort *still* hier auch als Adjektiv und nicht als Adverb verstehen könnte, und dann würde das Motto heißen: »Und der leise Tod zog an mir vorbei.« Ich glaube es nicht, denn in der ersten Fassung hat dieses »noch einmal« im Fall von Hugh Oloff de Wet zu viel Sinn, da er in Berlin zum zweiten Mal in seinem Leben zum Tode verurteilt worden war, nach Valencia fünf Jahre zuvor: von den Republikanern, mit denen er in Spanien kämpfte, und von den Nazis, die er in Deutschland bekämpfte, oder, was das Gleiche ist, in einem kurzen Zeitraum von beiden feindlichen Lagern. In keinem der beiden Fälle wäre der Tod leise gewesen. Die beschriebene Illustration, die auch auf dem Umschlag erscheint, ist nicht die einzige des Buches, das insgesamt vier enthält, alle in Gelb und Schwarz und alle düster und alle vom gefangenen Söldnerautor. Dieses zeichnerische Geschick war der erste Hinweis, der vielleicht jenes seltsame Werk erklärte oder rechtfertigte, durch das ich von seiner Existenz erfahren hatte oder von seinem falsch geschriebenen Namen: die Anfertigung der Totenmaske des Dichters Gawsworth und Königs Juan von Redonda und Bettlers Armstrong, sicher sein Altersgenosse, der ebenfalls in jenen

Norddeutsche Ausgabe

Berlin, Sonnabend, 8 Februar 1941

BEOBACHTER

hen Bewegung Großdeutschlands

Schriftl. Berlin SW 68, Zimmerstr. 87/91 ; Ruf 11 00 22, Sprechst. 12–13 Uhr, Drahtanschrift: „Beobachter" Münchener Schriftleitung: München 13, Schellingstr. 39 Ruf 2 08 01 Sprechst.: 11–12 Wiener Schriftltg.: Wien VII Seidengasse 3–11, Ruf B 39-5-44 Der „VB" erscheint tgl. Bezugspreis monatl. RM. 2.60 zuzügl. 42 Pf. Bestellgeld bei Zustellg. d. unsere Zweigstellen mit. RM. Anzeigenschluß 12 Uhr am Vortage des Erscheinens. Für Anz. ... Bln., Postscheckkonto 4454.

...d Schiffe

...ndigkeiten"

...inanzminister fordert ...en lawinenhaft – ... Pfund

...allen Erwartung eines schnellen und leich... ...en Sieges vom Zaun brachen, der nun am ...Mark Englands frißt. Und bald werden ... erkennen müssen, daß alles Bisherige ...ur ein Vorspiel war im Vergleich zu dem, ...s Britannien erwartet!

...ulgarischer Abgeordneter mahnt:

„Bulgariens Platz ist an der Seite Deutschlands"

Sofia, 7. Februar.

...Der Abgeordnete Deni Kostoff trat vor ...er Kammer für die Notwendigkeit ...es Zusammengehens mit Deutsch...

Der Fall de Wet

Berlim Januar 1941.

Das Volksgerichbhandelte in zweitägiger Sitzung gegen dJjährigen britischen Staatsangehörigen fet und verurteilte ihn zum Tode. De Wead als bezahlter Spion im Dienste des franschen Deuxième-Büros und hatte den Auf Militäranlagen auszuspähen. Er wurde der deutschen Spionageabwehr auf dem Reichsgebiet verhaftet.

Die Verhandlungen Percy William Olaf de Wet fanaler Ausschluß der Öffentlichkeit statinem Vertreter des „Völkischen Beoblers" war Gelegenheit gegeben, de'erhandlung beizuwohnen. Aus niegenden militärischen Gründen de allen Verhandlungsteilnehmern Schweigegebot auferlegt. Über dier Schweigepflicht unterliegenden D: kann daher hier nicht berichtet wen. Darüber hinaus verdient jedodie Person des Angeklagten nach dallgemein menschlichen und politisa Seite hin tieferes Interesse.

Die Umstände, ler denen der Verurteilte seine gegdie Sicherheit des Reiches gerichtetTätigkeit ausübte, sind kennzeichnefür eine gewisse internationale Atphäre, in der die Grenzen zwischePolitik und Abenteuer fallen und dintelligence Service von der Hochstapi nicht mehr zu unterscheiden ist. s kann aber kein Zufall sein, daßch der feindliche Nachrichtendienst t Vorliebe solcher Elemente für seinirbeit bedient. Was uns daher bei im Rückblick auf diesen Prozeß vorlem bemerkenswert erscheint, ist dies Man scheint in dem unsichtbarelampf gegen das Reich nur ... zu ... der Spion, der sich seine gefährlichen Geheimnisse nur schwer entreißen läßt. Beide Deutungen sind möglich. De Wet entstammt einer englischen Offiziersfamilie. Sein Vater war Marinekommandant auf einer der Kanalinseln, die sich jetzt in deutschem Besitz befinden. Auch der Sohn wurde für die Soldatenlaufbahn bestimmt und bezog eine Kadettenschule, deren Examen er aber nicht bestand. Er sagt, er w o l l t e dieses Examen nicht bestehen, da es nicht seine Absicht war, in ein Infanterieregiment einzutreten. Man darf ihm das vielleicht glauben, denn er legte bald danach das Pilotenexamen ab und trat als Leutnant in die Royal Air Force ein. Nach kurzer Zeit quittierte er jedoch den Dienst. Die Gründe dafür sind dunkel. De Wet behauptet, ihm seien die vielen ärztlichen Untersuchungen, die er wegen einiger Automobilunfälle über sich ergehen lassen mußte, unangenehm gewesen und er habe darum den Dienst aufgegeben.

In der Folgezeit tauchte de Wet auf allen Kriegsschauplätzen auf. Zunächst war er neun Monate lang als Pilot und Nachrichtenoffizier in der Armee des Negus tätig. Er mußte Abessinien dann wegen eines Duells verlassen und bot dem General Franco seine Dienste an. Der lehnte sie ab und de Wet stellte sich daraufhin den Roten zur Verfügung. Er war drei Monate Kampfflieger. In dieser Zeit knüpfte er die ersten Beziehungen zum Deuxième-Büro, dem französischen Gegenstück zum englischen Intelligence Service, an. Noch ist er aber kein bezahlter Agent, sondern will einem der Offiziere des Deuxième-Büros nur aus Freundschaft ...

Jahren unter dem Befehl der Royal Air Force in Nordafrika und im Mittleren Orient Flugzeuge steuerte.

Dieser Bericht des ›Völkischen Beobachters‹ in seiner norddeutschen Ausgabe, einer Fußnote zufolge freundlicherweise vom Foreign Office Ihrer Majestät zur Verfügung gestellt, wird von de Wet am Anfang von ›*The Valley of the Shadow*‹ übersetzt und lautet folgendermaßen:

»DER FALL DE WET

Berlin, im Januar 1941.

Das Volksgericht verhandelte in zweitägiger Sitzung gegen den achtundzwanzigjährigen britischen Staatsangehörigen de Wet und verurteilte ihn zum Tode. De Wet stand als bezahlter Spion im Dienste des französischen Deuxième-Büros und hatte den Auftrag, Militäranlagen auszuspähen. Er wurde von der deutschen Spionageabwehr auf deutschem Reichsgebiet verhaftet.

Die Verhandlungen gegen Percy William Olaf de Wet« (hier eine neue Form des Namens, die vielleicht auf seine Situation als Spion zurückzuführen ist: Aber es hätte keinen Sinn, den Nachnamen zu behalten) »fanden unter Ausschluss der Öffentlichkeit statt. Einem Vertreter des ›Völkischen Beobachters‹ war Gelegenheit gegeben, der Verhandlung beizuwohnen. Aus naheliegenden militärischen Gründen wurde allen Verhandlungsteilnehmern Schweigegebot auferlegt. Über die der Schweigepflicht unterliegenden Dinge kann daher hier nicht berichtet werden. Darüber hinaus verdient jedoch die Person des Angeklagten nach der allgemein menschlichen und politischen Seite hin tieferes Interesse.

Die Umstände, unter denen der Verurteilte seine gegen die Sicherheit des Reiches gerichtete Tätigkeit ausübte, sind kennzeichnend für eine gewisse internationale Atmosphäre, in der die Grenzen zwischen Politik und Abenteuer fallen und der Intelligence Service von der Hochstapelei nicht mehr zu unterscheiden ist. Es kann aber kein Zufall sein, dass sich der feindliche Nachrichtendienst mit Vorliebe solcher Elemente für seine Arbeit bedient. Was uns daher bei einem Rückblick auf diesen Prozess vor allem bemerkenswert erscheint, ist dieses: Man scheint in dem unsichtbaren Kampf gegen das Reich nur Menschen brauchen zu können, deren innere Grundsatzlosigkeit und moralische Brüchigkeit sie für ihr Handwerk geeignet erscheinen lassen.« (Auffallend sind die erbaulichen Kommentare in einem Nazi-Organ, aber mehr noch in der Chronik eines Spionage-Verfahrens, als könnte die moralische Verurteilung seitens der Verratenen in diesen Fällen differenziert sein oder wahlweise erfolgen.) »Auch hieraus lassen sich beachtenswerte Schlüsse auf die Sache selbst ziehen, für die man auf der anderen Seite kämpft. Es muss eine verdammt zweifelhafte Sache sein, wenn der Fall de Wet für sie typisch ist.

Die Teilnehmer dieser Verhandlung musste die Frage bewegen, ob dieser de Wet, der da, einen dünnen Don-Quichotte-Bart zwirbelnd, vor ihnen stand« (es ist anzunehmen, dass man bei seiner Verhaftung den Kamm beschlagnahmt hatte), »ein abenteuerlicher Narr ist oder ein verschlagener, kaltblütig berechnender Spion, der sich seine gefährlichen Geheimnisse nur schwer entreißen lässt. Beide Deutungen sind möglich. De Wet entstammt einer englischen Offiziersfamilie.« (Diese Aussage würde den berühmten Burengroßvater zum Bluff machen.) »Sein Vater war Marinekommandant auf einer der Kanalinseln, die sich jetzt in deutschem Besitz befinden. Auch der Sohn wurde für die Soldatenlaufbahn bestimmt und bezog eine Kadettenschule, deren Examen er aber nicht bestand. Er sagt, er *wollte* dieses Examen nicht bestehen, da es nicht seine Absicht war, in ein Infanterieregiment einzutreten. Man darf ihm das vielleicht glauben, denn er legte bald danach das Pilotenexamen ab und trat als Leutnant in die Royal Air Force ein. Nach kurzer Zeit quittierte er jedoch den Dienst. Die Gründe dafür sind dunkel. De Wet behauptet, ihm seien die vielen ärztlichen Untersuchungen, die er wegen einiger Automobilunfälle über sich ergehen lassen musste, unangenehm gewesen und er habe darum den Dienst aufgegeben.« (Angesichts einer solchen Absurdität kann man nicht ausschließen, dass de Wet während des ganzen Verfahrens gescherzt und seine Richter und Ankläger auf den Arm genommen hat; man kann unmöglich wissen, ob sie es merkten, obwohl es für das Wohl des heute dahingegangenen Dritten Reichs zu wünschen ist; wer es natürlich nicht merkte, war dieser Berichterstatter des ›Völkischen Beobachters‹, der alles wortwörtlich und mit großer Sorgfalt festhält und die wahrscheinliche Nonchalance oder den Zynismus des abenteuerlichen Spions nicht wahrzunehmen scheint. Wenn es so war, dachte ich, als ich den Unsinn las.)

»In der Folgezeit tauchte de Wet auf allen Kriegsschauplätzen auf. Zunächst war er neun Monate lang als Pilot und Nachrichtenoffizier in der Armee des Negus tätig. Er musste Abessinien dann wegen eines Duells verlassen und bot dem General Franco seine Dienste an. Der lehnte sie ab und de Wet stellte sich daraufhin den Roten zur Verfügung. Er war drei Monate Kampfflieger. In dieser Zeit knüpfte er die ersten Beziehungen zum Deuxième-Büro, dem französischen Gegenstück zum englischen Intelligence Service, an. Noch ist er aber kein bezahlter Agent, sondern will einem der Offiziere des Deuxième-Büros nur aus Freundschaft gefällig sein. Ist de Wet vielleicht schon seit langem Mitglied des Intelligence Service und hat er von diesem Institut den Auftrag zu seinen Landsknechtszügen? De Wet bestreitet es und sagt, er habe zwar einmal versucht, sich dem Intelligence Service anzubieten, sei aber abgelehnt worden. Stimmt das? Und wenn es stimmt, warum hat man ihn abgelehnt? Hielt man ihn für schwatzhaft und eitel und wegen seiner häufigen Trunkanfälligkeit für unbrauchbar? Es kann so und es kann auch anders sein. De Wet jedenfalls gibt seinen Dienst als rotspanischer Fliegerleutnant auf und wird Waffenhändler bei Zacharoff. Dann schreibt er über seine Erlebnisse zwei Bücher, ›Das papierene Kruzifix‹ und ›Patrouille beendet‹.« (Hier nun wird nicht nur deutlich, dass es der Journalist war, der sich anfällig für abenteuerliche Räusche zeigte und den Wirrwarr nicht zu erklären vermochte, sondern auch, dass er von der verrückten oder schlauen Person des Angeklagten fasziniert war, über den er sich zu viele unpraktische oder schlicht absurde Fragen stellte, deren eine: »Stimmt das?«, alle anderen an Dummheit übertrifft. Der Gedanke, dass Eitelkeit ein schwerwiegendes Hindernis bei der Ausführung der Spionagetätigkeiten sein könnte, ist natürlich keine schlechte Schlussfolgerung. Zuweilen hat man den Eindruck, dass seine eigene Faszination für de Wet ihn irritiert und veranlasst, sich in belehrender Weise gegen ihn zu wenden, aber seine Schwäche für ihn scheint klar durch, wenn er erklärt und präzisiert, dass der Spion in seinen Anfängen nur aus Freundschaft zu den größten Spionen der französischen Spionage spionierte. Trotz allem ist der wunderbarste Satz des Absatzes jener, der sich ausgewogen und vorsichtig gibt: »Es kann so und es kann auch anders sein.«)

»Für kurze Zeit ist de Wet bei seinen Eltern und versucht sich als Maler.« (Hier erscheint wieder der Schöpfer der Maske.) »Als der Konflikt zwischen Deutschland und der Tschecho-Slowakei beginnt, legt der damals Fünfundzwanzigjährige die Palette beiseite und eilt nach Prag, wo er sich der Regierung Benesch als Fliegeroffizier anbietet. Er wird nicht angenommen, bleibt aber dennoch in Prag. Hier erneuert er eine Pariser Bekanntschaft. Es ist die Bekanntschaft mit einer Tänzerin aus dem Südosten, die schon einige große Herzensaffären hinter sich hat und von der man nicht genau weiß, ist sie nur eine erotische oder auch eine politische Abenteurerin? Jedenfalls ist sie, als er verhaftet wird, nicht nur seine Mitwisserin, sondern auch seine Mittäterin. Sie begeht in der Untersuchungshaft Selbstmord, und de Wet, der anfänglich gestanden hat, beginnt zu leugnen, als seine Mitwisserin tot ist.« (Es besteht kein Zweifel, dass dem Chronisten das literarische Ornament nicht ganz gleichgültig war; und wenn sein Rüstzeug als Erzähler und Prosaist auch schwach gewesen sein muss und ihm meistens abgenutzte Ausdrücke oder glatte Lügen eingab, so lässt sich doch auch nicht abstreiten, dass er mit seinen originellen Euphemismen und seiner labilen Syntax bisweilen in rätselhafter Weise ins Schwarze trifft: »... und von der man nicht genau weiß, ist sie nur eine erotische oder auch eine politische Abenteurerin?« Das macht man nicht so leicht nach.)

»Festgestellt ist, dass de Wet in seiner Prager Zeit Beziehungen zu einem tschechischen Militär anknüpft, der dann, als das Protektorat in Böhmen errichtet wird, nach dem Elsass emigriert und einer der Vertrauensmänner des französischen Nachrichtendienstes wird. Diesen Mann besucht de Wet mehrmals von Prag aus, schmuggelt für ihn Gold und lässt sich durch seine Vermittlung dem Deuxième-Büro verpflichten, das ihn jetzt zu den Taten gebraucht, die ihn schließlich in die Gewalt der deutschen Behörden bringen.

Am Schluss der Verhandlung bedankt sich de Wet bei dem Präsidenten des Landesverratssenats für den korrekten Prozess, der ihm gemacht wurde, und dafür, dass er in seiner Verteidigung volle Freiheit besaß. Er hört das Todesurteil mit Gleichmut an und verabschiedet sich von dem Gericht, dem als Laienrichter drei hohe Vertreter der Partei und der Wehrmacht angehörten, mit einer höflichen Verneigung.« (Es ist anzunehmen, dass die Gestapo keine Unwägbarkeiten wollte und drei hohe Tiere geschickt hatte, um die Verurteilung sicherzustellen und ihr Bedeutung zu verleihen.)

»Was menschenmöglich war, um die Tat und den Charakter des Angeklagten aufzuklären, ist geschehen. Seine Tat ist klar, sein Charakter jedoch bleibt rätselhaft. Aufgewachsen in zwei Kulturen (de Wet besuchte eine französische Schule und spricht das Französische lieber als seine Muttersprache), scheint dieser Abkömmling einer interessanten Familie – sie ist verwandt mit dem Burengeneral de Wet – nur ein Wanderer ins Nichts zu sein.« (Hier erschien dagegen der burische Großvater oder Vorfahr, der letztlich vielleicht kein Bluff war, und mit ihm das verräterische, oberflächliche Adjektiv »interessant«. Von ihm habe ich ebenfalls ein Porträt und ein Buch gefunden, aber es ist besser, zuerst die Erzählung des Berliner Todesurteils zu Ende zu bringen, deren Schluss sich meilenweit von einer üblichen Gerichtschronik entfernt, um entschlossen in den Bereich der Meditation und der Wehklage vorzudringen.)

»Er ist intelligent und hat mancherlei Talente, er ist unerschrocken und edler Gefühle fähig und endet doch in einem Wust voller Unklarheiten und in einer Gesellschaft von zweifelhaften Frauen und Männern, die alle, obwohl die patriotische Phrase auf den Lippen liegt, entwurzelt sind und vom fremden Gelde leben. Das Ideal dieser Gesellschaft ist der legendenumwitterte Oberst Lawrence, aber keiner von ihnen erreicht dies Ideal. Auf halbem Wege schon straucheln sie alle. Das Leben will sie nicht und speit sie aus. (Und so sind sie wie ein kostspieliger, überflüssiger Luxus, der sogleich aus dem Leben getilgt wird, als wäre er bloßer Rauch, als wäre er bloßer Dunst.) Sie sind entwurzelte Triebe eines Baumes, der einst kraftvoll blühte, versprengte Glieder eines Volkes, dessen Leben fragwürdig geworden ist.«

So der Redakteur des ›Völkischen Beobachters‹, der seltsamerweise Lawrence von Arabien als unerreichbares Vorbild des unglückseligen de Wet und anderer seines Schlages erwähnte, wo doch Lawrence selbst 1935 bei einem obskuren Motorradunfall oder -selbstmord im Alter von sechsundvierzig Jahren, meinem jetzigen Alter, ums Leben kam.

Nach der Übersetzung der deutschen Chronik ergreift

dann de Wet das Wort, bevor er seine Erzählung wirklich beginnen lässt, und kündigt sie kurz in dieser Form an:

»So lautete ihnen zufolge die Geschichte eines ›Wanderers ins Nichts‹. Obwohl sie auf Tatsachen beruhte, war sie in mehrfacher Hinsicht leicht ungenau, und einige ihrer Schlussfolgerungen gingen weit an der Wahrheit vorbei. So vage diese Irrtümer auch gewesen sein mochten, verletzten sie doch die Wahrheit; und sie verletzten etwas anderes, etwas noch Tieferes und Dauerhafteres: etwas, für das ich damals keinen Namen zu finden versuchte: oder vielleicht konnte ich es nicht.

Was folgt, ist meine Version meiner eigenen Geschichte und der einer anderen, jener Person, die mir kurze Zeit ›vor den Toren der Unterwelt‹ Gesellschaft leistete ...«

Die vergangene oder verlorene Zeit bewirkt, dass alte Bücher nicht mehr nur ihre Texte und ihre Umschläge sind, sondern das, was ihre vorherigen Leser in ihnen zurückgelassen haben, Zeichen oder Kommentare oder Ausrufe oder Flüche oder Fotos oder Widmungen oder Exlibris oder ein Brief oder ein Blatt oder eine Unterschrift oder ein Tropfen oder ein Brand- oder ein Schmutzfleck oder ihre bloßen Eigentümernamen. Und so wie die Bücher Ewarts und Grahams und Gawsworth' von ihrer kleinen Geschichte erzählten, enthielt auch eines der beiden erworbenen Exemplare von ›*Cardboard Crucifix*‹ etwas zwischen seinen Seiten, zwei oder drei alte Zeitungsausschnitte. Es war zweifellos das von Benet, denn was ich aufbewahre, sind Fotokopien und nicht das vergilbte und zerschlissene Zeitungspapier. Ich habe also nicht nur in der schwerwiegenden Angelegenheit des enttarnten Kamms ehrlich gehandelt, sondern auch der begreiflichen Versuchung widerstanden, für mich zu behalten, was zu dem zweiten, ihm bestimmten Exemplar gehörte und meines, das stummer war, nicht enthalten hatte. Ich benehme mich fast immer gut, und zuweilen spiele ich sogar den Dummen, das kann man sehen. Aber ein Heiliger bin ich auch nicht.

Jemand hatte die Ausschnitte seit 1941 aufbewahrt – oder die Anzeige schon vorher –, obwohl auf keinem das Datum oder die Titelvignette zu sehen ist. Aus dem Format des größeren der beiden lässt sich jedoch schließen, dass der Fall de Wet seinerzeit und im Land des Protagonisten ebenso bekannt war und abgehandelt wurde wie zwanzig Jahre zuvor Wilfrid Ewarts berühmter Roman. Und auch nach kurzer Zeit vergessen war, womöglich noch rascher, nehme ich an: De Wet wurde mitten im Krieg verurteilt, und damals muss jede Nachricht kurzlebig gewesen sein, wurden die einer Stunde von denen der nächsten und die eines Punktes des Erdballs von denen auf der anderen Seite überlagert, wie in unseren so flüchtig gelebten Zeiten, als wäre jede Sekunde kriegerisch, ich weiß nicht, ob dieses Buch Platz in ihnen findet, vielleicht erfordert es Geduld und Ausdauer; oder womöglich findet es ihn doch und ist nur typisch für diese Zeiten, denn alles in ihm ist ebenfalls flüchtig im Fortgang seiner Erzählung, und wenn ein Leser sich fragen sollte, was zum Teufel man ihm erzählt und wohin sich dieser Text bewegt, könnte man ihm, wie ich fürchte, nur antworten, dass er sich darauf beschränkt, seinem Weg zu folgen, und sich deshalb auf sein Ende zubewegt, wie alles, das durch die Welt hindurchgeht oder in ihr zu finden ist. Aber ich glaube nicht, dass jemand, der bis hierher gelangt ist, sich noch solche Fragen stellt.

Der erste, größere Ausschnitt enthielt weniger eine Nachricht als ein Porträt, verfasst von einem gewissen Graham Stanford, der, nach seinen Kommentaren zu urteilen, de Wet persönlich gekannt hatte, wenngleich er nicht allzu betrübt oder wütend über dessen kurz vor der Guillotinierung stehende Zukunft zu sein schien. Die beiden Überschriften lauten:

»›DER WAHNSINNIGE TEUFEL DE WET‹.

Die Gestapo betrachtete ihn als ›verrückt‹.«

Und so heißt es weiter in der Schilderung oder dem Porträt:

»Über Percy William Olaf de Wet wurde gesagt« (wieder ein neuer Name, oder es war der gerade aktuelle), »er sei ›ein mutiger, sonderbarer Mann‹, bevor ihn der deutsche Volksgerichtshof wegen Spionage für den französischen Geheimdienst zum Tode verurteilte.

'MAD DEVIL DE WET'

Gestapo Thought He Was 'Crazy'

By GRAHAM STANFORD

THEY called Percy William Olaf de Wet "a brave and curious man" before they sentenced him to death in the German People's Court for spying for the French Secret Service.

Percy de Wet would enjoy that description. I can imagine his lips curling sardonically as he heard the words. For no soldier of fortune that ever left England lived a more lurid, fantastic life than this tall, handsome "devil-may-care."

He was known in the hotels and bars of every capital in Europe. He was known in the world's strange places and among the world's strange people. He sought adventure and he always found it.

Now his latest and greatest adventure has ended in disaster. But I doubt whether de Wet cares much, for he had the fatalism of all soldiers of fortune. It is reported that he accepted the verdict calmly, and de Wet's strange friends will be glad of that.

I do not know much about the boyhood of de Wet. His mother, Mrs. P. W. de Wet, who lives in St. Albans, would not talk about it when I spoke to her last night.

This restlessness sent him chasing across the European and Eastern stage in later years—Abyssinia, Spain, and Europe when it became the seething melting-pot for the present war.

★

WHERE all the trouble was, there was de Wet—a rather swaggering figure with a flowing moustache and a black shade over one eye. No one ever knew quite what he was doing. But he always lived well, was always giving parties, and telling the most extraordinary stories of his adventures.

Just after the Munich Agreement in 1938 de Wet was in Prague. Those were feverish days in Central Europe. Spies clustered around every bar, and no one knew whether to trust his neighbour.

Prague quickly learned of de Wet's presence. He took a suite of rooms, gave champagne parties which were attended by beautiful women and a strange group of men.

Some say that the Gestapo investigated the activities of de Wet, but came to the conclusion that he was just another "crazy Englishman."

He got to know a beautiful Russian woman. It is reported that he married her, and that she was arrested as his accomplice when the Gestapo got on his trail. It is also reported that she afterwards committed suicide.

★

HE was familiar to newspaper men. To some of us he offered information—"inside information."

He was proud to say that he was "on the inside." But you could not always take this man too seriously.

He had a fine time in Abyssinia.

He went to Addis to fly for the Emperor—he and that world-famous figure Herbert Fauntleroy Julian ("The Black Eagle of Harlem"), who was a strapping African Negro who enjoyed putting seven sorts of fear into the hearts of the natives.

My colleague Noel Monks met him at the Hotel Imperial—surely the most cosmopolitan war hotel of all time. Then de Wet and "The Black Eagle of Harlem" were apparently rivals for the favours of the Emperor. Both of them had gone there to fly. But apparently the Emperor had only one communicating plane and most of their time was spent on the ground.

★

YES—de Wet enjoyed the Abyssinian scene. It had all the things he loved—colour, adventure, uncertainty.

The Germans say that he had to leave Abyssinia because he fought a duel. I cannot substantiate that story, but I can well imagine that it is true, for de Wet ran into "scrapes" wherever he went.

He was in Spain, too, along with the rest of that brave and laughing crowd of men who will follow a fight to the ends of the earth. He flew against Franco. He used to say that he lost an eye in an air fight.

Later he wrote a book about his adventures, called "Cardboard Crucifix."

But . . . no one quite knew de Wet. Perhaps no one will ever know until this war is over and the full story comes to be written. Some thought him a pleasure-seeking fool. He certainly played the part.

It is possible that this was merely a mask, that behind that swaggering demeanour was a keen, agile brain working for the cause that he thought right.

The Germans described de Wet as "intelligent, unafraid, and talented."

He was all of those things. He was, in fact, one of the old-time soldiers of fortune who, throughout history, have left Britain to seek adventure.

NO KNOWLEDGE OF SPY

LONDON, Feb. 7—(AP)—British officials asserted tonight they had no knowledge of the activites of Percy Williams Olaf De Wet, 28-year-old Englishman sentenced to death in Germany as a spy.

The case recalled here his book "Cardboard Crucifix", which was published in 1939 and dealt with the Spanish civil war.

Percy de Wet amüsierte diese Beschreibung. Ich kann mir vorstellen, wie seine Lippen sich bei diesen Worten zu einer sardonischen Grimasse verziehen. Denn kein Söldner, der jemals von England hervorgebracht wurde« (wörtlich: »kein Glückssoldat«), »lebte ein glänzenderes, phantastischeres Leben als dieser hochgewachsene, gutaussehende ›Lebemann‹.

Er war bekannt in den Hotels und Bars aller europäischen Hauptstädte. Er war bekannt an den merkwürdigen Orten der Welt und bei den merkwürdigen Menschen der Welt. Er suchte das Abenteuer und fand es immer.

Jetzt fand sein letztes, grandiosestes Abenteuer ein katastrophales Ende. Aber ich zweifle, dass es de Wet viel ausgemacht hat, denn er besaß den Fatalismus aller Söldner. Die Chronik berichtet, er habe das Urteil gelassen aufgenommen, und de Wets merkwürdige Freunde werden sich darüber freuen.

Ich weiß nicht viel über de Wets Kindheit. Seine Mutter, Mrs. P. W. de Wet, die in St. Albans lebt, wollte nichts darüber sagen, als ich gestern Abend mit ihr sprach.

Sein ruheloser Charakter brachte ihn in späteren Jahren dazu, sich ständig auf europäischen und orientalischen Schauplätzen zu bewegen: Abessinien, Spanien und Europa, als es sich in das wirre Chaos des gegenwärtigen Krieges verwandelte.

Wo immer es einen Konflikt gab, erschien de Wet, ein rechter Draufgänger mit einem dichten Schnurrbart und einer Augenklappe in Form eines schwarzen Glases. Niemand wusste je ganz genau, was er gerade tat. Aber er lebte immer gut, gab ständig Feste und erzählte die ungewöhnlichsten Geschichten über seine Abenteuer.

Unmittelbar nach Unterzeichnung des Münchner Abkommens 1938 befand de Wet sich in Prag. Dies waren fiebrige Tage in Mitteleuropa. Die Spione drängten sich an den Bartheken, und keiner wusste, ob er seinem Nachbarn trauen konnte oder nicht.« (Dieser Absatz scheint darauf hinzuweisen, dass de Wets heftig getadelte »häufige Trunkanfälligkeit« nur der sorgsamen Erfüllung gewisser unerlässlicher Erfordernisse seines Berufs als Spion gehorchte, denn der Porträtist Stanford hätte »in jedem Hotel« oder »in jedem Café« oder »in jedem Nachtclub« oder sogar »in jedem Bordell« schreiben können und sagt doch deutlich *around every bar*.)

»Es dauerte nicht lange, bis Prag de Wets Anwesenheit bemerkte. Er bezog eine Suite mit mehreren Zimmern, gab Feste mit Champagner, an denen schöne Frauen und eine merkwürdige Gruppe von Männern teilnahmen.

Einige berichten, die Gestapo habe de Wets Tätigkeiten geprüft, sei jedoch zu dem Schluss gekommen, daß er bloss ein weiterer ›verrückter Engländer‹ sei.

Er lernte eine schöne russische Frau kennen. Es heißt, er habe sie geheiratet und sie sei als seine Komplizin verhaftet worden, als die Gestapo seine Spur aufnahm. Es heißt auch, sie habe später Selbstmord begangen.« (Hier erschien eine russische Frau, mit der er die Ehe geschlossen haben soll: vielleicht die rechtmäßige Besitzerin des Hotels Metropol in Moskau; aber wenn sie während der Verhöre »Selbstmord begangen« hatte, gibt es nur zwei Möglichkeiten: entweder sie hatte es nicht getan und war nicht gestorben und 1951 noch am Leben, oder aber de Wet heiratete zweimal und beide Male Russinnen. Keine von beiden Möglichkeiten erscheint wahrscheinlich, schon gar nicht, dass er das Moskauer Metropol in seiner Eigenschaft als rechtschaffener Witwer und Erbe zu besitzen und zu führen trachtete.)

»Er war gut bei den Journalisten bekannt«, heißt es bei Stanford weiter. »Einigen von uns bot er Informationen an: ›vertrauliche Informationen‹. Er gab gern damit an, dass er wusste, ›was gespielt wurde‹. Aber man konnte diesen Mann nie allzu ernst nehmen.

In Abessinien verbrachte er eine tolle Zeit.

Er ging nach Addis Abeba, um für den Kaiser zu fliegen: er und jene weltberühmte Gestalt, Herbert Fauntleroy Julian (›Der schwarze Adler von Harlem‹), ein kräftiger afrikanischer Schwarzer, der es genoss, sieben Arten von Angst in die Herzen der Eingeborenen zu säen.« (Um die Wahrheit zu sagen: Der von dem Redakteur des ›Völkischen Beobachters‹ verzapfte Unsinn nimmt sich neben dem englischen Porträt wie eine Folge verständiger Beobachtungen aus, vor allem aber dieser sternenhaften, luftigen Erscheinung des schwarzen Vorstadtadlers, dessen wahrer Name so falsch oder romanhaft klingt, dass er sicher der echte war; man muss bedenken, dass es 1941 noch nicht viele Filme über den Krieg gab, die den Reportern der Volksblätter irgendwelchen Irrsinn hätten eingeben können. Aber Herbert Fauntleroy Julian: wer kommt denn auf so etwas.)

»Mein Kollege Noel Monks lernte ihn im Hotel Imperial kennen, zweifellos das kosmopolitischste Kriegshotel aller Zeiten. Damals rivalisierten de Wet und der ›schwarze Adler von Harlem‹ anscheinend um die Gunst des Kaisers. Beide waren sie dorthin gekommen, um zu fliegen. Aber wie es scheint, verfügte der Kaiser nur über ein Flugzeug mit Funkverbindung, und beide verbrachten ihre Zeit zum größten Teil auf dem Boden.

Ja, de Wet genoss das abessinische Ambiente. Es besaß alles, was ihm gefiel: Kolorit, Abenteuer, Ungewissheit.

Die Deutschen behaupten, er habe Abessinien verlassen müssen, weil er sich im Duell geschlagen habe. Ich kann diese Geschichte nicht glauben, aber ich kann mir sehr wohl vorstellen, dass sie wahr ist, denn de Wet geriet in ›Verlegenheiten‹, wohin er auch ging.

Er war auch in Spanien, gemeinsam mit dem Rest dieses mutigen, heiteren Trupps von Männern, die es auf der Suche nach dem Kampf noch in den letzten Winkel des Erdballs treiben wird. Er flog gegen Franco. Und pflegte zu sagen, er habe bei einem Luftkampf ein Auge verloren.

Später schrieb er ein Buch über seine Abenteuer mit dem Titel ›*Cardboard Crucifix*‹.

Aber ... niemand kannte de Wet wirklich. Vielleicht wird man ihn erst dann kennen, wenn dieser Krieg zu Ende ist und die ganze Geschichte geschrieben werden wird. Manche betrachteten ihn als einen vergnügungssüchtigen Hohlkopf. Natürlich spielte er die Rolle.

Es ist möglich, dass dies nur eine Maske war, dass hinter diesem prahlerischen Gehabe ein kluger, rascher Geist steckte, der für die ihm gerecht erscheinende Sache arbeitete.

Die Deutschen beschrieben de Wet als ›intelligent, unerschrocken und mit mancherlei Talenten‹.

Alle drei Dinge trafen auf ihn zu. Er war in der Tat einer dieser Söldner alten Schlages, die im Lauf der Geschichte aus Großbritannien hervorgegangen sind, um das Abenteuer zu suchen.«

So weit Graham Stanford in seiner unbekannten Zeitung. Was die anderen beiden Ausschnitte betrifft, so ist der kürzere seltsam, und seltsam ist auch, dass jemand ihn aufbewahrt hat:

»UNBEKANNTER SPION.

London, 7. Februar.

Britische Beamte erklärten heute abend, keinerlei Kenntnis über die Aktivitäten von Percy Williams Olaf de Wet zu besitzen« (eine leichte Abweichung im neuen Namen, vermutlich ein einfacher Druckfehler), »ein achtundzwanzigjähriger Engländer, der in Deutschland als Spion zum Tode verurteilt wurde.

Der Fall brachte hier sein Buch ›*Cardboard Crucifix*‹ in Erinnerung, das 1939 veröffentlicht wurde und den Spanischen Bürgerkrieg zum Thema hatte.«

Der dritte Ausschnitt ist eine vom Verlag Blackwood aufgegebene Anzeige für das ›*Crucifix*‹. Seltsam an ihr ist lediglich etwas, das nicht zu ihr gehört, nämlich die handschriftliche Notiz, senkrecht, auf der linken Seite. Sie ist nicht ganz verständlich, für mich zumindest, aber nach meinem Dafürhalten muss es die Hand von jemandem sein, der de Wet persönlich kannte, jemand, der ihm nahestand oder zur Familie gehörte, da sie sich auf ihn mit »Hugh« bezieht, seinem anscheinend wenig gebrauchten ersten Vornamen, sogar Edkins nannte ihn »Oloff«, mündlich und in seinen Briefen. Wenn man genau und länger hinschaut, lautet die erste Zeile: »*... Hugh has just written. I thought it might*« (das heißt: »... Hugh gerade geschrieben hat. Ich dachte, es könnte«; obwohl ich nicht schwören würde, dass »just« dasteht). Der Satz geht in der zweiten Zeile nicht weiter; wahrscheinlich war der Ausschnitt länger, und die Notiz begann und setzte sich weiter »unten« fort, das heißt auf dem später abgetrennten und verlorenen Teil. Ich kann also in dieser zweiten Zeile – sie ist dunkler, der Federstrich dicker – nur die letzten vier Worte lesen, wie mir scheinen will: »*... daughter are quite well*« (»... Tochter sind wohlauf«). In der dritten Zeile, der mit Abschiedsformel und Unterschrift, erkenne ich nichts. Jemand schickte jemandem die Anzeige und schrieb ihm in etwa: »Damit Du siehst, was Hugh gerade geschrieben hat. Ich dachte, es könnte Dich interessieren. Ich hoffe, Deine Frau und Deine Tochter sind wohlauf.« Unmöglich zu wissen, wer dieses Exemplar besaß, bevor es kurz durch die Hände von Ben Bass und durch die meinen ging und Benet gehörte und nach dem 5. Januar 1993 wer weiß wem.

Was den ersten Ausschnitt betrifft, das eher freundliche und wenig betrübte, von dem Journalisten Stanford verfasste Porträt, so fällt etwas an ihm auf, sieht man einmal ab von der Reihe romanesker Elemente, angefangen bei den Suiten, dem Champagner, den schönen Frauen und den Trinker-

Spionen an den Prager Bartheken, bis hin zum angeberischen, hedonistischen, rätselhaften und streitlustigen Charakter des Porträtierten (eine Kombination aus Beau Brummell, Barbanegra Teach und Scarlet Pimpernel, er hätte seinen Platz gefunden in der ›Allgemeinen Geschichte der Piraten‹), einschließlich seiner russischen Frau und Komplizin und natürlich der Lichtgestalt des hochberühmten, furchteinflößenden, eitlen Fauntleroy Julian oder Schrecken der Lüfte von Addis Abeba. Es handelt sich um die grammatikalische Zeit des Präteritums, in der die Schilderung oder Nachricht verfasst ist, als sei de Wet bereits gestorben, bereits hingerichtet worden. Zwar fehlt das Datum, aber es muss dem des Urteils in Berlin nahe gewesen sein, und doch setzt Stanford durch die gewählte grammatikalische Zeit vielleicht unfreiwillig und sicher ohne großes Bedauern die Verurteilung zum Tode und die Ausführung des Urteils gleich. Vielleicht wusste er, dass je nach den Anklägern und Richtern zwischen beiden Dingen kein Unterschied bestehen kann. (Es gab ihn einmal wider Erwarten im Jahr 39, und deshalb lasse ich mich hier so lange darüber aus.) Aber an de Wet zog der Tod noch einmal vorbei, wie an Ewart, als dieser Tod am ehesten hätte innehalten und ihn ins Visier nehmen müssen, ihn, den es an die schlammigen Fronten verschlagen hatte mit seinem einzigen, defekten Auge.

Ob Wahrheit oder Vorspiegelung und Schmuck im Fall des Söldners, beide waren sie anscheinend einäugig, Ewart durch mütterliche Vererbung, wie erzählt wurde, de Wet dagegen infolge einer spanischen Kriegsverletzung, wie nach Stanford seine Version lautete. Aber wie ich vor ein paar Seiten andeutete, gelangte auch ein Buch des angeblichen Großvaters oder vielleicht Großonkels, Vechtgeneraal Christiaan Rudolf de Wet, in meinen Besitz, das, natürlich, von dem Krieg handelt, an dem er so sehr beteiligt war, und den Titel trägt ›*Three Years War*‹ oder ›Der Dreijährige Krieg‹

(drei Jahre, wie der unsere, in denen der Wind die Wochen verwehte und der Tod nicht langsam zu gehen vermochte, oder so sagte es Miguel Hernández; und fast nie vorbeizog), die englische Ausgabe stammt von 1902. Hier sieht man sein Bildnis, das zwar nicht gerade Ähnlichkeit mit seinem degenerierten Nachfahren aufweist, aber doch erlaubt, bei beiden eine gewisse Familienähnlichkeit zu erkennen, oder sagen wir, niemand würde sich bei ihrem Anblick über ihre mögliche Verwandtschaft wundern, etwas verbindet sie in der Form der Nase und der Augen, älter der Ältere, mit dichtem Bart anstelle der manirierten Fliege, der Blick sanfter oder besiegter, er könnte ein friedlich gewordener Barbarossa sein (auch er hätte Platz gefunden in der ›Allgemeinen Geschichte der Piraten‹, die ich zuweilen immer noch lese, wenn mich die heutigen der Kultur überfallen, näher den Gaunern und als Gönner verkleidet); er dürfte noch nicht fünfzig sein, und wer weiß, ob er vielleicht mit seinen Guerillatruppen bei irgendeinem Zusammenstoß gegen jenen Großonkel von Wilfrid Ewart gekämpft hatte, der nach Khartum in den südafrikanischen Krieg zog, als hätte er noch nicht genug, Sir John Spencer Ewart sein Name, es ist mehr als wahrscheinlich, dass die beiden Großonkel sich von Angesicht zu Angesicht gegenüberstanden oder eher von ferner Gestalt zu ferner Gestalt, die man sehr wohl fürchtet oder die grimmig mit ihrem vorgestellten Gesicht vorrückt, und die Waffe auf sich richteten, um eine heiße oder kalte Kugel aufeinander abzufeuern, die jedenfalls nicht ihre Todesanzeige mit dem Namen des jeweils anderen trug; es wäre nicht verwunderlich, denn auf dem Dienstblatt dieses älteren Ewart stehen Ortsnamen, die de Wet, der affektierte junge Mann, vor dem Walfischer herunterrasselte, um ihn zu beeindrucken und sich ein wenig Achtung zu verschaffen, ohne sich die Mühe zu machen, seine Aussprache der spanischen Diktion anzugleichen, in der er und der Diktator es sich bis zu jenem eng-

lisch-holländischen Sturzbach eingerichtet hatten: Magersfontein, Koedoesberg, Paardeberg, Poplar Grove, Bloemfontein, Waterval Drift, Vet-Fluss. Und außerdem Driefontein, Blaauwberg, Roodepoort, Wittebergen, Slaapkranz, Retief's Nek.

Von all diesen Schlachten oder Scharmützeln sprach auch Conan Doyle in einem seiner »ernsten« Bücher, denen er törichterweise vor seinen Sherlock-Holmes-Bänden den Vorzug gab: ›*The Great Boer War*‹, 1900 erschienen, eine dokumentierte und zum Teil auf seiner eigenen fünfmonatigen Erfahrung als freiwilliger Arzt vor Ort beruhende Geschichte des Konflikts (er wollte zuerst Soldat werden, aber bei allen Waffengattungen sagte man ihm, er sei zu alt für den Dienst; er war noch nicht einundvierzig Jahre alt), wenn auch nicht so ernst und umfangreich wie die Geschichte, die er später in sechs Bänden unter dem Titel ›*The British Campaign in France and Flanders*‹ oder ›Der britische Feldzug in Frankreich und Flandern‹ über den Ersten Weltkrieg der Ordonnanz Stephen Graham und ihres Hauptmanns Wilfrid Ewart verfasste. In ›Der große Burenkrieg‹ erwähnt Conan Doyle nur ein einziges Mal Major Ewart, der Lord Kitchener wie in Khartum begleitete, widmet jedoch zahlreiche Seiten den Heldentaten und Ränken der beiden de Wets, denn es gab einen zweiten General, der so hieß, wenn auch mit geringerer Befehlsgewalt, den Bruder Piet de Wet; und irgendeine Kugel trug die Todesanzeige mit diesem Namen, denn an einem dieser wohlklingenden Orte fiel, ohne wieder aufzustehen, ein Sohn des Letzteren, Johannes de Wet, und wurde ein Sohn des Vechtgeneraal, Jacopus de Wet, gefangen genommen. Etwas später, 1902, behandelte Conan Doyle, nebenbei gesagt, das Thema noch einmal mit seinem kürzeren Buch ›*The War in South Africa: its Cause and Conduct*‹ oder ›Der Krieg in Südafrika, seine Ursachen und seine Führung‹, um den zahlreichen Unwahrheiten entgegenzutreten, die allenthalben über die angebliche Brutalität der britischen Truppen veröffentlicht wurden, allen voran von England selbst. Dies hinderte ihn nicht daran, die strategische Raffinesse und taktische Kühnheit des großen de Wet zu bewundern, und wie man seinen Memoiren entnehmen kann, war der größte Vorwurf, den er ihm vom ethisch-militärischen Standpunkt aus machen musste – »eine seiner unsportlichsten Taten oder die einzige«, schrieb er –, das Verbrennen der Säcke eines am Bahnhof von Roodewal überfallenen und geplünderten britischen Postzuges, das die Luft mit der Flugasche Tausender verbrannter Papiere verdunkelte. Um die Wahrheit zu sagen, nicht gerade gravierend für einen Guerillaführer, den der Schöpfer von Sherlock Holmes im Übrigen in einem knappen Porträt zu Beginn des Kapitels XXVII von ›*The Great Boer War*‹ verewigte:

»Christiaan de Wet, der ältere der beiden Brüder dieses Namens, befand sich damals mit etwas mehr als vierzig Jahren im besten Mannesalter. Er war ein bärtiger, kräftiger, mittelgroßer Mann, wenig gebildet, aber mit großer Tatkraft und gesundem Menschenverstand ausgestattet. Seine militärische Erfahrung ging auf Majuba Hill zurück, und er teilte weitgehend jenen seltsamen Rassenhass, der im Fall von Transvaal begreiflich ist, aber unerklärlich bei einem Bürger des Oranje-Freistaats, der keinerlei Affront durch das Britische Imperium erlitten hat.« Und dann kommt es: »Eine gewisse Sehschwäche zwang ihn, getönte Augengläser zu benutzen, und jetzt hatte er diese Gläser mit seinen beiden besonders aufmerksamen Augen dahinter auf die verstreuten britischen Streitkräfte und die schon lange exponierte Bahnstrecke gerichtet.« Und etwas später beharrt er auf diesem Detail, das man nicht umhinkann, mit dem Rauchglas-Monokel oder der Augenklappe seines sicher lügenhaften, aber vielleicht nicht ganz falschen Söldner-Nachkommen in Verbindung zu bringen: »Die getönten« (oder vielleicht »verdunkelten«) »Gläser«, sagt er, »wandten sich als Erstes dem abgelegenen Dorf Lindley zu.«

Ewarts blickloses Auge war ohne Zweifel ererbt, und vielleicht war es auch das von de Wet, trotz seiner faszinierenden, phantastischen Geschichten, wie Anthony Edkins sie definierte: beide Soldaten einäugig, im Schützengrabenkrieg der eine und im Luftkampf der andere, nicht gerade empfehlenswert, wenn man vermeiden möchte, dass der Tod durch den Raum zieht mit seinem einzigen Auge und die Zeit mit ihren rostigen Lanzen. Auch mein Vater sieht seit Jahren nicht auf einem seiner Augen, die ohne Brille noch blauer erscheinen, und deshalb sagte meine Mutter jedes Mal, wenn er sie abnahm: »Jetzt siehst du wie ein Deutscher aus.« Aber er trägt weder Augenklappe noch Monokel, und er hat auch nie im Leben getönte oder verdunkelte oder rauchfarbene Gläser getragen, ich dagegen trage hin und wieder dunkle Gläser. Ich leide unter einer gewissen Sehschwäche, der ich keine Bedeutung zumesse, weil sie in den heutigen Zeiten vielleicht keine mehr besitzt, obwohl sie in der Vergangenheit langsame, aber sichere Ursache für Erblindung und Schmerzen war, ich weiß nicht, ob auch für den Tod. Diese Schwäche verbitterte das Leben von James Joyce, um bei den Literaten zu bleiben, der sich elfmal operieren lassen musste, ohne dass es zu nennenswerten Besserungen kam, und den man aus diesem Grund auf vielen Fotos mit einer großen schwarzen Augenklappe vor dem linken Auge sieht, obwohl manche behaupten, er habe sie weniger aus Notwendigkeit getragen, als um originell und manieriert zu wirken. Ich weiß, was das ist, ein verdecktes Auge zu haben: Als acht- oder neunjährigem Kind verdeckte man mir einige Monate lang das linke, weil man beim rechten »Trägheit« diagnostiziert hatte, und damit es arbeitete und sich anstrengte und sozusagen Terrain zurückgewann, verdeckte man mir das, mit dem ich am besten sah und das dazu neigte, die Aufgabe des

Schauens und Sehens ganz allein zu übernehmen. Ich erinnere mich, dass ich diese Gaze oder Binde oder Klappe vor meinem gesunden Auge hasste, und ich glaube, ich mogelte und nahm mir den Verband in den Schulpausen ab, um ihn mir dann wieder falsch anzulegen; zum Glück dauerte die Qual nicht lange, und vielleicht ist es darauf zurückzuführen, auf meine Ungeduld und meinen Ungehorsam damals, dass heute das kranke noch immer träge ist, glaube ich, jedenfalls weniger aktiv und scharfblickend als das andere. Die Überlegenheit des gesunden hatte ich immer der Tatsache zugeschrieben, dass ich Linkshänder war, und so wie meine linke Hand kräftiger und geschickter war als die rechte, erschien es mir nicht merkwürdig, dass sich diese Präferenz im ganzen Körper bemerkbar machte. Ich hatte das Glück, dass man nicht versuchte, meine Linkshändigkeit zu korrigieren in einer Zeit, in der dies fast eine Vorschrift war, ich hätte es nicht ertragen, wenn man mir den linken Arm auf den Rücken gebunden hätte und ich mich einarmig und einäugig gefühlt hätte; die Schule, die ich besuchte, *El Estudio*, war liberal und laizistisch und heimlich gemischt, ein getarnter Fortsatz oder Überrest der Freien Lehranstalt aus den Zeiten der Republik, bevor der Wind die Wochen verwehte; und was meine Eltern betraf, so waren sie ebenfalls liberal und hätten viel Arbeit gehabt, denn auch mein unbekannter Bruder Julianín war Linkshänder und mein Bruder Álvaro ist es, drei von fünf. Als ich die ersten Namen und darunter den meinen zu schreiben begann, schrieb ich die Buchstaben von rechts nach links, wie die Araber, und obwohl ich »XAVIER« las – so rief man mich, mit X, und so schrieb ich ihn als Kind und schrieb ihn immer meine Mutter –, war das, was man wirklich las oder alle außer mir lasen, »REIVAX«, und wenn sie es unter Lachen nicht durchgehen ließ, verstand ich den Grund nicht und protestierte, denn für mich stand fest, dass ich sämtliche

Buchstaben, ohne einen auszulassen oder mich zu irren, in ihrer Reihenfolge hingeschrieben hatte, und außerdem las ich weiterhin »XAVIER«, wo ich, nach Übereinkunft der anderen, anscheinend »REIVAX« schrieb, und dagegen »REIVAX«, wo ich endlich doch »XAVIER« schrieb, wie meine Mutter sagte.

Bisweilen denke ich, dass für jemanden, der in dieser umgekehrten Richtung zu schreiben und zu lesen begann – und diese Neigung gewöhnte man mir natürlich ab –, die Zeit eine andere sein muss als für die meisten, die nie versucht haben, von hinten nach vorn zu gehen, sondern sich immer von vorn nach hinten bewegt oder nicht versucht haben, am Ende anzufangen, sondern sich dem Ende zu fügen, das heißt dem Warten darauf und der Furcht davor und seinem Eintreten; und bisweilen denke ich, dass ich mich vielleicht deshalb oft in einem Bereich bewege, den ich in mehreren Büchern »die Kehrseite der Zeit, ihr schwarzer Rücken« genannt habe, und diesen geheimnisvollen Ausdruck habe ich von Shakespeare übernommen, um die Zeit zu benennen, die nicht existiert hat, die uns erwartet, und auch die, die uns nicht erwartet und sich daher nicht ereignet oder nur in einer Sphäre, die nicht eigentlich zeitlich ist und in der womöglich das Schreiben angesiedelt ist oder vielleicht nur die Fiktion. Es kann sein, dass ich deshalb oft die Vergangenheit als Zukunft wahrnehme – oder sie sehe, als sie nur das war, Zukunft – und die Zukunft als Vergangenheit: das, was kommen soll, als wäre es schon geschehen und eingetroffen, mehr noch, als hätte es keine große Bedeutung mehr, da sogar sein Vergessen oder Verschwimmen schon begonnen hätte, so vergangen und verloren ist am Ende alle Zeit. Vielleicht gilt das nur für die Zeit, die verstrichen ist und die man erzählen kann, oder so scheint es, und die deshalb die einzig ambivalente ist oder die einzige, die Ambivalenz zulässt, wie vor nunmehr dreißig Jahren Don Juan Benet schrieb. Und er stellte damals auch noch eine andere rätselhafte Behauptung auf, die ich erst vor etwa dreißig Monaten in dem alten Artikel gelesen habe, der sie enthält und zu der ich ihn nichts mehr fragen kann: »… mir scheint, die Zeit ist die einzige Dimension, in der die Lebenden und die Toten miteinander sprechen und kommunizieren können, die einzige, die ihnen gemeinsam ist …«, das sagte er. Ich verstehe es nicht, ich verstehe es nicht ganz, aber ich weiß, dass er nicht grundlos schrieb, wenn auch durchaus bisweilen willkürlich, wie alle Guten. Ich verstehe es nicht, es sei denn, ich denke eher an diese Kehrseite oder diesen schwarzen Rücken, wo die launische, unvorhersehbare Stimme spricht, die wir jedoch alle kennen, die Stimme der Zeit, wenn sie noch nicht vergangen und verloren ist und vielleicht deshalb nicht einmal Zeit ist, diese Stimme, die wir ständig hören und die immer fiktiv ist, glaube ich, wie diejenige, die hier spricht, es möglicherweise ist und gewesen ist und bis zu ihrem Ende sein wird.

In dieser Zeit, die so oft meine eigene, das heißt die mir nach Übereinkunft der anderen zugewiesene, überflutet hat, vermischten sich vielleicht doch Fiktion und Wirklichkeit oder die nicht nur unwahrscheinlichen und unglaubwürdigen, sondern unvereinbaren Wirklichkeiten. In dieser Zeit kann sich vielleicht ein Roman in das Leben einmischen, und es wäre nicht merkwürdig, dass in ihr Sir John Spencer Ewart mit seinem Karabiner in Paardeberg oder am Vet-Fluss auf die getönten Augengläser von Christiaan Rudolf de Wet gezielt hätte, oder vielleicht war es George Steabben, der ihn in Magersfontein oder in Retief's Nek aufs Korn genommen hatte, Ewigkeiten, bevor er in Mexiko bei der berühmten Schießerei zwischen Constantino und Leovigildo vor dem Eingang zum Salon Phalerno an einem sicheren Schuss in die Stirn starb; es wäre nicht merkwürdig, wenn der Brieföffner mit der Inschrift der Jahre und des blutigen Flusses, »15 Yser 16«, von Stephen Graham oder Wilfrid Ewart in ihren schlammigen Schützengräben ohne Waffenruhe angefertigt worden wäre oder dass Hugh Oloff de Wet die Totenmaske des bettelnden Dichterkönigs John Gawsworth modellierte oder dass jene kalte Kugel des Neujahrstages oder der Silvesternacht nicht rasch genug erkaltete, um der Krümmung zu folgen und ihr Ziel zu verfehlen, oder wenn der Pförtner Tom und der Pförtner Will der Tayloriana ein- und derselbe wären und in ihrem ewigen Territorium vorwärts- und rückwärtsreisten, »Viel Glück Herr Professor«, mit ihrer fröhlich und eilfertig erhobenen Hand. Es ist möglich, dass in dieser Dimension oder Zeit mein Freund Eric Southworth vor sieben Jahren von Hand der Galdosianer gestorben ist (ein wahrlich trauriges Schicksal) und dass mein Freund Aliocha Coll noch sein letztes Glas Wein austrinkt und dass Conan Doyle der patriotische Arzt und das Vorbild der Rekruten und Lawrence von Arabien das unerreichbare Ideal der Abenteurer waren, gerade sie, die wie niemand sonst das unvollendete Talent des Romanciers und Kriegsveteranen gelobt hatten, der im Tohuwabohu von Mexiko-Stadt mit seinem blinden Auge weder Kugel noch Todesanzeige kommen sah; es kann sein, dass sich dort seit jeher jener inexistente Balkon des vierten Stockwerks befunden hat und die deutsche Braut des Österreichers Ödön von Horváth, die erlebte, wie sich der gleiche unmögliche Unfalltod ihres Vaters und ihres Bräutigams im Lauf eines einzigen Lebens, des ihren, wiederholte, beide von einem Blitz getroffen und der Jüngere am Neujahrstag, und dass es dort war, wo Toby Rylands seine Sauftouren oder *binges* mit einem lustigen Prinzen aus Haiti oder Honduras, von Antigua oder Barbuda oder Belice oder Montserrat, der vulkanischen, oder vielleicht von Redonda, die nicht bewohnt ist, genoss; es kann sein, dass in dieser Dimension oder Zeit das ganze Königreich wohnt und schläft, das einige Male auf den Landkarten erscheint und andere Male nicht, wie es einem

Ort gebührt, der existiert und zugleich imaginär ist, *the Realm of Redonda, the Kingdom of Redonda* mit seiner geistigen Aristokratie falscher spanischer Namen und seinen vier Königen, und dass nach der Abdankung des dritten zu meinen Gunsten ich seit dem 6. Juli 97 der vierte dieser Könige bin, King Xavier oder noch King X, während ich dies schreibe, und damit auch der literarische Nachlassverwalter und gesetzliche Erbe meiner Vorgänger Shiel und Gawsworth oder Felipe I. und Juan I.: Man kann sich schwer sträuben, eine Legende aufrechtzuerhalten, es wäre schäbig, sich ihrer Verkörperung zu verweigern; und in diesem Nebel schwebt vermutlich mein abwechselndes Erinnern und Vergessen einer Narbe an einem Oberschenkel wie ein sanfter, verbrannter Krater, die ich drei ferne Jahre lang täglich sah und küsste, und sicher der gelegentliche Gedanke oder die fast schon fiktive Erinnerung an die Person, zu der sie gehörte (»Ach ja, hier hat einmal ein junger Mann mit mir zusammengelebt, er war aus Madrid, ich frage mich, was aus ihm geworden sein mag, es ist schon so lange her«), und in diesem Halbdunkel wird unsichtbar die Verwandtschaft mit dem Schauspieler Robert Donat glimmen, die durch seine meinigen Dinge erworben wurde, das Zigarettenetui in unseren Taschen und die Nadel an unseren Krawatten oder an meinem Revers; und de Wet steuert vielleicht noch immer seine Nieuport in diesem Bereich oder diesem Wind, wer weiß, ob dasselbe Flugzeug, das sich hoch und rasch entfernt, während der Feind in die Hölle stürzt (aber es könnte eine Polikarpov und nicht eine Nieuport sein, und dann wäre nicht er es, der jagt und tötet); und es kann sein, dass dieser Abenteurer in Spanien mit dem anderen, älteren Himmelfahrtsgefährten zusammentraf, der es trieb wie er, dem Roten Dekan, dem Banditen Dekan von Canterbury, unfreiwilliger Anlass dafür, dass der Tod an seinem erfundenen Begleiter und meinem Vater beinahe nicht vorbeigezogen wäre

und mich meiner Existenz beraubt hätte. Vielleicht bewegt sich auf der Kehrseite der Zeit auch das nicht gelebte, verstümmelte Leben meines so kleinen großen Bruders Julianín und das Ich, das ich gewesen oder ohne meine Geburt nicht gewesen wäre. Und was, wenn ich nicht geboren wäre.

Nicht geboren wurde zum Beispiel ein Erstgeborener meiner Familie, auf dem ein Fluch lag und den man daher erwartete, um ihn ganz in Erfüllung gehen zu sehen. Und obwohl ich diese Geschichte schon zweimal erzählt habe – einmal als Fiktion in einer Erzählung mit falschen Namen, »Isaacs Reise« der Titel, das andere Mal als wirkliches Geschehen in einem Artikel mit den wahren Namen, er hieß schlicht »Ein Fluch« –, werden sich nicht viele an sie erinnern oder sie gelesen haben, weshalb sie hier am richtigen Ort ist, oder so glaube ich, als wäre ich ein einziges Mal, und ohne es 1978 oder 1995 zu ahnen, dem Gebot der hervorragenden Erzählerin Isak Dinesen gefolgt, die ich in meiner Zeit in Oxford übersetzte: »Nur wer imstande ist, sich vorzustellen, was geschehen ist, es in der Vorstellung zu wiederholen, wird die Geschichten sehen, und nur wer die Geduld hat, sie lange Zeit mit sich herumzutragen und sie sich wieder und wieder zu erzählen, wird imstande sein, sie gut zu erzählen.«

Eine meiner Großmütter stammte aus derselben Karibik, in deren Meer Redonda liegt, wenn es auf den Landkarten erscheint oder fotografiert wird. Sie war eine in Havanna geborene Kubanerin, hieß Lola Manera und war die Mutter meiner Mutter Lolita. In Wirklichkeit waren sowohl sie als auch ihr Vater, mein Urgroßvater, noch immer eher Spanier in Kuba, um es verständlich und neutral auszudrücken. Mein Urgroßvater hieß Enrique Manera, und ich glaube, dass sein zweiter Familienname Cao war (»von dem Indianer Cao, dem Stellvertreter Moctezumas«, pflegte mit erhobenem Zeigefinger die jüngere Schwester meiner Großmutter

zu verkünden, Tantchen María mit ihren *folies de grandeur*); er war Militär und besaß Land in Havanna.

In jungen Jahren und noch Junggeselle kehrte er eines Morgens zu Pferd nach Hause zurück, als ein bettelnder Mulatte ihm in den Weg trat und um ein Almosen bat. Er verweigerte es ihm, setzte seinen Weg fort und gab dem Pferd die Sporen, aber der Bettler konnte ihm noch in die Zügel fassen und es anhalten und verkündete dem Reiter seinen Fluch, der ziemlich barock war und von mehr als bemerkenswerter Genauigkeit: »Du und dein ältester Sohn und der älteste Sohn deines ältesten Sohns, ihr werdet alle drei auf einer Reise fern der Heimat sterben, und ihr werdet keine fünfzig Jahre alt und nie ein Grab haben.« Mein Urgroßvater beachtete ihn nicht und stieß den Bettler mit der Hand weg, er erzählte die Anekdote zu Hause beim Mittagessen, und dann vergaß er sie (aber jemand erinnerte sich daran, und deshalb ist die Geschichte zu mir gelangt: vielleicht eine schwarze Kinderfrau oder eine ängstliche Mutter, immer sind es die nicht mehr jungen Frauen, die sie verwahren, wie sie es auch sind, die sie weitergeben). Dies geschah im Jahr 1873, und Enrique Manera war vierundzwanzig oder fünfundzwanzig Jahre alt, jedenfalls zwei Jahre jünger als zu dem Zeitpunkt, da er in Sevilla einen kleinen Roman veröffentlichte, den ich unlängst fand – die Bücher reisen immer zu mir oder ersparen mir die Kenntnis nicht –, ›Der Kürassier von Froeswiller‹, mit dem Untertitel ›Erinnerungen aus dem Französisch-Deutschen Krieg‹, gedruckt in der Calle del Rosario 4 in der Kunstdruckerei Ariza y Ruiz, wie dem Vortitel zu entnehmen ist. Sein Anfang ist ausgesprochen altmodisch: »Es war der 15. Juli 1870, und sämtliche Uhren der Kirchen von Paris hatten gerade elf geschlagen. Die Hauptstadt des französischen Imperiums bot in dem Augenblick, da unsere Erzählung beginnt, einen höchst seltsamen und ungewöhnlichen Anblick.« Anscheinend war es nicht der

REALM of REDONDA

This Volume is from
the Bookshelves of

M. P. SHIEL, (1865-1947)

[H.M. King Felipe I, 1880-1947]

and

JOHN GAWSWORTH (1912-)

[H.M. King Juan I, 1947-]

REALM of REDONDA

EX LIBRIS

JOHN GAWSWORTH (1912-)

(H.M. King Juan I, 1947-)

The Realm
of
Redonda

H. M. FELIPE I
(M. P. Shiel, 1865-1947)

H. M. JUAN I
(John Gawsworth, 1912-1970)

H. M. JUAN II
(Jon Wynne-Tyson, 1924-)
(abdicated 1997)

H. M. XAVIER I
(Javier Marias 1951-)

....

einzige Roman, der in Druck ging, ein literarischer Präzedenzfall in meiner Familie, ein antillanischer Präzedenzfall.

Sehr viel später, 1898, als er schon ein halbes Leben mit einer Custardoy verheiratet war, von der er sieben Sprösslinge hatte (deshalb lautete der falsche Name der Erzählung »Isaac Custardoy«), beschloss mein Urgroßvater Manera, dass er das Sternenbanner nicht auf seiner Insel flattern sehen wollte; also verkaufte er in aller Eile seine Besitztümer und schiffte sich mit seiner ganzen Familie Richtung Spanien ein – sein Land, das er womöglich nur vom Namen her kannte –, einschließlich meiner heiteren Großmutter Lola mit ihren sieben oder acht Jahren, dem größenwahnsinnigen Tantchen María mit einigen weniger und dem Erstgeborenen mit etlichen mehr, ebenfalls Enrique genannt. Die Ärzte hatten ihm von einer so radikalen Maßnahme abgeraten, da er unter der Ménière'schen Krankheit litt und die Überfahrt mit großen Risiken für seine Gesundheit verbunden war. Aber der Militär Manera war nicht bereit, dem Triumph und der Machtübernahme des Kommodore Schley beizuwohnen, und hörte nicht auf sie, wie er nicht auf den bettelnden Mulatten fünfundzwanzig Jahre zuvor gehört hatte. Mitten auf dem Atlantik erlitt er einen tödlichen Anfall dieser Krankheit, der ihn auf dem Deck niederstreckte. Er stand kurz vor seinem fünfzigsten Geburtstag, er starb fern von seiner Heimat – und auch von der zweiten, die er nicht kannte –, und sein Leichnam wurde mit einer Kanonenkugel im Meer versenkt.

Dreiundzwanzig Jahre später, 1921, kämpfte sein ältester Sohn, Enrique Manera Custardoy, Bruder meiner Großmutter und daher mein Großonkel (auch ein kriegerischer Großonkel, wie Ewart und de Wet) im Rang eines Obersten und als Adjutant von General Fernández Silvestre, der die spanischen Truppen bei ihrer großen Demütigung befehligte, im Marokkokrieg. Wie man weiß, aber fast niemand sich erinnert, flohen diese bei der später so genannten »Katastrophe von Annual« in völliger Auflösung. Bei der allgemeinen Zersplitterung nach der Niederlage gegenüber Abd-el-Krims Kabylen sahen sich Fernández Silvestre, ein Sohn von ihm und Oberst Manera vom Gros der Truppe abgeschnitten, völlig schutzlos, aber mit einem Geländewagen zu ihrer Verfügung. Der General weigerte sich in einer altmodischen Geste, das Feld seines tiefen Falls zu verlassen, und mein Großonkel weigerte sich in einer noch altmodischeren Geste, seinen Vorgesetzten und tief gefallenen Freund zu verlassen. Beide zusammen überredeten sie den jungen Silvestre, er solle versuchen, sein Leben zu retten, und mit dem Fahrzeug fliehen; und sie blieben dort, um das lange Feuer und den langen Tod zu erwarten. Mehr wusste man nicht. Ihre Leichen wurden nie gefunden, und das Einzige, das man von Manera fand, waren sein Feldstecher und seine Oberst-Koppel, die ich noch in der Wohnung meiner Großmutter in der Calle Cea Bermúdez gesehen habe. Man befürchtet, dass sie gepfählt und gevierteilt wurden. Manera war sechsundvierzig Jahre alt, so alt wie ich heute, und er war fern von seinen beiden Heimaten, dem kolonialen Havanna, in dem er geboren wurde, und dem Madrid, aus dem er in jenen Kolonialkrieg in Afrika zog, um sich seinem ererbten bösen Zauber zu unterwerfen. Ein Grab hatte er nicht und wird es auch nie haben. Er hinterließ nur eine Witwe, das heißt eine Frau.

Der ausgefeilte Fluch war in seinen ersten beiden Drohungen derart genau und vollkommen in Erfüllung gegangen, dass es unmöglich schien, dass er nicht auch in der dritten Generation in Erfüllung gehen würde. Und so fragte sich nach dem frühen, fernen und spurlosen Tod von Manera Custardoy in Annual jemand in der Familie – vielleicht eine abergläubische Kinderfrau oder eine ängstliche Mutter, womöglich meine eigene Großmutter, die Schwester des Verfluchten – mit einer Mischung aus Furcht und Hoffnung, ob der Verstorbene vor seinem pflichtgemäßen Ausrücken und seiner verhängnisvollen Expedition in Begleitung von Fernández Silvestre seine Ehefrau geschwängert hatte. Die Person wartete einen Monat oder zwei, aber es geschah nichts. Es gab nie einen ältesten Sohn des ältesten Sohns, und an einen unehelichen Sprössling zu denken ist zu abgedroschen und trivial. Wenn nichts sich erfüllt hätte. Wenn alles sich erfüllt hätte. Es gab noch einen Enrique Manera, den ich gekannt habe, aber er stammte nicht direkt von dem in Marokko getöteten Oberst ab, sondern von einem jüngeren Bruder von ihm. Er erlangte den Grad eines Admirals – nicht einen falschen, wie der Walfischer Franco, sondern einen echten – und pflegte seine Heldentaten im Bürgerkrieg zu erzählen: Er habe eigenhändig ein russisches Unterseeboot versenkt und sei von den Roten füsiliert worden, ein Missgeschick, aus dem er, wie er erzählte, dank seines kleines Wuchses mit heiler Haut davongekommen sei. Das Erschießungskommando oder die Milizsoldaten hatten auf eine Gruppe von Verurteilten gezielt, von denen die meisten ihn überragten, und so waren die Kugeln, sein Haar streifend, über seinen Kopf hinweggeflogen. Er fiel wie die anderen zu Boden, als er die Salven hörte, und stellte sich stundenlang tot, wobei ihm das Blut seiner Gefährten zugutekam, das ihn rot färbte, bis es Nacht wurde und er den Weg frei sah – sie begruben nicht, sie begruben nicht, sie verweigerten ihm das Grab; dann kroch er unter den Leichnamen hervor und wurde wieder lebendig und konnte entkommen. Wenn das wahr ist, dann versuchte der Fluch vielleicht, sich bis zum Ende zu erfüllen, obwohl er sich seines letzten Gegenstands beraubt sah: wenn schon nicht beim dritten Erstgeborenen in direkter Linie, der niemals existierte, dann wenigstens bei einem Blutsverwandten mit dem gleichen Namen, der dem zuteilgeworden wäre, der keinen Namen hatte, weil er keine Existenz erlangte, und doch hatte ein bettelnder Mulatte aus der

Stadt Havanna ihn 1873 angekündigt und prophezeit: bei einem Neffen des unvorsichtigen, schuldigen Manera Cao. Aber die Wahrhaftigkeit dieses Versuchs muss bezweifelt werden, wenn eine andere Heldentat darin bestanden hatte, ein Unterseeboot der Bolschewiken mit Fausthieben in den Grund zu bohren. Jedenfalls gab es niemanden, der vor seinem fünfzigsten Geburtstag und fern der Heimat und ohne jemals ein Grab zu erhalten den verordneten dritten Tod erlitten hatte.

In jener Erzählung von 1979, der ich den Titel »Isaacs Reise« gab, stellte sich ein Freund der Familie Custardoy mit diesen oder ähnlichen Worten folgende Fragen dazu: Der älteste Sohn des ältesten Sohns war prophezeit worden, ebenso wie die Form seines Endes; aber er wurde nie geboren, er war nie geboren noch gezeugt worden, und doch hatten der bettelnde Mulatte und der unglückselige Manera, der seinen Weg kreuzte, schon 1873 seine Existenz gedacht und wussten von ihm. Wo war dieses Wesen oder dieser Gedanke seitdem gewesen und wo blieb es nach dem Tod dessen, der in Übereinstimmung mit der Prophezeiung sein Vater wäre, nach dem kriegerischen und in altmodischer Geste gesuchten Tod in Marokko, der seine Geburt für alle Zeiten und für immer und ewig ausschloss? Irgendwo musste es sein. Der Freund versuchte, das Rätsel zu lösen, und am Ende, »als er schon im Sterben lag«, heißt es in der Erzählung, »schrieb er seine Überlegungen auf ein Blatt Papier: ›Ich fühle, dass ich sterben werde, ich werde die letzte Reise antreten. Was wird aus mir? Wohin gehe ich? Gehe ich irgendwohin? Wohin gehe ich? Ich erahne den Tod, weil ich lebendig gewesen und gezeugt worden bin und außerdem geboren wurde, weil ich noch lebendig bin; der Tod ist also unvollkommen und umfasst nicht alles, er kann nicht verhindern, dass in der Zeit etwas anderes, von ihm Unterschiedenes existiert, dass man von dort aus auf ihn wartet und ihn von dort aus denkt: Er ist nicht nur Subjekt, wie er gern wollte, sondern auch Objekt des Denkens und des Wartens, und er muss sich fügen. Ganz gehört ihm nur, wer nicht geboren wurde; mehr noch, wer nicht gezeugt und nicht empfangen wurde und daher nie in die Zeit eingetreten ist und sich nicht eine einzige Sekunde lang in ihr aufgehalten hat und nicht aus ihr heraustreten muss, um sie zu stören. Wer nicht gezeugt wird, stirbt am meisten. Er ist immer auf dem verschlungensten Pfad gereist, auf dem unwegsamsten und unsichtbarsten und stummsten: auf dem Pfad der Möglichkeit. Er ist der Einzige, der kein Jahr und keinen Tag alt werden und nie eine Heimat noch ein Grab haben wird. Er ist Enrique Manera, der, der fehlt. Ich dagegen bin es nicht.‹«

Nein, jener Manera, der vorausgesagt und erwartet wurde, um einen Fluch zu vollenden, der unvollständig blieb wegen seiner Nichtexistenz und vielleicht noch aussteht (und womöglich hat es einmal etwas gegeben, das nicht unabgeschlossen geblieben ist), wurde nicht geboren; und vielleicht bewegt sich dieser Abwesende noch immer auf der Kehrseite und dem schwarzen Rücken und Abgrund der Zeit, zusammen mit allem, was nicht geschehen oder wohl geschehen ist, aber keinen Abdruck und keine Spur und keinen Rauch und keinen Dunst hinterlassen hat, und mit dem Geschehen, das sich nicht wiederholen kann und nicht mehr möglich und deshalb ausgeschlossen ist, und auch mit dem, das noch zwischen der scharfen Erinnerung und dem blinden Vergessen schwankt, wie diese Narbe an einem Oberschenkel, die verschwimmt und wiederkehrt und sich abzeichnet und sich auflöst, als wollte sie mir ihre Kenntnis ersparen. (»Hör zu, komm, schau, ich habe das, und vielleicht willst du es lieber nicht sehen. Du hast noch Zeit, es nicht zu sehen, und wenn du es nicht siehst, wirst du es nie gesehen haben.«) Auf dieser Kehrseite der Zeit bewegt sich vielleicht alles: das, was in der bekannten Zeit ist, und das, was sie nicht kennt und von ihr weder verzeichnet noch beachtet wird. Auf diesem schwarzen Rücken können auch die Geschehnisse dahinziehen, deren Erzählung und Erinnerung sie am Ende fiktiv werden lässt, vielleicht irrt dort schon die Atlantiküberquerung meiner Großmutter Lola herum, die vor einem Jahrhundert mit ihren sieben oder acht heiteren Jahren von Havanna nach Madrid kam, damit dort meine Mutter Lola und später ich von ihr geboren werden konnte, und vielleicht geht in diesem Abgrund das Mädchen um, das meine Mutter erhoffte und wollte in jenem Zimmer ihrer Geburten und das nicht geboren wurde, weil ich an ihrer statt geboren wurde, obwohl das Mädchen schon ein erwählter und bedachter Name erwartete, Constanza, und sicher ihr vorgestelltes Gesicht. Und womöglich musste damals Kuba verlorengehen, damit jene Schiffsreise zustande kam, die meinen inselbewohnenden Großvater, eingehüllt in eine Fahne und mit einer Kanonenkugel auf der Brust, um ihn besser zu versenken, auf dem Meeresgrund enden ließ. (»Möge ich morgen schwer auf deiner Seele lasten, Blei in deiner Brust sein und mögen deine Tage in blutiger Schlacht enden: Es falle deine Lanze.«) Und wer weiß, ob die Insel damals nicht verlorenging, um dem privaten, zufälligen Fluch eines Bettlers zur Geltung zu verhelfen, und aus weiteren hunderttausend Gründen dieser Art, die nur mit einzelnen Personen zu tun haben.

Es ist alles so zufällig und lächerlich, dass man nicht begreift, wie wir der Tatsache unserer Geburt oder unserer Existenz oder unseres Todes irgendeine Bedeutung verleihen können, denn sie werden von erratischen Kombinationen bestimmt, die so launisch und unvorhersehbar sind wie die Stimme der Zeit, wenn sie noch nicht vergangen und nicht verloren ist, wenn sie noch nicht ambivalent und nicht einmal Zeit ist, diese Stimme, die wir alle kennen und die wir hören wie ein Gemurmel, während wir uns vorwärtsbewegen oder glauben, es zu tun, denn es ist die Stimme, die sich in Wirklichkeit vorwärtsbewegt; oder wie wir unserem zerbrechlichen, unbedeutenden Schritt irgendeine Tragweite beimessen können, der aufgrund einer Lüge oder eines falschen Zeugnisses sehr gut nicht hätte getan oder aber aufgrund der übermäßigen Phantasie und des übergroßen Hasses zweier Verräter im Dienste Francos doch hatte getan werden können – zwei künftige Lehrstuhlinhaber, beide wurden es zur Belohnung, oder einer war es schon –, die viel zu unwahrscheinliche und romaneske Anschuldigungen gegen den fabrizierten, der noch nicht einmal davon träumen konnte, mein Vater oder sonst jemandes Vater zu sein; wie wir auch nur unseren Atem ernst nehmen können, den wir dem Anfall einer antiquierten Krankheit oder eines Schwindels auf dem Deck eines Schiffes verdanken, das ins Exil reiste, oder dem launischen, barocken Fluch, mit dem ein bettelnder Mulatte vor hundertfünfundzwanzig Jahren jenseits des Ozeans, auf der Insel eines anderen Kontinents, einen verächtlichen Reiter belegte; oder den wir durch eine Kugel verlieren, die sich auf jenem Kontinent in der Begeisterung einer Silvesternacht in Mexiko verirrte, oder durch den Baum, den der Blitz entwurzelt und der einem Ausländer auf den Kopf fällt, der wartet, um ins Theater zu gehen, kurz vor seiner Emigration auf diesen Kontinent und seiner Rettung; oder, einfacher, weil wir einen Schlusspunkt unter eine Seite gesetzt haben und nicht mehr die nächste schreiben wollen; oder, harmloser, weil eines Nachmittags im Dezember der einzige Sohn zu Hause erschien, der fehlte, der vierte; oder, schadlicher, weil sich verräterisch eine blitzartige Krankheit einstellt, die einen herrenlosen Guckkasten zurücklässt und anhält und ihn bis zum Ende aller Zeiten oder der Welt ausrangiert, die das Spielzeug nachbildete und darstellte mit seinem schwachen Rad, das sich nicht mehr dreht. Lösch das Licht, und dann, lösch das Licht. Und lösch es aus.

Und doch bleibt nichts anderes übrig, als lächerlich zu sein und dem Ergebnis dieser Kombinationen ohne Rangordnung Bedeutung beizumessen, einem jeden von ihnen und dem unseren – oder besser gesagt, dem, das wir sind –, den bereits annullierten und den gegenwärtigen und sogar den fiktiven, wenn wir nicht wollen, dass unser Schritt außer zerbrechlich und unbedeutend auch noch völlig idiotisch ist. Und so tun wir unser Leben lang so, als seien wir einzigartig und auserwählt, wo wir austauschbar und das gleichgültige Ergebnis einer schäbigen, traurigen Jahrmarktslotterie sind. Dieses Fingieren ist notwendig, schlecht ist nur, dass unsere Handlungen und unser Unglück oder Glück die meisten von uns am Ende vergessen lassen, dass es nur darum ging und dass wir nur das taten, fungieren. Manch einer redet sich ein, dass er von Geburt an für etwas von dem bestimmt war, das er erreicht hat oder erleidet, als würden Leid oder Erfolg ihm seine Geschichte begreiflich machen, ja den Grund oder die Ursache seiner Geburt, die Ursache will's, die Ursache will's. Was ich hier sage, habe ich schon zuvor in einem Roman gesagt, aber das ist mir gleich: Alles muss wieder und wieder gesagt werden, damit es nicht verlorengeht, bis nichts mehr gesagt wird und es nichts mehr gibt, es sind die Abkürzungen und die verschlungenen Wege unserer Anstrengung, die uns unterscheiden, und wir glauben schließlich, es sei Bestimmung, wir sehen schließlich unser ganzes Leben im Licht des letzten oder jüngsten Geschehens, als hätte die Vergangenheit nur aus Vorbereitungen bestanden und als begriffen wir sie in dem Maße, wie sie sich von uns entfernt, und als begriffen wir sie voll und ganz am Ende. Und so glaubt die Mutter, dass sie Mutter sein musste, und die alte Jungfer unverheiratet, der Mörder ein Mörder und das Opfer ein Opfer, wie der Regierende glaubt, dass seine Schritte ihn von Anfang an dazu führten, über den Willen anderer zu verfügen, und man die Kindheit des Genies erforscht, wenn man weiß, dass es ein Genie ist; der König ist überzeugt davon, dass es ihm zukam, König zu sein, wenn er herrscht, und dass es ihm zukam, zum Märtyrer seines Geschlechts zu werden, wenn es ihm nicht gelingt, und wer alt wird, erinnert sich schließlich an sich selbst wie an ein langwieriges Altersprojekt in seiner ganzen Zeit: Man sieht das vergangene Leben wie einen ausgeheckten Plan oder wie ein bloßes Indiz, und dann fälscht man es und verdreht es. Und wer jung stirbt, wird immer als ein junger Toter betrachtet werden, selbst auf seinen Bildern als Lebender, auf die er abfärbt.

In Wirklichkeit habe nicht ich dies gesagt (abgesehen vom letzten Satz), sondern eine Figur des Romans genannt der Einzige oder Solus, ein wirklicher König, auch wenn er fiktiv war, und nicht ein literarischer König eines phantastischen Reiches, das jedoch bisweilen auf den Landkarten erscheint, und wenn, dann als rauer, schwärzlicher Felsen ohne Bewohner oder nur von Basstölpeln bewohnt, jene winzige Insel nicht weit von Kuba, deren Name von einer Kirche in Cádiz stammt und die nur das Territorium oder das überflüssige Gefäß des Imaginären ist. Wer weiß, ob sie nicht wie mein Urgroßvater Manera auf dem Meeresgrund verschwunden ist nach den gewaltigen Ausbrüchen des Soufriere-Vulkans im vergangenen Jahr auf der größeren Nachbarinsel Montserrat, auf der Shiel oder Felipe I., der erste Monarch, geboren wurde, fast zu Asche geworden wie er in einer Urne und jetzt vielleicht verstreut (es gibt niemanden in Redonda, der Nachrichten schicken könnte). Es ist ein Reich, das man durch Ironie und Schreiben erbt und nie durch Feierlichkeit oder Blut, das Reich des Nachfolgers Juan II., der mich erwählt hat, als er dreiundsiebzig Jahre alt wurde, und das von Juan I. oder dem Bettlerdichter, der sich in eine Art Anachronismus verwandelte, um von Almosen zu leben und auf Parkbänken zu schlafen in seinen letzten Tagen des langen Todes, und der mehr als einen Fluch von sich gab in seiner Heimatinsel, der größten unseres Kontinents, und damit wer weiß welche Kombinationen auslöste – oder Höllen, damals und jetzt – , um dann in einem Krankenhaus zu sterben, vergessen und ohne einen Penny, mit seinem wahren, wiedererlangten Namen Terence Ian Fytton Armstrong, »*a poet*«, dem Beamten Vinten oder dem Informanten Lewis zufolge, die seinen Tod bescheinigten. Diese verfluchende oder dichtende Stimme verstummt jedoch nicht völlig und murmelt jetzt in meiner Wohnung, in dem von mir seit geraumer Zeit so genannten »Gawsworth-Zimmer«, als wäre es das Quartier eines Butlers oder eher das eines Phantoms.

Aber nichts wird mich glauben machen können, dass dies meine Bestimmung war oder dass etwas anderes es sein wird oder dass es eine Ursache gab für meine Geburt.

Etwas Zeit muss noch vergehen, bis diese Stimme oder Schrift deutlicher spricht und ich erzählen kann, was sie erzählt, etwas Distanz muss ich zu Ereignissen der jüngsten Zeit gewinnen, und deshalb warte ich lieber ein wenig und mache eine Pause, es ist noch alles viel zu sehr in Veränderung begriffen. Zu erzählen sind nicht nur die Abkürzungen und verschlungenen Wege, auf denen mein Name zu diesem geisterhaften, literarischen Titel gekommen ist, von dem ich nicht mehr weiß, ob er mich in das versetzt, was für mich vor noch neun und auch vor vierzehn Jahren Fiktion war, oder ob diese sich in meinem Leben einnistet und es damit außer unentschlossen und absurd und ein wenig unheilvoll zu etwas Unwirklichem und Chimärischem macht. Zu berichten ist nicht nur die »Thronbesteigung«, da die Geschichte verwickelt und vielleicht pittoresk und natürlich auch komisch ist. Auch nicht nur die aberwitzigen Besonderheiten und Wechselfälle dieses Reichs, das, so imaginär es auch vor allem sein mag, nicht dem entgeht, was alle im Lauf der Geschichte gekannt haben: Usurpatoren, Hochstapler, Intriganten, Wirrköpfe, Verräter, »Untertanen«, Mäzene, Rebellen, Chronisten, falsche Günstlinge, »dynastische« Zwiste, an denen ich mich ganz gewiss nicht beteiligen werde, es würde mir gerade noch fehlen, jetzt brieflich über »Rechtmäßigkeiten« oder über »Geschlechter« zu diskutieren, namentlich über welche, die in Wirklichkeit keine sind, da hier Verwandtschaften keine Rolle spielen; auch irgendeine Bluttat hat es gegeben, glaube ich. Und eine bescheidene Legende, von der man mir gesagt hat, dass ich sie jetzt verkörpere. Ich werde

The Islands Redonda and Nevis in the West Indies

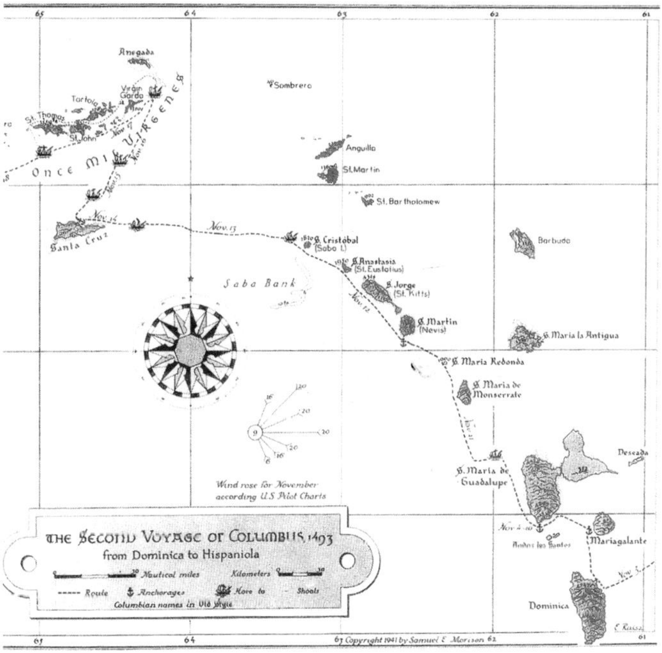

THE SECOND VOYAGE OF COLUMBUS 1493
from Dominica to Hispaniola
Nautical miles
Kilometers
Route
Anchorages
Hove to
Shoals
Columbian names in Old Style
Anegada
Virgin Gorda
Tortola
St. Thomas
St. John
ONCE MIL VIRGENES
Santa Cruz
Sombrero
Anguilla
St. Martin
St. Bartholomew
S. Cristóbal (Saba I.)
S. Anastasia (St. Eustatius)
S. Jorge (St. Kitts)
S. Martin (Nevis)
Barbuda
S. Maria la Antigua
S. Maria Redonda
S. Maria de Monserrate
S. Maria de Guadalupe
Deseada
Mariagalante
Dominica
Saba Bank
Nov. 13
Nov. 14
Nov. 12
Nov. 11
Nov. 4-10
Nov. 3
Wind rose for November according U.S. Pilot Charts
Copyright 1941 by Samuel E. Morison

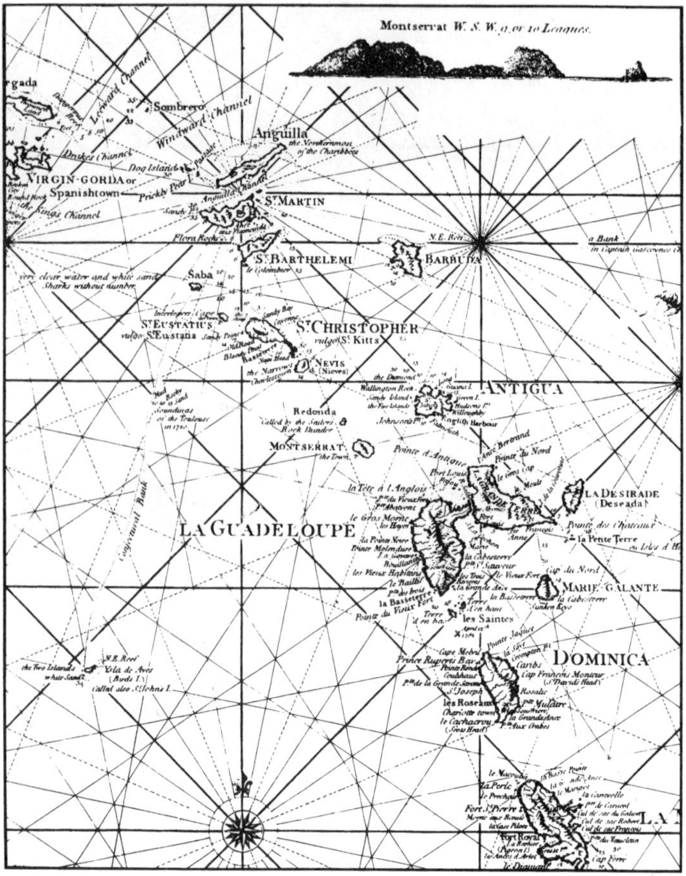

A Chart of the Antilles, or Charibbee, or Caribs Islands by L. S. De la Rochette, MDCCLXXXIV (1784).

Note the view of Montserrat from the southeast in the upper right which clearly shows Redonda, "Called by the Sailors Rock Dunder" as indicted on the map below.

REDONDA
A LEEWARD ISLAND
ADMINISTERED BY ANTIGUA
16° 56' N. by 62° 21' W.
Height: 971 ft.
Remnant of a volcanic cone
— CHRONOLOGY —
the First Century of our Lord., Visited by the Arawaks
Caribs as a way station, and known by the latter as
NMANRU.
Named Sta. Marie Rotonda by Columbus.
Redonda quarried for phosphates. Two
cableways carried between 578 and 5778
metric tons of phosphates per year.
Island claimed by Matthew Dowdy Shiell.
Redonda annexed by Antigua.
M.P. Shiel (The Purple Cloud) crowned
King Felipe I of Redonda by Bishop Mitchinson.
Fred W. Morse and Prof. Hitchcock visit Captain H.
See: Popular Science Monthly
vol. 46, pp.78-87 Nov. 1894
Hurricane destroyed the buildings.
Last shipment of phosphate made.
Mining ceased.
Caretakers left after a hurricane.
American Phosphate Company gave up lease.
M.P. Shiel dies in England.
Poet John Gawsworth becomes King Juan I.
A freelance Smithsonian expedition
collected specimens for the U.S. National Museum.
Dr. R.A. Howard collected botanical specimens
for Harvard University.
King Juan I dies.
Jon Wynne-Tyson becomes King Juan II.
Antigua installed caretakers and a
post office on Redonda. Stamps issued.
13th April - King Juan II, the Duke of
Nera Rocca and a group of natural scientists
plant an ecological flag over Redonda.
— LEGEND —
Anchorage in 6 fthms., black sand, just off
underwater rockfall. Head to the north.
Landing Rock. Set stern boat anchor.
Post office. Buy stamps and mail letters.
Old Jetty. Disused and in ruins.
Gully. Only ascent; treacherous with loose rocks.
Site of main cableway and old seawater ballast pipe.
Ruins of southern cableway head.
Cableway anchorage chains.
Cableway cable wheels.
Cableway bucket remnants.
Stone bread baking ovens (in good condition).
Cistern for saltwater cableway ballast.
Cisterns.
A. Cistern for manager's house. (Rotonda)
Site of barracks for 130 men.
Remnants of steel boiler.
Manager's house and office.
Blacksmith's shop.
Old garden walls.
Water cistern and catchment ruins.
King Juan II's ecological flag planted April 13, 1979 (Good Friday)
Green for vegetation, Brown for soil and Blue for sea.
Horizontal mine adit.
Ruins of northern cableway head.
Site of auxiliary cableway.
Road used to head-carry 84 pound baskets of phosphates
when auxiliary cable failed.
— NOTE —
NEVIS — 25 miles
ANTIGUA — 35 miles
MONTSERRAT — 15 miles
CARIBBEAN SEA
Anton Gaudi Cathedral Point
Murphy's Cliffs
Nor'Easter Arch
Reynolds Rock
Pytton Peak
Cactus Stand
Centaur's Cave
Boulder Ravines
Wild Goat Gorge
Paranoic-Critical Apparition of Guardian's Face on Cliff
King Juan's Peak 971 ft.
Gawsworth's Summit
Shiel's Summit
Howard's End
Pinnacle Rock
Split Rock
Cliffs and Boulders
Wheeler's Gorge
Landing Rock
Christian Cave
Plateau
Casuarina Tree
Agave Stand
Rotonda
Mitchinson Cliffs
Phipps Point
N
Contour Intervals 50 ft

meine eigenen Pairs ernennen müssen, denn das Spiel muss weitergehen. Vielleicht bald Duke of Savolta oder Duke of Norte, Duke of Caronte oder Duke of Babel oder Duke of Tigres, vielleicht. Duke of Región ist nicht mehr möglich.

Wenn ich gegenüber meinen Freunden oder Freundinnen (gegenüber denen, die mir nicht mit Spott oder Missbilligung begegnen würden) ab und zu irgendeine Einzelheit des Geschehens oder von mir in Erfahrung Gebrachten andeutete oder enthüllte, habe ich bei allen einen Ausdruck von Unglauben bemerkt, der sie nie ganz verlassen hat, sie kennen meine Neigung zum Fabulieren und Scherzen, sie am allerbesten, und sie konnten nicht sicher sein, dass ich nicht irgendwelche Geschichten erfand. Ich bezweifle, dass dieser Unglauben nach der Lektüre dieser Seiten und nach dem Anblick der von mir eingefügten Bilder völlig verschwindet, obwohl bei jedem von ihnen dieser Ausdruck seine Eigenart hatte und mit anderen Haltungen vermischt war: bei Eric Southworth mit Vergnügen und geistreichen Ideen und Bemerkungen; bei Mercedes López-Ballesteros mit leichter Sorge wegen der eher düsteren Aspekte der eindringenden Fiktion und mit kindlichem Entzücken und dem Genuss, den eine beliebige Erzählung bereitet; bei Daniella Pittarello mit zarter Ironie, um ihre theoretische Perplexität zu überwinden und damit ihrem jugendlichen Geist Raum zu geben, der an Koinzidenzen glaubt; bei Anna Sala, »Anna«, mit Neugier und Ängstlichkeit, als fürchtete sie, dass diese Abenteuer mein Leben verändern oder mir schaden könnten, das heißt mit der getrübten Freude, dem Prozess einer Dichtung beizuwohnen; bei Ruibérriz de Torres, dessen Familiennamen ich trage, wie auch Custardoy und Manera und Cao, mit Spott, der allerdings seine Neugier nicht zunichtemacht, nicht so weit, dass er mir sagen würde, ich solle den Mund halten und ihm keinen Unsinn erzählen; bei Manolo Rodríguez Rivero mit einer Art kritischer Distanzierung, die im Grunde ein vollkommenes Verständnis für die von Engländern gepflegte humorvolle Extravaganz verbirgt und für die Versuchung mancher Schriftsteller, sich in ihren eigenen Seiten aufzulösen; bei Julia Altares, wie soll ich sagen, vermischt sich der Unglauben mit Spaß und mit phantastischen Plänen und mit Tatendrang; oder vielleicht, passender, mit *binges*. Alle sind sie gute Spielgefährten, alle machen sich ein wenig Sorgen und wissen nicht, ob sie mir glauben sollen, aber wenigstens hören sie mir zu und bitten mich um mehr Einzelheiten, die ich bislang dosiert und so weit wie möglich verteilt habe. Meine Agentin Mercedes Casanovas, der ich, ohne zu wissen, ob sie mich für verrückt halten würde, die Geschichte vor Monaten verschämt erzählen musste, um zu erfahren, ob sie bereit war, in meinem Namen die Rechte von Shiel und Gawsworth zu verwalten, kann sich nicht ganz an die Vorstellung gewöhnen, glaube ich, in etwas verwickelt zu sein, was vor weniger als einem Jahr für sie nur die vage Erinnerung an einen Roman war, obwohl sie mit freundlicher Professionalität agiert und schon unseren ersten Vertrag für eine Herausgabe des Romans von Shiel, ›*The Yellow Danger*‹ oder ›Die gelbe Gefahr‹, von 1898 oder von vor einem Jahrhundert, aushandeln musste. Nur bei meinem Bruder Miguel verschwand sogleich der Ausdruck von Unglauben, nachdem er die Augenbrauen hochgezogen und einen Augenblick die Pfeife aus dem Mund genommen hatte, er reagierte auf meine Nachrichten mit absoluter Selbstverständlichkeit, nicht umsonst kennt er mich von Kindesbeinen an, und jetzt besitzt er sehr wohl ein Gedächtnis. Es ist merkwürdig, dass ich mich in all das verwickelt sehe, ohne es gesucht oder gefördert zu haben – wenn, dann nur mit meinem Schreiben –, wo doch mein Herz republikanisch ist und Inseln mich beunruhigen. Aber auch in den Republiken gibt es das Gleiche wie in den Königreichen, Hochstapler und Intrigen und Wirrköpfe und Rebellionen: und Bluttaten. Und Legende. Vielleicht bin ich der Wirrkopf.

Ich wage zu denken, dass der Grund dieser Erörterungen über das Imaginäre hier weniger der Traum oder die Vorstellung eines Reichs der Literatur oder aus Papier und Tinte ist (kein Usurpator oder Anwärter war ein wirklicher Schriftsteller, das stillschweigende Haupterfordernis) als die geographische Lage und materielle Existenz eines Territoriums, die es begleitet, diese Leeward-Insel; vor allem, weil anscheinend zu der Zeit, als Königin Victoria Redonda 1872 durch die Gladstone-Regierung annektierte und damit den Vereinigten Staaten zuvorkam, die das Gleiche zu tun gedachten, um das Aluminiumphosphat ihres armen felsigen Bodens zu gewinnen, die britische Kolonialbehörde angesichts der Forderungen zunächst des Vaters von Shiel und dann Shiels selbst später keinerlei Einwände gegen dessen Königstitel erhob und ihm versicherte, er könne ihn benutzen (»King of Redonda«), sofern er nicht versuchte, gegen die Kolonialmacht zu rebellieren, und seine Herrschaft der Substanz entbehrte. Im Übrigen ist es strittig, dass Shiels Forderung von den britischen Gesetzen abhängen konnte, und die Kolonialbehörde selbst hegte Zweifel über die Gültigkeit ihres Anspruchs und ihrer Rechte über eine unbewohnte Insel.

Redonda wurde von Kolumbus auf seiner zweiten Reise entdeckt, am 10., 11., 12. oder 13. November, je nach den Quellen. Bei seinem unehelichen Sohn Hernando Colón heißt es folgendermaßen in seinem ›*Vida del Almirante*‹: »Am Sonntag, dem 10. November, ließ der Admiral die Anker lichten und stach mit der Flotte in See; und er segelte die Küste der Insel Guadalupe entlang, nach Nordwesten, mit Richtung auf die Insel Española. Und er kam zur Insel Montserrat, der er ihrer Höhe wegen diesen Namen gab; und er erfuhr von den Indianern, die er mit sich führte, dass sie von den Kariben entvölkert worden war, die ihre Bewohner verspeist hatten. Von dort fuhr er weiter nach Santa María la Redonda, so genannt, weil sie so rund und glatt ist, dass es scheint, man könnte sie nicht ohne eine Leiter besteigen; sie wurde Ocamaniro von den Indianern genannt«; ein Name, der, nebenbei gesagt, fast ein Anagramm von Manera Cao ist, zumindest stimmen alle Konsonanten überein, welche die Substanz der Wörter sind.

Auch der berühmte Geschichtsschreiber und Humanist Petrus Martyr Anglerius, ein renommierter Chronist Westindiens, erwähnt sie in seinen ›Acht Dekaden über die Neue Welt‹, die er ab 1511 in lateinischer Sprache und nach Art von Titus Livius verfasste, und aus dem, was er im Zusammenhang mit der Nachbarinsel Madaninó sagt, lässt sich schließen, dass Kolumbus in Redonda nicht an Land ging, obwohl er die Insel, wie alles, was er erblickte, registrierte, taufte und der Krone von Spanien einverleibte: »Der Präfekt« (so nennt Petrus Martyr den Admiral mit klassischer Reminiszenz), »getrieben von dem Wunsch, die Gefährten zu sehen, die er im Jahr zuvor bei seiner ersten Reise auf La Española zurückgelassen hatte, damit sie die Insel erkundeten, segelte jeden Tag an einer Unzahl von Inseln rechter und linker Hand vorbei. Gen Norden zeichnete sich eine große Insel ab. Sowohl diejenigen, die bei der ersten Reise nach Spanien mitgenommen worden waren, als auch die vor den Kannibalen Geretteten behaupteten, dass ihre Bewohner diese Insel ›Madanino‹ nannten; auf ihr leben nur Frauen. Bei der ersten Reise war der Ruf dieser Insel zu den Ohren der Unsrigen gelangt; man glaubte, dass zu bestimmten Zeiten des Jahres die Kannibalen diese Frauen besuchten, zu keinem anderen Zwecke als, wie es aus der Antike überliefert ist, die Thraker die Amazonen in Lesbos aufsuchten, und dass ebenso die Väter ihre herangewachsenen Söhne dorthin schickten, während sie die Töchter bei sich behielten. Es heißt, dass diese Frauen große unterirdische Gänge haben, in die sie fliehen, wenn jemand sich ihnen in einer anderen als der vereinbarten Zeit nähert; von dort aus verteidigen sie sich mit Pfeilen, die sie sehr zielgenau abschießen, wie man sagt, wenn ihre Verfolger es wagen, sich mit Gewalt oder List Zutritt zu verschaffen. So heißt es, so gilt es. An dieser Insel konnte man nicht anlegen, weil von ihr der Boreas wehte, also folgten sie jetzt dem Vulturnus.« Diese Insel, die auch als »Matinina« und »Matininó« erscheint, ist vermutlich der östliche Teil der Insel Guadalupe. Und so heißt es weiter bei Petrus Martyr Anglerius: »Im Lauf der Reise, vierzig Meilen, nachdem sie Madaninó gesichtet hatten, segeln sie nicht weit entfernt an einer anderen vorbei, von der die Eingeborenen, die sie mit sich führten, sagten, sie sei dicht bevölkert und alle lebensnotwendigen Dinge seien in großer Fülle auf ihr vorhanden; da sie hohe Berge aufwies, nannten sie sie Montserrate. Unter anderen Dingen, die man aus dem Gespräch mit denen, die sie mit sich führten, sei es durch Worte oder durch Zeichen, schließen konnte, erfuhren sie, dass die Kannibalen oft mehr als tausend Meilen von ihren Küsten entfernt auf Menschenjagd gingen, um sich zu ernähren. Am nächsten Tag sichtet man eine weitere, der der Präfekt, da sie rund war, den Namen Santa María la Redonda gab … Man sagt ihnen, all diese Inseln seien von bewunderswerter Schönheit und Fruchtbarkeit.« Die Dekaden, und folglich diese Zitate, wurden bereits 1555 beziehungsweise 1582 ins Englische und ins Deutsche übersetzt.

Und aus allererster Hand stammt der Hinweis von Doktor Diego Álvarez Chanca aus Sevilla, Leibarzt des Königspaars und der Prinzessin Doña Juana, der Wahnsinnigen, der auf eigene Bitte hin »als Arzt in der zweiten Flotte mitreiste, die Kolumbus für Westindien ausrüstete«. Prosa war seine Stärke nicht, aber er schreibt Folgendes an den Stadtrat von Sevilla: »Wir begaben uns nah der Küste dieser Insel, und die Indianerinnen, die wir bei uns hatten, sagten, sie ist nicht bewohnt, die Kariben haben sie entvölkert, und deshalb machten wir dort nicht halt.« Es handelt sich um Montserrat, und danach kommt Redonda: »Später an diesem Nachmittag sahen wir eine andere, am Abend, nahe dieser Insel fanden wir einige Untiefen, aus Furcht vor denen wir Anker warfen, denn wir wagten nicht, weiterzusegeln, bis es Tag wäre.« Daraus lässt sich anscheinend entnehmen, dass sie zwar keinen Fuß auf die Insel setzten, sicher weil Redonda so unzugänglich war, wohl aber der Untiefen wegen eine ganze Nacht in ihrem Schutz verbrachten.

Eine sehr viel neuere Erwähnung, in einer anderen Sprache, findet sich bei dem zunächst in Oxford – wo sonst – und später in Harvard lehrenden Historiker und Professor Samuel Eliot Morison, der nicht nur 1942 eine bedeutende Biographie des Admirals verfasste, für die er einen Pulitzer-Preis erhielt, sondern darüber hinaus die Harvard Columbus Expedition leitete, die im Herbst 1939 und im Winter 1940 mit zwei Schonern die Route des Seefahrers abfuhr mit dem Ziel, detailgenau alles zu beschreiben, was Kolumbus bei seinen Reisen vorfand, sah und tat, Punkt für Punkt und Schritt für Schritt. In dieser Biographie schrieb er: »Während die Flotte Richtung Nordwest segelte, kam sie an einer kleinen, steilen und runden, aber unzugänglichen Felsinsel von weniger als einer Meile Länge vorbei, die Kolumbus Santa María la Redonda genannt hatte. Redonda bewahrt bis heute seinen Namen und seine Bedeutung als Orientierungspunkt, aber es hat sich nie gelohnt, sie zu bewohnen.« Weniger trocken ist jedoch sein Zitat in einem anderen, späten Buch von 1974: »Danach kam eine winzige, runde Insel, Santa María la Redonda; sie ist nie besiedelt worden, obwohl ein verrückter Amerikaner einmal erklärte, er sei ihr König.« Das englische Wort für »verrückt« konnte im Original nicht anders lauten als *crazy*, dasselbe, das der englischen Presse zufolge seinerzeit die Gestapo für Hugh Oloff de Wet benutzte. Wenn Professor Morison noch lebte und wüsste.

Mein Freund Eric Southworth, an die Diebstähle und Plünderungen und Plagiate und das ständige Spionieren der heutigen Universitätswelt gewöhnt, was die Professoren veranlasst, kein Wort über ihre Vorhaben und Forschungen verlauten zu lassen, bis sie als solche zu existieren aufhören und in archivierbarer gedruckter Schrift begraben und in Sicherheit sind, fragt mich bisweilen, ob ich nicht fürchte, dass jemand unter Ausnützung der Tatsache, dass ich diese Seiten auf zwei Bände verteile, sich die »realen Gestalten aneignet«, während ich den zweiten Band schreibe oder denke oder erwarte, und zum Beispiel erzählt, was ich von Ewart oder de Wet oder Gawsworth oder dem Banditen Roter Dekan oder den Maneras noch nicht erzählt habe oder noch nicht weiß.

Es wäre vielleicht nicht angenehm, aber ich fürchte es nicht, und außerdem gehören diese »Gestalten«, eben weil sie real sind, niemandem, und wenn ich sie ein wenig als mir zugehörig empfinde, dann nur, weil ich mein Augenmerk auf sie gerichtet habe, als ich Romane schrieb oder Erzählungen ersann und die Lebenden sich kaum an sie erinnerten: vielleicht nur Hugh Cecil und Anthony Edkins und Steve Eng und Roger Dobson und Jon Wynne-Tyson und mein Herr Vater und ich selbst jeweils, ich meine, in jüngeren Zeiten. Oder es kann sein, dass es vielmehr diese Gestalten sind, die meinen Weg gekreuzt haben. Ich möchte auch nicht alles wissen, weder über sie noch über sonst jemanden und am allerwenigsten über mich selbst. Und wenn ich alles wissen sollte, dann weiß ich auch nicht, ob ich es erzählen würde, man wählt immer und schließt aus, wissen oder nicht wissen ist oft kaum von Belang. Oder bisweilen erweist sich das wahre Wissen als bedeutungslos, und dann kann man es erfinden.

Wie auch immer, ich sagte bereits, dass es mir an Forschergeist und journalistischem Spürsinn mangelt und dass ich mich niemals in die Zeitschriftenarchive und Bibliotheken oder in dieses Internet stürzen würde, das ich nicht habe, weil ich noch immer mit der Schreibmaschine schreibe und mit der Hand korrigiere, und ich würde auch nicht zu Zeugen oder Erben oder Überlebenden eilen und die Überbleibsel ihrer Erinnerung aufnehmen, um etwas in Erfahrung zu bringen, das sozusagen nicht spontan und von sich aus den Weg zu mir findet, ohne dass ich mich anstrengen oder von der Stelle rühren muss, von meinem Platz, von dem aus ich bei Buchhändlern in Oxford und York und London Raritäten bestellen oder Don Juan Benet herausfordern kann, sein Wissen unter Beweis zu stellen. Es ist, als würde ich jedes forcierte oder abgerungene und aktive und begehrte und vom Willen – natürlich von meinem – abhängige Wissen verachten; oder jedes, das ich nicht verdiene. Diese Haltung wäre zweifellos inkompetent und unverzeihlich bei einem Gelehrten oder einem Reporter oder einem Wissenschaftler, aber ich bin nichts dergleichen und gedenke mich auch in nichts dergleichen zu verwandeln, um zu erzählen, was mir geschieht oder mich interessiert oder mich bewegt oder was ich erfahren habe, ohne dass es mir geschehen wäre, und an das ich mich ebenso erinnere.

Es wäre nicht völlig unwahrscheinlich oder abwegig, wenn irgendein Dieb oder Plünderer oder Plagiator oder Profiteur, die auch im literarischen Sturm schweigend und mit Masken in großer Zahl existieren, sich auf ›*Cardboard Crucifix*‹ stürzte und es von vorn bis hinten läse, wenn er es finden sollte (aber Ben Bass lebt nicht mehr), und alles, was in ihren kurzen Leben Wilfrid Ewart und James Denham und in seinem langen Stephen Graham veröffentlichten, sowie irgendeine Biographie des Banditen Dekan von Canterbury, falls es das gibt, und sämtliche unbekannten Romänchen von Enrique Manera, meinem antillanischen Urgroßvater. Oder hinginge und die lebenden Verwandten oder die nachtragenden Geliebten oder die stummen Papiere befragte, die ohne

Ungeduld warten. Das ist jedenfalls nicht meine Arbeit. Erzählen könnte dieser jemand höchstens die Tatsachen, und die Tatsachen an sich sind nichts, die Sprache kann sie nicht reproduzieren, so wie die Wiederholungen mit ihrer Schneide nicht die vergangene oder verlorene Zeit reproduzieren oder den Toten wieder zum Leben erwecken können, der in dieser Zeit schon verging und sich verlor. Wer weiß außerdem, so wie die Dinge liegen, was real geworden ist und was fiktiv geworden ist.

Wer vermag zu sagen, ob sie real oder fiktiv ist, die unglaubhafte Nachricht, auf die ich im Folgenden eingehe und die eine spanische Tochter von Matthew Phipps Shiel betrifft, der auf Montserrat, der Insel mit den hohen Bergen, geboren wurde und erster König von Redonda war (aber vielleicht ist sie nicht unglaublicher als die Tatsache, dass seine Urheberrechte jetzt bei mir liegen): ein Mädchen, das am 26. Juli 1900 in London von seiner ephemeren Ehefrau Carolina oder Lina geboren wurde, am 30. August ins Taufregister eingetragen als Dolores Katherine Shiel, einzige bekannte legitime Nachfahrin von Felipe I., die ihre Eltern – wie immer bei diesem Namen – Lola nannten, wie meine Großmutter, oder Lolita, wie meine Mutter. Shiel und Lina heirateten in der italienischen Kirche St. Peter im Bezirk Holborn in London am 3. November 1898, vor bald einem Jahrhundert, in Gegenwart der Schwiegermutter oder Mutter, die auch eine Lola war, und des Freundes Arthur Machen, Erzherzog von Redonda. Er war dreiunddreißig und sie erst achtzehn Jahre alt.

Es sind nicht unbedingt die Texte, die die Dinge realer machen, aber es lohnt sich, einen Augenblick der Stimme von Shiel zuzuhören, wie er über sich selbst sprach, als er in Paris und noch jung war, es ist nicht schwer, sie sich vorzustellen, wenn man seine leuchtenden, leicht magnetischen Augen betrachtet, die verwirren, und sein glänzendes schwarzes Haar und seine so glatte Haut, vielleicht die eines Mulatten von mütterlicher Seite her: »In dieser Situation«, heißt es, »lenkt mein Schicksal meine Schritte eines Nachmittags in den Palais de la Glace in der Rue de Madrid« (in welcher Straße sonst), »wo ich ein sechzehnjähriges Mädchen, eine Spanierin in Paris, eislaufen sehe. Natürlich hatte ich viele hübsche Mädchen gesehen, in Kuba, in Andalusien, in Martinique; aber nie zuvor hatte ich eine *Schönheit* gesehen; und sie ähnelte einem Mädchen, das ich mit sieben Jahren geliebt hatte, einem anderen Mädchen, das ich mit dreizehn Jahren geliebt hatte, und meiner Mutter. Nun, ich hatte schon lange aufgehört, zu *beten* wie meine Eltern, weil ich es als unpassend empfand; aber an jenem Nachmittag eilte ich in einem Wagen in meinen Gasthof zurück, ließ mich auf die Knie nieder und betete. Lieber Gott! Gib sie mir! Und der liebe Gott tat es. Ich wusste nicht einmal ihren Namen, aber nachdem ich alles darangesetzt und etwa zwanzig Mädchen nachgespürt hatte, erjagte ich sie, bekam ich sie. Danach wurde es eine natürliche Sache für mich, für die Mädchen zu beten, und ich kann sagen, dass ich jedes Mal, wenn ich für eine betete, sie von Gott erhalten habe. Sie, Lina, war die Laura in meinem Roman ›*Cold Steel*‹« (oder ›Kalter Stahl‹, einer seiner besten Romane), »zumindest ihr Gesicht und ihre Wesensart; in den Straßen Londons gab es niemanden, der sich nicht nach ihr umgedreht und das Geschick ihres Erzeugers erkannt hätte. Aber ihr erschien London nicht als *hübsch* (›*Londres n'est pas jolie*‹), und so nahm ich die Gewohnheit an, lange Zeiten in Paris zu leben. Sie war jedoch nicht kräftig; sie starb nach fünf Jahren und hinterließ mir eine Tochter; und etwa fünfzehn Jahre vergingen, bis ich erneut heiratete, als ich bei einem Vortrag Lydia kennenlernte, die Lina und meiner Mutter gleicht.«

»Und hinterließ mir eine Tochter.« Die Nachricht, die ich schon vor einiger Zeit erhielt, auf die ich jedoch erst jetzt

eingehe, muss also richtig sein, trotz allem. Vielleicht war Shiel aber nicht ganz aufrichtig, denn er erzählt auch, dass er Lina vor ihrem Tod in einem Brief vom 12. Juni 1903 verstoßen hatte, um wenig später nach London zurückzukehren und sie in Paris mit ihrer Tochter zurückzulassen. Anscheinend starb Carolina am Ende dieses Jahres im Alter von nur dreiundzwanzig Jahren, wer weiß, welche Rolle dabei die Tatsache spielte, dass derjenige, der gebetet hatte, um sie zu bekommen, sie verstoßen und verlassen hatte. Eine ältere Schwester, Salva, und vielleicht eine jüngere, Micaela, die Tanten, nahmen die kleine Lola, ein damals dreijähriges Mädchen, das sich vielleicht nie an seinen Vater erinnerte, wenn es ihn nie wieder sah, mit nach Madrid: ein Madrider Mädchen, das jetzt sicher tot oder nicht weniger als siebenundneunzig Jahre alt sein wird und dessen Existenz und spanische Geschichte in unserer Stadt, meiner Geburts- und ihrer Waisen- und Exilstadt, mich diese ferne Nachricht – sie kam aus Dayton, Ohio – zu erforschen bittet; ich möge alles daransetzen und allen Spuren folgen, um etwas über ihr Leben zu erfahren und über ihre Nachkommenschaft, wenn es eine gibt. Vielleicht sollte ich es diesmal versuchen, trotz meines mangelnden journalistischen Spürsinns, vom biographischen ganz zu schweigen, welcher sich zu oft zu einem der niederträchtigsten und diffamierendsten unserer Zeit entwickelt hat. Oder aber ich werde, wie immer, darauf warten müssen, dass Lola Shiel oder ihr Phantom oder ihre Sprösslinge auf mich zukommen, um mir etwas zu erzählen.

Dieses Mädchen oder diese Greisin oder Tote muss sich seit ihrem dritten Lebensjahr ebenfalls auf der Kehrseite oder dem schwarzen Rücken der Zeit bewegt haben, weil sie real und fiktiv zugleich ist, das heißt, weil sie verschwindet oder nicht einmal erscheint und doch bekannt ist, weil sie erzählt worden ist. Ich weiß nicht, alles ist möglich. Es kann sein, dass dieses kleine Mädchen, heute hinfällig, noch lebt oder dass es vor langer Zeit gestorben ist, vielleicht während des Krieges, im Feuer der Nieuport von Hugh Oloff de Wet oder unter den Bomben einer Junkers der Legion Condor im Dienst des falschen Admirals; erschossen von den Milizsoldaten wie der jüngere Bruder meiner Mutter, mein Onkel Emilio, oder wie es meinem Vater hätte widerfahren können und so vielen widerfuhr durch die siegreichen Franquisten mit ihren Verrätern und Bütteln, die noch immer straflos sind mit ihren verborgenen Namen. Oder vielleicht nicht, und sie hatte Zeit genug, eine Tochter heranwachsen zu sehen, die jetzt eine ehrwürdige Matrone sein mag, eine von so vielen, die sich am späten Nachmittag unserer Straßen bemächtigen. Und da Shiels Familie unzweifelhaft aus Frauen bestand (vielleicht stammte sie aus Madaninó, er war der erste Junge nach seinen acht oder neun Schwestern), kann es sein, dass diese Tochter ihrerseits eine Tochter hatte, und dann wäre der irische Familienname von Shiel, den das Mädchen Lola trug, immer mehr in den Hintergrund getreten und ferngerückt und bei dieser möglichen Enkelin mit ihren möglichen dreißig oder mehr Jahren nur noch der vierte, so wie Manera bei mir der vierte ist. Es kann sein, dass ich dieser Enkelin in Madrid während meiner Spaziergänge begegnet bin, denn es kann jede sein, wenn sie existiert, und vielleicht weiß sie nicht einmal, wer sie auch sein mag, dass sie einen antillanischen Urgroßvater hatte, der realer Monarch des Imaginären war und dessen Romane ich jetzt als sein unwahrscheinlicher Nachfolger zu betreuen habe.

Es kann die Frau sein, die ich in dieser Morgendämmerung, die mich wach vorfindet, vom Fenster aus sehe, diese nicht sehr junge Frau, die mit ihrer frühen Müdigkeit auf den Autobus wartet und die man heute leise lächeln sieht, als träumte sie oder könnte noch nicht denjenigen vergessen, den sie in den Laken zurückgelassen hat und der schon zu jemandem geworden ist, an den sie sich allmählich gewöhnt, ohne es zu bemerken, gefährlich wird es dann, wenn man beginnt, das Fortgehen dieses Gegenstands unserer Gewohnheit oder Beständigkeit mehr zu fürchten als das Bleiben. Sie hebt einen Fuß mit seinem gutsitzenden Stöckelschuh, der das Silhouettenhafte ihrer schwarzen Strümpfe betont, und dann hebt sie den anderen, wie ein Stelzvogel, während sie auf diesen Autobus wartet, der nicht einmal in der Ferne auftaucht, ich weiß es, weil ich von meiner höhergelegenen Wohnung aus schaue und dominiere, ich muss mich nicht auf die Zehenspitzen stellen wie sie, die eingehüllt ist in das Licht des Tages, das voranschreitet und die dreizehn Straßenlampen, die wie als Zeugnis oder Erinnerung an die schon vergangene und verlorene Nacht noch brennen, blendet oder blind macht: obwohl die Nacht uns noch durchdringt und es nicht leicht ist, sie immer abzuschütteln, wie es auch nicht leicht ist, die verschwundene Zeit abzuschütteln, unsere oder die der anderen oder die, die nicht einmal erschienen ist.

Oder es kann sein, dass die Enkelin von Lolita Shiel die Frau ist, die mit Überdruss und ohne Ungeduld in ihrem Bett auf den Mann mit den großen Geheimratsecken wartet, der wie ein Musiker aussieht, wenn der Wind an seinem Haar zerrt, dieser Mann mit den bläulichen Bartstoppeln und dem lockeren Krawattenknoten, der seine Schulden zu begleichen sucht und der noch nicht den Messerstich erhalten hat, den er früher oder später erwartet. Auch er reckt sich unruhig und ruft mit leiser Stimme den Autobus herbei, der nicht kommt, und ich weiß, dass er sich nicht einmal nähert (»komm, komm«), vielleicht denkt er, dass sie, je länger er ausbleibt, umso mehr Zeit gehabt haben wird, ihre Geschichte aufzubereiten und zurechtzulegen oder ihn in seiner Abwesenheit zu verlassen, nachdem sie eine Notiz nur mit den Worten der Verstoßung auf einem gelben Papier auf den Spiegel geklebt hat. Während er sich auf die Zehenspitzen stellt, rutscht ihm die Krawatte heraus und pendelt hin und her, er trägt eine alte Krawattennadel mit einer Emailarbeit, die er wie durch ein Wunder bei seinen Glücksspielen nicht verloren hat, bestimmt, weil er sich weigerte, sie zu setzen, trotz des Drängens der Stierkämpfer, die zuerst habsüchtig sind, um dann freigebig zu werden. Seine Augen sind leicht orientalisch und die Lippen wie mit dem Pinsel gezogen – »Schnabelmund, Schnabelmund«; das Kinn fast gespalten, die Hände breit und in der Linken eine Zigarette. Aber alles ist noch immer eine Frage der Zeit, und der Messerstich fixiert sie, diese Zeit.

Es bleibt noch so viel kurz Zurückliegendes und das Kommende zu erzählen, und ich brauche Zeit. Aber ich weiß, dass ich, wann immer es sein wird und obwohl ich dieses Kommende nicht kenne, es weiter erzählen werde, wie bisher, ohne Motiv und fast ohne Ordnung und ohne vorherigen Entwurf und ohne Suche nach Kohärenz; ohne dass im Grunde der Autor die Fäden des Erzählten in Händen hält, obwohl ich es bin, der es erzählt; ohne dass es irgendeinem Plan entspricht oder sich nach einem Kompass richtet oder einen Sinn ergeben oder ein Thema oder eine Handlung konstituieren oder einer verborgenen Harmonie gehorchen, ja nicht einmal eine Geschichte mit ihrem Anfang und ihrer Erwartung und ihrem Schweigen am Ende bilden muss. Ich glaube nicht, dass es eine Geschichte wird, obwohl ich mich irren kann, da ich ihr Ende nicht kenne, das vielleicht nie zur Schrift gelangen wird, weil es mit dem meinen zusammenfallen wird, in ein paar Jahren, oder so erwarte ich es. Es kann aber auch sein, dass sie mich überlebt. Jetzt, da ich aufhören und eine Zeitlang nicht weitererzählen werde, erinnere ich mich an das, was ich vor langer Zeit über den Erzähler und den Autor gesagt habe, die hier denselben Namen tragen: Ich weiß nicht mehr, ob wir einer sind oder ob wir zwei sind, zumindest, solange ich schreibe. Jetzt weiß ich, dass von diesen beiden möglichen einer fiktiv sein müsste.

Ich löse einen Moment den Blick von den Balkonen, um die lange Nacht abzuschütteln und auch den Zweifel und vielleicht wieder nur einer zu sein; und als ich abermals hinausschaue, ist der Autobus gekommen und hat seine Fahrgäste mitgenommen. Ich betrachte die unpassenden Lichter, die noch immer in der steigenden Sonne brennen, die sie bedeutungslos macht; und doch sind sie die respektvolle und wohltuende Zeit, die Zeugnis über das ablegen will, was schon aufgehört hat: bis die schläfrige Hand irgendeines Beamten die Verschwendung gewahrt und das Licht löscht, und dann es löscht. Und doch sind die Fahrgäste noch da, und doch ist das Licht nicht erloschen.

März 1998